D1584167

AÏCHA

La bien-aimée du Prophète

Née à Fréjus, Geneviève Chauvel passe son enfance en Syrie, puis en Algérie. Après des études de droit et de sciences politiques, elle devient photographe grand reporter. De 1967 à 1982, elle couvre tous les conflits de la planète ; ses photographies sont publiées dans la presse internationale. Geneviève Chauvel se spécialise ensuite dans les portraits de chefs d'État ou de personnalités, et réalise des reportages et des documentaires pour la télévision. Elle se consacre désormais à l'écriture.

GENEVIÈVE CHAUVEL

Aïcha

La bien-aimée du Prophète

ÉDITIONS SW-TÉLÉMAQUE

© Éditions SW Télémaque, 2007.
ISBN : 978-2-253-12664-5 – 1re publication LGF

À toutes les femmes musulmanes.

« Ce n'est pas par les hommes
qu'on apprend la vérité,
C'est par la vérité qu'on apprend
à connaître les hommes. »

Emir Abdel Kader.

SOMMAIRE

Préface

C'est mon ami Ali El Sammane qui m'a d'abord parlé de Geneviève Chauvel et de son projet de livre lors d'un petit-déjeuner chez lui, à Paris.

Le thème m'intéressait particulièrement. Tout d'abord, j'étais curieux de savoir ce que pouvait dire une Occidentale sur un personnage fortement controversé entre musulmans chiites et sunnites, car le débat demeure vif, comme s'il s'agissait d'un événement d'actualité. Tout récemment, le grand savant chiite libanais Saïd Fadhl Allah faisait un appel solennel rappelant que le musulman a l'obligation de respecter les « Ahl al Bayt[1] » et tous les Compagnons du Prophète (Saws[2]). C'est dire le caractère capital du sujet. D'autant que les événements intercommunautaires en Irak s'enlisent de jour en jour. Ensuite, écrire sur « Aïcha, la Mère des Croyants[3] » me touche directement car, d'après les archives de ma famille, nous sommes descendants du premier calife de l'Islam, Abou Bakr as Siddiq. Nous avons connu l'exil, dans le passé. Les événements vécus

---

1. Ceux de la Maison, de la famille.
2. « Que la paix et le salut soient sur lui. » Cette formule est un rituel pour tout musulman lorsqu'il mentionne le Prophète.
3. « Que Dieu l'agrée ». Cette formule est un rituel chez le musulman sunnite quand il mentionne Aïcha ou toute autre épouse du Prophète.

par Aïcha et son frère Abderrahman ont eu un impact
direct sur le destin de notre longue lignée maraboutique.
Pour toutes ces raisons, j'étais impatient de rencontrer
Geneviève Chauvel avec laquelle, depuis, j'ai eu de
nombreux entretiens. Je reconnais en elle de l'huma-
nisme et de la grandeur d'âme. Femme de culture, de
grande culture, ses paroles sont une diction parsemée de
diastoles naturelles, ses idées sont claires et ne prêtent
jamais à la confusion. Ses connaissances du monde
arabo-musulman sont solides, elle parle des religions
avec dévotion, ses questions sur la théologie sont d'une
pertinence inouïe. Voilà quelqu'une, me suis-je dit, qui
sait ce qu'elle veut et sait où elle va.

Dans la dédicace de son dernier livre *L'Amazone du
désert*, elle m'invitait à un partage de connaissances et
d'expérience pour le bien de nos communautés. C'était
le 25 novembre 2005. Dans les années quatre-vingt-dix,
elle avait retracé avec la rigueur d'une historienne et la
plume d'une romancière, la vie du grand Salah-ed-Din,
Saladin, où elle disait si justement : « Depuis plus de
huit siècles, son souvenir et son exemple entretiennent
un incendie qui ne pourra s'éteindre tant que l'Islam et
l'Occident ne manifesteront pas la réelle et mutuelle
volonté de se comprendre. »

Était-ce une invitation pour un dialogue fécond et
constructif ? C'est dans cet esprit que j'ai accepté de
participer à son travail par un échange constant, fidèle à
la parole du Coran qui nous dit dans la sourate 3, verset 64 : « *Dis : Ô gens du Livre, venez à nous pour une
parole commune. Votre Dieu est notre Dieu...* », ou
encore dans la sourate 2, verset 135 : « *Il vous est dit :
Soyez juifs ou chrétiens et vous serez sur le bon chemin.
Dites, nous sommes plutôt de la religion d'Abraham,
vrai croyant et qui n'était pas du nombre des idolâtres.* »

Mais tout de suite, je découvre avec joie que l'auteur

s'est bien préparée pour dominer son sujet ô combien explosif pour des historiens de qualité reconnue et des théologiens de renom, comme Mohamed Saïd Ramadan Al Boti, pour ne citer que lui. Elle va ainsi à l'encontre de l'écrasante majorité des médias occidentaux, maladroitement sourds et aveugles à tout ce qui n'entre pas dans leurs schémas et leur ordre préétabli des valeurs et des cultures. Ils diffusent à leur corps défendant les amalgames et les caricatures d'un islam de violence.

Si l'islam est UN dans sa doctrine, il est surtout multiple par ses expérimentations et son histoire. Le dialogue interreligieux est pour nous l'impérieux besoin de savoir que Dieu a créé une humanité diverse en ses communautés et que dans cette diversité s'éprouve la force de la croyance et de la foi, comme le rappelle le Coran dans la sourate 5, verset 48 : « *À chacun de vous, nous avons donné une voie et une loi ! Si Dieu l'avait voulu, il aurait fait de vous une seule communauté...* »

C'est dans ces moments difficiles, sous un ciel orageux et menaçant, que l'ouvrage *Aïcha, la bien-aimée du Prophète* vient consolider un pont d'amitié avec un auteur chrétien qui a pris la peine de lire, de chercher une vérité, une histoire sur la femme, sur les femmes de cette société archaïque où l'esprit de clan règne en maître absolu. N'oublions pas que nous sommes dans le septième siècle de l'ère chrétienne, où un grand débat théologique secouait déjà cette partie du monde lorsque Byzance, d'une part, et l'Abyssinie de l'autre, multipliaient leurs incursions et leurs interventions dans les affaires de la péninsule arabique pour soutenir les colonies chrétiennes au bord de la mer Rouge.

Au moment où la religion juive apportait à l'humanisation de l'homme, c'est-à-dire à sa conscience, une norme absolue au-delà de nos instincts : les thèmes de l'alliance, de l'homme avec Dieu, de l'exode, c'est-à-dire du pouvoir de Dieu d'arracher l'homme à toutes les servitudes, puis de la promesse, c'est-à-dire de l'ensemble des exigences de Dieu à l'égard de l'homme pour réaliser son Royaume en respectant la loi. Au moment où le dualisme fondamental de la pensée grecque aurait pu être fondé par la vision radicalement nouvelle du monde qu'apportait le christianisme, c'est alors que l'islam demande à s'installer d'abord comme une religion qui s'inscrit dans le registre du monothéisme strict, non pas au sens où le sont toutes les communautés religieuses, mais en ce sens spécifique que la communauté ainsi fondée n'est pas seulement religieuse. La foi y induit tous les actes de la vie, tant personnelle que sociale et politique.

Cette vérité, l'auteur a cherché à la décoder, à nous la décrire avec aisance, à faire parler les décideurs, les acteurs, les protagonistes, les personnes que l'histoire officielle parvient à faire oublier, ou tout simplement ignore. Geneviève Chauvel, dans son récit, leur accorde le temps et l'espace mérités. Elle nous apporte une image du Prophète (Saws) profondément humain qui, aux yeux d'Aïcha est « l'homme parfait, déifié par ses qualités que rehaussent les défauts ». Elle fait vivre aussi le sentiment de jalousie qui se réveille et surgit à tout moment dans la vie d'une femme, fut-elle la « Mère des Croyants ». Enfin, elle consacre des pages entières équilibrées avec probité et justesse depuis les commencements historiques de cette jeune communauté et une romance qui frise le réel. Page après page on sent que l'auteur maîtrise son imaginaire par discernement d'éléments subtils. *Aïcha la bien-aimée du Prophète* est certainement plus qu'un roman, car il expose en pleine lumière la place de la femme en Islam, telle que le Prophète lui-même l'a définie avec ses droits, ses devoirs, ses libertés. Une authentique révolution pour les tribus arabes de ces temps.

C'est la journaliste de grand talent qui parle. Mais

c'est aussi le calame de la sagesse qui décrit avec douceur ces moments intenses de vie intime, comme une brise qui feuillette le subconscient d'un passé-présent. C'est un feudiste qui nous cite des passages entiers des sourates du Coran, toujours avec respect, sans brusquer le sentiment du croyant que je suis. À ce propos, je n'ai pas croisé l'ombre d'une polémique mais j'ai été happé par le verbe d'une romancière qui nous fait nous souvenir de ces choses que nous refoulons avec pudeur au fond d'une mémoire collective. Jusqu'à ces derniers chapitres où bien des vérités sont dites avec courtoisie et qui nous interpellent, nous musulmans, comme un dernier rappel. Permettez-moi, pour conclure, de vous inviter à méditer ce verset révélé il y a quatorze siècles (sourate 13, verset 11) : « *En vérité, Dieu ne modifie point l'état d'un peuple, tant que les individus qui le composent ne modifient pas ce qui est en eux-mêmes.* »

Dr Djelloul Seddiki,
directeur de l'Institut de théologie
de la Grande Mosquée de Paris,
chevalier de l'Ordre national du Mérite,
président de l'Amitié judéo-musulmane (AJMF),
vice-président de la Fraternité d'Abraham,
professeur de civilisation arabo-musulmane.

I

La fiancée

1.

La nuit tombe sur La Mecque. La ville se blottit dans son nid cerclé de montagnes bleutées, et les bruits meurent peu à peu. Le vent du désert s'engouffre au long des ruelles, gratte aux portes, mugit aux fenêtres, tourmente les bêtes qui piétinent leur nervosité. Les maisons s'endorment une à une. L'une d'elle, non loin du centre, reste éveillée. Une demeure imposante, entourée de hauts murs en briques d'argile, que tous les habitants connaissent bien. Le maître des lieux, Abou Bakr, est un commerçant réputé pour ses richesses, autant que pour son érudition. On écoute ses propos mesurés, ainsi que ses jugements pleins de sagesse.

Derrière le treillis des moucharabiehs, des torches s'agitent, des silhouettes se meuvent, courant ici et là. De la cour aux étages, on chuchote, on se lamente, on craint le pire pour Oum Roumane qui souffre le martyre, incapable de mettre au monde l'enfant qui trépigne en son sein. Près d'elle, dans une chambre spacieuse, jonchée de tapis moelleux, une accoucheuse l'observe. Oum Amar est la meilleure experte de la ville.

Arrivée dès les premières douleurs, quand le soleil atteignait son zénith, la matrone avait saisi le danger. La future mère avait le bassin trop étroit et l'enfant ne pouvait sortir. Pudiquement réfugié au-delà du rideau de l'alcôve, Abou Bakr pleurait et se lamentait. Oum Roumane était son épouse bien-aimée, une femme d'une grande beauté. Un corps de liane, une peau de soie, blanche comme le lait, des yeux de jais, des cheveux d'or cuivré, rougeoyant comme un brasier. Depuis le matin, il tremblait de peur.

L'enfantement était-il une épreuve si cruelle ? Son épouse précédente avait expiré en expulsant le bébé, une petite fille qu'il avait appelée Asmah. Il se souvenait de son chagrin, de la solitude. Puis Oum Roumane était entrée dans sa vie, et avait su réchauffer son cœur. Le drame allait-il se répéter ?

– Que veux-tu, noble Abou Bakr ? avait dit l'accoucheuse de sa voix rauque, le fils ou perdre les deux ?

Les douleurs s'étaient intensifiées. Oum Roumane criait et se tordait. Une petite esclave l'éventait avec une branche de palmier, Oum Amar utilisait tous les procédés de son art, mais ils restaient impuissants. Aidée d'une servante, elle avait fini par attacher sa patiente en la fixant solidement aux montants du lit. Puis, suivant la règle, elle avait levé la couche à la verticale et prodigué les soins d'usage. Les heures avaient passé et le crépuscule avait assombri la vallée. À la lueur des lampes, Oum Amar s'était glissée près du rideau pour dire à mi-voix :

– Le moment est venu. Approche-toi, Abou Bakr, et prends congé de ta femme. Je vais lui ouvrir le ventre.

– Non ! avait-il hurlé en bondissant sur ses pieds. Tu ne la tueras pas ! Si elle meurt, tu ne sortiras pas vivante de ma maison.

– Tu veux perdre le fils et la mère ?

La matrone revient vers le lit où la parturiente est suspendue, exsangue, respirant à peine. De son panier, elle sort un couteau effilé en acier de Damas avec lequel elle a mis au monde de nombreux enfants de La Mecque.

– Que décides-tu, sage Abou Bakr ? reprend-elle en préparant sa lame.

– Arrête, répond-il. Il reste un espoir : les mains de Khadidja ! Elles font des miracles sur Muhammad quand la crise le prend.

Sur son ordre, un serviteur entrouvre le lourd portail de bois et dévale la ruelle jusqu'à la maison de la noble dame, située à quelques enjambées. L'heure est tardive, mais il est reçu sans difficulté. Ce n'est pas la première fois qu'il transmet un message d'Abou Bakr, l'ami intime de l'honorable époux.

– Viens vite, supplie-t-il d'une voix essoufflée. Mon maître a besoin de toi.

– Je ne peux quitter mon foyer, répond Khadidja. Je suis moi-même dans l'inquiétude. Muhammad n'est pas rentré.

Négociante prospère, Khadidja avait épousé, vingt ans plus tôt, en troisièmes noces, le bel homme solide et intelligent qu'elle avait engagé pour diriger ses caravanes : Muhammad ibn Abdallah ibn Al Hachim que l'Occident a surnommé Mahomet[1]. Il avait vingt-cinq ans alors, et elle quarante. Malgré la différence d'âge, le couple était parfaitement uni et leur foyer s'était agrandi d'un garçon, mort en bas âge, et de quatre filles. Mais une nuit, celle du lundi, douzième jour du mois de rabi'a, il y avait plus de quatre ans de cela, Muhammad avait entendu une voix qui n'en finissait pas de le harceler en lui parlant d'un Dieu unique qui l'avait choisi, lui, pour prêcher la nouvelle religion. Depuis lors, il entrait régulièrement en transe et se croyait fou. Dans le giron de Khadidja, qui le calmait et le rassurait, il retrouvait ses esprits.

– Il s'attarde dans le désert. Ce n'est pas normal, ajoute-t-elle en marchant nerveusement de long en large.

---

1. Tout au long de cet ouvrage, nous garderons le nom arabe du Prophète : Muhammad.

Sur sa robe de soie jaune, elle drape une abaya en poil de chameau finement tissé qui masque ses rondeurs, tout en expliquant :

– Il était très agité quand il est parti. Il se frappait la tête en parlant de la malédiction qui le poursuit. Je crains que la nuit ne lui inspire un geste fatal.

Le serviteur insiste :

– Mère d'Al Qasim[1], Oum Roumane se meurt. La vie refuse de sortir de son ventre. Mon maître dit que tes mains ont le pouvoir de la sauver puisqu'elles guérissent Muhammad.

– Elles soulagent ses douleurs parce que Dieu le veut, bougonne-t-elle. C'est Lui qui me donne le pouvoir. L'homme que j'ai épousé ne ressemble pas aux autres. Dieu l'a choisi. Pour l'heure, il ne veut pas le croire. Tant qu'il en aura peur, il souffrira, et mes mains auront le privilège de le guérir.

Le serviteur baisse la tête d'un air embarrassé. Il se moque des états d'âme de cet homme qui entend des voix l'assurant qu'il est prophète. D'autres avant lui ont vécu la même illusion, vainement ; la ville tout entière se gausse de ses affirmations en déplorant qu'un commerçant de si bonne réputation se mette à divaguer. Mais que dira son maître s'il ne ramène pas la femme miracle qu'il réclame ? Rentrer bredouille déclencherait une colère redoutable. Cette perspective lui insuffle le courage de revenir à la charge :

– Si Allah existe vraiment comme tu l'affirmes, ne voudrait-Il pas épargner l'épouse bien-aimée d'Abou Bakr qui est lui-même un soutien fidèle de la nouvelle religion ?

Touchée au cœur, Khadidja se fige et blêmit en bredouillant :

---

1. Surnom de Khadidja depuis qu'elle avait eu un fils de Muhammad : Al Qasim mort dans sa deuxième année.

– Par Allah, ce que tu viens de dire me couvre de honte. N'est-ce pas Lui qui t'envoie, après tout ?

Elle frissonne, réfléchit et ajoute sur un ton plus assuré :

– Allah est un Dieu juste, clément et miséricordieux. Il pourrait bien me punir si je ne réponds pas à l'appel du meilleur ami de mon mari, son frère, son plus proche soutien. Muhammad lui-même me ferait mille reproches, lui qui déteste la brutalité et ne m'a jamais rudoyée.

Oubliant ses hésitations, elle donne des instructions à ses domestiques, et s'engage dans la ruelle, afin de se précipiter au chevet d'Oum Roumane. Dans la chambre surchauffée par les braseros, cette dernière respire à peine et ressemble à une victime suspendue pour le sacrifice. Sans perdre de temps en salamalecs, Khadidja jette un regard noir sur la matrone armée de son couteau, et pose calmement les paumes de ses mains sur le ventre de la pauvre femme suspendue. Elle reste ainsi de longues minutes, sans se soucier de la servante qui retourne le sablier. Trois, six, dix fois peut-être ? Peu lui importe. Elle attend patiemment le résultat. Soudain, une douleur violente saisit le corps de l'accouchée. Son cri trouble la nuit et pétrifie la maisonnée. Chacun se demande : « Est-ce la délivrance… ou la mort ? » Le silence est impressionnant.

Au-dehors résonne la voix du chamelier :

– La lune se lève… Venez, partons !

Comme en écho, un vagissement envahit la pièce. Abou Bakr pleure de joie. Il vient d'entendre le nouveau-né, un mâle sans nul doute. Le va-et-vient des servantes le rassure, mais un dernier relent d'inquiétude lui pince les entrailles lorsqu'il écarte le rideau pour voir sa bien-aimée. Elle gît, exténuée… mais vivante.

– Dieu est grand ! rugit-il en se prosternant front contre terre, selon le nouveau rite enseigné par Muhammad, tel que la voix l'a stipulé.

L'instant d'après, il s'empresse au chevet de sa belle qui sourit faiblement et lui dit d'un ton las et résigné :

– Je suis désolée, c'est une fille. Tu peux la noyer si tu le souhaites.

Comment dissimuler sa déception ? Il espérait un garçon. D'un précédent mariage, il avait eu un fils, Abdallah, qui avait déjà sa vie d'homme, ainsi qu'une fille, Asmah, qui lui permettrait de consolider une alliance favorable pour ses affaires. Cette seconde épouse, si jeune et si belle, lui offrait, en plus de l'amour, une chance d'avoir un nouvel héritier. Depuis neuf mois son espérance l'avait soutenu, devenant, jour après jour, certitude. Il montrerait aux habitants de la ville qu'il avait conservé sa virilité, malgré ses cheveux grisonnants et sa barbe blanchie qu'il teignait au henné pour masquer les signes de l'âge, quarante ans passés. Il avait prié le Seigneur, Maître du monde, et s'était soumis à ses enseignements, respectant la justice et pratiquant la charité. Dieu ne devait-Il pas tenir compte de sa fidélité et de son obéissance ?

Il s'approche de la nacelle en poil de chèvre qui sert de berceau afin de découvrir la cause de tant de souffrances. Son cœur hostile ne peut s'empêcher de fondre devant le visage délicat, auréolé de cheveux rouges. Une émotion inexplicable l'envahit lorsque la petite main saisit le doigt qu'il approchait pour la toucher et le serre avec une force surprenante.

– Comment allons-nous l'appeler ? marmonne-t-il en se tournant vers son épouse.

– Du nom de ma mère, qui avait aussi les cheveux rouges : Aïcha !

Les femmes présentes dans la chambre expriment leur soulagement et leur reconnaissance par un «*Allah Akbar* !» retentissant.

En ce début du septième siècle, les peuplades du

désert d'Arabie avaient coutume de noyer les filles en surnombre. « Une fille non désirée est comme un chaton non souhaité », enseignaient les nombreuses divinités qu'elles vénéraient. Il y en avait près de trois cent cinquante rassemblées dans le temple construit autour de la pierre tombée du ciel devant Abraham. La roche était blanche lorsque Dieu l'avait envoyée. Elle s'était noircie, au fil des siècles, de tous les péchés des hommes qui avaient oublié le Dieu de l'ancêtre pour se choisir des déesses plus complaisantes, clientes de leurs mensonges, vices et fourberies. Les Quraïch, seigneurs de La Mecque et gardiens du temple, entretenaient ce culte qui était celui de leurs aïeux arabes depuis la nuit des temps. Il permettait aux riches de prospérer au détriment du faible, et aux démunis de se réjouir d'être en vie. Quant aux femmes, elles n'étaient que des femelles, assurant aux hommes une lignée d'héritiers et la satisfaction des plaisirs de la chair. Des ventres et des sexes. Des marchandises que l'on vendait ou échangeait contre des moutons ou des chameaux. Épouses, esclaves ou prostituées, toutes étaient des êtres inférieurs, soumises à la loi du maître qui avait en outre le droit de les enterrer vivantes ou de les noyer si, par malheur, elles s'avisaient de naître à la place du petit mâle tant attendu pour la fierté de la famille et l'honneur du clan.

Depuis qu'il entendait la Voix, Muhammad parlait un autre langage. Ceux de son entourage qui l'écoutaient étaient séduits par la justesse et la clarté de son enseignement. Guidée par son intuition, Khadidja avait été la première à se convertir. Abou Bakr n'avait pas tardé à l'imiter, ému par la beauté du discours de son ami qui osait s'élever contre l'inutilité des divinités de pierre devant la puissance du Dieu unique. Lui aussi avait accepté cette nouvelle religion appelée « islam », « soumission ». Lui, le lettré, l'homme d'affaires prospère, le sage dont l'âme inquiète cherchait la vérité.

– Aïcha, répète-t-il en regardant le bébé dans la nacelle. Ce nom sera le tien, et que Dieu te bénisse, puisqu'il t'a prêté vie !

– Je reconnais ton bon sens et ton cœur, s'écrie Khadidja. Allah te récompensera.

Oum Roumane trouve alors la force de se redresser sur ses coussins et tend les bras vers son époux.

– Tu es sage, ô mon maître bien-aimé. Cette enfant sera notre lumière et le miel de notre vie. Regarde comme elle est jolie. Un grand destin sera le sien. J'en ai le pressentiment.

Penchée sur le berceau, Khadidja essuie une larme en pensant qu'elle a bien fait de suivre le serviteur et de répondre à l'appel de l'ami en détresse. Par la volonté de Dieu, ses mains ont sauvé une mère qui luttait contre la mort afin de donner le jour à son enfant. Ce bébé si gracieux méritait bien de venir en ce monde. Ayant accompli ce qui lui avait été demandé, elle retrouve ses appréhensions au sujet de son mari, et se tourne vers Abou Bakr pour les lui confier.

– Muhammad m'inquiète, conclut-elle. Allons le rejoindre dans son désert. Il sera heureux d'apprendre la nouvelle.

– Tu as raison. Allons !

Il lance ses ordres. Une poignée de serviteurs s'arment de torches, des chameaux sont conduits dans la cour, les battants de bois du portail s'ouvrent sur la ruelle jonchée de sable qui scintille sous les rayons de lune, et la petite colonne sort de la ville à pas feutrés sous le firmament étoilé.

Au milieu de la grotte, un feu se meurt. Les lieux sont vides, un baluchon gît près de l'entrée. Dans la pénombre de l'aube qui blanchit le ciel et fait pâlir l'astre de la nuit, les serviteurs se dispersent autour des recoins montagneux, contournent une hauteur et lancent des appels. Au pied de la montagne, ils ont abandonné les montures et Khadidja, alourdie par ses soixante ans, peine sur le chemin escarpé couvert d'éboulis. Elle le connaît bien pour l'avoir emprunté à diverses reprises, chargée de nourriture qu'elle apportait à son mari lorsqu'il se retirait en ce lieu pour méditer, prier, oublier la voix qui le terrassait de sa puissance et le terrifiait au point qu'il souhaitait mourir afin d'en être délivré. À son tour, elle tremble. Où est-il allé se cacher ?

– La falaise, crie-t-elle soudain, le ravin…

Son intuition ne l'a pas trompée. Au bord de l'à-pic, une forme sombre, agenouillée, se relève lentement et s'avance vers les nouveaux arrivants sans les voir. Son visage, tourné vers le ciel, est transfiguré, « éclairé d'une lumière surnaturelle », diront plus tard les témoins de cet instant. Khadidja reconnaît la haute silhouette de son mari dans son manteau vert, ses longs cheveux noirs et soyeux qui ondulent sur les épaules, sa barbe et ses yeux sombres qui étincellent comme des charbons ardents. Qu'a-t-il fait de son turban ? Dans quel combat l'a-t-il abandonné ? Elle court vers lui.

– Tu es là, enfin, souffle-t-elle, j'ai eu si peur de t'avoir perdu !

Abou Bakr, qui la suivait, s'arrête à quelques mètres et fait signe à ses serviteurs de l'imiter. Muhammad rassure sa femme et salue les porteurs de torches. Un sourire de bonheur illumine ses traits :

– Venez tous vers moi, dit-il.

Les larmes étouffent ses paroles, mais il se reprend :

– Je pensais que j'étais un damné, honni par l'enfer et méprisé par le ciel. Ma vie passée, orientée vers la richesse et le profit, me semblait méprisable. En courant jusqu'ici, je n'avais qu'une idée : en finir avec cette existence misérable. Je me suis levé pour me jeter dans le précipice. C'est alors qu'une voix puissante a résonné dans le ciel : *« Arrête ! Tu es l'Envoyé du Dieu*

unique, Son Messager, et je suis Gabriel. » Levant les
yeux, j'ai vu l'archange sous une forme humaine, une
apparition claire et rayonnante sur la voûte parsemée
d'étoiles. Sa tête touchait le ciel et ses pieds s'ap-
puyaient sur le fond du ravin. J'avais beau me tourner
dans diverses directions, partout je le voyais dans la
même grandeur et la même magnificence.

— Je le savais, s'écrie Khadidja en le regardant
comme seule peut le faire une femme qui aime de toute
son âme. Je savais, depuis le premier jour où je t'ai vu,
que tu étais différent des autres hommes de La Mecque.
Réjouis-toi, et reste ferme. Par celui qui tient entre ses
mains l'âme de Khadidja, tu seras, je l'espère, le Prophète de cette nation.

Elle s'agenouille aux pieds de son mari en pleurant,
et Muhammad se lance dans un discours en vers. Il dit
les versets énoncés par l'ange : les recommandations
d'Allah aux hommes qui doivent s'amender afin de ne
pas périr en enfer. Prenant les mains de Khadidja, il
l'aide à se relever et poursuit de sa voix douce :

— Te souviens-tu, lumière de mes yeux, de cette nuit
céleste où l'ange m'a ordonné de lire, à moi qui n'aie
jamais appris, et m'a révélé les premières sourates du
Coran ? « *Lis : Au nom de ton Seigneur, qui a tout créé,
qui a créé l'homme de sang coagulé. Lis : Ton Seigneur
est le généreux par excellence, c'est lui qui a enseigné
l'écriture ; il a enseigné aux hommes ce qu'ils ne
savaient pas* [1]. » Te souviens-tu de mon émoi cette nuit-
là ? Me crois-tu encore en cet instant ?

— Je t'ai retrouvé, ô mon maître, et je te crois,
dussé-je en mourir.

---

1. Coran, sourate 96, L'Astre nocturne, versets 1 à 5.
Dans la chronologie de la Révélation, ces versets sont considérés
comme les tout premiers que le Prophète a reçus. Dans le Coran en
langue arabe, cette sourate si importante a pour titre : l'Adhérence.

Assis sur un rocher proche, Abou Bakr, qui observait la scène en caressant sa barbe, se met à toussoter. Muhammad sursaute, surpris de découvrir sa présence.

– Toi aussi, tu es là ? s'écrie-t-il. As-tu entendu ce qui m'est arrivé cette nuit ? Me crois-tu ?

– Pourquoi cette question, Ahmad fils d'Abdallah, fils de Hachim ? Si Khadidja est la première femme qui s'est convertie à l'islam, et ton cousin Ali, le premier adolescent, je suis fier d'être le premier homme d'âge mûr qui a répondu à ton appel et prononcé, sans hésiter, l'acte de foi.

– Oui, dit Muhammad, dès que l'appel est tombé dans ton esprit, l'étincelle de l'islam s'est allumée au bout de ta langue. Pourquoi es-tu là, avec Khadidja ?

– Nous sommes venus t'annoncer la nouvelle. L'accouchement s'est produit cette nuit. J'ai vraiment cru perdre ma femme. Tout allait si mal que j'ai appelé la tienne. Ses mains ont opéré avec la magie que tu connais. Oum Roumane se mourait et soudain, quand la voix du chamelier a crié : « La lune se lève… », une contraction très violente a fait naître l'enfant, et ma chère épouse ne nous a pas quittés.

– Quand la lune s'est levée ? demande Muhammad d'un air hagard.

Abou Bakr confirme d'un hochement de tête.

– À cet instant précis, reprend-il, je voyais l'ange. La coïncidence est étrange. *Mabrouk*[1], mon frère. Je veillerai sur ton fils comme s'il était le mien, le petit Al Qasim que Dieu m'a enlevé trop vite.

Abou Bakr prend un air embarrassé :

– Ce n'est qu'une fille, Muhammad. Et elle a des cheveux rouges.

Il se tait et poursuit en baissant le ton de sa voix :

– Avec ses cheveux rouges, ne serait-elle pas la fille

1. Félicitations. Le bonheur sur toi.

de Satan ? Oum Roumane m'a dit que je peux la noyer si tel est mon désir. J'hésite, je te l'avoue. Cette naissance m'a donné trop d'angoisse. Si je la tue, que m'arrivera-t-il ? Satan ? Allah ? Comment savoir ?

Saisissant les épaules de son ami, Muhammad s'écrie :

– N'en fais rien ! Dieu seul est le maître de la vie et de la mort. Il t'a donné cette enfant. Tu dois la garder. Connais-tu les chemins d'Allah ? Qu'a-t-il prévu pour cette petite fille, née au moment même où je voyais l'archange ? Ne détruis pas le cadeau de Dieu. Le fils viendra bientôt. N'aie crainte, et sois heureux.

Il s'interrompt un moment pour une accolade au père ému et désemparé.

– Comment l'appelleras-tu ? demande-t-il.

– Aïcha…, bredouille Abou Bakr. Oum Roumane en a décidé ainsi. C'était le nom de sa mère qui avait aussi les cheveux rouges.

– Aïcha… la « Vivante », reprend Muhammad songeur, née dans la nuit et à l'instant où j'ai vu Gabriel. Je veillerai sur elle, mon frère, je te le promets.

2.

– *Mahabah*[1] !

Une petite fille vient de jaillir sous le porche de l'imposante demeure. Des boucles flamboyantes autour d'un fin visage nacré et de grands yeux noirs pailletés d'étoiles. Aïcha a six ans. Vêtue d'une tunique baya-dère bordée d'un galon blanc, elle agite sa main d'un geste gracieux pour accompagner ce « bonjour » adressé aux hommes qui travaillent dans l'immense cour séparant la maison des entrepôts.

– *Salam* ! La paix sur toi, répondent-ils en s'incli-nant devant la fille du maître qui les émeut par son charme et son assurance.

Elle salue son public avec une aisance qui les fascine. Son regard balaie l'assistance et se pose sur chacun d'eux. Palefreniers, comptables, contremaîtres, servi-teurs et marchands, elle les reconnaît. Ils sont nombreux dans le vaste espace, allant et venant entre les bêtes et les ballots de marchandises. Elle les observe d'un air attentif. Le spectacle ne manque pas de couleurs, ni d'intérêt. Autour des mules et des chameaux que l'on charge ou décharge, ils courent de tous côtés, palabrent, vocifèrent, se disputent ou se donnent l'accolade après un claquement sec de leurs mains droites, paume contre paume, en signe d'accord sur une transaction. Un

---

1. Bonjour.

vacarme assourdissant dans un air alourdi par les odeurs d'épices, de grains divers, d'encens et de benjoin, auxquelles se mêlent celles du fourrage, de l'urine et du crottin. Du haut de son perron, Aïcha domine la scène et répond aux salutations aimables de l'un ou de l'autre.

Son rire séduit, ses réparties amusent et ses propos surprennent par la poésie de leur tournure. Si jeune, elle s'exprime déjà dans l'arabe le plus pur, celui du Nejd et du Hedjaz qu'elle a appris chez les Bédouins du désert où son père l'a mise en nourrice après sa naissance. Une tradition dans les familles de notables de la ville, qui considèrent ce retour aux sources comme la meilleure école pour forger le caractère et se nourrir des valeurs ancestrales. Filles ou garçons doivent être pétris dans le moule tribal dont le système sera leur règle de vie. Abou Bakr avait choisi un campement appartenant à une famille des Banu Makhzum, la tribu la plus puissante et la plus respectée avec celle des Banu Ommaya, les deux premières des douze tribus qui formaient l'important groupe des Quraïch, les seigneurs de La Mecque. Il connaissait leurs chefs auxquels il s'était lié par des traités commerciaux depuis de nombreuses années.

Nourrie de lait de brebis ou de chamelle, Aïcha s'était imprégnée de ces qualités essentielles qui conditionnent la personnalité : le courage et l'endurance, la rigueur et la droiture, la patience et la frugalité, sans négliger les devoirs de l'hospitalité. À vivre sous la tente, du côté des femmes et des enfants, elle s'était familiarisée avec les bruits les plus insolites, la promiscuité des animaux, la rudesse des hommes, l'odeur du sable et les senteurs colportées par le vent, celle de la cardamome sous le martèlement du mortier, du pain cuisant sur les braises, ainsi que les nuages sur l'horizon, qui annoncent la tempête ou l'arrivée d'un étranger. Bercée de mélopées, au

son de la rubaba[1], elle avait écouté les contes magiques
des Bédouins assis autour du feu. Sous la voûte cloutée
d'étoiles, ils chantaient l'ardeur des valeureux guerriers
et la beauté de ces princesses de rêve qui hantaient leur
imaginaire. Dans cet univers sans limites, elle avait
couru vers l'horizon sans fin et découvert l'ivresse de la
liberté, partageant les jeux turbulents de ses frères et
sœurs de lait qui avaient son âge et la même insouciance.

Quatre ans plus tard, pétrie de ces connaissances
rugueuses et sensuelles tout à la fois, elle avait regagné
La Mecque dans son cercle de montagnes rocailleuses,
qui s'élevaient comme une barrière étouffante entre la
ville et l'immensité de l'infini. Dans sa maison entourée de hauts murs, elle s'était sentie en prison et
s'échappait sur la terrasse qui servait de toit où elle
passait de longues heures. Grimpant sur la rambarde,
elle fixait les cimes qui festonnaient le ciel, et se dres-
sait sur la pointe des pieds pour tenter de retrouver ce
qu'elle avait perdu. Barrira, la servante chargée de la
surveiller, l'avait débusquée un jour dans une position
risquée, et s'était avancée sans bruit en maîtrisant son
effroi.

– À quoi joues-tu ? s'était-elle écriée en la plaquant
sur son opulente poitrine. Tu ne peux rester ici, sous le
feu du soleil, à flairer comme un chiot qui cherche une
mamelle. Tu finiras par te casser le cou.

– Je ne sens plus l'odeur du désert, avait sangloté
Aïcha. Je n'entends plus les rires de mes amis. Avec
eux, je pouvais courir autant que je le voulais. Ici, je
suis enfermée, je m'ennuie et mon cœur s'emplit de
tristesse.

– Calme-toi, ma colombe. Tout le monde t'aime dans
cette maison où tu ne manques de rien. Beaucoup d'en-

---

1. Sorte de viole monocorde.

fants vivent dans le voisinage. Tu auras d'autres amis, et si tu es sage, ton père te prendra sur son cheval. Il t'emmènera dans la campagne autour de la ville. Il en connaît les chemins.

Au fil des jours, Aïcha s'était accoutumée à sa nouvelle vie en découvrant sa famille. En plus de ses parents, elle avait un grand frère, Abdallah, et une sœur, Asmah, issus du premier mariage de son père, ainsi qu'un petit frère, Abder-Rahmane, que sa mère avait mis au monde sans difficulté, et gardé auprès d'elle pour se réconcilier avec la maternité. Il sautillait comme un cabri et l'amusait de ses facéties. Auprès d'eux vivaient ses grands-parents paternels et la sœur cadette de son père, une veuve sans enfants. Ce petit monde la choyait. Oum Roumane s'attendrissait devant la beauté de sa fille, et Abou Bakr se félicitait de ne pas l'avoir noyée. Très vite, il avait remarqué sa vive intelligence, sa précocité et sa mémoire stupéfiante. L'érudit n'en était pas peu fier. Aïcha représentait bien sa digne descendance. Il en ferait une savante et lui ouvrirait les centaines de parchemins précieux roulés dans des coffrets ouvragés, sur les rayonnages de sa bibliothèque.

Sans tarder, il lui avait inculqué les rudiments du savoir et quelques éléments de l'histoire des peuples, des tribus d'Arabie et de leurs généalogies, sans oublier de lui parler d'Allah, le Dieu unique, Créateur du monde, dont l'ami Muhammad était le Messager. Chaque fois que ce dernier leur rendait visite, elle le surprenait en lui récitant les versets reçus de l'archange, que son père lui avait répétés. Il lui suffisait d'écouter attentivement. Son cerveau enregistrait de façon infaillible et restituait à volonté.

Un matin de l'automne 619, dans un coin de l'immense cour où se dresse un palmier solitaire entouré de

lauriers, Aïcha a réuni un groupe de gamines du voisinage. Du même âge, elles se ressemblent avec leurs
tuniques rayées ou bordées de broderies, leurs nattes
noires enroulées de rubans multicolores, et leurs yeux
sombres dans des visages ambrés. La « petite maîtresse », comme l'appellent les gens de la maison, se
distingue au premier abord par la couleur de ses cheveux, sa taille plus élevée et le ton d'autorité. C'est elle
qui choisit les jeux, décide, ordonne. Loin des ballots
de marchandises et du va-et-vient des bêtes, sur des
coussins chamarrés, alignés à l'ombre des hauts murs,
elle exhibe devant ses amies éblouies la collection de
poupées que son père lui a rapportée de ses nombreux
voyages. Elles portent les costumes de ces pays lointains, pleins de richesses, où s'aventurent ses caravanes. Le Yémen, l'Égypte, les rivages de la mer des
Perles, et les côtes d'Oman où s'entassent les trésors de
l'Inde et de Zanzibar : soieries et pierreries, mais aussi
l'encens, la myrrhe, le musc, la cannelle et ces clous de
girofle qui nettoient les dents. Sous les auvents, au
fond de la cour, s'amoncellent d'innombrables paniers
odorants de ces épices rares que s'arrachent les marchands de La Mecque avant qu'elles ne poursuivent
leur route vers les grands souks de Damas ou de Samar-
kande.

Étendues sur leurs coussins douillets, les figurines
ont l'air de sommeiller dans leurs atours de fête :
velours, brocarts et voiles arachnéens pailletés d'or. Les
petites filles les contemplent d'un air émerveillé en
rêvant de ces mondes inconnus où les femmes sont des
reines qui enflamment le cœur des hommes par leur
beauté. Chacune à sa manière raconte une histoire, celle
de Didon ou de Cléopâtre, celle de Bethsabée ou de
Balkis, la mystérieuse reine de Saba. D'un coffret en
vannerie, Aïcha sort délicatement des animaux ailés en
faïence bleue.

– Voilà de drôles de jouets, dit une voix d'homme qui fait sursauter la jeune assemblée.

En reconnaissant Muhammad, la petite troupe, tout intimidée, s'éparpille comme une volée de moineaux à la recherche d'un abri. Seule Aïcha reste plantée devant lui, et lui répond avec aplomb :

– Ce sont des chevaux !

– Les chevaux n'ont pas d'ailes, rétorque-t-il en riant.

– Le Messager de Dieu a-t-il oublié les chevaux de Salomon ?

– Tu es bien savante, petite rouquine ! raille-t-il sur un ton amusé.

Reconnaissant la voix de son ami, Abou Bakr sort de ses entrepôts pour l'accueillir et rabroue sa fille en lui rappelant la modestie qui s'impose aux personnes de son sexe, ainsi que la bienséance due aux visiteurs.

– Ne sois pas sévère, lui dit Muhammad. Les enfants ont le droit de se divertir. C'est à nous de ne pas les interrompre.

Se tournant vers Aïcha, il ajoute :

– Tu as raison, jolie gazelle, les chevaux de Salomon avaient des ailes. Comme les anges d'Allah !

Son regard s'attarde sur la fillette qui l'observe à la dérobée, tandis qu'Abou Bakr le saisit par le bras en s'exclamant :

– Par Dieu ! Tu as la mine réjouie et cela me réconforte. Que vas-tu m'annoncer ?

Deux semaines plus tôt, Muhammad avait perdu Khadidja, son unique femme. Depuis ce jour affreux, il pleurait celle qui, pendant vingt-cinq années, avait été son employeur et son associée, son épouse et son amante, la maîtresse du foyer, la mère de ses enfants et, par-dessus tout, sa confidente, sa première convertie à l'islam, et son meilleur soutien pour ses prédications. Non content de l'avoir ainsi éprouvé, Dieu lui avait infligé un autre chagrin. Trois jours plus tard mourait son oncle, Abou Talib, le chef des Banu Hachim, qui l'avait recueilli quand il était orphelin. Cette disparition avait accru son désespoir, car elle signifiait pour lui non seulement la perte d'un parent fidèle et solidaire qui l'avait adopté comme son propre fils, mais surtout la fin d'une protection politique, ce qui impliquait de graves conséquences. Sans elle, son avenir à La Mecque était compromis. Depuis lors, il errait comme une âme en peine et se prenait à douter en battant sa coulpe. N'était-il pas le responsable de ces nombreux malheurs ?

Quatre ans plus tôt, il avait obéi à l'archange Gabriel qui lui avait annoncé un soir que l'heure était venue de prêcher la nouvelle religion et de ramener les idolâtres au vrai Dieu. Il s'était rendu à *Dar al Nadwa*, la maison de la rencontre près du temple appelé *Kaaba*. Il avait raconté son histoire, les apparitions, et il avait récité ce que Gabriel lui avait dicté, demandant à tous de se plier aux ordres du Dieu unique et d'oublier les déesses Uzzat, Al Lat, Manat et les autres, s'ils ne voulaient subir les brasiers de l'Enfer.

Les Quraïch en colère l'avaient jeté hors du temple tandis que les habitants de La Mecque s'étaient moqués de lui. Il avait subi en silence les quolibets et les pires humiliations. On l'avait battu, couvert de boue et même d'excréments. On avait ri de ses premiers disciples qui n'étaient qu'une poignée d'esclaves. On l'avait traité de perturbateur, menteur, agent de l'étranger, jusqu'à cette insulte suprême, « châtré », à laquelle il avait répondu :

– C'est celui qui t'insulte qui est le châtré[1] !

Une pluie d'injures avait suivi au fil des jours et les persécutions avaient commencé. Un petit groupe de

---

1. Coran, sourate 108, Le Kauther, verset 3.

musulmans avait fui en Abyssinie, un pays chrétien qui avait un Dieu unique. Les autres étaient restés près du Messager qui ne s'était point découragé. Chaque jour, près de la Kaaba, il avait expliqué la Résurrection, le Jugement, l'Enfer et le Paradis. Aux Bédouins abasourdis qui réclamaient des preuves, un miracle, il répétait :

– Je ne suis qu'un homme comme vous, mais le ciel m'a révélé qu'il n'y a qu'un Dieu. Soyez justes devant Lui. Implorez sa Miséricorde. Malheur aux idolâtres[1] !

Sa persévérance lui avait gagné de nouveaux adeptes parmi les notables tandis que d'autres, parmi les esclaves, avaient abjuré sous la torture, afin de sauver leur vie. Les Quraïch, excédés, avaient tenté de le tuer, sans succès. Ils avaient alors demandé aux membres influents de sa famille de le ramener à la raison, en mettant fin à ses agissements. L'oncle Abou Talib, chef des Banu Hachim, avait refusé d'interférer. Sans avoir rejoint l'islam, il était resté fidèle aux liens du sang et à la loi sacrée de la solidarité du clan. Muhammad, accusé de blasphème, et sa tribu au grand complet avaient été mis au ban de la ville. Épreuve cruelle qui avait duré deux années au cours desquelles les Banu Hachim et les cousins Al Muttalib, les non-croyants comme les croyants, avaient connu la ruine, la misère et la faim. Bouleversés, les amis des autres clans les avaient secourus en secret. Pris de pitié, ils avaient négocié avec succès la levée de l'interdit.

Muhammad s'était alors rendu à la Kaaba. Ignorant les déesses des idolâtres, il avait chanté bien haut le nom d'Allah ! Et le nombre des adeptes avait grossi autour de lui, malgré la fureur des Quraïch. Ces der-

---

1. Coran, sourate 41, L'Explication, verset 5.

niers avaient offert un compromis lorsque Muhammad avait fini par admettre que leurs déesses étaient de « sublimes oiseaux » dont l'intercession était souhaitée. Joie dans la ville. Mais de courte durée. Tancé par l'Archange Gabriel, le Messager s'était repris en reniant les versets « inspirés par Satan » et avait déclaré :

– Ô Incroyants ! Je n'adore point vos simulacres, vous n'adorez point mon Dieu. À vous votre croyance, à moi la mienne[1] !

Les persécutions avaient recommencé de plus belle. Abou Bakr, qui n'appartenait pas au même clan, avait été inquiété pour sa piété affichée aux abords du temple. Sur le conseil d'un important chef bédouin, respecté par les Quraïch, il avait construit une petite mosquée au fond de sa cour, afin de prier sans déranger personne. Devant les nouvelles épreuves qui les touchaient, Khadidja s'était éteinte entre les bras de son mari à l'âge de soixante-cinq ans, épuisée par les tensions, les fièvres et les privations endurées au cours des précédentes années. Peu après, l'oncle Abou Talib mourait à son tour.

Dès lors les visites de Muhammad, seul et désemparé, étaient devenues quotidiennes chez le fidèle Abou Bakr. Après la prière, les deux hommes s'entretenaient longuement de l'avenir de l'islam : comment le développer, l'étendre à d'autres contrées ? L'horizon de La Mecque leur paraissait bien sombre. Mais dans quel pays, dans quelle ville s'aventurer ?

– Dieu me fera savoir où et quand, répétait Muhammad. Le moment viendra.

Ce matin-là, devant la mine réjouie de son ami, Abou Bakr est persuadé qu'il a reçu le message divin, et l'entraîne en hâte vers son oratoire où ils pourront converser sans risque d'être écoutés. La réponse de

---

1. Coran, sourate 109, Les Infidèles, versets 1 à 6.

Muhammad atteint l'oreille d'Aïcha. Le son faiblit au fur et à mesure qu'il s'éloigne, mais elle en saisit l'essentiel : « Le Très-Haut éprouve ma patience. Gabriel reste muet. L'idée m'est venue d'aller à Taïf. Des fruits et légumes en abondance, un air plus sain, une vie plus agréable. Si toutefois les habitants nous accueillent avec nos croyances et nos pratiques. »

Elle retient ces propos, comme tout ce qui concerne ce mystérieux ami de son père qui fait jaser la ville bouleversée par ses dires, et fait partie des intimes de sa famille. Elle est trop jeune pour connaître les détails de la mission divine et les difficultés à l'accomplir, mais son ouïe est fine, elle a beaucoup entendu et elle en sait assez pour le défendre en suivant l'exemple de son père.

Tandis que les gamines sortent prudemment de leurs cachettes, elle les gourmande en les toisant :

– Muhammad n'est pas un diable. Il est le Messager de Dieu, et il aime beaucoup les enfants. Pourquoi vous enfuir ? Aujourd'hui, il ne pleure pas comme les autres jours. Si mon père n'était pas arrivé, il aurait joué avec nous.

– Impossible ! rétorque l'une, appelée Hind, un homme ne joue pas avec les petites filles. Encore moins quand il est prophète.

– Mon père, intervient la seconde, nommée Haya, dit que c'est un imposteur et qu'il ne faut pas l'approcher.

– Mon père à moi, ajoute Noor, la troisième fillette, voudrait bien croire en ses discours, mais il ne fait aucun miracle. Autant garder nos déesses de la pluie et des moissons.

– Eh bien moi, reprend Aïcha, je peux vous dire avec certitude qu'il dit la vérité. Mon père, qui reconnaît les menteurs, en est certain. Il sait beaucoup de choses, mon père. C'est un savant. Il s'est converti sans hésiter. Et moi, je lui obéis en faisant mes prières.

Elle s'assied sur le sol et ses amies prennent place autour d'elle. Une voix enrouée s'élève alors, celle de Zoubeida, la quatrième compagne :

– Ma mère se dispute souvent avec mon père à cause du Messager. Elle dit qu'un jour, tout le monde le suivra parce qu'il nous enseigne la justice et la bonté. En particulier envers les femmes. Mon père la menace de la répudier si elle répète des propos aussi stupides.

Aïcha se penche vers le centre du cercle et baisse le ton de sa voix :

– Voulez-vous connaître un secret ? Le Messager ne veut pas se remarier comme le font les veufs. Il aimait tellement sa vieille Khadidja, qu'il ne peut l'oublier. Bien des femmes dans la ville sont prêtes à l'épouser, mais il refuse. Il garde son cœur pour celle qui l'a quitté. C'est pour elle qu'il pleure. Quand il nous a vues, il s'est retenu.

Devant l'effet produit par ses paroles, elle ajoute :

– Croyez-vous que nous aurons des maris aussi aimants ?

Selon la coutume, la plupart des filles sont promises dès la naissance. Les pères scellent des alliances avantageuses en décidant de leur mariage. Bon gré, mal gré, elles devront accepter sans certitude d'aimer ou d'être aimées. Hind, âgée de huit ans, confie le nom de son fiancé qui en a dix de plus, et qu'elle épousera après que le sang ait coulé plusieurs fois entre ses cuisses.

– Moi aussi, j'en ai un, dit Aïcha. Il s'appelle Djobaïr, il a douze ans. J'espère qu'il sera gentil avec moi. J'ai encore beaucoup de temps pour jouer avec vous et avec mes poupées.

La conversation dérive sur les mystérieuses menstrues qui marqueront la fin de leur enfance. Elles devront alors apprendre le métier d'épouse et de génitrice, et affronter bien des douleurs. Aïcha prend la parole pour raconter les tortures subies par sa mère et le miracle de sa naissance. Récit devenu légende depuis la mort de Khadidja dont les mains avaient un pouvoir que l'on qualifie de surnaturel. L'irruption de Barrira éparpille le vol d'oiselles. Chacune regagne son foyer pour le repas de midi.

Au moment de disparaître dans l'ombre fraîche de la maison, Aïcha se retourne pour observer les deux silhouettes en robes de fin coton blanc sous les manteaux couleur d'ambre, coiffées de turbans savamment drapés, qui traversent la cour désertée à cette heure du jour où le soleil tombe à la verticale sur le sol aussi brûlant qu'une fournaise. L'une, très haute, longue et souple comme un roseau, l'autre à peine plus courte, plus musclée, marchant d'un pas léger, presque aérien. Comme chaque jour, après avoir longuement discuté dans la mosquée privée où ils ont prié en secret, son père raccompagne Muhammad et lui donne l'accolade près du portail. En cet instant, il s'attarde pour lui dire :

– Bonne chance à Taïf, mon frère. Je le répète : si nous restons ici, l'islam mourra. C'est à nous de le défendre. Les juifs ont leur Dieu unique, ainsi que les chrétiens. Voilà pourquoi ils sont puissants. Notre nation ne peut rester celle des idolâtres arriérés. Nous avons Allah qui s'est fait connaître par ta bouche. À nous de fabriquer les disciples qui répandront la doctrine sur les terres arabes.

– *Inch'Allah* ! répond Muhammad en levant la main vers le ciel. J'ai prévu de partir dans quelques jours et te tiendrai informé.

Il se fond dans la ruelle tandis qu'Abou Bakr rejoint sa fille en trois enjambées. Un air guilleret illumine son visage lorsqu'il ébouriffe les cheveux flamboyants en murmurant :

– Petite rouquine ! C'est un joli nom que t'a donné le Messager.

– Il s'est moqué de moi. Je suis Aïcha.

– Et moi, Abou Bakr, ton père, qui te rappelle à plus de modestie. Muhammad est un homme très important que nous devons écouter. Il entend la parole de Dieu et nous rapporte ce que nous devons faire pour mériter le Paradis.

– Pourquoi veut-il s'en aller à Taïf ? Allons-nous partir, nous aussi ?

– Nous ferons ce que Dieu décide. Tu ne dois pas t'inquiéter. Dieu est grand !

Main dans la main, ils entrent dans la salle commune où le cercle de famille les attend. Chacun est assis sur les coussins épais qui longent les murs, autour d'un tapis de laine aux dessins multicolores. Les hommes d'un côté, les femmes de l'autre. Aïcha rejoint sa mère près de sa sœur. On commente les nouvelles du jour, tandis que les servantes étalent à même le sol une pièce d'étoffe sur laquelle elles disposent les plats contenant des morceaux de viande, des légumes et de la bouillie d'avoine, quelques dattes et des gâteaux au miel fourrés d'amandes. Le repas terminé, les femmes se retirent, laissant les hommes échanger leurs analyses sur le commerce et la politique en sirotant leur café du Yémen, agrémenté de cardamome. Aïcha et Asmah s'attardent dans la chambre d'Oum Roumane à babiller devant des pièces de soie et de velours, qui se changeront en jolis atours pour les fêtes de l'hiver. Quelques mariages sont annoncés dans la famille et chez des amis proches. Une occasion de se montrer à son avantage en rivalisant de beauté avec les autres femmes de la ville. Les jeunes comme les plus âgées attendent avec impatience ce genre d'événement pour se divertir et parer de leurs bijoux leurs plus beaux vêtements.

Aïcha se lasse de ces commérages qui ne l'intéressent pas. Prenant la main de Barrira, elle se dirige vers sa chambre afin d'y retrouver ses poupées. En traversant le palier, elle entend soudain des éclats de voix qui montent du rez-de-chaussée. Elle s'étonne de reconnaître la voix de son grand-père. D'ordinaire, il ne s'emporte jamais. Elle s'arrête près de la rampe pour écouter la violente dispute.

– Avec mes yeux qui ne voient plus, dit-il, je suis moins aveugle que toi au sujet de ton ami. Sa nouvelle religion est pure fantaisie. Comment peux-tu te laisser berner par ses sornettes ? Il dialogue avec un ange qui lui transmet les ordres d'un Dieu qui le charge de changer le monde. Lui, le caravanier illettré ! Et toi l'érudit, le sage, tu l'écoutes. Les gens raisonnables comme moi restent fidèles aux déesses vénérées par nos aïeux depuis des siècles. Muhammad sera chassé de La Mecque… si on ne le tue pas avant.

– Père, répond Abou Bakr, je crois à cette religion depuis le premier jour. L'islam grandira. Si La Mecque se ferme, une autre ville nous ouvrira ses portes, ou un autre pays. Je suivrai Muhammad car l'islam fera du peuple arabe une grande nation, une puissance égale à celle de Byzance ou de la Perse. À nous aussi il faut un dieu unique qui rassemble nos forces et nos volontés. Les idoles appartiennent au passé. Un jour, nous aurons notre empire.

– C'est bien ce que je disais ! Tout cela est pure invention. Tu te rends complice d'une fourberie ! Ta foi ne masque-t-elle pas l'ambition politique et la soif de pouvoir ? Par votre faute notre équilibre sera boule-versé. Êtes-vous sûrs de répandre le bien ?

Le ton d'Abou Bakr devient plus cassant :

– Mes devoirs de fils m'empêchent de te répondre comme le réclame mon honneur que tu offenses. Nous n'en parlerons plus, toi et moi, mais sache que je me donne corps et biens dans cette aventure qui embellit mon existence. J'aime ce Dieu qui nous apprend à vivre autrement, et nous enseigne une morale fondée sur le respect, la justice et la générosité. Il ouvre nos esprits à la science et nous garde du vice et du mensonge. Devant Allah, nous sommes égaux, et le riche doit aider le pauvre. Chacun sera jugé sur ses actes avant de mériter le paradis. Voilà pourquoi je l'enseigne à mes enfants. L'argent n'est pas le bien de l'âme.

Dans le silence qui s'installe, Aïcha, fort impressionnée, se tourne vers la servante et l'entraîne dans sa chambre en chuchotant :

— Mon père a raison. Allah existe. Je lui parle dans mes prières. Il ne m'envoie pas un ange pour me répondre, mais je suis sûre qu'il m'écoute.

Barrira ferme la porte de la pièce et s'installe sur un coussin pour lui confier :

— Depuis l'instant de ta naissance, il te protège, je ne sais pourquoi. Tu ne dois jamais oublier que ta maman aurait dû mourir ce jour-là. C'est un miracle de la voir aujourd'hui si belle et en bonne santé. Les déesses n'ont jamais fait de miracle. Le Dieu des chrétiens oui. Pourquoi pas Allah ?

— Alors, reprend la fillette dont le regard s'est illuminé, nous allons lui demander d'accomplir un prodige afin que les gens de La Mecque écoutent Muhammad sans se moquer de lui et que nous ne quittions pas notre maison. Je n'aimerai pas aller à Taïf où s'en va le Messager, ni ailleurs.

— Pourquoi te faire du mal avec ces pensées saugrenues ? Ton père n'est pas fou. Cette maison est le berceau de sa famille. S'il part en voyage, c'est ici qu'il revient toujours.

— Si Muhammad est chassé de La Mecque par ces méchants qui ne veulent pas le croire, mon père ne l'abandonnera pas. Il nous faudra le suivre. Je ne veux pas partir et perdre une fois de plus mes amies. Chaque jour je prie le Tout-Puissant pour qu'il arrange les choses. Quelle sera sa volonté ?

Au milieu de ses jouets, bercée par Barrira, Aïcha oublie ses inquiétudes sans se douter que son vœu n'a pas été formulé en vain. Il se réalisera dix ans plus tard, quand Muhammad sera reçu en maître par les habitants de La Mecque qui deviendra le sanctuaire de l'Islam. Elle-même verra son triomphe, mais auparavant, le destin l'emportera vers une autre ville. Déjà, il frappe à sa porte. Une visiteuse inattendue va bouleverser sa vie.

3.

Tandis que dans la maison d'Abou Bakr les uns s'affrontent et d'autres s'inquiètent, Muhammad a regagné son logis et s'est retiré dans sa chambre pour méditer. Depuis que Khadidja n'est plus, cette grande demeure, qui avait été celle du bonheur, le rend chaque jour plus malheureux. L'épouse tant aimée y est encore présente. Son souvenir plane dans chaque recoin, sur chaque objet. S'il était seul, il surmonterait le chagrin, mais il entend sans cesse ses filles pleurer le souvenir de leur mère.

Assis sur le bord de son lit, la tête dans ses mains, il repense aux propos échangés avec son fidèle ami au sujet du voyage nécessaire à Taïf pour en sonder les habitants. Est-ce bien là qu'il doit se rendre ? Il ne cesse d'implorer Dieu de l'éclairer, mais Gabriel le laisse patauger dans l'incertitude. Pourtant le temps presse, le climat s'alourdit et ses partisans s'inquiètent. Il lui faut agir. Il essaie de se figurer les montagnes verdoyantes, les vergers et les rivières derrière les maisons accueillantes de Taïf. Curieusement, un visage s'impose, celui d'Aïcha qui l'observait près du portail, intriguée par ce que son père et lui se confiaient. Le trouble l'envahit. Ses derniers rêves reviennent le hanter. Par deux fois un ange lui avait présenté un bébé emmailloté sur un drap de soie en lui disant :

« Voici ton épouse. Retire-lui son voile ! »

Il avait obéi et découvert avec stupéfaction les traits d'Aïcha. Il s'était réveillé, transi de peur et baigné de sueur. Quelle folie le prenait ? L'enfant n'avait que six ans et lui, la cinquantaine. Il s'était gardé d'en parler à quiconque. Mais l'ange était revenu une troisième fois, la nuit précédente, et c'est lui, Muhammad, qui lui avait demandé de retirer le voile. De nouveau, Aïcha lui était apparue. Il s'était frotté les yeux en se disant :

« Si cela vient de Dieu, il fera en sorte que cela s'accomplisse. »

D'un geste de la main, il avait balayé l'air comme pour en chasser les *djinns* insolents. Commotionné, il s'était rendu chez Abou Bakr. Devant les fillettes jouant à la poupée, l'incongruité de ses rêves l'avait confondu. Une fois encore, il avait gardé le silence, honteux d'évoquer un tel sujet auprès de son ami. De retour chez lui, il s'était plongé dans ses projets d'avenir, mais le visage revient et le harcèle encore. C'est alors qu'une voix de femme le fait sursauter.

– Allons, Muhammad, tu ne peux rester seul et t'enfoncer dans la tristesse. Tu dois te remarier. J'ai pour toi une veuve ou une vierge. Laquelle choisis-tu ?

Il se redresse, les yeux hagards. À deux pas de lui, les mains sur les hanches, la grosse Khawlah se dandine en l'observant d'un air goguenard. Peu après le décès de Khadidja, cette parente de son épouse a repris le flambeau de l'autorité au sein du foyer en deuil. Un veuf, prophète de surcroît, ne peut affronter les soucis domestiques. Certes, il a quatre filles. Les trois aînées avaient épousé des hommes de haute lignée qui n'avaient pas adopté l'islam. Tandis que la première vivait le parfait amour avec son mari, les deux cadettes avaient été répudiées, discréditées par le bannissement de leur père et de leur tribu. La dernière, célibataire, était trop jeune pour remplacer sa mère. Fatima et ses sœurs délaissées se complaisaient en jérémiades contre la méchanceté de tous, l'ingratitude de certains et le malheur qui ne cessait de les accabler. Aucune n'était capable d'assumer les responsabilités de gardienne du foyer.

À ce poste, il fallait une femme solide, expérimentée. La Mecque n'en manquait pas. Marieuse quand le cœur lui chantait, Khawlah connaissait son affaire, et celle-ci lui plaisait. Muhammad était encore un très bel homme avec sa haute silhouette à la démarche souple, ses longues mains, sa voix douce et ce regard étincelant qui pénétrait jusqu'au fond de l'âme. Ses vingt-cinq ans de fidélité à une épouse de quinze ans plus âgée que lui paraissaient un mystère. De mémoire de Bédouin, cela ne s'était jamais vu. En outre, son courage et sa persévérance devant les brimades et les humiliations l'avaient rendu célèbre, non seulement dans la ville, mais aussi dans les contrées à l'entour jusqu'aux confins du désert où les caravaniers colportaient ses hauts faits.

Une veuve ou une vierge. La proposition de Khawlah intrigue le Messager.

– De quelles femmes parles-tu ? demande-t-il sur un ton désabusé. Aucune ne pourra jamais remplacer ma bonne Khadidja. Elle a cru en moi quand je n'étais rien. Lorsque je me croyais fou, elle seule a su me rassurer, me convaincre d'obéir aux ordres divins et de prêcher, malgré les difficultés. Pauvre chère femme ! Je l'ai perdue à tout jamais. Il me sera impossible de l'oublier.

Par respect pour la défunte, Khawlah observe un moment de silence avant de poursuivre :

– La veuve est Sawdah, fille de Zama'h. Convertie à l'islam, elle avait fui en Abyssinie avec Sakhran, son mari. Quand ils ont appris que le ban était levé, ils sont revenus à La Mecque. Le mari est mort peu après. Elle aura bientôt quarante ans et serait prête à t'épouser.

– C'est bien. Maintenant, dis-moi qui est la vierge.

– Aïcha, la fille d'Abou Bakr, ton meilleur ami.

Muhammad pâlit. Le songe, trois fois répété, revient marteler sa mémoire. Serait-ce le dessein de Dieu ?

– Va d'abord chez Sawdah, dit-il. Si elle accepte, qu'elle cherche un homme pour nous marier au plus vite. Tu iras ensuite chez Abou Bakr afin de lui présenter ma demande.

Le lendemain, Muhammad épouse Sawdah et l'installe sous son toit. Ni belle, ni laide, c'est une femme banale, un peu grasse, sans éclat ni charme. Elle est douce et docile, désireuse de le contenter en tous points, heureuse de répéter :

– Mon sort est entre les mains de l'Envoyé de Dieu !

Qu'aurait-elle pu rêver de mieux, que d'être choisie par celui qui promet le paradis à ceux qui le suivent, et d'être la seule à partager sa couche ? Tout cela mérite bien de prendre les rênes de sa maison, de consoler ses filles dont le chagrin justifie la paresse, et de l'attendre des heures durant, sans récriminer, tandis qu'il s'attarde au-dehors avec ses fidèles Compagnons, à discuter de l'avenir de l'islam et d'un exode de ses disciples vers des lieux plus cléments.

Muhammad s'est remarié par commodité. Cette femme ne tiendra qu'une place éphémère dans la couche du Prophète. Dès que la noce est accomplie, Khawlah se rend chez le noble et respecté Abou Bakr.

D'un pas guilleret sous sa robe de velours bleu, ornée d'une ceinture abricot qui souligne le balancement de ses hanches, la matrone déambule au long des ruelles. L'air est doux en ce matin de novembre. Le soleil, à mi-chemin du zénith, ne brûle pas encore. Des charrettes, des ânes et des moutons encombrent la voie dans une cacophonie habituelle. Khawlah se faufile d'un air distrait en préparant son boniment dans sa tête. La première partie de sa mission s'est accomplie avec succès. La seconde risque d'être plus compliquée. Elle le sent dès qu'elle franchit le porche. Abou Bakr n'est pas là. En son absence, elle est reçue par Oum Roumane et l'appâte de quelques flatteries avant de claironner la requête de Muhammad :

– Le Messager de Dieu souhaite épouser Aïcha !

– N'est-elle pas trop jeune ? répond la mère qui se raidit.

Une telle demande la révulse. Muhammad ne vient-il pas de prendre femme ? Que lui manque-t-il ? Elle ne voit pas d'un bon œil son trésor dans les bras d'un quinquagénaire, fut-il le meilleur ami de son époux. En Arabie, la polygamie est d'usage courant en ce début du septième siècle. Les hommes ont bien souvent coutume de choisir des épouses d'autant plus jeunes qu'eux-mêmes approchent du déclin. On dit que les nymphettes stimulent le désir et rajeunissent le sang. Le Messager aurait-il des vices cachés que la mort de sa femme a mis en lumière ? En mère outrée, elle se lève pour chasser l'impudente qui ne se laisse pas impressionner.

– Vous deviendrez les parents du Prophète, reprend la marieuse. C'est un grand honneur pour la maison d'Abou Bakr.

– Attendons-le, répond Oum Roumane d'un ton sec.

Respectant les lois de l'hospitalité, elle appelle une servante qui leur sert un bol de lait de brebis et lui glisse en aparté :

– Veille sur la petite. Empêche-la d'entrer ici. Elle ne doit pas entendre notre conversation.

Abou Bakr les rejoint dès son retour. Il écoute Khawlah d'un air attentif et garde le silence. Que répondre à une telle demande qui le plonge dans l'embarras pour diverses raisons ? La première est que sa fille est bien jeune pour un homme qui pourrait être son grand-père.

En outre, il l'a promise depuis le berceau à l'un de ses associés, Mutim ibn Uddaye, pour son fils Djobaïr qui n'a que douze ans. Comment refuser l'offre de Muhammad ? Lui, son premier compagnon dans la foi, peut-il se permettre de dire « non » au Prophète sans l'offenser, provoquer sa colère et celle de Dieu ? Observant sa prudence légendaire, il se contente de répondre :

– Aïcha peut-elle convenir à l'Envoyé de Dieu, alors qu'elle est la fille de son « frère » ? Nous avons d'autres partis dans la famille.

Loin de se laisser décourager, Khawlah esquisse un sourire, prend congé et s'en retourne sans tarder chez Muhammad pour un compte rendu circonstancié de sa visite. Elle franchit le portail et descend la ruelle en serrant au plus près l'ombre fraîche des murs. Sortant de la maison voisine, une farandole vient tourbillonner en chantant autour de ses jupes et disparaît dans un jardin d'acacias et de lauriers. En tête de la colonne, elle a reconnu Aïcha, auréolée de sa crinière de feu. Devant tant de gaîté et d'insouciance, elle se réjouit et murmure :

– En plus d'être vierge, elle a du charme, de la grâce, et promet mille séductions. Une bonne affaire pour le Messager.

Quelques minutes plus tard, Abou Bakr, fort embarrassé, sort à son tour. Ayant calmé l'hostilité de sa chère Oum Roumane, il se précipite chez Mutim ibn Uddaye, à quelques rues de là. Si le contrat scellé à la naissance est confirmé, il ne pourra se dédire, Muhammad comprendra et devra oublier Aïcha, ce qui ramènera le sourire sur le visage de sa bien-aimée, et la paix dans son foyer. Après les politesses d'usage et quelques commentaires sur les affaires, l'épouse de Mutim intervient pour déclarer :

– Ô Abou Bakr, si nous marions notre fils à ta fille,

nous craignons qu'elle ne le pousse à adopter sa religion qui est aussi la tienne.

Frappé de plein fouet par cette remarque, il se tourne vers son associé d'un air surpris et courroucé :

— Ai-je bien entendu ce qu'a dit cette femme ? Qu'en penses-tu ?

— Tu as bien entendu, répond Mutim. Mon opinion est la sienne.

Un froid de glace envahit la pièce. L'entretien est clos. Abou Bakr, se lève et prend congé, sans un mot. Il rentre chez lui, soulagé. Il n'y a plus de promesse. Dieu l'en a délié. Sa fille, élevée dans le culte d'Allah, ne pouvait être livrée à des idolâtres agrippés aux coutumes de leurs ancêtres.

— Des mécréants, marmonne-t-il en chemin.

Aucune amertume dans cette constatation, au contraire. Cette rebuffade, qui aurait dû l'humilier, le réjouit. Rien ne l'empêche désormais de donner sa fille au prophète : une chance inespérée qu'il ne pouvait laisser passer. Devenir le beau-père de l'Envoyé de Dieu sera pour lui une position enviable dans la communauté naissante des croyants. Il entrevoit les avantages de la situation, les jeux d'influence et ceux de la politique qui mènent au pouvoir. La jeunesse de sa fille éveille en lui un scrupule. Est-il décent de la jeter dans les bras d'un homme qui n'a plus, comme elle, une longue vie devant lui ? Mais cet homme est le Béni de Dieu, et si telle est la volonté du Très-Haut, il s'inclinera et recevra, sans nul doute, sa récompense. Il ne lui reste plus qu'à convaincre son épouse de l'excellence de cette alliance.

Peu de temps après son retour, Muhammad vient en personne afin de répondre aux remontrances que lui a rapporté Khawlah :

— Nous ne sommes frères qu'en islam, ô Abou Bakr. Ce mariage est licite. Et c'est Aïcha que je veux !

— Je l'avais promise à un autre, bredouille le père, mais Dieu m'a libéré de tous liens. Qu'il soit remercié ! Ma fille sera ta femme.

Les deux hommes signent aussitôt un contrat selon lequel il est bien stipulé qu'il ne prendra effet qu'après la puberté de l'enfant. Jusque-là, Aïcha restera chez ses parents où le futur époux viendra la voir.

— Cette maison est la tienne, dit Abou Bakr. Tu pourras lui parler autant de fois qu'il te plaira.

Une accolade prolongée scelle le pacte. Les deux hommes pleurent de joie. Cette noce programmée les unit plus fortement que jamais.

— *Mashallah* ! conclut Muhammad, Dieu l'a voulu.

— *Mektoub*, dit Abou Bakr, c'était écrit. Je comprends aujourd'hui pourquoi je n'ai pas noyé ma fille aux cheveux rouges.

— Veille à ce qu'on ne lui fasse aucun mal, mon frère. Pas d'excision. C'est une hérésie. Il est bon de circoncire nos garçons par mesure d'hygiène, mais aux filles il ne faut rien supprimer. Le visage embellit sous la caresse et le mari est ravi.

— Tu es le maître, rétorque Abou Bakr, surpris d'entendre ce genre de propos de la bouche du Prophète. Tes ordres seront suivis. Tu peux partir à présent. Taïf est une bonne idée.

Le cœur serein et apaisé, Muhammad revient vers sa maison en mettant de l'ordre dans ses pensées. Dans la société arabe qui l'entoure, le sexe a son importance. Il constitue un élément essentiel de la vie quotidienne. Les femmes ne sont pas en reste, quand elles sont veuves ou divorcées, pour se servir de leurs charmes afin de séduire celui qui leur convient. Ayant perdu deux maris, Khadidja s'était comportée de la sorte avec lui quand elle cherchait un caravanier. Joignant l'utile à l'agréable, elle lui avait offert le mariage. Veuf à son tour, il a pris Sawdah pour parer au plus pressé. Il lui fallait une femme dans son foyer, comme dans son lit. Une experte, non une novice qui requiert du temps et de l'attention. Il n'a pas de temps à gaspiller en libertinages. Des affaires plus graves l'accaparent : la défense de l'islam et sa propagation. En revers des obligations, le rêve garde sa place. Et son rêve, c'est Aïcha.

Par le contrat signé, il se l'est réservée, pour lui seul. Le bébé né des mains de Khadidja, au moment même où Gabriel lui annonçait sa mission, l'enfant qu'il a vu grandir, la petite fille dont il guidera l'éveil, la femme en bouton qui n'appartiendra qu'à lui, puisque c'est lui qui aura le droit de la déflorer et de lui apprendre l'art d'aimer. Une vierge, pour la première fois dans sa vie d'homme largement entamée. Cela nourrit son imaginaire. Il connaîtra l'ivresse de la véritable possession qui fera de lui un homme accompli. Il y gagnera un lieutenant fidèle, une sorte de double dont la fortune lui est nécessaire, dont la dévotion n'aura pas de fin, et qui n'aura de cesse de le contenter, sans jamais le trahir. Abou Bakr ne lui a-t-il pas déclaré à maintes reprises :

« Ô Envoyé de Dieu, mon argent, mes biens et moi-même, nous t'appartenons ! »

Quelle sera la réaction d'Aïcha lorsqu'on lui apprendra l'événement ? La question ne lui vient pas à l'esprit. Si elle avait dix ans de plus, il aurait tenu compte de son avis. Il se trouve qu'il doit l'attendre quelques années avant de l'installer sous son toit. Il aura le temps de l'apprivoiser et d'éveiller en elle un sentiment de tendresse et de confiance, comparable à ce qu'il ressent pour elle au plus profond de lui-même.

Ignorante des visites successives de la marieuse puis du Messager, loin de se douter des entretiens et des décisions prises à son sujet, Aïcha se divertit dans les jardins avec les enfants du voisinage. Escortée de Barrira, sa mère la débusque au détour d'une venelle, entre deux gamins qui ont rejoint le groupe des fillettes. Elle la ramène au logis en lui disant :

– Tu ne peux plus aller dehors, désormais. Tu es grande, ma fille. Bientôt tu seras une femme. Des garçons ne peuvent poser la main sur toi. Tu t'exposes aux regards. Cela n'est pas convenable.

– Vas-tu me défendre aussi mes poupées ?

– Tu peux jouer autant que tu veux, comme avant, dans la cour ou à la maison. Nous ferons venir tes amies. Les filles seulement. Tu es fiancée, Aïcha, nous devons te préserver.

– Djobaïr, je sais. Il est jeune et nous avons le temps.

Ayant regagné la maison, Oum Roumane entraîne sa fille vers ses appartements décorés de coussins damassés sous les voiles de mousseline qui masquent les moucharabiehs. De petits braseros disséminés dans la pièce diffusent des vapeurs d'encens mêlées de musc et de rose. Sur une table basse, des gâteaux et des sucreries s'empilent sur des coupes de nacre et d'agate translucide. Aïcha ne résiste pas à la tentation de les goûter.

– Tout a changé, reprend Oum Roumane. Muhammad t'a demandé en mariage.

La fillette sursaute. Son regard s'affole.

– L'Envoyé de Dieu ? s'écrie-t-elle. Je n'en veux pas ! Il est trop vieux. C'est l'ami de *habi*[1].

De son regard, elle implore sa mère. Cette dernière retient ses larmes. De nouveau son cœur se serre et se déchire. Ses réticences lui reviennent, mais son époux a su la convaincre que tout irait bien et lui a fait promettre de présenter l'affaire de façon séduisante et naturelle à leur fillette qui devra bien se marier un jour. La serrant dans ses bras, elle lui explique d'une voix chantante :

_____
1. Papa.

– Ne crains rien, ma colombe. Il t'aime. C'est toi qu'il veut. Il a signé le contrat, et il attendra que tu sois en âge de lui appartenir. Il n'est pas question de te laisser partir avec lui. Pas avant quatre bonnes années au moins.

– Alors, rien ne change ? Je reste ici, avec ceux que j'aime ?

– Oui, miel de mon cœur. Mais tu es la fiancée du Messager. Quand le temps viendra, tu seras son épouse. Il t'installera chez lui. Tu dois en être fière et te sentir honorée. Pour notre famille, c'est une bénédiction.

Aïcha regarde sa mère et hoche la tête en signe d'acquiescement. L'honneur de la famille, la solidarité du clan… des phrases entendues depuis l'enfance. Au fil du temps, cachée derrière les ballots de la cour, embusquée dans les recoins de la maison, elle a surpris bien des secrets sur les pactes entre tribus, les alliances politiques et les accords commerciaux. Elle a remarqué l'influence de l'Envoyé sur ses parents, compris l'importance de cette nouvelle religion dans laquelle elle a été élevée dès le berceau. Plus de mille fois, on lui a rappelé le miracle que fut sa naissance à l'instant même où Muhammad voyait l'ange qui l'empêchait de se jeter au fond du ravin. De là à penser que Dieu l'avait fait naître pour l'unir à son Envoyé ? Elle n'est pas loin de l'imaginer lorsque sa mère lui dit en la coiffant :

– Ces cheveux de feu sont la marque d'un destin particulier. Je te vois accomplir de grandes choses, ma fille. Peut-être seras-tu reine… Dieu seul le sait.

– Muhammad deviendra-t-il roi ?

– Si Dieu l'a décidé, il le sera. Tout est écrit !

Debout devant la fenêtre de sa chambre, Aïcha laisse errer son regard sur la mosaïque de terrasses baignées de rose par le couchant. Le ciel s'est embrasé sur l'horizon, au-dessus des montagnes. À cette heure qui précède l'obscurité, les cimes s'habillent de mauve et de violet, bordant de leur frise dentelée le manteau de pourpre et d'or suspendu au-dessus de la ville. Son cœur se serre au souvenir des temps heureux, là-bas, dans le désert qui vibre de mille sons quand les étoiles apparaissent, une à une. Dans la fraîcheur du crépuscule, elles annoncent l'astre nocturne, le pétillement du feu et les chants magiques qui bercent les rêves. Le nez sur le fin treillis de bois qui tamise le paysage, elle se remémore les mélopées des Bédouins aux visages burinés, égrenées comme des soupirs d'amour déposés sur les ailes de la brise, emportés par les vapeurs de la nuit. Vers quelle princesse lointaine ? Quelle passion éphémère avait ferré leur âme ? Autour d'eux, point de barrière. L'espace infini à perte de vue, sans limite pour leurs regards ou leurs pas. Sans limite pour la mémoire qui vagabonde, l'imagination qui caracole de baisers en étreintes et fait revivre les émois d'une folle romance.

Pour la gamine de six ans qui, le matin même, gambadait avec insouciance dans les ruelles du quartier, le choc est rude. Elle ne pensait pas à demain, encore moins à cet avenir que son père avait fixé au mieux de ses intérêts et ne lui causait nulle inquiétude. Dans quelques années, quand elle serait grande, elle vivrait aux côtés d'un mari, comme sa mère auprès de son père, et aurait des enfants dont elle s'occuperait avec autant de soin que de ses poupées. Subitement, ce qui était clair s'est assombri. Le peu de liberté dont elle jouissait lui est désormais supprimé. La prison se rétrécit autour d'elle. Le temps de l'enfance se raccourcit. Le sang n'a pas encore coulé entre ses cuisses, mais on lui dit qu'elle est une grande, presque une femme, puisqu'elle est fiancée. Un homme se l'est réservé comme une denrée de prix dont il prendra livraison lorsque le fruit aura mûri. Cet homme ne lui est pas inconnu, puisque c'est l'ami de son père. Un adulte dans un autre univers.

Ce visiteur quotidien lui est familier, mais il l'impressionne car il n'est pas comme les autres. Certes, il est beau avec son visage bien dessiné, bordé d'une barbe noire qui souligne la blancheur de sa peau et le feu de son regard si pénétrant. Il s'habille avec élégance, se coiffe de turbans joliment drapés sur ses cheveux noirs bien huilés. Il affiche un air aimable, mais elle éprouve en sa présence une sorte de retenue craintive. Elle l'observe d'un œil intrigué, car il est différent des habitués de la maison, puisqu'il est le Messager, l'Envoyé de ce Dieu unique dont il reçoit les instructions afin de les répandre et de les faire appliquer. Un homme que les uns révèrent, adulent, écoutent aveuglément, tandis que les autres, plus nombreux dans la ville, l'insultent et le conspuent, défendant avec rage leurs idoles sacrées devant lesquelles lui refuse de s'incliner. Il ose les dénigrer et sème le trouble par ses propos considérés comme des blasphèmes ou de la provocation.

Plongée dans ses réflexions, Aïcha entend le grincement de la porte et se retourne pour se retrouver pétrifiée devant Muhammad qui s'avance en souriant et pose une main sur son épaule :

— Bonjour, Aïcha. Bonjour, jolie gazelle. N'aie pas peur. J'ai une histoire à te raconter.

Il s'assied sur le sol et lui fait signe de s'installer en face de lui. Occupée à ranger les poupées, Barrira en reste bouche bée et se recroqueville dans un coin, sans les perdre de vue, l'oreille tendue. Que peut-elle craindre de cet homme plein de bonté, dont le visage est si lumineux et la voix si douce ? Aïcha reste sur ses gardes, figée comme une statue.

— Tu aimerais savoir, lui dit-il, pourquoi je t'ai demandée à ton père ? Dans ta charmante tête, tu te dis qu'une si jeune fille ne peut épouser un vieux comme moi.

– Tu n'as pas l'air d'un vieux, c'est vrai, bredouille-t-elle en rougissant.

Il rit et reprend :

– Je vais t'expliquer comment cette idée m'est venue. C'est une histoire peu ordinaire. Par deux fois, j'ai eu un songe. C'est plus qu'un rêve. Une sorte de message venant du Ciel. Un ange me montrait un bébé emmailloté, recouvert d'une étoffe de soie verte, et me disait : « Voici ta femme ! Soulève le voile ! » J'ai découvert le visage. C'était le tien. Je me suis levé en tremblant de peur. D'où sortait cette image insensée ? Je me suis gardé d'en parler et me suis efforcé d'oublier. On fait des rêves bizarres parfois. N'est-ce pas Satan qui les inspire pour nous perdre dans l'erreur ? Le songe s'est reproduit une troisième fois, il y a trois jours à peine. Identique aux deux premiers, sauf sur un point : c'était moi qui demandais à l'ange de soulever le voile. De nouveau, c'est toi que j'ai vue. Alors je me suis réveillé en m'écriant : « Si Dieu en a décidé ainsi, c'est chose faite ! » Voilà pourquoi je t'ai demandée à ton père. Dieu me l'ordonnait.

Bercée par la magie de l'extraordinaire, Aïcha l'a écouté avec ravissement. Les yeux rivés sur un point indéfini derrière Muhammad, au-delà des murs de la pièce, son regard vagabonde, absorbé dans un autre monde dont elle possède la clé. Le Messager s'inquiète mais n'ose la toucher, de peur de l'effrayer. Il se penche légèrement et reprend d'une voix plus douce :

– Tu comprends ? Il faut me croire, petite gazelle. C'est ainsi que les choses se sont passées.

Elle tressaille. Ses yeux s'animent et le transpercent de leur feu aigu :

– Je comprends, répond-elle d'une voix ferme,

Dieu m'a fait naître pour me donner à Son Envoyé. Notre mariage est inscrit sur les tables du Destin.

– C'est la volonté de Dieu, dit Muhammad en prenant sa main gracile qu'il tapote affectueusement. On ne peut la discuter.

– Je sais. À Dieu, il faut obéir. Comme je dois obéir à mon père.

Un léger sourire éclaire son visage. D'un geste prudent elle avance son index, frôle la longue main blanche du Messager d'une caresse furtive et ajoute :

– Dieu a de drôles d'idées parfois ! Pourquoi moi ? Je ne suis qu'une enfant et tu devras m'attendre. En auras-tu le temps ?

4.

Être la fiancée de Muhammad n'est pas une position aisée. Aïcha se sent prise au piège dans une nasse qui l'empêche parfois de respirer. Elle ne sort plus de la maison. Sa mère et les servantes ont resserré leur surveillance. Elle ne peut plus s'échapper en cachette avec les frères de Hind. Souvent, tôt le matin, avant qu'elle n'ait avalé sa bouillie d'orge, les deux gamins venaient siffler près du portail et l'emmenaient aux portes de la ville pour voir les caravanes prendre la route du désert. L'un d'eux voulait être caravanier et contait les légendes colportées par les fils du vent. Hakim restera dans ses souvenirs comme une nostalgie des temps heureux, celui de l'enfance et de l'insouciance, des premiers émois. N'est-ce pas lui qu'elle aurait aimé suivre en lui accordant son cœur, si elle avait été libre de choisir ? Mais son père imposait Djobaïr dont elle ignorait le visage. Il n'était qu'un nom inscrit sur un morceau de parchemin. Ce nom venait d'être biffé d'un trait de calame par le Messager qui avait pris sa place sur ordre de Dieu Lui-même.

À ses amies qui viennent la rejoindre dans sa chambre, entre les jeux et les rires, elle montre son désarroi.

– Pourquoi te faire du souci, dit Hind. Il est vieux, la mort le prendra bientôt. Tu seras libre et Hakim viendra te chercher.

– L'Envoyé de Dieu ne peut pas mourir, répond-elle vivement. Dieu a besoin de lui pour affirmer l'islam. Je ne suis pas capable de l'aider. Voilà ce qui m'attriste.

– N'y pense plus, reprend Hind. Pour le moment, ce n'est pas ton affaire. Nous sommes ici pour nous amuser. Quand nous serons mariées, nous regretterons chaque minute perdue. Sors tes poupées et les chevaux de Salomon. Chez quelle princesse serons-nous invitées ?

Aïcha ouvre le coffre dont s'échappent une quantité de jouets et quelques fragments d'étoffe de diverses couleurs. Chacune se déguise. La fête commence en un palais imaginaire où le prince charmant vient chercher l'élue de son cœur avec les honneurs. Muhammad les surprend et les trouve si distrayantes qu'il s'installe dans un coin et leur fait signe de ne point s'interrompre. Il leur demande de lui attribuer un rôle :

– Cheval ou chameau, je suis à votre service, demoiselles !

Pour elles, il invente d'autres jeux en racontant ses voyages au temps où il menait ses caravanes dans les pays lointains, à l'autre bout du désert peuplé de lions, de chacals et de brigands. La halte dans l'oasis où de beaux yeux sombres se glissaient derrière les branches de palmiers qui caressaient le sol, l'eau versée d'une cruche par une main d'opale, le chant d'une tourterelle, l'écho cristallin d'une fontaine, le soupir d'une nymphe enveloppée de ses voiles, autant de visions du voyageur harassé qui reprenait sa route, persuadé qu'il n'avait pas rêvé.

Les enfants l'écoutent, fascinées. Ce que dit et fait le Messager n'a pas son pareil. Ses discours sont chargés de fantaisie et les récits de ses aventures tellement extraordinaires que la plupart des gens ne peuvent le comprendre et le traitent de dément. Jour après jour, la timidité s'envole, Aïcha, qui le considérait avec méfiance et même avec une certaine crainte, se familiarise. Elle s'accoutume à son langage, aux expressions de son visage qui passe de la colère à la tristesse, de l'accablement à l'allégresse, selon l'événement évoqué. Il la surprend et finit par l'apprivoiser. Lorsque ses amies se retirent, il s'attarde et lui enseigne la meilleure façon de prier. Comment se prosterner contre terre après l'indispensable ablution qui purifie le corps, les formules rituelles d'adoration et de soumission qui touchent le Seigneur :

– Tu peux parler à Dieu à toute heure de la journée. Mais le meilleur moment est l'aube, quand la nuit se déchire et que le ciel pâlit. Allah descend alors au septième ciel et se penche vers la terre, l'oreille cherchant à saisir les prières des hommes qu'il est désireux d'exaucer dans ce moment tout particulier de bonté. Bien souvent, il se désole car le monde dort et l'oublie.

– C'est Gabriel qui te raconte cela ? Est-ce qu'il viendra me parler quand je serai ta femme ?

– Peut-être que oui. Si Dieu le charge d'un message à te délivrer.

– Que dois-je faire pour plaire au Tout-Puissant ?

– Pénètre-toi de sa parole. Récite les versets que ton père a notés, tels qu'ils m'ont été révélés. C'est à lui que je les confie en premier.

Aïcha prend un air réfléchi, avant de déclarer avec fierté :

– Je peux aussi les écrire. Je connais les lettres de notre alphabet et je sais tenir un calame.

– Moi je ne sais pas, dit Muhammad. Exerce-toi avec assiduité. « Lis ! », tel est le premier mot que Gabriel a prononcé quand il m'est apparu près de la grotte. C'est par les écrits qu'on accède à la connaissance. C'est par les textes que Dieu enseigne à l'homme ce qu'il ne sait pas.

– Un jour, claironne Aïcha, je lirai tous les parchemins de mon père et je te raconterai.

Son regard ému caresse le fin visage levé vers lui, si lumineux, si confiant qu'il en est charmé. Maîtrisant le flot de tendresse qui emplit son cœur, il ajoute :

– Un jour, peut-être, c'est à toi que je dicterai les paroles de Gabriel, s'il revient me voir. Si Dieu ne m'a pas abandonné.

Ces derniers mots trahissent le doute qui le ronge dans l'attente des apparitions qui se sont interrompues. Il se lève en détournant la tête afin de lui cacher sa pâleur et son désarroi. Il la salue d'un « *salam* ! » étouffé, ouvre brusquement la porte et disparaît. Aïcha reste pensive. Au cours des jours suivants, elle s'étonne de son absence.

– Il est parti, lui dira son père. Il était temps !

La suite de ses propos sera loin de la surprendre.

– Quant à toi, ma fille, il serait bon que tu te mettes au travail. Une mémoire comme la tienne ne peut rester sans nourriture. Tu iras chaque matin chez mon cousin Oussama, plus érudit que moi. Il t'enseignera la belle écriture, la manière de tourner une phrase, de rédiger un texte, composer des poèmes… sans négliger l'art de les déclamer. La musique des mots est essentielle. Parler de façon élégante fait partie de l'éducation. Aux côtés du Messager, tu ne seras pas une sotte. Tu auras ton rôle à jouer.

Un sourire éclaire les traits d'Aïcha. « Lis ! », avait dit Gabriel à Muhammad. Ne serait-ce pas son fiancé qui, avant de s'en aller, aurait guidé la décision de son père ? La pensée lui plaît. Peu lui importe de savoir si elle correspond à la réalité. Chaque jour, accompagnée de sa sœur aînée, Asmah, qui veut perfectionner ses connaissances, escortée de la servante Barrira, elle se rend à ses leçons et se prend de passion pour ce qu'elle apprend.

Entre l'étude et les jeux, l'ennui n'a pas de place. Les heures disponibles sont occupées à la cuisine, auprès des servantes qui lui montrent comment piler le grain dans les mortiers de pierre, afin de le réduire en farine pour confectionner les galettes de pain, les délicieuses bouillies d'orge et les gâteaux sucrés au miel. Elle apprend à filer la laine, s'exerce au rouet et au métier à tisser.

Les mois passent et Muhammad réapparaît. Au retour de son expédition, il reprend ses visites quotidiennes à l'heure habituelle, en fin de matinée. Aïcha le guette et se faufile derrière une haie de lauriers contre la petite mosquée où il s'enferme avec Abou Bakr pendant des heures. Qu'ont-ils de si capital à se dire ? Elle a remarqué le visage préoccupé du Messager, la nervosité de son père. La curiosité l'oppresse. L'oreille collée au mur, près d'une fente entre les briques d'argile, elle apprend l'échec du voyage à Taïf. Les habitants ont rejeté le Prophète comme le font ceux de La Mecque. Une fois de plus, il se désespère de ne pas être cru, reconnu, ni même estimé. Abou Bakr se lamente avec lui. Il s'en faut de peu qu'elle n'éclate en sanglots au risque d'être surprise et vertement punie.

Quelques jours plus tard, Muhammad traverse la cour dans un état d'agitation extrême. Il marche si vite que son manteau vole autour de lui. Il tend les bras vers son ami en criant :

– Si tu savais, mon frère, la chose la plus incroyable m'est arrivée cette nuit !

Aïcha se précipite vers sa cachette et retient son souffle lorsqu'elle entend le récit fantastique de son voyage nocturne. Après avoir prié près de la Kaaba pendant une bonne partie de la nuit, il s'était endormi. D'un coup de pied dans les reins, Gabriel l'avait réveillé en lui présentant un cheval immaculé qu'il lui ordonnait d'enfourcher. Chevauchant Buraq qui avait des ailes, il était arrivé à Jérusalem, sur le site du Temple. Abraham, Moïse, Jésus et Marie l'attendaient devant un groupe de prophètes. Avec eux, il avait prié sur le rocher. De là, sur sa monture céleste, il avait pris son envol vers le Ciel où il avait rencontré les grands personnages mentionnés dans les Écritures : Hénoch, Élie, Noé, Joseph, Aaron, et tant d'autres. Près d'eux se tenaient ceux de Jérusalem qu'il retrouvait sous une apparence éthérée. Il avait vu les jardins merveilleux du paradis, chatoyants de lumières, embaumés de mille parfums. Il avait même parlé à Dieu qui réclamait aux croyants cinq prières quotidiennes, les deux observées jusque-là n'étant pas suffisantes. Aïcha reste bouche bée d'admiration devant un tel exploit. De même que son père, qui en pleure d'émotion dans les bras du Messager, elle ne doute pas de la sincérité de son fiancé. Il n'a pas besoin de la convaincre comme ces gens de La Mecque qui se moquent de lui.

– Allons à la Kaaba, dit Muhammad. Qu'en penses-tu, mon frère ? Ils doivent savoir, tous, ce qui m'est arrivé. Il leur faudra bien me croire !

Elle les a vus traverser la cour à vive allure en gesticulant. Ils couraient au succès, mais reviendront la tête basse. Une fois de plus, on s'est moqué du Messager. On l'a traité de menteur en lui crachant au visage et Abou Bakr a pris sa défense en répétant à la ronde :

« S'il dit une telle chose, elle ne peut être que vraie ! Quand il me parle des nouvelles du Ciel qui viennent à la terre, je sais qu'il dit la vérité. Mais c'est bien loin de vos ergotages [1].

Depuis ce jour, quand Muhammad vient voir Aïcha après de longs entretiens avec son père, elle l'accueille avec le sourire et le regarde de ses grands yeux pétillant de contentement. Avec une infinie douceur, il par-

---

1. Cité par l'historien Ibn Ishaq dans sa *Vie de Muhammad*.

tage ses jeux, lui raconte d'autres histoires et s'assure qu'on ne lui fait aucun mal.

– Tu seras ma femme en ce monde et dans l'autre, Dieu le veut ainsi, affirme-t-il en rappelant les songes étranges qui lui montraient l'enfant dans un lange.

– Notre mariage est prédestiné, répond-elle. Je le sais. *Mashallah* ! Dieu l'a voulu !

Deux années viennent de s'écouler depuis la visite de la marieuse. Du haut de ses huit ans, Aïcha, qui n'a cessé d'observer et d'analyser ce qui se passait autour d'elle, a acquis plus de maturité et regarde le monde avec plus de raison. Quant à son avenir, il ne lui fait plus peur. Auprès d'un homme comme ce Muhammad qui ne ressemble à aucun autre, rien ne sera banal. Devenant son épouse, elle-même ne sera pas une personne ordinaire. Sa vie future lui apparaît comme un conte chargé de magie. Les rêves de l'enfance lui sont toujours présents, et les prédictions de sa mère ont marqué sa mémoire. Lorsque le Messager retourne à ses occupations, elle déambule devant ses poupées en se gonflant de fierté.

« Quand mon mari, Muhammad, sera le roi, leur confie-t-elle à mi-voix, moi aussi, je serai reine. La reine d'Arabie ! »

Elle est loin d'ignorer ce que l'on dit dans la ville, mais elle croit au destin qui l'a liée à l'Envoyé d'Allah.

Shawwal, le premier des deux mois sacrés, vient de commencer. Comme chaque année, en ce début de 622, La Mecque reçoit une multitude de pèlerins. Des coins les plus reculés de l'Arabie, du Yémen ou d'Égypte, ils viennent tourner sept fois autour de la pierre noire, entourée de murs par l'ancêtre Abraham, dont le pied a marqué le sol à jamais. Profitant de cette affluence, Muhammad se rend chaque jour dans l'enceinte de la

Kaaba. En manteau vert sur une robe blanche, coiffé d'un turban noir, il pointe du doigt les idoles et ne cesse de maudire les idolâtres et les incroyants.

– Il monte au ciel et il parle avec Dieu, disent les uns en s'esclaffant, il se prend pour un prophète, mais il est incapable de faire des miracles.

– Un prophète aux petits pieds, rétorquent les autres, un homme misérable, banni, conspué. De quel dieu se prétend-il l'Envoyé ?

Moqueries et quolibets pleuvent mais laissent Muhammad indifférent. Obstiné, animé de sa foi profonde, il fait entendre la parole d'Allah. Sa persévérance finit par déstabiliser l'assemblée qui, maintenant, se presse souvent autour de lui. Si les uns se rebiffent, scandalisés, beaucoup l'écoutent avec attention. Le Dieu unique n'est pas une pensée neuve. Les communautés juives et chrétiennes, implantées dans les contrées arabes, le vénèrent chacune à leur façon, selon les instructions laissées par leurs prophètes. Moïse avait recommandé le strict respect des Tables de la Loi. Jésus, qui se prétendait fils de Dieu, avait prêché l'amour. « Aimez-vous les uns les autres, comme je vous ai aimés ! » De cet amour, il était mort crucifié, victime expiatoire de l'humanité. Quant à ce Muhammad qui affirme recevoir les ordres de Dieu, par la voix de l'archange Gabriel, il vitupère sans fin contre les divinités, ordonne la soumission au Tout-Puissant, sous peine de griller en enfer. Car « son » Seigneur voit tout, entend tout, et, au jour de la Résurrection, Il séparera les bons des méchants. Aux uns les délices éternels du paradis, aux autres les supplices de la géhenne.

Confrontés à une telle menace, touchés par d'autres aspects de la doctrine qui prône l'honnêteté, la justice et la charité, des pèlerins se convertissent peu à peu et entrent en islam. D'autres, profondément troublés, prennent le temps de réfléchir. D'autant que la police des Quraïch vocifère et bastonne autour de Muham-mad, afin d'empêcher quiconque de l'approcher.

— Un malade, un illuminé ! crie la soldatesque. Voulez-vous être possédés par les *djinns* ? Non ! Écartez-vous !

Il n'est pas le premier à se prendre pour un prophète, ni à être pris pour un prophète, mais il ne laisse pas indifférent. Un petit groupe, fortement intéressé, joue des coudes pour se rapprocher et lui parler : ils sont cinq, habitants de Yathrib, oasis située au nord de La Mecque. L'un d'eux le tire par la manche, sans se douter qu'il dérange une vision.

Debout près du temple, Muhammad couvre de son regard cette foule qui ondule autour de la Kaaba. Ressac d'une vague permanente qui gonfle de jour en jour, au cours des mois sacrés. L'image s'est agrandie, les pèlerins affluent de partout jusqu'à devenir une mer immense qui franchit les limites de la ville, submerge le désert et s'enfonce vers les autres mondes au-delà de l'horizon. L'Islam en marche selon le dessein de Dieu dont il est le Messager. « Lève-toi et prêche ! », avait dit Gabriel. Une autre phrase résonne derrière son épaule : « Le Tout-Puissant éclaire ou égare les mortels à son gré. Personne ne connaît ses armées[1]. » N'est-ce pas à lui de les rassembler, ces légions du Seigneur, et de les conduire sur le chemin de la Vérité, car « l'enfer est l'abîme épouvantable qui menace les humains[2] » ?

Le tiraillement sur sa manche chasse le mirage. Il tressaille et se retourne irrité, mais se maîtrise dès les premiers mots de l'interlocuteur qui réchauffent son cœur :

— Salut à toi, Ô Messager ! Te souviens-tu de nous, les pèlerins de Yathrib ? L'an dernier, nous t'avons

---

1. Coran, sourate 74, Le Manteau, verset 34.
2. Coran, sourate 74, Le Manteau, verset 38.

promis de parler de toi dans nos tribus et de revenir avec de nombreux adeptes.

Muhammad sourit et distribue des accolades chaleureuses à chacun des membres du groupe.

– Mes amis, comment aurai-je pu vous oublier ? Je savais que Dieu vous enverrait de nouveau vers moi.

Depuis cette rencontre, un an plus tôt, au cours de laquelle les cinq hommes s'étaient convertis à la nouvelle religion, il avait longuement réfléchi à l'avenir et à ses perspectives. Sans nouvelles de ses récents amis, il avait tenté Taïf qui l'avait refoulé. Ce retour inespéré le réconforte, d'autant qu'il se produit au moment où il reçoit cette vision prodigieuse de l'Islam conquérant.

Heureux présage ! Yathrib serait-elle son prochain refuge ? Il n'est pas le seul menacé par les Quraïch et leurs alliés, les Banu Makhzum et les Banu Ommaya. Dans la ville, malgré les persécutions, le nombre des convertis a augmenté. Eux aussi sont en danger. Dieu leur ouvre-t-il enfin une autre voie ? Conformément à leurs promesses, les cinq hommes ne sont pas seuls. Ils présentent leurs Compagnons : sept postulants qui prononcent aussitôt la profession de foi : « Il n'y a de dieu que Dieu et Muhammad est son prophète ! *La illa i l'alla. Muhamadour rassoul Allah* ! »

Un peu plus tard, dans le désert sublimé par les rayons du couchant, les douze prêtent le serment d'Aqaba par lequel ils s'engagent non seulement à se conduire de façon honnête, juste et charitable, mais surtout à protéger le Messager et à mener avec lui le combat contre les mécréants. Dussent-ils y perdre leurs possessions, leurs biens et leur vie.

– Si nous tenons notre engagement à ton égard, Envoyé de Dieu, quelle sera notre part ? demandent-ils.

– Le paradis !

Ce soir-là, drapé dans son manteau vert, Muhammad

rentre chez lui de son pas nonchalant. Peu lui importent
les rires et les quolibets sur son passage. Peu lui
importe la boue jetée à son visage. Peu lui importe cet
utérus de brebis sanguinolent et puant qui vient s'écraser sur sa tête. Dans son cœur chante l'espoir. Une
porte s'est ouverte sur une terre de lumière. Là-bas, au
nord, Yathrib l'attend.

– Yathrib, murmure-t-il en modulant les syllabes. *Al-
Madînah al Russul*[1]. Elle sera notre ville.

Au matin, comme à l'accoutumée, il entre chez Abou
Bakr pour lui raconter les derniers événements, cou-
ronnés par le songe qu'il a eu au milieu de la nuit. Il en
est bouleversé au point qu'il ne prête aucune attention
aux personnes qu'il croise sur son chemin. Lorsqu'il
traverse la cour de son ami, bruyante de gens affairés, il
n'entend pas les appels affectueux d'Aïcha. Abou Bakr,
inquiet de le voir si agité, se précipite vers lui :

– Que s'est-il passé ? Que t'est-il arrivé ? Ahmed,
fils d'Abdallah, fils de Hachim ! Je suis devant toi.
Parle, je t'en prie.

Il prend sa main et l'entraîne vers sa petite mosquée.
Aïcha se glisse derrière les lauriers. Le sang palpite
dans ses tempes. Son cœur cogne à grands coups. Le
regard halluciné de Muhammad l'a terrifiée. Elle craint
un malheur ; mais elle entend alors l'histoire des douze
Compagnons et du serment, puis vient le récit du
songe :

– Mon frère, dit-il enfin, c'est une joie immense. Le
lieu de l'émigration m'a été montré. J'ai vu un pays
bien arrosé, riche en dattiers, situé entre deux étendues
de pierres noires.

– Yathrib ?

– Cela même.

―――――――――

1. La ville du Prophète.

Le visage de l'Envoyé irradie. Par l'interstice entre les briques, Aïcha remarque le feu de ses yeux, plus ardents que les braises. Abou Bakr le saisit aux épaules :

– Dieu soit loué. Hâtons-nous de partir. Les Quraïch organisent ta mort. Douze hommes, appartenant chacun à une tribu différente, se sont ligués pour te poignarder.

Loin de se laisser effrayer, Muhammad sourit et caresse sa barbe aussi sombre que ses cheveux.

– Je ne bougerai pas, mon frère. Je n'ai pas encore reçu l'ordre de Dieu. Mais il serait bon que les croyants se mettent en route par petits groupes, afin de ne pas éveiller les soupçons. À l'oasis, ils seront bien reçus et annonceront ma venue.

Tapie dans sa cachette, Aïcha tremble. Un grand danger plane sur la ville. Les croyants sont menacés, la mort guette le Messager. Devront-ils fuir comme des coupables ? Le rythme paisible de leur vie risque fort d'être anéanti si Allah ne se manifeste pas au plus vite. Elle s'efforcera de Le prier à l'aube, quand Il descend sur le septième ciel. Se penchera-t-Il pour l'entendre et l'exaucer ?

Les semaines passent. Rien ne bouge. Chacun poursuit sa tâche, noble ou vile, sous les ordres du maître. On s'active dans les entrepôts. Dans le bureau d'Abou Bakr, Aïcha et Asmah ont pris place sur des coussins. Une tablette sur les genoux, calame en main, elles écrivent sous la dictée de leur père qui vérifie les progrès de leurs études et l'étendue de leur savoir. Il constate avec satisfaction que la plus jeune, aussi avancée que l'aînée, possède un talent pour la calligraphie. Ses lettres ondulent comme l'onde sous le souffle de la brise. Il la félicite en ébouriffant les boucles rousses qui dansent sur le front ambré.

– Te lire est un plaisir des yeux, ton élocution charme

l'oreille. Continue ainsi, dit-il. Tu feras de grandes choses.

Elle le remercie d'un regard tendre. Un tel compliment de la part d'un homme peu prolixe l'encourage à persévérer. La tenture s'ouvre brusquement sur Muhammad qui fait irruption et déclare d'un air hagard :

– Ce que j'ai à te dire est très important. Personne ne doit nous entendre.

Dociles, baissant les yeux, Asmah et Aïsha se lèvent pour sortir de la pièce, mais Abou Bakr les retient, en assurant qu'elles sont dignes de confiance et capables de garder un secret. L'agitation de Muhammad est extrême. L'auditoire, anxieux d'en connaître la raison, l'observe en silence. Il marche à pas nerveux de long en large, puis s'immobilise pour annoncer d'une voix grave :

– Dieu m'a autorisé à émigrer !

– Avec moi ? demande Abou Bakr

– Avec toi.

– *Allah Akbar* ! J'ai déjà préparé les chameaux pour le voyage.

Devant ses filles abasourdies, il s'effondre en pleurant dans les bras de son ami. Aïcha n'a jamais vu son père dans un tel état et ne comprend pas que ces larmes sont un signe de joie. À son tour, elle éclate en sanglots. Le mot émigrer lui fait peur. Que vont-ils devenir ? Touché par sa détresse, Muhammad se tourne vers elle et prend sa main qu'il porte à ses lèvres avec une infinie douceur :

– Ne sois pas triste, Dieu nous envoie dans un lieu clément où nous connaîtrons le bonheur. Ton père et moi, nous partons les premiers. Plus tard, tu nous rejoindras. Aie confiance, ma gazelle. Nul ne te fera du mal.

– Je prierai pour vous deux, répond-elle. Dieu vous protégera.

Remis de son émotion, Abou Bakr renvoie ses filles afin d'organiser concrètement l'opération. La prudence s'impose et la ruse sera de rigueur. Ses espions l'ont prévenu. Le danger est imminent : la mort de Muhammad est arrêtée.

5.

Aïcha sort à regret du bureau paternel. Le cœur en haleine, elle ferme la porte et apostrophe sa sœur :

– Tu ne veux pas entendre la suite ? Quel est ce complot contre Muhammad ? Je meurs d'inquiétude et je veux savoir !

– Je ne tiens pas à être punie, rétorque l'aînée.

– Tais-toi, laisse-moi écouter.

Sa curiosité est trop forte. Peu importe le risque. Aïcha se presse contre le battant de bois, masqué par une tenture. La voix d'Abou Bakr lui parvient assourdie, mais elle comprend l'essentiel de son alarmant rapport. Douze hommes armés, appartenant chacun à l'une des douze tribus, ont été désignés. L'un après l'autre, ils vont poignarder le Messager en plein sommeil. Les Quraïch s'inquiètent de ses succès au cours du dernier pèlerinage et du nombre croissant des convertis à sa nouvelle religion. Avec l'aide d'une troupe de partisans, il deviendrait une force, et une menace si, par hasard, il décidait de prendre le pouvoir. Mieux valait l'éliminer au plus tôt.

– Quand ? demande Muhammad.

– Cette nuit même, souffle Abou Bakr.

Une main sur la bouche, Aïcha retient un cri d'effroi et s'accroche à sa sœur pour ne point défaillir.

– Ressaisis-toi, dit Asmah avec le sang-froid de ses quatorze ans, l'Envoyé de Dieu ne peut pas mourir. Du

moins, pas maintenant. Sa mission ne fait que commencer. Viens ! Ce n'est pas le moment de nous faire
prendre. Et surtout, restons calmes.

– Tu as raison. Nous en savons assez. Qu'allons-
nous faire ?

– Je suis sûre qu'ils auront besoin de nous pour les
préparatifs de leur expédition.

Aïcha reprend :

– Crois-tu que je peux aider ? Je ferai ce que l'on
me demandera.

L'intuition d'Asmah ne l'a pas trompée. Abou Bakr
et Muhammad ont mis sur pied un plan d'évasion afin
d'échapper aux comploteurs. Quelques heures plus tard,
après le repas du soir, sur l'ordre de leur père, les deux
sœurs emballent quelques nourritures dans des poches
en tissus qu'elles ont dû coudre elles-mêmes : galettes
de pain, dattes, un peu de sel et du lait caillé séché.
Pendant ce temps, Abdallah, le frère aîné qui a plus de
vingt ans, introduit deux chamelles rapides dans la cour
et les harnache pour le voyage. À la faveur de l'obscurité, il les ramène dans l'enclos, derrière les bâtiments
des entrepôts, et les attache à un crochet fixé dans le
mur, près d'une fenêtre. La maison se plonge dans le
silence. Ceux qui ne savent rien, le grand-père, la tante
et les domestiques, rejoignent leurs quartiers, sans se
soucier du drame qui se prépare. Abou Bakr et les siens
restent en éveil, avant d'aller se reposer. De multiples
épreuves les attendent : il leur faut prendre des forces.

Dans son lit, Aïcha ne peut fermer l'œil. Un mince
croissant de lune griffe le ciel. Dernier quartier du mois
de Safar qui marque la fin du printemps. Mille pensées
la tourmentent. Son oreille se tend vers l'autre bout de
la rue où se trouve la demeure de Muhammad. Elle se
figure les douze hommes embusqués près de la haute
porte cloutée, tenant en main une lame affilée, prêts à
fondre sur celui qu'ils accusent de blasphème, afin de

le massacrer. Vont-ils le poignarder dans son lit, ou se jetteront-ils sur lui quand il sortira du logis à la lueur de l'aube ?

Des images horribles torturent son esprit : du sang, des violences, des morts. Elle tremble et enfouit son visage dans les coussins afin d'étouffer ses cris. Recroquevillée sous la couverture de laine tissée, elle s'endort épuisée. Le sommeil la délivre de ses frayeurs.

Une présence la réveille. Le soleil vient à peine de se lever. Sa sœur se tient debout près de son lit. Les souvenirs lui reviennent. Elle se dresse en sursaut et s'écrie :

– Ils l'ont tué ?

– Dieu soit loué ! L'Envoyé leur a échappé.

Asmah raconte alors la capture manquée, la fuite dans la nuit. Les douze hommes attendaient, dans l'ombre de la rue, le moment favorable pour entrer dans la maison quand tout le monde serait endormi. Par un orifice, ils avaient vu le Messager allongé sur son lit, couvert de son manteau de l'Hadramaoût. Mais ils entendaient les voix de Sawdah et des servantes qui s'affairaient dans la cour. Ils ne pouvaient escalader le mur et faire irruption comme prévu. Ils auraient violé l'intimité des femmes et se seraient déshonorés à jamais. Ils s'étaient alors rassemblés près de la porte pour s'emparer de leur victime, dès qu'elle sortirait au petit matin.

Mis en garde par l'archange Gabriel, Muhammad avait organisé sa ruse. Dans son lit, sous son manteau vert, il avait installé Ali, le fils de son oncle Abou Talib qui avait grandi auprès de lui et qui serait bientôt son gendre, en épousant sa dernière fille. Il lui avait dit :

– Dors à ma place. Quand ils découvriront que je les ai joués, ils ne tourneront pas leur colère contre toi.

– Que vas-tu faire ? avait demandé le jeune homme.

– Gabriel m'a transmis le message d'Allah : « *Nous mettrons une barrière devant eux et derrière eux, et*

nous les recouvrirons d'un voile ; ils ne sauront voir[1]. »
Je vais sortir de la maison.

Telle une ombre invisible, le Messager était passé au milieu de ses bourreaux, et avait poursuivi son chemin, sain et sauf jusqu'au logis d'Abou Bakr. Sans perdre de temps, les deux hommes avaient rejoint les entrepôts et enjambé la fenêtre de la façade arrière, près de laquelle les attendaient les deux chameaux sellés. Ils avaient enfourché leurs montures et s'étaient dirigés vers la montagne de Thawr, au sud de la ville. La région ne manquait pas de cavernes où ils pourraient se cacher.

– Comment sais-tu tout cela ? demande Aïcha

– La crainte maintenait mes yeux ouverts, répond Asmah. J'ai assisté à leur départ, et j'ai attaché moi-même les sacs de nourriture sous les selles.

– Comment saurons-nous qu'il n'est rien arrivé ?

– Abdallah était avec eux, en croupe de notre père. Il a ramené les chameaux. Les traces ont été effacées par les moutons d'un berger ami. Notre frère retrouvera leur abri. Ce soir il leur apportera les nouvelles.

– Que Dieu les protège !

– Ils auront besoin de nos prières. Les recherches ont commencé dans la ville. Les Quraïch sont furieux d'avoir manqué leur affaire. Quand on viendra nous questionner, il faudra garder le secret. Tu ne diras rien, n'est-ce pas ? Notre père et l'Envoyé sont en danger. On offre cent chameaux à quiconque s'en emparera.

Lorsqu'ils avaient reconnu Ali, sortant de la maison enveloppé du manteau de Muhammad, les comploteurs avaient compris que le « perturbateur », plus habile, s'était moqué de leurs forces.

– Il n'est pas celui que nous cherchons, s'étaient-ils écriés. Ne le touchons pas.

---

1. Coran, sourate 36, I.S., verset 8.

Ils avaient informé leurs chefs de clan. L'alerte, aussitôt, avait fait trembler la ville. Sautant sur leurs cour-
siers, les tenants de l'autorité s'étaient élancés vers le
nord par tous les chemins conduisant à Yathrib. D'autres avaient sillonné les rues de La Mecque, en maltrai-
tant tous ceux qui se trouvaient sur leur chemin. Il leur
fallait des réponses, mais ils n'obtenaient que des cris
d'épouvante, sans révélation. Bien des logis étaient
vides, de nombreux croyants avaient fui. Les limiers ne
savaient sur qui se venger, ils enrageaient et devenaient
fous.

À l'heure de midi, sous les rayons brûlants du soleil,
un groupe de Quraïch investit la cour d'Abou Bakr et
demande à voir le maître. Nul ne sait où il est. Les
serviteurs sont battus, les mâles de la famille rudoyés
sous les yeux des femmes pétrifiées derrière les moucharabiehs. Aïcha pousse un cri. Asmah est au-dehors.
Au pied du perron, elle subit l'arrogance d'Abou Jahl, le
chef des Banu Makhzum, ennemi implacable de
Muhammad. Un homme brutal au regard cruel sous son
turban lamé d'argent. Aux questions qui s'enchaînent,
elle oppose un silence buté qui attise la fureur de
l'homme. Son destrier couleur d'ébène piétine le sol en
hennissant. L'insulte aux lèvres, le cavalier se penche
vers la jeune fille qui vacille sous la force d'une gifle et
mord la poussière, la joue marquée comme au fer. Malgré la violence du coup qui n'a pas entamé son courage,
Asmah se relève et répète sur un ton persifleur :

– Je ne peux rien dire, puisque je ne sais rien !

Abou Jahl jure et crache, rappelle ses sbires et détale
en fulminant. Aïcha, fortement impressionnée, bondit
auprès de sa sœur et lui dit :

– S'ils reviennent, c'est moi qui leur répondrai. Par
Dieu, je garderai le secret. Ils ne sauront rien de moi !

Le soir même, tandis que la ville a retrouvé son
calme et s'est endormie comme les autres jours, Asmah

s'enroule dans un grand châle de laine et rejoint son frère. Il la prend en croupe sur son chameau. Ensemble, ils disparaissent dans la nuit froide. Ils se rendent à la cachette pour apporter les nouvelles et d'autres nourritures aux deux fugitifs dont la tête a été mise à prix. Aïcha les regarde avec envie, regrettant d'être trop jeune pour les suivre sous les étoiles. L'aventure est trop risquée. Divers dangers les menacent. Abdallah connaît le chemin, mais à défaut de chacals ou autres animaux sauvages, un guetteur pourrait donner l'alerte. Que se passerait-il alors ? Aïcha en frissonne de peur et se réfugie dans sa chambre auprès de ses poupées dont le sourire la réconforte. Tenant la promesse faite à son fiancé, elle s'agenouille comme il le lui a enseigné, et demande à Dieu de le protéger.

Au petit matin, son frère et sa sœur sont de retour. Mission accomplie. Leur père et l'Envoyé sont en sûreté au fond de leur caverne et ne manquent pas de vivres. Ils attendront quelques jours afin de se remettre en route quand les recherches auront ralenti. Pour l'heure, elles ont redoublé au nord et se déploient vers le sud, vers ce coin de collines truffées de cavités propices pour se terrer.

À la fin du troisième jour, la meute n'a rien découvert et renonce. Abdallah attendait ce moment pour organiser la suite de l'opération selon les instructions du Messager. Dès que le berger complice lui confirme que le danger est passé, il apprête aussitôt les deux chamelles rapides et les envoie dans la vallée proche du repaire secret avec un guide sûr pour la suite du voyage. À la tombée de la nuit, il enfourche un autre chameau, Asmah collée à son dos, des couvertures et des sacs remplis sous la selle. Aïcha, une fois encore, assiste à leur départ, le cœur au bord des yeux. Anxieuse, elle attendra le retour pour entendre de leur bouche la fin de leur course. Ils ont du mal à reconnaître la caverne. Un arbuste et une toile d'araignée en bouchent l'entrée tandis qu'une colombe a fait son nid dans un creux du rocher.

— Tu es sûr que nous sommes au bon endroit ? demande Asmah d'une voix altérée.

— Ce n'est pas la première fois que nous venons, bougonne Abdallah qui arpente nerveusement le terrain. Je suis certain de ne pas me tromper. Je vais appeler en espérant que ce n'est pas un piège.

Dès qu'ils reconnaissent les cris convenus, les fugitifs sortent de leur trou en écartant le filet arachnéen qui les a sauvés. Ils avaient vu les cavaliers à leur recherche s'arrêter devant l'ouverture puis rebrousser chemin, persuadés que nul n'avait pu franchir cette barrière naturelle.

— Dieu est avec nous, dit Muhammad. En voici la preuve éclatante. Il a jeté un voile pour nous protéger.

Tout le monde s'embrasse en rendant grâce. Abou Bakr remercie ses enfants de leur courage, et le berger de sa loyauté. Ponctuel, le guide arrive à l'heure prévue avec les chamelles. Sous les selles, on arrime les derniers bagages, couvertures et provisions de bouche. Il manque une corde. Asmah déchire sa ceinture en deux longues bandes et donne l'une d'elles pour servir de lien[1]. Tout est prêt pour le départ. C'est alors que Muhammad le retarde en réclamant une dernière formalité :

— Je ne monterai pas un chameau qui ne m'appartient pas.

— Il est à toi, ô Envoyé de Dieu, rétorque Abou Bakr.

— Il le sera si je te l'achète au prix que tu l'as payé.

Abou Bakr s'étonne de ce refus inhabituel, mais n'insiste pas. Il connaît son ami et comprend ses raisons : ce voyage est une rupture avec le passé. Pour obéir à Dieu,

_____

1. L'Histoire lui donnera le nom de « femme aux deux liens ».

il s'est dépouillé de tout ce qui n'est pas essentiel, il n'est plus que lui-même, un homme sans patrie qui s'engage sur le chemin de la « *Hijra* », l'émigration, selon les ordres divins. Et pour cela il lui faut une monture qui soit vraiment à lui. Cette chamelle blanche, qu'il a appelée Qaswâ, restera sa favorite et l'accompagnera de longues années.

Se fiant aux talents de leur guide monté en croupe d'Abou Bakr, ils prennent la direction de l'ouest avant de descendre vers le sud pour longer les rivages de la mer Rouge et remonter ensuite vers le nord puis le nord-est où se trouve Yathrib.

– Nous verrons bientôt la lune nouvelle du mois de Rabi al-Awwal, dit Muhammad. C'est le croissant du bien et de la guidance. Ma foi est en celui qui l'a créé !

En cette nuit de juin 622, ils partent sous les étoiles, droit vers leur but incertain. Abdallah et sa sœur les suivent du regard jusqu'au fond de la vallée où les silhouettes disparaissent, puis ils regagnent La Mecque tandis que dans leur cœur, l'espoir efface bien vite la tristesse. Dans la maison d'Abou Bakr, le fils aîné remplace le père pour la conduite des affaires et chacun reprend sa tâche ou son rôle.

Pour Aïcha, rien ne change. L'étude et les jeux de l'enfance occupent à nouveau ses journées que marque une pensée inquiète pour l'auteur de ses jours et celui qui dirigera bientôt sa vie. Des cuisines aux entrepôts, la routine s'installe. On attend le message qui annoncera l'issue, heureuse ou malheureuse, de cette chevauchée vers un autre monde.

Quatre mois vont s'écouler avant de connaître les détails de l'arrivée sur l'oasis et ses verdures chatoyantes. Un émissaire envoyé par Abou Bakr a galopé pendant six jours pour délivrer la lettre du maître. Abdallah en a pris connaissance, puis il a rassemblé la famille sous le porche qui abrite le perron, afin que les domestiques et les employés puissent l'écouter. Serrée entre sa mère et sa sœur, Aïcha le fixe de ses grands yeux, impatiente de connaître les exploits de son père et de son fiancé.

– Dieu soit loué ! s'écrie-t-il. Ils ont réussi. Venez tous, que je vous lise ce qui est écrit.

Au milieu de septembre, sains et saufs, les deux fugitifs étaient entrés dans le village de Qubâ où Muhammad avait été acclamé par de longs cris : « Le Prophète est arrivé ! » Les habitants du village appartenant aux tribus Aws et Khazraj, et même des juifs qui croyaient au Messie, l'avaient accueilli avec de grandes manifestations de joie. Ceux qui avaient fait le serment d'Aqaba avaient préparé les esprits en répétant les discours entendus près de la Kaaba. Fidèles à leur engagement d'alors de lui assurer aide et protection, ils avaient escorté le Messager jusqu'à Yathrib : une procession triomphale avait glorifié le Prophète de Dieu qui saluait à la ronde en disant :

– *Salam, as salam alaïkoum* ! La paix soit sur vous ! Donnez à ceux qui ont faim, honorez vos parents, priez pendant que les autres dorment, ainsi vous entrerez au paradis !

La foule grossissait au fur et à mesure qu'ils avançaient et pénétraient dans la ville. Des poètes accouraient et déclamaient les vers inspirés par cet événement qui entrerait dans l'Histoire et marquerait la postérité.

– Vous entendez cela ? s'écrie Abdallah. Celui que les Quraïch conspuaient a été reçu par Yathrib comme un héros. On le couvre de louanges et d'honneurs.

Son euphorie gagne l'auditoire. Il applaudit, comme l'avaient fait les croyants enfuis de La Mecque qui avaient échappé à la tyrannie des idolâtres, et s'étaient agglutinés au premier rang d'une immense assemblée pour saluer le nouveau maître. En termes colorés, Abou Bakr énumérait les détails. Le Guide allait régenter leurs vies, au nom du Dieu unique. Muhammad retrouvait ses fidèles et ses Compagnons de la première heure, exilés avant lui. Les autres habitants l'accueillaient avec bienveillance et lui offraient l'hospitalité. Les uns touchaient son manteau vert et sa robe de soie immaculée tandis que d'autres attrapaient la bride de Qaswâ, la chamelle, afin de la diriger. Le Messager leur disait :

– Laissez-la aller, car elle est sous le commandement de Dieu.

Abdallah s'interrompt pour ajouter d'une voix émue :

– *Wallahi*[1] ! N'est-ce pas un ange sous la peau de l'animal ? Écoutez la suite.

Elle avait cheminé au long de nombreuses ruelles bordées de maisons, tourné en rond plus d'une fois, s'était arrêtée puis s'était relevée pour renifler ici et là et revenir s'agenouiller à l'endroit précédent en plaquant son poitrail au sol. Muhammad avait alors mis pied à terre en déclarant :

– C'est ici, si Dieu le veut, que nous allons demeurer[2].

Il se trouvait dans un enclos planté de palmiers. Aussitôt, il l'avait acheté afin d'y construire la première mosquée et sa résidence. En attendant la fin des travaux, il logerait chez l'habitant. Abou Bakr restait auprès de lui et cherchait un bel endroit pour y installer les siens. « Rassurez-vous, concluait-il. J'aurai bientôt un toit pour vous accueillir et vous viendrez me rejoindre. »

– Nous ne verrons plus notre maison ? s'écrie Aïcha d'une voix étranglée.

– Nous reviendrons peut-être un jour, dit sa mère, si

---

1. Par Dieu !
2. Cité par l'historien Bukhari dans ses *Chroniques*.

les Quraïch reconnaissent le Dieu unique et adoptent la nouvelle religion.

– Quand partirons-nous ? demande-t-elle, au bord des larmes.

– N'as-tu pas entendu ? grommelle Abdallah. Quand notre père nous le dira !

Dépitée d'être ainsi rabrouée par ce grand frère rigide qui lui donne la chair de poule, Aïcha se réfugie dans un coin de sa chambre, en compagnie de ses poupées qui reçoivent ses confidences sans émettre la moindre remontrance. De leur sourire immuable, elles partagent ses joies, ses espérances, autant que ses peines et ses chagrins. Ce jour-là, mille tourments torturent son cœur qui cherche une oreille débonnaire pour s'épancher. L'annonce d'un départ prochain l'emplit de craintes.

Dans ce logis lointain, rien ne lui sera familier. Il lui faudra s'accoutumer à de nouveaux paysages, d'autres visages. Trouvera-t-elle d'autres amies qui partageront ses jeux ? Ce qui lui importe est de pouvoir emporter tous ses jouets. Y aura-t-il assez de place pour l'énorme coffre en tiges de roseaux dans lequel ils sont entassés ? Sans eux, elle n'aurait plus personne à qui parler, plus de confidents muets pour ses secrets.

Son univers est bouleversé. Son père n'est plus là pour la rassurer. Sa mère lui accorde moins de tendresse qu'à son petit frère Abder-Rahmane qui fêtera bientôt ses sept ans et passera aux hommes. Pourquoi ne lui accorde-t-on pas un peu plus d'attention ? Elle va sur ses neuf ans. Son corps lui fait mal. Une douleur sourde lui tord le ventre, puis se diffuse comme une onde glacée et revient en piques dans la partie la plus basse. Près du sexe qu'elle n'ose regarder, ni même toucher. C'est là que tout doit se passer. On lui a tout expliqué. Un sang bénéfique s'écoulera au long de ses cuisses, le sang fécond qui va revenir à chaque lune, et permet aux filles de donner la vie.

– Il ne faut pas avoir peur, lui avait dit Barrira. C'est ainsi pour nous toutes. Chacune de nous est une terre fertile qui doit produire des fruits. C'est notre privilège et notre servitude. Quand le sang apparaît, tu es prête pour la semence de l'homme qui attend son héritier.

– Je n'aime pas cette histoire, avait-elle répondu. Ces choses me font peur et me dégoûtent. Je mourrai de honte quand cela se produira.

Un grand éclat de rire avait secoué Barrira qui avait ajouté :

– Calme-toi, ma douce, notre sort n'est pas aussi misérable que tu le penses. Certes tu devras te soumettre à celui qui t'épousera, mais quand tu lui donneras le fils qu'il attend, c'est toi qui le domineras. Dieu nous a confié le pouvoir de créer. Notre ventre est précieux. Par lui nous valons plus que les hommes, puisque nous les mettons au monde.

Ces vérités s'étaient gravées dans sa mémoire. Quand la douleur revient et la plie en deux, elle ne peut s'empêcher de rejeter ce corps qui la fait souffrir et fait d'elle une femme contre sa volonté. Épreuve qui n'est pas la dernière. D'autres suivront. Elle sait ce qu'est le mariage. Les servantes lui ont dit : « Un poignard qui te scie en deux ! » Elle pressent avec horreur le mal de la déchirure. Après, viendra le supplice de l'accouchement. Celui de sa mère, tant de fois raconté, l'a marquée. Effrayée par ces perspectives, elle n'est pas pressée d'être pubère. Dans les bras de Barrira, le nez enfoui dans sa poitrine opulente, elle ferme les yeux pour ne plus penser, et se laisse bercer par la voix qui fredonne :

« Dieu est grand, ma colombe. Il a sauvé ton père et Son Envoyé. Dans l'oasis de lumière, gorgée de fruits et de fleurs, sillonnée de rivières parfumées, un grand

bonheur nous attend. Mais demain est loin, tu es toujours mon enfant et je veille sur toi. Nous avons de
longs jours pour nous divertir de mille jeux. »

Le temps fait renaître l'insouciance. Au bout de six
semaines, un autre messager arrive de Yathrib. On l'accueille avec allégresse et on l'écoute avec attention, car
il s'agit de Zayd, le fils adoptif de Muhammad. Lorsqu'il n'était qu'un enfant de douze ans, Khadidja l'avait
offert comme esclave à son époux. Ce dernier l'avait
affranchi sans tarder. Il l'avait élevé comme son propre
fils en le confiant à des savants qui avaient fait de lui un
lettré, fin connaisseur des Écritures, ce qui était utile
pour le Prophète qui le gardait auprès de lui comme
secrétaire et homme de son Secret. Le visage couvert de
poussière craquelée par la sueur, harassé, essoufflé, il
raconte l'installation de la communauté, la construction
de la première mosquée, la demeure du Prophète qui est
presque terminée, et conclut après avoir bu toute l'eau
d'une cruche :

— L'Envoyé de Dieu m'a demandé de lui ramener sa
famille, et Abou Bakr m'a chargé de vous remettre
cette missive.

Abdallah s'empresse de la lire et d'annoncer à tous
que le maître réclame lui aussi son épouse et ses deux
filles accompagnées de leurs servantes. Et c'est lui, le
fils aîné, qui devra les conduire et les protéger, avec
l'aide des domestiques et des employés qui voudront
bien les suivre.

— Je refuse de partir, dit le grand-père. Je garde cette
maison que mon père a construite. Je suis trop vieux
pour courir les routes derrière un aventurier. Allez vers
vos illusions. Je reste avec mon passé.

— Je soignerai mon père, ajoute la tante. Nous ferons
nos dévotions aux déesses, afin que vous soyez par-
donnés.

Aïcha les regarde avec sévérité et lance en ricanant :

– Vos statues de pierre sont idiotes. Allah est plus puissant. C'est Lui qui vous protégera.

– Tais-toi, intervient Oum Roumane en lui clouant le bec de sa main.

Se tournant vers son beau-père infirme, elle ajoute avec respect :

– Merci, *habi*, de veiller sur notre maison. Nous serons contents de la retrouver intacte à notre retour. Car nous reviendrons, *habi*. On ne peut vivre longtemps loin de La Mecque.

Sa voix se brise, mais elle domine son émotion. La peine s'efface devant le devoir et la foi. Rejoignant les servantes, elle distribue ses instructions.

Branle-bas à tous les étages et jusqu'au fond des entrepôts. On rassemble, on emballe, on emplit des coffres. Au cours des jours suivants, des chameaux sont rassemblés dans la cour. Sur chacun d'eux, on fixe une quantité de ballots contenant tous les trésors qui feront revivre les souvenirs en perpétuant le passé. Dans la demeure étrangère, il faudra repiquer les racines qui la rendront plus familière. Près de la porte d'entrée, trois montures sont harnachées de litières pour les femmes. Elles y auront plus de confort, et seront protégées du soleil et de la poussière. Derrière les voiles de coton opaque, elles pourront se mettre à leur aise à l'abri des regards des serviteurs et des chameliers.

À la tombée du jour, un soir de novembre 622, Oum Roumane, suivie de Aïcha, sort de la maison et s'engouffre dans le premier palanquin. Asmah et les servantes occupent les deux autres. Six chameaux attendent, lourdement chargés. Dès que la lune apparaît dans le ciel, Abdallah donne le signal et prend la tête de la caravane. À la sortie de la ville, une autre colonne vient les rejoindre, conduite par Zayd qui couve l'épouse et les filles du Prophète. Les deux familles se connaissent bien et se réjouissent de faire route ensemble. Les haltes seront plus joyeuses et l'on pourra s'entraider dans les moments difficiles. Après les salutations d'usage, la troupe se met en marche vers le nord. Au bout de la vallée, au-delà des montagnes abruptes qui barrent l'horizon, Yathrib les attend dans son oasis de verdure. Aïcha entrouvre les rideaux et se penche pour un dernier regard vers les lieux qui l'ont vu naître, à l'heure où le chamelier lançait l'appel. Que de fois elle a entendu son cri dans la nuit : « La lune se lève... Venez, partons ! » Au-dessus des murs sombres de La Mecque, le disque d'or pâle s'élève en magnificence, inondant le désert d'une douce lumière. Le paysage lui paraît moins hostile, puisque l'astre lui sourit.

– *Inch'Allah*, murmure-t-elle en se blottissant contre sa mère.

– Dieu est grand, répond cette dernière en la serrant dans ses bras. Il protégera notre périple, puisque nous allons vers Son Envoyé, dans la ville qu'Il lui a désignée, où l'islam rayonnera enfin. En accomplissant ce voyage, nous répondons à l'appel d'Allah, nous obéissons et nous nous soumettons. C'est cela l'islam. S'abandonner entre les mains de Dieu qui tient nos destinées.

– Pourtant, rétorque Aïcha, la tristesse ne me quitte pas. Je ne verrai plus notre maison et ce que j'aimais.

– N'es-tu pas heureuse de revoir ton père et de retrouver Muhammad qui t'attend pour t'épouser ?

Aïcha se recroqueville. Inutile de lui rappeler que l'échéance approche et sera inévitable après leur arrivée, puisque ce qu'elle appréhendait avec horreur s'est produit avant le départ. Une large tache de sang a marqué sa chemise. Barrira l'a emmaillotée de linges en lui disant qu'il ne faut pas en parler, qu'une femme doit se montrer discrète en ces jours particuliers. Les jours impurs pendant lesquels le mari ne peut toucher son épouse. En pleurant de honte Aïcha a revêtu une ample tunique ceinturée qui ne laisse rien deviner, sous laquelle son ventre est tordu de douleur par des ondes glacées qui le traversent. Le temps du voyage la protège. Elle se prend à supplier Dieu de le prolonger.

— Fatigue, chaleur, soif, mille autres souffrances, murmure-t-elle dans son châle, qu'importe ! Pourvu que le mariage soit retardé !

6.

Lentement, au pas majestueux des chameaux dont les têtes dodelinantes rythment la cadence, la caravane franchit les vallées de pierres hérissées de buissons épineux. Laissant les montagnes sombres qui entourent La Mecque, elle s'enfonce dans l'océan de sable qui ondule à l'infini, et s'élève en poussière autour des animaux : une poudre ocre qui s'infiltre partout, colle à la peau, bouche les narines et enflamme les yeux. Quand l'aube blanchit le ciel, quand le disque rouge cerclé d'or monte sur l'horizon, marbré de rose et de mauve et l'enflamme peu à peu, le paysage est splendeur ; chacun se grise alors en humant la fraîcheur du matin. Plaisir que les voyageurs goûtent avant que les rayons violents ne les enferment sous la fournaise. On s'arrête alors. On monte à la hâte les tentes en poil de chèvre, abri salutaire contre le feu du ciel, et l'on boit à petites gorgées, l'eau transportée à grand soin dans les outres en peau de mouton. Une eau qu'il faudra préserver jusqu'au prochain puits.

D'étape en étape, dormant le jour et voyageant la nuit avec un temps de repos au cours des heures les plus froides, les fatigues s'accumulent et la lassitude s'installe. Dans leurs palanquins, les femmes se languissent et se lamentent, impatientes de voir où mène le chemin. La mélopée du chamelier qui les enchantait aux premières heures, devient aussi horripilante que le balancement perpétuel sur le dos de leurs montures. Leurs yeux brûlent et cherchent l'horizon tandis que leurs gémissements accompagnent les crissements étouffés des sabots sur ce sable si épais. Dans le silence qui les entoure, le moindre son est amplifié et se diffuse dans l'immensité. Un silence total qui met leurs nerfs à fleur de peau, avant de les anéantir. Ce long périple, que chacune avait imaginé comme une aventure, une occasion de découvrir un nouveau monde, devient une torture : elles désespèrent d'en être un jour délivrées. On prie Dieu, espérant qu'il est plus proche, caché par ces étoiles que l'on croit pouvoir toucher, mais Dieu n'a rien à dire. Serait-il indifférent ?

Aïcha ne se réjouira pas de la fin du voyage. Une mauvaise fièvre s'est emparée d'elle et l'a fait sombrer dans une sorte d'inconscience. Elle n'a plus de force. Sa tête bourdonne dans un brouhaha lancinant. Les compresses sur le front ne font aucun effet. Sa mère et Barrira s'affolent de leur impuissance devant ce désordre inconnu.

— Reste avec nous, ma colombe, murmure la servante en lui mouillant le visage. Ne te laisse pas emporter par les *djinns*.

Une tache sombre se rapproche. Des cris d'allégresse raniment l'espoir. Les splendeurs de Yathrib et de son oasis verdoyante s'étalent sous les yeux des nomades émerveillés. Que de richesses, que de couleurs ! Un Éden après ce désert, et son enfer. Ici, l'eau coule à flots de fontaines en bassins. Fruits et légumes s'étalent à profusion. Vergers et potagers s'alignent en bordure de vastes palmeraies gorgées de dattes.

— Est-ce le paradis annoncé par le Messager ? s'écrie Oum Roumane, celui que Dieu a promis aux croyants vertueux.

— Dieu soit loué, dit Barrira en tapotant la main abandonnée de Aïcha. Un médecin va te sauver.

Au centre de la cité, Abou Bakr accueille sa famille dans une belle demeure qu'il a préparée à son intention. En hâte, on porte Aïcha dans une chambre fraîche et l'on appelle un thérapeute qui diagnostique les effets d'une eau infectée et prescrit des potions de plantes.

– Elle s'en relèvera, dit-il, mais soyez sur vos gardes. L'air de Yathrib n'est pas aussi sec que celui de La Mecque. C'est un air alourdi d'eau qui brouille la respiration. Méfiez-vous des marais et des moustiques. La fièvre est le mal courant de cette région.

Après plusieurs jours d'anxiété, les soins font leur effet. Aïcha sort de sa léthargie, retrouve des forces. Quand elle ouvre les yeux, elle voit à son chevet son père et sa mère, assis l'un à côté de l'autre. Derrière eux, debout, Muhammad la scrute. Faiblement, elle sourit. Un pâle sourire, mais les couleurs lui reviennent. Premiers signes de guérison qui ramènent la joie du haut en bas de la maison.

– S'est-il passé quelque chose ? interroge-t-elle

– Presque rien, petite roussette, dit le père en pressant la main trop chaude sur ses lèvres. Une méchante fièvre qui sera bientôt balayée.

Quittant sa place en retrait, Muhammad s'avance. Il effleure le front moite et se penche sur le petit visage. De sa voix douce, il dit :

– Dieu te protège, jolie gazelle. J'étais si inquiet pour toi ! Bientôt cela ne sera qu'un mauvais souvenir. Je prie pour toi. N'aie pas peur.

Au fil des jours, la maladie a régressé. Aïcha reprend peu à peu des forces. Elle a grandi, maigri. Ses cheveux sont tombés par touffes. On lui coupe ceux qui restent en lui expliquant qu'ils repousseront plus vigoureux, plus beaux. On la gave de dattes, de lait de chamelle, de fromage et de pâtisseries au miel afin de la rendre présentable pour le mariage. Pour l'heure, aucune date n'est décidée. L'adolescente se réconforte de ce répit qui la persuade que Dieu a entendu ses prières et l'a approuvée en l'exauçant. Une petite fille, même pubère, doit prendre le temps de jouer, avant de se marier.

Plusieurs mois vont s'écouler ainsi dans l'insouciance et la gaîté. La nouvelle maison est aussi grande que celle de La Mecque. Dans sa chambre, aucune de ses poupées ne manque à l'appel. Pour s'ébattre, courir, danser, un jardin a remplacé la cour. Il est orné de fleurs et d'arbustes odorants derrière lesquels sont alignés des citronniers et des orangers au parfum magique pendant la floraison.

Sous les ombrages d'un bouquet de palmiers, une balançoire est installée. Aïcha a retrouvé, ici et là dans le voisinage, ses anciennes amies dont les familles ont choisi de se convertir et de suivre le Messager. Les jeux ont repris de plus belle, agrémentés de leurs babillages. Ces gamines ont l'oreille fine et se livrent les derniers potins.

— Je n'aime pas les gens d'ici, dit Zoubeyda, ils nous ont bien accueillis, mais nous regardent d'un drôle d'air quand nous les croisons au marché.

— Ce n'est pas comme à La Mecque, reprend Haya. Ici, nous sommes des étrangers. Mon père dit que nous devons nous méfier.

— Chez moi, relève Noor, on est plus inquiet. Mon père ne trouve pas de travail et se demande combien de temps encore nous allons recevoir des aumônes.

— Pourquoi vous tourmenter, réplique Aïcha. J'ai entendu mon père et l'Envoyé quand ils s'enferment pour discuter. Ils connaissent ces problèmes et cherchent la meilleure façon de les régler. Avec l'aide de Dieu, ils trouveront les solutions qui conviennent. Vous verrez. Dieu est grand.

— On attend beaucoup de l'Envoyé, dit Noor, qui répète les propos de ses parents. Il nous faut des miracles. Ceux qui ont tout abandonné pour le suivre risquent d'être déçus et de s'en retourner.

Les émigrants se sont regroupés dans quelques quartiers de cette ville étrangère afin de se sentir moins isolés. Dans chaque foyer, on s'inquiète et l'on s'en remet au Prophète pour assurer l'avenir. Muhammad a fort à faire pour assurer la justice et l'équité entre les diverses communautés. Aïcha le sait, mais n'en souffle mot à ses compagnes. Ce qui se passe dans sa maison fait partie du secret. Fidèle à son habitude d'écouter aux portes, elle a entendu bien des choses sur ce qui se passe dans la cité de Yathrib. Son père s'entretient chaque matin avec l'Envoyé de Dieu. De sa cachette, rien ne lui échappe. Elle peut les observer en suivant leurs conversations et découvre, non sans fierté, que son fiancé a pris de l'importance, mais que sa tâche n'est pas aisée.

Parmi les habitants de l'oasis, les Aws et les Khazraj sont des Arabes qui avaient coutume de se faire la guerre. Leurs dissensions étaient habilement entretenues par les deux grandes tribus juives, fortement implantées, qui profitaient de leurs affrontements pour s'enrichir par la culture du palmier dattier comme de l'orfèvrerie. Leurs boutiques étaient les plus belles du souk et le luxe de leurs maisons attirait les regards. Les Aws et les Khazraj qui avaient entendu les discours de Muhammad et prêté allégeance par le serment d'Aqaba, s'étaient imaginé qu'en ramenant chez eux l'Envoyé de Dieu, ils mettraient fin à leurs divisions et rehausseraient leur position à l'égard des juifs qui avaient, eux aussi, un Dieu unique et attendaient un prophète annoncé par leurs Écritures.

Pour l'ensemble des habitants de Yathrib, l'arrivée du Messager signifiait l'espoir d'une vie meilleure dans une paix retrouvée. La communauté juive, quant à elle, n'avait manifesté aucune animosité. Qui était cet « Envoyé de Dieu » ? On voulait bien le rencontrer et lui poser quelques questions. Muhammad, persuadé de pouvoir réconcilier les Arabes et les Juifs, leur avait tendu la main en toute sincérité, rêvant d'être l'arbitre au nom de ce Dieu d'Abraham et de Moïse qui était aussi le leur. Mais les gens de la Bible s'étaient cantonnés dans une prudente réserve quand ils avaient entendu un descendant d'Ismaël, et non d'Isaac, proclamer la vérité du Dieu unique avec un succès qui les irritait. Leur froideur avait blessé Muhammad dans sa fierté. Son honneur d'Arabe était bafoué par ces juifs qui doutaient de ses paroles. Dans le bureau d'Abou Bakr, il avait donné libre cours à sa fureur :

– Ils ne sont que des sédentaires méprisables ! Le noble bédouin que je suis ne va pas se laisser humilier. Dieu est avec moi, mon frère. Par Ses révélations il m'envoie le livre véritable qui confirme les Écritures qui l'ont précédé. Prends ton calame Abou Bakr. Écris ce que m'a dit Gabriel : « *Juge entre les juifs et les chrétiens suivant les Commandements de Dieu. Ne suis pas leurs désirs et ne t'écarte pas de la doctrine que tu as reçue. Nous avons donné à chacun de vous des lois pour se conduire*[1]. »

Caressant sa barbe d'un air pensif, il avait ajouté :

– Ces gens se drapent dans leur supériorité de Peuple élu de Dieu. Note encore ce verset très important : « *Et quand leur vint de Dieu un Livre confirmant ce qu'ils avaient déjà... quand leur vint celui qu'ils reconnaissaient, ils ne voulurent pas y croire. Malédiction de Dieu sur les incrédules*[2] ! »

Aïcha avait retenu chaque mot qu'elle écrira minutieusement sur un bout de parchemin lorsqu'elle aura regagné sa chambre où elle attendra en vain une visite de son fiancé. Malgré le dépit qu'elle en ressentira, elle

---

1. Coran, sourate 5, La Table, verset 52.
2. Coran, sourate 2, La Vache, verset 83.

admettra qu'il a fort à faire et se contentera de ce qu'elle aura pu saisir au hasard des conversations dans le bureau de son père. Elle verra ainsi Muhammad calmer ses rancœurs et laisser les juifs de côté afin de se tourner vers ses fidèles dont le nombre augmente dans Yathrib, qu'il appelle désormais *Al Madinah*, Médine. En premier lieu, l'important groupe des *Muhâjirun*, les Émigrants, qui ont tout quitté pour le suivre et vivre en musulmans ; en second lieu, les habitants de l'oasis, des Arabes des tribus Aws et Khazraj qui se sont convertis et qu'il nomme les *Ansars*, les Auxiliaires. Pour chaque émigrant, il a désigné un auxiliaire chargé de l'aider en vertu d'un pacte d'assistance mutuelle entre ses disciples.

– Soyez frères en Dieu, leur a-t-il dit. Que chacun prenne un frère.

Face à eux, d'autres Arabes : le groupe fluctuant des *Munafiqun,* les hypocrites qui font mine d'adhérer aux idées de l'islam et ne perdent aucune occasion de le combattre dans l'ombre. Viennent ensuite les opposants irréductibles qui refusent le Prophète et se montrent sceptiques quant à la longévité de sa soi-disant doctrine. Le grand chef des Khazraj, Abdallah ibn Obbaye, est son plus féroce adversaire. Il ne cesse de ricaner en clamant à la ronde :

– Bientôt le puissant (c'est-à-dire lui-même) expulsera le vil !

L'entreprise n'est pas simple pour Muhammad qui se trouve, par la force des choses, confronté à mille difficultés. Il lui faut avant tout mener à bien l'intégration de ses Mecquois dans cette oasis de Médine où ils se sentent dépaysés. Ils ont besoin d'aide, réclament un toit pour leur famille, un travail pour assurer leur subsistance. Ils ne connaissent rien à l'agriculture, occupation principale de l'oasis, et sont obligés d'accepter des tâches humiliantes réservées aux esclaves. Travaux éphémères, selon les besoins des saisons, qui ne rapportent pas un salaire régulier. Pour l'heure, les Ansars se montrent coopératifs et généreux, fidèles au serment, mais jusqu'à quand ? D'autant qu'une nouvelle catastrophe les accable. Les pauvres émigrants tombent malades les uns après les autres. Une épidémie décime leur famille. Habitués au climat sec de La Mecque, ils supportent mal l'air humide. L'eau de Médine leur donne la fièvre[1]. Une fièvre galopante qui les plonge dans le délire et l'inconscience. Ils en ressortent terriblement affaiblis et se traînent chez le Prophète, leur seul espoir.

Débordé par ses obligations, Muhammad se démène et pense moins au mariage. Il passe des heures dans le bureau d'Abou Bakr et ne demande plus à voir Aïcha pour juger de son épanouissement ou l'entretenir, comme autrefois, de leur union décidée par Dieu. Son temps est compté. Depuis son arrivée à Médine, il est devenu un tuteur politique, sans perdre de vue ses responsabilités de chef religieux qui se sont intensifiées. Il doit régenter une part importante de la population entrée en islam, et qui veut vivre selon les commandements de Dieu. Quels sont-ils ? Comment les appliquer ? Il faut expliquer, prendre des décisions.

La mosquée devient son centre de pensée et d'action. Encore rudimentaire, elle n'en reste pas moins le lieu privilégié de prière et de réunion. Sur le terrain choisi par Qaswâ, guidée par l'inspiration divine, on avait abattu les palmiers qui servaient de piliers sous un toit de branchages abritant une qibla[2] entourée de pierres. Adossées aux murs de l'enceinte, deux maisonnettes ont été construites selon les plans du Prophète qui avait manié la truelle et scellé les briques des façades ouvrant

---

1. Paludisme ou malaria.
2. Sorte de niche qui indique la direction de la prière.

sur la cour de cette mosquée. Dans la première, il s'est installé auprès de son épouse Sawdah et de ses filles. La seconde est pour sa future, la jeune Aïcha.

– Qu'attends-tu pour conclure ? a demandé Abou Bakr à diverses reprises.

Chaque fois que cette question lui était posée, Muhammad éludait en évoquant les ravages de la maladie, l'humiliation des émigrants obligés de servir les juifs pour ne pas mourir de faim, les ressources qui s'amenuisaient, mille autres désagréments ajoutés à sa préoccupation principale : fixer les bases de l'islam, coordonner la doctrine, la distinguer de ce qui existait auparavant.

– L'islam ne sera jamais une copie des autres monothéismes, disait-il en martelant les mots. L'islam est la vraie religion qui confirme les précédentes.

Le fidèle compagnon approuvait en hochant la tête :

– Tu es le sceau de tous les prophètes qui t'ont précédé. De cela, je n'ai jamais douté, ô Ahmad, fils d'Abdallah, fils de Hachim.

Un jour, poussé par l'impatience, Abou Bakr s'enhardit et sa langue se délie pour ajouter :

– Ce qui m'inquiète le plus, Messager, c'est que tu sembles oublier le contrat de mariage avec Aïcha. On dit dans la ville que tu ne veux plus de ma fille. Pourquoi m'humilier ?

Dans l'ombre de sa cachette, Aïcha retient un cri. Son cœur s'arrête. Épouvantable rumeur qu'elle ignorait. Que va répondre Muhammad ? S'il confirme, plutôt mourir. La honte serait insupportable. Elle retient son souffle, et ce qu'elle entend alors la surprend plus encore :

– Loin de moi cette pensée, mon frère. Je vais te dire la vérité. Je n'ai plus d'argent, et je ne peux payer les cinq cents dirhams de la dot.

– Si ce n'est que cela, répond Abou Bakr, je te prête la somme et n'en parlons plus. Ma fille est pubère depuis des mois. Les traces de la maladie sont effacées. Elle n'a jamais été aussi jolie.

– Par Dieu, je ne suis pas aveugle. Occupe-toi des préparatifs, et tu feras de moi le plus heureux des hommes.

À ces mots, noyant toutes les craintes, un flot de joie submerge le cœur de la toute jeune fille. Une joie qu'elle ne peut exprimer sans trahir sa présence. Elle ferme les yeux en se répétant les derniers mots de Muhammad. Il ne l'a pas oubliée. Elle ne sera pas humiliée. Le mariage, cette fois, ne sera plus retardé.

Au fond du jardin, sous les palmiers, Aïcha est sur la balançoire. Pieds tendus vers le ciel, tête renversée en arrière, elle donne un coup de rein pour se propulser au plus haut et sentir la caresse de ses cheveux sur ses épaules. Ils ont repoussé, plus brillants, plus lourds. Cette crinière qui frémit au moindre de ses mouvements est sa fierté, son originalité. Aucune de ses amies n'a des cheveux aussi lumineux. Une couleur unique qui marque sa différence.

– Encore, plus fort ! crie-t-elle aux deux gamines qui poussent l'escarpolette.

Elles ont couru, sauté, dansé tout l'après-midi et se rafraîchissent par ce va-et-vient à la rencontre de la brise qui se lève chaque soir et calme leurs impétuosités de la journée. L'heure est à la romance. Chacune rêve d'amour en pensant au fiancé qui l'attend. On imagine les baisers, les étreintes, les mots doux qui accompagnent les caresses : « Lumière de mes yeux, Soleil de mon cœur, Miel de ma vie… » Dans l'air embaumé par les fleurs d'orangers, les poèmes succèdent aux chansons. Aïcha n'est pas en reste. Les mélopées de son enfance, sous les tentes bédouines, lui reviennent. Un jour, bientôt, son prince l'emmènera comme disent les contes, mais que sera l'amour auprès d'un prophète qui ne s'appartient plus ? C'est alors que Oum Roumane sort de la maison, suivie de Barrira, et s'approche en arborant un large sourire :

— Viens, ma fille, dit-elle en lui tendant la main. Il faut rentrer. Nous allons te changer.

Aïcha ne demande aucune explication. Elle sait. La veille, elle a surpris des chuchotements. On disait que le Messager était entré dans la seconde maisonnette afin d'en vérifier l'installation dans ses moindres détails. Elle avait compris que le moment approchait, et s'était jetée dans ses jeux, craignant qu'ils ne lui soient interdits quand elle serait l'épouse de l'Envoyé de Dieu, l'homme le plus important de cette communauté des Croyants installée dans l'oasis. Sans un mot, elle suit sa mère jusqu'à sa chambre et s'abandonne aux mains des servantes dirigées par Barrira. On l'asperge d'eau parfumée avant de l'habiller d'une robe en soie bayadère de Bahrein. Une ceinture souligne sa taille et fait ressortir les rondeurs naissantes de sa poitrine. Ses cheveux, bien brossés, sont ornés de rubans et de fleurs. Un trait de khôl souligne ses grands yeux sombres. Ainsi parée, pétrifiée de crainte et d'appréhension, elle emboîte le pas de sa mère en tenant la main de sa sœur. Devant la porte de la salle principale, où sont rassemblés son père, le Prophète et quelques invités, on lui cède le passage.

— Entre, lui dit Oum Roumane. Je te souhaite tout le bien et le meilleur. Sois heureuse, ma fille !

— Tout le bonheur, dit Asmah en essuyant une larme.

Après le dernier coup d'œil à sa toilette, Barrira avait prononcé les mêmes mots, mais elle pleurait tant que sa voix s'était étranglée. Aïcha s'immobilise, le temps de dissiper son angoisse. Pourquoi ces sanglots accompagnant leurs vœux de prospérité dans la félicité ? Le mariage serait-il une mort ? Au-delà du seuil qu'elle doit franchir seule, elle ne sera plus une enfant. Les griffes de la peur lui enserrent à nouveau les entrailles. Elle respire fort pour se donner du courage, et s'avance dignement vers l'accomplissement de son destin. Dieu ne l'a-t-il pas fait naître pour l'unir à son Envoyé ?

II

L'Épouse-enfant

7

Assis sur un sofa tendu de brocart, orné d'une myriade de coussins, Muhammad prête une oreille distraite aux propos légers des amis qui l'entourent, une douzaine d'hommes et de femmes, émigrants et Ansars, qui ont l'honneur de compter parmi ses intimes et familiers. Il les écoute à peine. Son esprit est ailleurs. Son œil surveille la porte de la pièce derrière laquelle se cache, pour quelques instants, le rêve que son Dieu a rendu possible. L'émotion est vive. Un mélange de trouble, d'impatience et d'embarras, en plus de ce désir violent qu'il maîtrise avec peine. Ce soir, sa femme-enfant, Aïcha, sera dans ses bras. Il a cinquante-deux ans et l'attend avec un émoi indicible, comme un jeune homme de quinze ans, avant ses premières noces. Pour elle, il a revêtu ce qu'il avait de mieux, une robe de soie blanche sous une fine abaya aux couleurs du désert, bordée d'or. Sur ses cheveux noirs, huilés et parfumés ainsi que sa barbe de belle taille, il a drapé un turban de mousseline noire qui donne plus d'éclat au feu de ses yeux sombres.

Il sait qu'il est beau et qu'il paraît la moitié de son âge avec son corps mince et musclé, sa peau satinée. Toutes les femmes le lui ont dit. Hind, sa cousine qu'il n'a pu épouser parce qu'il n'était qu'un orphelin sans fortune. Khadidja, son épouse-mère qu'il a tant aimée et qu'il n'oubliera jamais. Les nombreuses odalisques

qui l'accueillaient l'après-midi à l'heure de la sieste en
lui offrant des sucreries. Et même Sawdah qui en balbutie quand il partage sa couche. Mais ces femmes
avaient appartenu à d'autres hommes, leurs corps usés
connaissaient les pratiques amoureuses. Leurs mains
avaient su lui révéler les plaisirs de la jouissance. Avec
Aïcha ce sera différent. Osera-t-il toucher son corps
fragile sans craindre de l'effrayer ou de la briser ?

La porte s'ouvre enfin. Elle apparaît. Muhammad
est subjugué. Dans sa robe de soie bayadère aux couleurs vives, ses cheveux fauves frissonnant autour de
ses épaules, elle avance vers lui, légère et gracile,
comme une flamme dansante qui le fascine et l'hypno-
tise. Sous les cils qui frémissent, les beaux yeux noirs,
fixés sur lui, le bouleversent. Il perd contenance, mais
se ressaisit lorsqu'elle arrive près de lui. Il la prend
alors sur ses genoux et lui dit :

– Voilà, à présent, ta famille. Que la bénédiction de
Dieu soit avec eux, et que Sa bénédiction soit également sur toi.

Aïcha n'ose le regarder, encore moins bouger. Elle
attend, pétrifiée. Elle ignore la solennité de l'événement
et son déroulement. La présence de ces grandes personnes qui la dévorent de leurs regards inquisiteurs l'intimide. Elle ne sait que faire, ni que dire et meurt de
peur de commettre un impair ou d'être ridicule, de faire
honte à ses parents. Oum Roumane approche un grand
bol qu'elle a rempli de lait de chamelle qui a conservé
la tiédeur des mamelles et le présente au Prophète
souriant. Il en boit une gorgée, puis le tend à Aïcha qui
refuse, l'estomac révulsé par une sorte de panique. Il
insiste et elle trempe ses lèvres dans le liquide mous-
seux avant de passer la coupe à sa sœur qui la fait
circuler de main en main, chacun buvant au passage
après avoir formulé les vœux habituels :

– *Mabrouk* ! À toi le bonheur, la bénédiction et la meilleure fortune !

C'en est fait. Ils sont mariés. La cérémonie est terminée. Ni musique ni festin. L'assemblée se disperse. Muhammad prend la main de sa jeune épousée. Dans la pénombre du soir, il l'emmène à quelques pas de là, vers la maison qu'il lui a préparée. Le cœur serré, Aïcha se retourne pour un dernier regard vers le logis paternel qui garde ses souvenirs, ses poupées et ses jeux insouciants.

Dans la cour de la mosquée, elle découvre sa maisonnette : des murs en briques d'argile sous un toit de chaume et de branchages. La porte s'ouvre sur un espace réservé aux visiteurs, fermé par une tenture de laine tendue de part en part qui masque la partie intime de l'habitation. Une grande pièce, dont l'agencement se trouve réduit au strict minimum. Une natte tressée recouvre le sol en terre battue, un coffre pour les vêtements, des coussins pour s'asseoir. Dans un coin, le lit se compose de couvertures cousues en forme de sac que l'on a rempli de feuilles de palmier. Dans le coin opposé, les objets de la vie quotidienne : une bassine et son aiguière, une cruche et son bol, ainsi que trois jarres de terre cuite pour l'eau, l'huile et les graines.

– Cela est à toi, dit Muhammad. Tu en feras ce que tu voudras.

Sans rien dire, Aïcha hoche la tête en signe d'acquiescement et se met à bâiller en se frottant les yeux. Le sommeil la gagne. Elle n'a pas encore fêté ses dix ans. Les émotions de la journée l'ont épuisée. Elle dénoue la ceinture de sa robe qui chute autour de ses pieds. En un mouvement gracieux, elle l'enjambe et se jette en chemise sur la couche sans drap où elle s'endort aussitôt en oubliant son mari.

Ému par tant de candeur, Muhammad l'observe un long moment avant de la rejoindre et se contente de la caresser avec une infinie douceur, admirant la beauté de cette chrysalide aux courbes harmonieuses. Son cœur chavire et s'emplit de tendresse. Il n'ose bouger de peur d'interrompre cette vision qui enchante ses yeux. Il prendra le temps, se dit-il, de s'approprier sa petite gazelle sans l'effaroucher. Il aura la patience de s'accoutumer à ses jeux d'enfant.

Quand elle se réveille et découvre, allongé près d'elle, l'Envoyé de Dieu, Aïcha a du mal à comprendre que la situation n'est pas incongrue puisqu'elle est son épouse. Il la regarde en souriant et dépose un baiser léger sur son épaule. Elle frémit et recule. Elle se souvient de ce qu'on lui a dit à propos de la nuit de noces. Elle ne ressent aucune douleur et n'a gardé aucun souvenir. Il ne s'est rien passé puisqu'elle s'est endormie. Mais l'heure est arrivée. C'est maintenant qu'elle va souffrir.

– Miel de mon cœur, dit-il. Je ne te ferai aucun mal. Viens te blottir dans mes bras et laisse-moi te serrer contre moi. Je t'apprendrai les mille douceurs des jeux du corps. Tu es ma femme, celle que Dieu m'a choisie. Tu es aussi une bien jeune fille que je dois protéger.

Aïcha n'a pas peur de cet ami de son père qu'elle connaît depuis longtemps et qui est devenu son mari. Il n'a rien d'un brutal comme l'un des Compagnons, appelé Omar, qui parle fort et tire son épée à la moindre contrariété. Ce qui l'inquiète, c'est ce qu'elle ignore. Quelle sera la souffrance ? Les doigts légers de Muhammad balayent les craintes. Elle se laisse faire et s'abandonne sous l'avalanche de baisers doux et les multiples caresses, aussi légères que la brise. Elle découvre des sensations inconnues qui mettent ses sens en éveil. Elle affronte la nudité de l'homme et perd toute honte. Elle se familiarise avec le corps de ce mari qui la cajole, la dorlote et lui révèle de façon amusante que la copulation est délice si l'on s'attarde aux prémices. Avec un talent parfait, il multiplie à l'infini les jeux de séduction qui font naître le désir et ouvrent la porte du plaisir.

Pour atteindre ce but, Muhammad prend son temps. Dieu lui a révélé la règle à suivre : trois jours et trois nuits sont suffisants pour une veuve, mais pour une vierge, il faut plus de patience. Sept jours et sept nuits seront nécessaires pour lui enseigner sans brusquerie les mystères de l'amour et les travaux pratiques de la vie. Car, dans les reins de l'homme réside la semence de la postérité. Pour l'heure, il ne pense qu'à la préparer avant de consommer et ne tentera pas avant longtemps de lui donner un héritier. Ce corps si joli, source de mille voluptés, ne peut être déformé. Aïcha est trop jeune pour être mère. Il en fera son amante, la reine de ses nuits. Bientôt sa préférée, elle restera sa bien-aimée pour l'éternité.

Pendant une bonne semaine, en respectant les cinq prières faites côte à côte après les ablutions d'usage, Aïcha est plongée dans le libertinage le plus total. Lutiner, cajoler, sucer, jeux de mains, de lèvres et de langues, de jambes et de pieds, rien n'est oublié. Muhammad aime l'amour et se révèle le meilleur des maîtres en la matière. Il cherche la volupté, la jouissance, mais il aime par-dessus tout les donner à profusion car rien n'est plus beau à ses yeux que le visage d'une femme au sommet de l'extase. Celui de Aïcha est le cadeau de Dieu. Oui, « *Allah Akbar !* », crie-t-il lorsque son nectar fécond se déverse sur les cuisses soyeuses. Son épouse-enfant se révèle une élève au-delà de toute espérance. Elle prend goût à ces jeux charnels enrobés de tendresse et devient femme comme on glisse de l'ombre à la lumière, en s'évanouissant de plaisir dans les bras de son amant, son maître, son mari envoyé par Dieu.

La lune de miel se termine. La vie officielle rappelle le Prophète à ses obligations de chef. Aux premières

lueurs de l'aube, ensemble, ils ont procédé à leurs ablutions, afin de se purifier avant de prier et remercier
Dieu de leur félicité. Sur sa longue chemise, Muhammad s'est revêtu d'une robe en coton rayé, d'un manteau vert, puis s'est coiffé de son turban noir. Aïcha ne
le quitte pas des yeux et boude de le voir s'en aller. Elle
s'est accoutumée aux mille caresses, à cet amour qui
est loin d'être douleur. Elle en a découvert les douceurs
et les embrasements, « les premiers prémices », lui a-t-il
murmuré en promettant mille autres plaisirs qui excitent
son insatiable curiosité. Son corps a faim de lui, de ses
lèvres, de ses mains, de son odeur qui l'enivre, de sa
voix qui l'ensorcelle. L'idée que cela puisse s'arrêter
lui est insupportable. Le mariage est séduisant lorsque
les journées se passent ainsi à jouer, rire, batifoler dans
le grand lit dont elle ne sent plus les rugosités quand
leurs membres sont enlacés, et s'endormir dans les bras
l'un de l'autre, épuisés, bouche contre bouche, ventre
contre ventre, et leurs cœurs à l'unisson. Debout sur la
couche en bataille, les bras noués autour du cou de son
tendre époux, elle l'embrasse follement pour le retenir.

– Je ne serai pas loin de toi, lui dit-il. À quelques pas
seulement. De l'autre côté de la cour, dans la mosquée.
De la porte, tu pourras me voir. Chaque matin, je tiens
conseil avec mes Compagnons, puis je parlerai à ceux
qui viendront s'assembler. Quand tu auras mis de l'ordre dans ce logis, je te conseille de t'asseoir dans l'entrée et de m'écouter, toi aussi. Tu n'auras pas le temps
de t'ennuyer.

– Sans toi, je vais être triste. Promets-moi de revenir
vite.

– Ne pleurez pas, jolis yeux, souffle-t-il en les baisant l'un après l'autre. Je vous aime trop.

À peine est-il sorti de la maison, qu'une silhouette
opulente s'y engouffre.

– Aïcha ? Où es-tu, ma colombe ?

Barrira n'a pu résister à sa vive impatience. Les sept jours étant écoulés, elle a filé en catimini et attendu le moment propice pour se trouver seule avec sa petite. Elle veut tout voir, tout savoir, et s'assurer que la fille de son maître ne manque de rien. D'un coin obscur, des sanglots lui parviennent. Elle se rue et découvre Aïcha recroquevillée sur le lit.

— Mon poussin, s'écrie-t-elle, affolée. L'Envoyé s'est-il mal conduit ? T'a-t-il fait du mal ? Tu peux tout dire à ta vieille servante. J'irai de ce pas lui asséner les reproches qu'il mérite.

— Oh, non, Barrira ! C'est tout le contraire. Il est si doux et je suis si bien dans ses bras ! Il est parti à ses affaires. Je suis désolée loin de lui.

La grosse femme se redresse, soulagée. Les noces se sont accomplies avec succès. Elle toussote de contentement et ajoute en grommelant, afin de ne rien perdre de son ascendant :

— Sèche tes larmes, habille-toi, coiffe-toi, et montons la marche suivante. Je vais t'apprendre à être une bonne épouse, et pas seulement pour les plaisirs de l'alcôve. Montre-moi ta nouvelle demeure. Elle doit être pour ton mari le havre de paix où il viendra se reposer et se restaurer.

Un regard circulaire à la lueur d'une lampe lui arrache un cri d'effroi. On est loin de l'aisance de la maison d'Abou Bakr, ornée de tapis de laine, de meubles et d'objets de prix. S'il est riche de la parole de Dieu, Muhammad vit dans une sobriété voisine de l'indigence.

— Par Dieu ! Une misère pareille, ce n'est pas possible ! Une couche qui gratte comme un champ de chardons, des jarres vides. Je ne vois qu'un peu d'eau, une poignée de grains, quelques dattes. Qu'avez-vous mangé pendant une semaine ?

– Une servante de Sawdah déposait un plat devant la porte. Cela nous suffisait.

– Cela ne peut durer. Tu finiras par tomber malade. Laisse-moi faire.

Elle s'enfuit en courant et revient les bras chargés de paniers contenant des draps en coton blanc, des coussins moelleux pour la tête, une pièce d'étoffe ornée de personnages égyptiens, des ustensiles et des victuailles. Deux servantes la suivent, portant le coffre dans lequel elle a rangé le trousseau de la mariée : robes et chemises, rubans et colifichets, sans oublier le parfum de musc qui éveille les désirs. En un tour de main, elle rénove le décor qui se révèle plus accueillant. Par la porte ouverte, le soleil entre à flots et le rideau imprimé, qui a remplacé la vieille tenture, en filtre les rayons, éclairant la pièce d'une lumière irisée. Aïcha bat des mains en pensant à la surprise de son époux à son retour. Elle l'attend en imaginant les caresses de contentement.

Devant les changements, l'Envoyé de Dieu reste pétrifié. Ses yeux fulminent et ses lèvres frémissent.

– Qu'est-ce que tout ceci ?

D'un bond, il se jette sur les voiles égyptiens et les arrache :

– Les anges ne viendront pas s'ils voient ces visages !

Il découvre les draps neufs sur la couche, les empoigne et les jette au-dehors en tonitruant :

– Je ne vis pas dans le luxe. Je me contente de ce que possèdent les plus pauvres de mes fidèles. Tu es ma femme, Aïcha. Tu devras te plier aux rigueurs que je me suis imposé.

Aïcha fond en larmes. Il se calme et la prend dans ses bras pour la consoler.

– Ne pleure pas, ma gazelle, ne pleure pas, mon aimée ! Je ne te gronde pas. Je veux seulement te faire comprendre que l'Envoyé de Dieu doit donner l'exemple.

En plus de ses enseignements, selon les ordres prescrits par Dieu, il a distribué aux plus indigents ce qu'il possédait, ainsi que les dons apportés chaque jour par les plus fortunés. Pour lui, il ne garde presque rien, pas même un peu d'huile pour sa lampe. En temps de disette, le jeûne est son ordinaire, la prière éclaire ses nuits.

— Je suis sûr que tu me comprends et que tu te soumettras toi aussi à la volonté d'Allah. C'est à Lui que tu dois plaire avant tout, et c'est ainsi que tu me rendras heureux.

Ce soir-là, Muhammad, respectant l'équité dans son foyer, s'est rendu chez Sawdah pour l'honorer d'une nuit conjugale. Seule dans sa maisonnette, Aïcha médite les paroles de son époux et se fait une raison. En dehors des pratiques amoureuses, qui sont une nouveauté pour elle, le mariage n'a rien innové dans sa vie. Après avoir obéi au père, elle doit obéir à son mari. Elle a changé de maître. Mais celui-ci est plus vulnérable puisqu'elle possède la clé de ses plaisirs favoris. Elle a décelé quelques sensibilités, elle a remarqué qu'en pleurant, elle le rend moins sévère et obtiendra des adoucissements.

Lorsque Muhammad revient le lendemain, après sa journée de prêches, de discussions avec les Compagnons, de visites dans la ville, il a oublié le différend de la veille et demande d'une voix enjouée :

— Aïcha, y a-t-il quelque chose à manger ?

Sur un ton non moins gai, la jeune épouse lui répond :

— Messager de Dieu, il n'y a rien dans ta maison !

Un peu d'eau et quelques dattes seront souvent l'essentiel de leur subsistance, agrémentée d'un bol de lait.

— C'est la volonté de Dieu, dit Muhammad en hochant la tête. L'abondance sera dans l'autre monde.

Il lui raconte alors le Paradis merveilleux, les palais de perles, la vaisselle d'or et les banquets somptueux servis par des anges. Elle l'écoute, fascinée, et se love contre lui pour oublier dans ses bras les crampes de la faim.

Jour après jour, la vie s'organise. Aïcha se hasarde hors de son nid d'amour. Quelques pas jusqu'à la maison voisine.

— Tu devrais rendre visite à Sawdah, avait dit son époux. Elle est curieuse de te connaître. Elle t'aidera de ses conseils.

— J'irai par politesse et par courtoisie, avait-elle répondu. Nous ne pouvons nous ignorer, puisque nous avons le même mari.

Ce matin-là, Sawdah l'accueille sans animosité et l'appelle « petite sœur ». Cette rivale n'est pas l'enfant dont jase la rumeur. Longue et souple comme une liane, des rondeurs prometteuses, un teint de lait, une fraîcheur de rose, des cheveux qui embrasent le regard et ces grands yeux sombres, aussi profonds que la nuit, qui pétillent quand elle sourit. La grosse épouse, âgée de quarante ans, comprend le trouble de Muhammad quand il est venu la retrouver après sa semaine enchantée dans les bras de la libellule, dont elle pourrait être la grand-mère. Mais le destin a voulu qu'elles partagent le même homme. Il est bon de mettre les choses au point. Chacune aura sa nuit, et le même train de vie.

— Soyons amies, déclare-t-elle en l'embrassant. Je ne t'en veux pas de m'enlever l'exclusivité. Il t'aime follement. Je ne peux lutter contre ta jeunesse et ta beauté. Toute guerre entre nous serait ridicule. Tant que je suis l'épouse de l'Envoyé de Dieu, je me contente de ce que je reçois.

– Tu es bonne, répond Aïcha. J'ignore beaucoup de choses et tu as de l'expérience. Je crois que nous pouvons être amies. Je viendrai te voir aussi souvent que tu le permettras.

– Tu seras toujours la bienvenue, ma jolie. Les filles de l'Envoyé ne sont pas aimables. Elles n'ont que leur mère à la bouche. Tu m'apporteras plus de gaîté.

Touchée, Aïcha lui propose de l'aider, mais les travaux ménagers ne sont pas sa spécialité. Loin de l'assaillir de piques, Sawdah lui parle de l'époux commun dont elle protège le bonheur, et lui apprend patiemment la manière de lui préparer ses plats préférés.

La paix règne au foyer tandis que le Messager vaque à ses affaires. Pendant des heures, il prêche à l'autre bout de la cour où se trouve la mosquée. Dès le matin, les gens affluent pour entendre le maître qui énonce les instructions reçues de Dieu. Aïcha ne résiste pas à la tentation de s'asseoir sur le seuil de sa porte. Ce que dit son époux est plus fascinant que les travaux ancillaires. Elle n'en perd pas une bribe, et retient les versets énoncés. Plus tard elle les notera sur des rouleaux de parchemin.

« Les élus du Seigneur écouteront seuls les avertissements divins. Dieu mérite qu'on le craigne. La miséricorde est son partage[1]. »

La suite la fait sourire :

« Lis au nom du Dieu créateur. Il apprit à l'homme à se servir de la plume. Il a mis dans son âme le rayon de la science. Il a créé l'homme et lui a enseigné le Coran. Par le calame il a enseigné à l'homme ce qu'il ignorait[2]. »

Elle revoit sa chambre dans la maison de La Mecque où Muhammad lui parlait de Dieu après avoir joué. Ce

1. Coran, sourate 74, Le Manteau, verset 55.
2. Coran, sourate 96, L'Union des deux sexes, versets 2 à 5.

verset fut le premier que l'Archange lui a révélé près de
la grotte. En lui demandant de le retenir, il l'avait encouragée à se perfectionner dans l'écriture et la lecture,
choses que lui-même regrettait d'ignorer. Elle l'écoute
avec ravissement et ne résiste pas au charme de cette
voix qui attire chaque jour plus de monde. La voix de
son aimé, celui qui l'a rendue femme. La moindre into-
nation vibre sur sa peau en un frisson de bonheur. Les
mots qu'il énonce font tressaillir son cœur. Elle n'est
pas la seule à subir la magie de son discours. Les auditeurs assemblés autour de lui ont les yeux baissés et
n'osent les lever, comme s'ils avaient un oiseau perché
sur leur tête. Elle resterait tout le jour à se laisser bercer
par la parole divine, mais ne peut s'attarder ainsi, debout
près de la porte, à ne rien faire.

En bonne épouse qui veut contenter son maître, elle
s'empresse de mettre de l'ordre dans sa demeure et
reçoit les visites d'usage. Sa famille, celle du Prophète,
les voisines, et ses amies, curieuses de la voir dans sa
nouvelle vie. On papote, on babille, on évoque les souvenirs. La jeunesse reprend ses droits, les jeux recom-
mencent comme avant le mariage, et les poupées,
qu'elle appelle ses bébés ou ses petites filles, retrouvent
leur place sur des coussins au pied du lit.

Muhammad laisse faire, et les observe d'un œil
amusé. Quand elles découvrent sa présence, les
gamines s'enfuient, craignant de se faire gronder, mais
il les rappelle auprès de sa femme et les encourage à
continuer. Comme aux premiers jours, dans la maison
de La Mecque, il entre dans la danse et se prête aux
cabrioles des espiègles jusqu'à faire le cheval pour
contenter les cavalières dont les chants de victoire sont
rythmés par des tambourins.

La musique bat son plein. Le petit groupe s'amuse
de bon cœur. Attiré par le bruit, Abou Bakr qui passait

par là, fait irruption et invective sa fille, en suffoquant de colère :

– Que font ces instruments de Satan dans la maison du Messager d'Allah ?

– Laisse-les jouer, répond Muhammad. Les communautés ont leurs fêtes. Aujourd'hui, c'est la nôtre, l'Aïd. Elles ont le droit de la célébrer à leur façon.

Il explique aux fillettes ce que signifie cette fête du sacrifice, lorsque Abraham, obéissant à l'ordre de Dieu, s'apprêtait à immoler son unique fils. L'ange était apparu pour sauver l'enfant au nom du Dieu clément qui avait approuvé le début d'exécution de l'épreuve et se contentait de la soumission manifestée, sans exiger la fin de l'acte. Le Prophète restaure le rite ancien, comme il le fera pour d'autres fêtes qui rythmeront chacune des années.

De même, en arrivant à Médine, il a réformé le calendrier, déclarant que le mois de juin de l'année 622 avait ouvert l'an I de l'Hégire, début d'une vie nouvelle pour tous les croyants entrés en islam. La *Hijra*, l'émigration, avait mis un terme à la *Jahiliya*, l'époque de l'ignorance et du polythéisme. De Médine, où prenait corps la *Oumma*, cette còmmunauté des fidèles qui s'organisait selon les règles d'Allah, transmises par son Messager, l'Islam allait se construire puis se répandre dans l'Arabie et au-delà.

Un peu plus tard, dans l'après-midi, des Abyssiniens donnent un spectacle dans la cour de la mosquée. Muhammad se tient debout sur le seuil de la maisonnette, ouvrant un côté de son abaya qu'il tend devant Aïcha. Protégée par cet écran, le menton posé sur l'épaule de son mari, elle peut admirer les évolutions des athlètes et leur dextérité à manier le sabre ou l'épée. Elle ne perd aucun détail et regarde jusqu'au bout les fantastiques danses de guerre. Muhammad ne bouge pas d'un pouce afin de lui permettre de se divertir autant qu'il lui plaira, jusqu'au moment où elle lui dira :

– C'est assez. Je veux rentrer.

Il la prend alors dans ses bras et la porte sur le lit où leurs ébats les tiendront enlacés, emportés par un désir auquel ils ne peuvent résister. Une voix sonore, celle de Bilal, un esclave noir, affranchi par Abou Bakr pour sa ferveur et la puissance de son timbre, monte vers le ciel, portant à Dieu les louanges de la terre. Sur l'horizon empourpré, le soleil tire sa révérence. C'est l'heure de prier. En hâte ils font leurs ablutions et rejoignent les fidèles dans la mosquée.

8.

Quelques nuages viennent assombrir l'harmonie des premiers jours. La vie conjugale a ses épreuves. Aïcha découvre un sentiment nouveau pour elle : la crainte de n'être pas aimée, la peur d'être délaissée. Le danger ne vient pas de Sawdah, mais de Muhammad lui-même qui évoque chaque jour le souvenir de sa première femme Khadidja : sa façon de parler, de rire, de s'habiller, de s'occuper de la maison, de l'accueillir, de le câliner, de l'embrasser, de le rassurer lorsqu'il doutait. Au début, jouant les épouses dociles, elle écoutait de façon aimable, déférente. L'accumulation de compliments finit par l'irriter. Que conclure de cette nostalgie, sinon que, du fond de sa tombe, la vieille épouse reste une redoutable rivale qui garde une place prépondérante dans le cœur de l'époux bien-aimé ? Malgré ses efforts, elle ne reçoit aucun mot d'encouragement, et s'imagine que la tendresse s'en est allée, chassée par ce qu'elle prend pour de l'indifférence et qui n'est en réalité qu'une lassitude provoquée par les soucis. Une rage sourde monte en elle et pourrit ses pensées. Serait-elle jalouse d'une morte ? Elle en frémit et se précipite chez Sawdah qui calme ses ressentiments en lui expliquant :

– On n'efface pas vingt-cinq années de bonne entente. Sois patiente. Le Messager ne diffère pas des autres hommes. Il nous met au défi de surpasser Khadidja qu'il nous présente comme une sainte. Ce qu'elle est à ses yeux.

– Khadidja la parfaite ! rétorque Aïcha. Elle est enterrée depuis plus de trois ans et ne risque pas de nous prouver qu'il exagère.

Sawdah la conforte en lui disant qu'elle n'est qu'une enfant qui ne connaît pas les hommes. Pour se défendre, la femme doit se servir de patience et de ruses plus fines.

– Calme le feu de ta langue. Il te perdra si tu n'y prends garde !

Aïcha opine de la tête et regagne son logis en ruminant quelques bonnes résolutions. Quand Muhammad se lance dans un nouvel éloge de la chère défunte, elle ne résiste pas :

– On dirait qu'il n'existe pas de femme dans le monde en dehors de Khadidja !

Stupéfait, il la regarde comme pétrifié, et s'écrie, furieux :

– Par Dieu, elle a cru en moi quand les gens se montraient impies. Elle a tenu pour vrai ce que je disais au moment où les gens me traitaient de menteur ! Elle m'a secouru avec ses biens, quand tous m'en privaient. Elle a été la femme qui m'a donné un garçon [1].

La voix se casse sur un sanglot. La perte de l'enfant avait brisé son cœur et la moindre évocation en ravive la blessure. Assis au bord du lit, il se tasse sur lui-même et cache son visage entre ses mains. Aïcha, bouleversée, respecte son silence, puis s'approche lentement, s'accroupit près de lui comme un chaton contrit et murmure près de son oreille :

– Par mon père et ma mère, ô Prophète de Dieu ! Je me suis laissée dire des paroles inconscientes qui ont

---

1. Le petit Al Qasim mort avant ses deux ans.

provoqué ta colère contre moi. Que Dieu me pardonne et toi aussi !

Depuis ce jour, Aïcha maîtrise sa langue et s'efforce de se comporter aussi bien que la disparue afin de contenter son époux et ne plus susciter des comparaisons qu'elle ne mérite pas. À l'aube de sa vie, elle a le temps d'apprendre et de se parfaire. Khadidja était vieille quand la mort l'a emportée après une existence bien remplie. Si le nom est évoqué, d'un geste de la main, elle le repousse en se disant qu'elle n'a aucune raison d'être jalouse, puisque dans son lit, une nuit sur deux, elle est souveraine, maîtresse absolue du corps de Muhammad dont elle a su devenir l'amante préférée. C'est elle qui lui donne le plus de plaisir. Avec la grosse Sawdah, dont il se lasse, il accomplit le devoir conjugal, et s'empresse de venir la retrouver dès le matin après la prière de l'aube, en lui confiant sous le sceau du secret qu'elle ressuscite sa virilité.

Il lui est toujours difficile cependant d'oublier Khadidja. Dans la maison du Prophète, auprès de Sawdah, les deux filles cadettes, Oum Koultoum et Fatima, entretiennent le souvenir et ne cessent de pleurer. Les raisons ne leur manquent pas. Depuis la mort de leur mère, qu'elles regrettent amèrement, d'autres souffrances se sont accumulées. En quittant La Mecque et leur maison natale, elles ont laissé derrière elles, en plus des lieux de leur passé, leur sœur aînée, Zaynab, restée chez les idolâtres, préférant obéir aux élans de son cœur qui la retenait auprès d'un époux adoré. Un amour fou qui la déchirait autant que sa famille, car le beau Abul-As-Ibnu-r-Rabi, neveu de Khadidja et riche négociant d'une haute lignée Quraïch, avait refusé de la suivre sur la voie de l'islam lorsqu'elle s'était convertie dès les premières révélations. Malgré les pressions de son clan, il n'avait pas répudié son épouse qu'il chérissait plus que tout, et l'avait gardée près de lui quand les autres sœurs étaient parties rejoindre à Médine l'ennemi public des Mecquois, leur père, Muhammad.

Oum Koultoum et Fatima se lamentent en pensant à la pauvre Zaynab qui erre comme une âme en peine dans son grand palais de la ville ennemie, où le confort et l'opulence ne compensent nullement l'absence de ses parents les plus proches.

– N'aurait-elle pas dû écouter la voix du sang ? s'écrie Fatima.

– Elle pouvait s'enfuir avec Rûquaya, gémit l'aînée.

Cette seconde fille du Prophète avait convolé une première fois avant la Révélation. Le même jour, elle et sa cadette, Oum Koultoum, avaient été unies à deux cousins du clan Al Muttalib, allié des Banu Hachim. Les deux jeunes gens n'avaient pas eu la constance de leur beau-frère, Abul-As. Pendant le bannissement, les deux sœurs avaient été répudiées. Rûquaya avait eu la chance d'épouser peu après un compagnon de son père, Uthmân Ibn Affân. Avec lui, elle avait fui en Abyssinie, en était revenue avec un nourrisson au moment où le Prophète conseillait à ses fidèles de rejoindre Médine et d'y préparer sa venue. Peu après l'échappée miraculeuse de Muhammad, Uthmân avait pris la route du désert à la tête d'un petit groupe. Échappant aux poursuites des Quraïch, ils avaient pu atteindre l'oasis et assister au triomphe du Prophète. Depuis, Rûquaya, qui avait perdu son fils, dépérissait sous le toit de son mari devenu l'un des plus proches du Messager après Abou Bakr, et le fougueux Omar ibn al Khattab.

Dans la maison de Sawdah, on ne rit guère. Khadidja, Zaynab, Rûquaya, ces trois noms reviennent comme une triste mélopée. Lorsque Aïcha pointe le bout de son nez, les visages des deux sœurs se ferment. La bouche pincée, elles la déshabillent du regard d'un air offensé.

Le mariage de leur père avec cette adolescente insou-
ciante qui les nargue de sa fraîcheur et de sa gaîté, les
rend malades. La petite est trop belle, trop provocante
avec sa crinière incandescente et sa démarche dansante.
Elle respire l'amour reçu au cours de la nuit, et qui
l'irradie tout au long de la journée. Dès le premier jour,
Aïcha s'est étonnée de leur accueil glacial. Sawdah lui a
expliqué en aparté :

– Tu possèdes ce qu'elles n'ont pas, qui leur
manque, et qu'elles désirent au plus profond de leur
chair.

Pour Oum Koultoum, la répudiée, âgée de vingt ans,
et Fatima, la benjamine, quinze ans, dont personne n'a
demandé la main, c'en est trop. Pourquoi tant de chance
pour Aïcha ? Choyée par sa famille, elle n'a pas connu
la souffrance, le bannissement, la perte d'une mère, la
séparation d'avec les êtres chers. À dix ans à peine, elle
voudrait jouer les belles-mères ? Sawdah, passe encore,
mais la jeune pimbêche, jamais ! Ne serait-elle pas la
fille du diable ? Elle en a l'esprit malin et la langue
fourchue. Une intrigante aux mille ruses qui a pris le
cœur de leur bien-aimé père en jouant de ses attraits.
Elles feront leur possible pour la perdre et ne se prive-
ront pas d'espionner ses moindres gestes.

Aïcha n'est pas dupe. La jalousie est inévitable dans
les cercles de femmes. Comment convaincre ses brus
de ses sentiments affectueux ? Pourquoi lui reprocher
sa jeunesse ? En est-elle fautive ? Dieu seul devrait être
incriminé, puisque c'est Lui qui l'a fait naître et l'a
mise dans le cœur de son Envoyé. *Mektoub*, c'était
écrit ! Quel sera son rôle auprès de Muhammad ? Elle
l'ignore. Pour l'heure, elle est consciente de sa chance.
Être la compagne du Messager, l'homme que l'on
écoute avec ferveur et déférence, apprendre de sa
bouche les ordres d'Allah dès qu'ils lui sont révélés,
recevoir son enseignement avec les explications qui

éloignent les doutes, vivre à ses côtés, selon les règles de l'islam, cette religion chère au cœur de Dieu. Le Seigneur l'a privilégiée, mais quel en sera le prix ?

Dans l'oasis, le paludisme et la dysenterie font des ravages, rendant plus cruelle la pénurie de ressources. Chaque maison a son malade, le nombre de travailleurs diminue. La misère se répand parmi les émigrants. Abou Bakr, que l'on croyait invulnérable est touché à son tour. On s'inquiète autour de lui. Aïcha se précipite à son chevet et découvre la gravité de son état.

– Comment vas-tu, père ? lui demande-t-elle.

Malgré sa faiblesse extrême, il trouve une façon poétique de lui répondre, afin de ne point l'effrayer :

– Chaque homme, chaque matin, souhaite bonne journée à sa descendance. La mort est plus proche de lui que le lacet de sa sandale.

Aïcha frémit en le voyant si épuisé. Elle se détourne pour cacher ses larmes et demande ce qu'il en pense au serviteur qui le veille.

– Je viens d'échapper à la maladie, explique celui-ci. Mais j'ai vu la mort de près et je sais à quoi elle ressemble.

En traversant la cour, afin de regagner son logis, Aïcha découvre Bilal étendu sur le sol, incapable de se mouvoir. Seule sa voix peut chanter :

« Ah, pourrai-je encore dormir la nuit

Parmi le thym et le nard qui poussent près de La Mecque,

Boirai-je jamais les eaux de Majannah[1]

Et verrai-je jamais devant moi Shâmah et Tafîl[2] ? »

Elle s'enfuit en courant et s'effondre dans les bras de son époux en sanglotant :

---

1. Faubourg de La Mecque.
2. *Idem.*

– Ils délirent, lui dit-elle. La chaleur de la fièvre leur a fait perdre la tête.

Muhammad essuie ses larmes, la calme, puis lui fait répéter ce qu'ont dit les trois hommes. Elle restitue mot par mot ce qu'elle a entendu et qui l'a tant effrayée.

– Je comprends, murmure-t-il d'un air songeur.

Il s'agenouille alors dans un coin de la chambre et s'incline en disant :

– Ô Dieu, fais que Médine nous devienne aussi chère que La Mecque, ou même plus chère. Bénis ses eaux et ses céréales, écarte d'elle sa fièvre aussi loin que Mahya'ah [1].

Sa prière est exaucée. Les hommes retrouvent peu à peu la santé et la vigueur nécessaire pour se remettre au travail, mais les estomacs ne se remplissent pas pour autant. Les crampes de la faim se font plus tenaces. De tous côtés, on se plaint et on s'inquiète pour les jours à venir. Les Compagnons alarmés font irruption dans la maison d'Aïcha où ils débusquent le Prophète dont ils abrègent les moments d'intimité.

– La situation est grave, dit Abou Bakr.

– Je sais, rétorque Muhammad. Les Ansars eux-mêmes sont au bout de leurs réserves. Où trouver les ressources qui nous font défaut ?

– Je ne vois qu'une solution, reprend Omar en caressant son épée, une bonne razzia. Nous sommes sur la route des caravanes. Elles sont nombreuses entre Damas et La Mecque en cette saison. Leurs richesses sont à portée de main, à la pointe de nos sabres.

Chargées de mille trésors, de longues cohortes de chameaux suivent le littoral de la mer Rouge, à quinze parasanges à peine. Il est aisé de les surprendre et de les

---

1. Village au sud de Médine.

piller. Le Messager regarde ses Compagnons d'un air songeur et leur livre sa pensée :

– Les opérations que nous avons tentées ont été des échecs. Et pourtant, souvenez-vous de la révélation que j'avais reçue peu après notre arrivée dans cette oasis : « *L'autorisation de combattre est donnée à ceux qui luttent parce qu'on leur a fait tort ; à ceux qui ont été chassés injustement de leur foyer pour la seule raison qu'ils déclaraient : notre Seigneur est Dieu*[1]. »

– Oui, Dieu nous encourageait, reprend Omar ibn al Khattab. Et nous sommes restés timides. Soyons plus entreprenants.

Les yeux fixés sur les dessins du tapis de corde, Muhammad réfléchit en lustrant sa barbe. Derrière lui, cachée par la tenture, Aïcha lui caresse le dos en appuyant sa main contre l'écran qui les sépare. Ce contact lui fait du bien. Il se souvient de la suite du verset qu'elle lui souffle près de l'oreille : une recommandation qu'il avait scrupuleusement respectée car Dieu promettait la puissance « *à ceux qui établiront l'Office, acquitteront l'impôt, ordonneront le convenable et interdiront le blâmable* ». Il avait réglementé la prière, le chant de Bilal résonnait cinq fois par jour. En plus de la *sadaqa*, l'aumône, il avait institué la *zakat*, l'impôt que chacun devait verser selon ses revenus pour les besoins de la communauté ; il enseignait le licite et l'illicite et fixait les lois de cette nouvelle société qui avait choisi de se conformer aux volontés du Dieu unique. Pour ceux qui le suivaient, une révolution s'accomplissait dans leurs manières de vivre et de se comporter. Il était l'exemple à suivre, le modèle choisi par le Seigneur pour les guider. Mais il manquait de moyens. Les belles paroles ne suffisaient plus. Il lui fallait ce qui permet d'asseoir le pouvoir, cet argent perdu par la faute

---

1. Coran, sourate 22, Le Pèlerinage, versets 40, 41.

des Quraïch qui les avaient dépossédés en les forçant à fuir. Qu'attendait-il pour leur faire la guerre et dépouiller ces mécréants de ce qui revenait de plein droit à ses fidèles ? Il relève les yeux sur ses hommes et dit :

– Une révélation récente m'a confirmé l'autorisation divine : « *Combats-les jusqu'à ce qu'il n'y ait plus de persécution, et que la religion soit tout entière à Dieu. S'ils se convertissent, Dieu sera le témoin de leur action*[1]. » Nous agirons dès que le moment sera favorable.

Il lance ses espions ici et là. Quelques jours plus tard, il apprend qu'une grande caravane a quitté Gaza et fait route sur La Mecque. Deux mille cinq cents chameaux chargés de marchandises. Ils feront sa fortune et non celle de ses persécuteurs. Combien seront-ils pour protéger le trésor ? Aura-t-il assez d'hommes pour en venir à bout et s'emparer du butin ?

Aïcha est inquiète car Muhammad est soucieux. Audehors, il garde son calme, mais quand il vient la retrouver dans sa maisonnette, il ne cache plus son anxiété et ne peut réprimer des paroles vives auxquelles elle n'est pas accoutumée.

Depuis la fin de septembre, il ne décolère pas. À la tête d'une petite armée de deux cents hommes, il avait guetté en vain, et n'avait jamais vu l'immense cohorte que leur imagination avait chargée de tous les bienfaits. Il avait alors envoyé ses hommes par petits groupes, sillonnant à la ronde autour de Médine, à l'affût d'une aubaine. L'approche de l'hiver rendait la faim plus aiguë, d'autant qu'en cette saison, les caravanes devenaient moins nombreuses. Les mois sacrés les protégeaient de toute attaque considérée comme sacrilège selon le code du désert.

---

1. Coran, sourate 6, Le Butin, verset 40.

– Pourquoi n'ont-ils pas attendu un jour de plus ? s'écrie-t-il. Le lendemain, premier jour de Shawwal, ils avaient tous les droits.

Il marche de long en large pour calmer sa fureur. Au dernier jour du mois sacré de Rajab de cette seconde année de l'Hégire (janvier 624), poussés par leur impatience et l'appât du butin, huit de ses hommes avaient intercepté une petite caravane près du village de Naklah, entre Taïf et La Mecque. Leur geste aurait pu passer inaperçu s'ils n'avaient eu le malheur de tuer le chef, un Mecquois du clan des Abdu Shams.

– L'affaire est grave, Aïcha, dit-il en se plantant devant la jeune femme qui l'observe. Le sang a coulé. La honte retombe sur moi.

La Mecque le déclarait coupable de cette violation de la trêve, tandis que les juifs de l'oasis y voyaient un mauvais présage pour l'avenir de ce prophète dont ils se riaient. Quant aux habitants de Médine, les Ansars dévoués qui l'avaient suivi en grand nombre se confinaient dans la perplexité. Certains se prenaient à douter. L'Islam allait-il vaciller ?

Muhammad a toutes les raisons de s'alarmer. Il s'est enfermé chez Aïcha. Il y ressent plus de paix que dans la mosquée où les habitants le traquent sans cesse. Elle écoute sans poser de questions. Il n'a pas à expliquer. Elle comprend au premier regard et fait silence autour de lui afin qu'il puisse se recueillir et méditer.

– Attends patiemment le message, dit-elle. Une fois de plus, Dieu t'éprouve. Il ne t'abandonne pas.

En prononçant ces mots, elle se surprend elle-même. Ne voilà-t-il pas qu'elle s'exprime comme Khadidja ? Les récits de Muhammad ont eu leur utilité pour la préparer à ce qui doit arriver. Elle aussi attend la visite de l'ange qui délivre les instructions du Tout-Puissant. Elle se fait petite à l'autre bout de la pièce, afin de ne pas l'effrayer. Jamais, jusqu'à ce jour, elle n'était présente lorsque l'événement se produisait. Soudain, son époux s'agite et s'écrie :

– Aïcha, vite, couvre-moi ! Prends mon manteau. Étends-le sur moi.

Allongé sur le sol, il tremble de tous ses membres et se met à transpirer. Sans se troubler, elle s'approche. Pour la première fois, elle le voit dans cet état, et se souvient de ce que son père disait lorsque des crises semblables s'étaient produites, parfois dans sa maison, le plus souvent au désert :

« Muhammad n'est pas fou. Il reçoit les nouvelles du Ciel. »

Lui-même, au début de leur mariage, lui avait expliqué ce qu'il avait ressenti au cours de la première révélation, près de la grotte de Hira, le son assourdissant des clochettes, l'onde glacée qui se répandait sur tous ses membres et l'impression terrifiante de glisser vers la mort. Peu à peu, il s'était accoutumé à ces sensations étranges qui accompagnaient les apparitions de Gabriel. Il en ressentait moins de crainte, mais le froid le saisissait et il réclamait son manteau qui le ramenait à la vie.

Le geste rapide et précis, elle étire l'abaya de laine sur chaque partie de son corps, s'assied près de lui et soulève doucement la tête qu'elle pose sur ses cuisses. C'est ainsi que faisait Khadidja dès les premières manifestations de ces débordements du corps. Comme elle, les mains sur les cheveux ondulés, elle attend calmement. Elle aura la primeur du verset révélé qu'elle va mémoriser à la suite des autres, retenus depuis son plus jeune âge. Les lèvres bougent, des mots sortent :

« *Ils t'interrogent au sujet du combat durant le mois sacré. Dis-leur : la guerre pendant ce moment*

est un péché grave ; mais écarter les croyants de la
voie du salut, être infidèles à Dieu, chasser ses servi-
teurs du temple saint, sont des crimes horribles à ses
yeux. La persécution est pire que le meurtre[1]. »

Fortement impressionnée, Aïcha répète le verset, afin
de ne pas l'oublier. Elle éponge délicatement le front de
son mari qui sort peu à peu de cette apparente inconscience. Elle le réconforte en lui caressant la nuque. Il
ouvre les yeux et sourit :

– As-tu vu Gabriel ? As-tu entendu ce qu'il a dit ?

– Tu as parlé dans ton sommeil. Ce n'était pas ta
voix, mais j'ai retenu les mots.

– As-tu compris l'importance de ce verdict divin ?
La persécution que nous subissons des Quraïch est pire
que le meurtre commis dans le mois sacré. Remercions
Dieu, ma gazelle, Il est avec nous.

Aïcha a du mal à saisir le sens profond de ce qui
vient d'être révélé. Les yeux pleins de perplexité, elle
contemple son mari. Jusqu'au plus intime de son être,
elle sait, et peut en témoigner, que Muhammad est l'Envoyé de Dieu. Comme son père, comme Khadidja, elle
a vu se produire le phénomène céleste qui prélude à
l'apparition de l'Ange. Elle a entendu le message qui
sortait de la bouche de son bien-aimé. L'émotion est si
vive qu'elle n'ose plus le toucher et se recule pour le
contempler avec admiration et respect tandis qu'il se
lève et court à la mosquée afin d'annoncer la nouvelle
qui ramènera la paix dans les esprits. De sa voix toni-
truante qui domine la cour, il déclame le verset révélé
et conclut :

– Tout est clair, désormais, Allah est du côté des fidèles, non des idolâtres. L'attaque que nous avions
réprouvée est licite.

Aussitôt retentissent les cris d'allégresse. On rend

---

1. Coran, sourate 2, La Vache, verset 214.

grâce et on s'embrasse. On libère les deux prisonniers gardés en otage en vue d'une rançon. Les chameaux et les marchandises du butin, qui avaient été mis sous bonne garde en attendant la décision du ciel, sont partagés en équité. Muhammad prend sa part, un cinquième de l'ensemble, une manne qui arrive à point nommé pour soulager sa famille, les pauvres de la communauté, les vieillards et les orphelins.

Aïcha se réjouit devant cette arrivée de précieuses denrées qui vont améliorer son ordinaire. Bouillies d'orge au lait, pâtisseries au miel et viandes grillées lui feront oublier la monotonie des dattes dont la vue lui soulève le cœur. Son époux lui offre une eau d'ambre qu'il répand lui-même sur son ventre et sur le bout des seins afin de la rendre plus attirante ; il lui a acheté une robe de soie jaune safran, la couleur qui le met en émoi. Au fil des années, elle découvrira les penchants secrets de l'Envoyé de Dieu qui aimera à la folie, et ne s'en cachera pas, les femmes et les parfums.

Quelques jours plus tard, au cours de ce même mois de Shawwal, lors d'une sieste, tandis qu'ils reposent dans les bras l'un de l'autre, Gabriel transmet un message de plus grande importance pour l'assemblée des croyants. Une décision divine qui vient à la rencontre de ce que ressentait Muhammad depuis son arrivée dans cette ville.

– Une fois de plus, Dieu me prouve que je suis sur la bonne voie qui est la Sienne, dit-il en pleurant de joie. J'avais des doutes sur l'orientation de notre Qiblah. Pourquoi Jérusalem ? Pourquoi copier les chrétiens et les juifs ? Allah me donne enfin la réponse à ma question. Les paroles de Gabriel sont très claires : « *Nous te voyons tourner ton visage vers le ciel ; et maintenant nous allons te tourner vers une direction qui te sera plus agréable. Tourne donc ton visage vers la Mosquée sacrée, la Kaaba ; et où que vous soyez, tournez votre face dans sa direction[1]. »*

– Avons-nous prié pour rien jusqu'à ce jour ? demande Aïcha.

– L'Orient, comme l'Occident, appartient à Dieu, répond-il. Il dirige qui Il veut dans le droit chemin[2].

À l'énoncé de cette nouvelle, des volontaires se disputent l'honneur de détruire le *mihrab* ornant le mur nord vers Jérusalem, pour le reconstruire à l'opposé, sur le côté sud, en direction de La Mecque. L'islam possède son symbole : la Kaaba. Où qu'il soit dans le monde, c'est vers elle que le *muslim*, le soumis, se tournera afin de prier Allah, son Dieu unique, celui d'Abraham et de son fils Ismaël, l'ancêtre des Arabes. Muhammad cesse de vouloir imiter les rites hébraïques. Il avait cru, en agissant ainsi, amadouer les juifs et les convaincre de l'authenticité de ce qu'il prêchait. En un souci de fraternité, il avait institué le repos du vendredi, jour où commence le *shabbat*, il avait imposé le jeûne de l'Ashoura, précédant le Yom Kippour, et les règles de Noé concernant la façon de se nourrir. Il avait même adopté leur coiffure, cheveux lâchés. Mal lui en avait pris.

– Les fils d'Isaac ne veulent pas te croire, lui disait souvent Aïcha. Tu n'es pas leur Prophète, tu connais mal leurs Écritures.

– Je sais. Je commets des erreurs quand je les cite. Ma réputation s'est ternie depuis l'affaire de Naklah, mais le Tout-Puissant et Juste m'enverra bientôt le coup d'éclat qui Le consacrera et confondra les mécréants.

Dès le début du printemps, saison des transhumances et des échanges commerciaux, le désert s'anime. La ville entre en effervescence. Les éclaireurs de Muham-

1. Coran, sourate 2, La Vache, verset 144 (version Hamza Boubakeur).
2. Coran, sourate 2, La Vache, verset 138.

mad s'activent et s'élancent vers diverses directions afin de glaner des informations. Au premier jour de Ramadan de cette seconde année de l'Hégire (mars 624), ils annoncent qu'une caravane de mille cinq cents chameaux transportant des marchandises pour une valeur de 50 000 dirhams, a quitté Damas pour La Mecque. Elle est conduite par Abou Soufyan, le puissant chef des Banu Ommaya. Les cavaliers qui l'entourent sont peu nombreux, une centaine d'hommes au plus.

– La fortune est à portée de nos sabres, s'écrie le Messager.

9

Dans les bras d'Aïcha, Muhammad reçoit d'autres révélations. Gabriel lui donne l'ordre de partir à la recherche de la caravane, et prend soin de lui indiquer l'endroit où elle ne manquera pas de s'arrêter : les puits de Badr.

— Cette fois, je tiens ma victoire, confie-t-il à sa jeune épouse. Allah m'a promis de me livrer leurs biens.

— Tu es le Béni, ô Envoyé de Dieu. Les hommes te suivront les yeux fermés.

Il s'habille en hâte et se rend à la mosquée pour battre le rappel. Aussitôt, on accourt. Émigrants et Ansars emplissent le vaste espace et font cercle autour du Messager. Il énumère les instructions venues du Ciel et ajoute :

— Dieu m'a promis de me livrer leurs biens, de glorifier ma religion et de nous rendre maîtres de leurs personnes.

Ceux qui l'écoutent comprennent qu'ils prendront sans peine les chameaux et leurs trésors. La suite du discours les conforte. De sa voix forte qui les prend au creux des entrailles, le Prophète dit encore :

— Unissez vos efforts, rassemblez vos chevaux afin de jeter l'épouvante dans l'âme des ennemis de Dieu, des vôtres, et de ceux que vous ignorez. Dieu les connaît. Tout ce que vous aurez dépensé pour son service vous sera rendu. Vous ne serez point trompés[1].

Aïcha hoche la tête et sourit en reconnaissant la suite du verset qui vient d'être révélé, tandis que son bien-aimé se pressait sur son ventre. Dieu l'a honorée de ce privilège. Le Tout-Puissant a fait d'elle le témoin de Ses entretiens avec Son Envoyé. Une faveur particulière qui l'emplit de fierté, non dénuée de vanité. Elle est comme Khadidja. Elle n'a plus rien à lui envier. De Muhammad, elle tient tous les secrets. Elle aura l'immense bonheur de le voir triompher. Car elle ne doute pas un instant que l'heure est venue, pour lui, de prouver à tous, fidèles et mécréants, qu'il est le Prophète choisi par Dieu. Elle croit tellement au succès de son entreprise qu'elle n'en redoute pas les dangers et s'interdit même d'y penser.

Pendant ce temps, dans la ville, on s'apprête. Parmi les Émigrants, on ne compte que soixante-dix-sept hommes aptes au combat. De nombreux volontaires parmi les Ansars se présentent. Ils ont l'expérience de la guerre et des armes : arcs et flèches, lances, épées, casques et cuirasses. On fabrique à la hâte ce qui manque. On rassemble les montures, quelques chevaux et soixante-dix chameaux qu'ils monteront chacun à leur tour pour se reposer de la marche dans le sable brûlant. Ils sont trois cent cinq, prêts à suivre le Prophète, alléchés par l'énorme butin s'ils remportent la victoire. S'ils y perdent la vie, ils sont convaincus d'entrer au paradis.

Le lendemain, malgré le jeûne qu'il avait lui-même fixé en ce mois de Ramadan et qu'il interrompt pour le remettre à plus tard, Muhammad, sans perdre de temps, donne l'ordre de partir et prend la tête de la troupe.

---

1. Coran, sourate 8, Le Butin, verset 62.

Aux côtés de Aïcha, il a passé la nuit en prière et observé une stricte abstinence, puis il s'est habillé pour la guerre et l'a serrée dans ses bras en lui disant :

– Aie confiance, ma gazelle. Je reviendrai bientôt. Dieu nous accompagne.

– *Inch'Allah* ! Soleil de mon cœur. Je t'attends.

Retenant ses larmes, elle l'a regardé enfourcher sa monture et s'éloigner pour rejoindre ses hommes. Près de lui, elle reconnaît son père, le fidèle Abou Bakr escorté d'Omar ibn al Khattab dont la forte musculature constitue un gage d'espoir. Uthmân manque à l'appel. L'Envoyé lui a ordonné de rester au chevet de Rûquaya, très malade. Devant eux, Ali, le neveu si proche qui sera bientôt son gendre, et Zayd, l'esclave affranchi, adopté comme un fils. Chacun porte un fanion noir, l'un pour les Émigrants, l'autre pour les Ansars. Il y a aussi l'oncle Hamzah, l'un de ces Banu Hachim qui ont choisi le camp de l'islam. Près de lui, Musab, un Quraïch qui, en vertu d'un droit ancestral, tient la bannière blanche en tête de la colonne. Derrière eux, d'autres pères, époux, fils ou frères des femmes qui assistent à leur départ du seuil de leur maison.

Comme elles, Aïcha tremble et serre son châle sur sa poitrine. Elle est trop jeune pour savoir ce qui les attend au loin, quels dangers ils vont affronter. Jamais auparavant elle n'a entendu le martèlement lancinant des tambours, le hurlement de Muhammad qui brandit son sabre et donne le signal par un «*Allah Akbar* !» tonitruant, ni le chant guttural de la petite armée qui suit son Messager en l'assurant de sa fidélité :

«Nos âmes sont ta rançon, scandent-ils d'un pas martial, et nous verserons notre sang pour toi… Nous nous tiendrons devant toi, nous te protégerons et combattrons les ennemis… Nous serons partout avec toi et ne t'abandonnerons pas jusqu'à la mort… »

Aïcha ne sait que penser. Son cœur cogne. Elle est

tentée de leur emboîter le pas, en courant derrière eux jusqu'aux limites des palmiers, afin de rejoindre deux femmes qui n'ont pas hésité à enfiler des tuniques de cuir sur leurs jupes, et tiennent leurs arcs et leurs carquois débordant de flèches. Étant l'épouse du Prophète, elle doit rester digne et montrer l'exemple par son calme et sa confiance.

– Allah n'abandonnera pas son Envoyé, murmure-t-elle.

Ces mots fortifient son courage. Elle hésite à rester seule dans sa maison. Rejoindre Sawdah et ses belles-filles qui se répandent en gémissements ne lui plaît guère. Elle dévale la ruelle et se réfugie chez sa mère. Du haut de la terrasse qui domine la ville, elle observe la colonne qui franchit les limites de l'oasis avant de disparaître derrière les collines de sable en ne laissant qu'un halo de poussière ocre sur l'horizon. Les yeux rivés sur le nuage qui s'étire et se désagrège, elle tend l'oreille pour guetter encore les accents guerriers qui se fondent dans le néant. Le vent les emporte et le bruissement des palmes rythme à nouveau les rumeurs de Médine.

– Le désert les a engloutis, murmure-t-elle en frissonnant.

Agrippée au muret, elle reste un long moment à scruter l'infini. Dans ce vide qui l'entoure, sa vie s'est arrêtée. Combien de temps seront-ils absents ?

– Vont-ils revenir ? s'écrie-t-elle en s'effondrant dans les bras de sa mère.

– S'il plaît à Dieu, répond Oum Roumane en l'entraînant à l'intérieur de la maison.

À l'abri des ardeurs du soleil, dans la salle où la famille se réunit, elle retrouve sa sœur Asmah, mariée peu après elle, qui pleure le départ de Zouhayr, son époux dont elle tient l'héritier sur ses genoux.

– Tu as de la chance, dit-elle. Tu es moins seule que moi.

Elle tend les mains vers l'enfant qui lui sourit.

– Tu veux bien me le prêter ?

– Ce n'est pas une poupée, rétorque Asmah.

– Je ne sais quand je pourrai avoir un bébé à moi, dit Aïcha en serrant son neveu sur son cœur. Pendant que l'Envoyé de Dieu est absent, je viendrai te voir pour m'occuper de ton petit Abdallah.

– Pourquoi ne pas t'installer ici, avec nous, pendant qu'ils sont en campagne ?

– Je dois rester dans la maison du Prophète, avec Sawdah, Oum Koultoum et Fatima. Rûquaya est au plus mal. Muhammad est parti très affligé et lui a laissé son mari pour la soigner. Un bon guerrier qui va lui manquer sur le champ de bataille.

Elle prend congé et regagne son logis. En arrivant dans la cour de la mosquée, des éclats de voix chez Sawdah éveillent sa curiosité. La porte s'ouvre. Uthmân sort, très agité. Il reconnaît Aïcha et se dirige vers elle.

– Que se passe-t-il ? demande-t-elle. Rûquaya ?

– Son état empire, mais une chose bien plus terrible vient d'arriver.

Aïcha pâlit.

– L'Envoyé de Dieu ? s'écrie-t-elle. Parle, je t'en prie !

Sawdah sort à son tour :

– Ne dis rien, Uthmân fils de Affân ! Des oreilles sont aux aguets. Reviens chez moi, si tu veux lui expliquer ce qui se passe.

À la lueur des lampes à huile, Sawdah pile dans un mortier une poignée de café du Yémen avec des graines de cardamome et verse la poudre obtenue dans un récipient en cuivre qu'elle met à bouillir sur les braises d'un kanoun[1]. Une bonne odeur se répand tandis qu'Uthmân expose la gravité de la situation. Aïcha

---

1. Fourneau en terre cuite empli de braises.

l'écoute en silence, le visage blême, les yeux emplis de terreur.

– Par Allah, que vont-ils devenir ? gémit-elle en passant ses mains sur ses joues, comme pour en extirper le malheur.

Le Prophète était parti sans attendre le retour de ses éclaireurs, envoyés à la recherche de la caravane. Ces derniers venaient d'arriver avec une nouvelle inquiétante. Des traîtres du clan des hypocrites[1], ou peut-être des juifs, avaient renseigné Abou Soufyan en lui révélant les projets de l'Envoyé. Le riche marchand quraïch avait aussitôt expédié un messager vers ses compatriotes mecquois pour donner l'alerte et réclamer du secours. En forçant l'allure de ses chameaux lourdement chargés, suivant des voies détournées vers les rivages de la mer Rouge, il avait réussi à les mettre en lieu sûr dans le territoire de La Mecque. Pendant ce temps, une armée gigantesque était sortie de cette ville. Plus de mille hommes, sept cents chameaux et cent chevaux fonçaient sur les puits de Badr afin de châtier ce bandit de Muhammad et ses adeptes qui osaient s'attaquer à leurs biens. Par un tel déploiement de forces ils s'apprêtaient à leur infliger une effroyable leçon et les décourager d'entraver leurs affaires.

– J'ai renvoyé les éclaireurs à la poursuite du Prophète afin de le prévenir, conclut Uthmân.

– Lui as-tu conseillé d'abandonner ? demande Sawdah. S'entêter serait pure folie. Avec ses trois cents hommes contre mille, il sera réduit en bouillie.

– Nul ne peut décider pour le Messager. Il n'écoutera que les ordres d'Allah, par la voix de Gabriel.

– Attendons et prions, dit Aïcha. C'est ce qu'il m'a conseillé avant de se mettre en route.

Les yeux perdus dans leurs pensées, tous trois sirotent

---

1. La tribu fluctuante des Khazrajs.

le breuvage parfumé qu'a préparé Sawdah, et grignotent des petits gâteaux de pâte de dattes et de lait. On évoque Rûquaya qui dépérit de jour en jour, Oum Koultoum et Fatima qui la soignent, et la prudence à observer en l'absence du Prophète. Les hypocrites et les juifs disposent d'espions aux aguets, au service de l'ennemi.

Le soir tombe. Uthmân salue les épouses du Prophète et s'en va tristement rejoindre la sienne, trop faible pour s'accrocher à la vie. Sawdah se tourne alors vers Aïcha ébranlée par ce qu'elle a entendu et lui propose de rester auprès d'elle pour la nuit :

– Tu es jeune, petite sœur. Il n'est pas bon d'être seule quand la peur te broie les entrailles. Crois en sa bonne étoile. Notre époux nous reviendra.

– Je l'ai eu avant le départ, remarque Aïcha d'une voix plus rauque. C'était mon tour. Tu l'auras pour le retour…

Les semaines se traînent dans un climat d'inquiétude et de crainte. Du haut de leurs terrasses, les femmes et les enfants n'en finissent pas d'interroger l'horizon. Devant le silence persistant, les hypocrites et les juifs se réjouissent chaque jour plus ouvertement. Le chef des Khazraj, Abdallah ibn Ubbaye, le puissant qui rêvait de chasser le vil, ne doute plus de se faire nommer roi de Médine avec l'appui de ses alliés juifs. Ces derniers font mine de le soutenir en projetant de prendre eux-mêmes le pouvoir et de gouverner l'oasis, débarrassée du faux prophète qui osait plagier la Bible. Dans la mosquée, le vieil aveugle, nommé par l'Envoyé pour assurer le respect de la religion en son absence, dirige les cinq prières, de l'aube au début de la nuit. Chacun se demande s'il y a encore un Dieu en l'absence du Messager qui ne transmet aucune nouvelle. Sans lui, qu'en sera-t-il de l'Islam ?

Dans sa maison, Aïcha veut, malgré tout, garder

confiance et note sur des fragments de peau les versets du Coran appris depuis son enfance jusqu'aux derniers, révélés en sa présence. Depuis toujours, elle croit en Allah et en son Prophète dont elle est devenue l'épouse, par la volonté divine. Sa conviction est profonde, et sa foi sans faille. Elle ne cesse de prier et observe le jeûne prescrit par le Prophète, en ce mois de Ramadan, celui de la première révélation, douze ans plus tôt. Que de fois Muhammad lui a raconté ses premières rencontres avec l'ange, ses doutes, cette force intérieure qui le poussait à persévérer, malgré les insultes et les persécutions. Plus elle l'écoutait, plus elle s'ancrait dans ses certitudes. Pour elle, la *Jahiliya,* le temps de l'ignorance, est une chose indéfinie, une époque lointaine qu'elle n'a pas connue. Elle ne risque pas, comme les plus âgés, d'être tentée de revenir au passé. Elle est née avec l'islam, sa seule doctrine, sa loi et sa vérité. Du plus profond de son être, une voix lui assure que le Messager de Dieu ne peut pas mourir. Il est encore au début de sa mission. Inlassablement elle revient à ce verset qui raffermit son âme :

« *Tous ont éprouvé les traits de notre vengeance. Un vent impétueux renversa les uns ; une voix terrible fit disparaître les autres ; ceux-ci furent engloutis dans la terre ; ceux-là ensevelis dans les eaux. Le Ciel ne les punit point injustement. Ils se perdirent eux-mêmes*[1]. »

– Moïse a triomphé des armées de Pharaon, murmure-t-elle. Dieu punira les méchants Quraïch et sauvera Son Envoyé qui prêche la justice et la bonté.

Par un matin de printemps, un coup contre sa porte la réveille en sursaut. Elle ouvre, le cœur haletant. Sawdah se tient devant elle, enveloppée de blanc de la tête aux pieds :

– Rûquaya est morte cette nuit, dit-elle d'une voix

---

1. Coran, sourate 29, L'Araignée, verset 39.

sans timbre. Viens vite ! La cérémonie des funérailles va commencer.

Dans la communauté qui a perdu son gouvernail, l'événement prend une ampleur inhabituelle, l'aspect d'une tragédie. La ville entière attendait cette fin inévitable. La pauvre femme agonisait depuis des jours. Mais le Prophète n'est pas là pour mettre sa fille en terre, après avoir prononcé les paroles consacrées. Ira-t-elle au paradis ? Selon la coutume, la cérémonie doit avoir lieu avant le coucher du soleil. Le mari éploré, accompagné des hommes âgés, inaptes au combat, mènera la défunte à sa dernière demeure, tandis que les épouses du Prophète et les filles cadettes recevront, dans la maison de Sawdah, l'ensemble des femmes de la communauté qui viendront présenter leurs condoléances.

C'est alors qu'à la sortie du cimetière, Uthmân, séchant ses larmes, est rattrapé par un cavalier couvert de poussière. Il reconnaît Zayd, le fils adoptif de Muhammad qui n'a qu'un mot à la bouche :

– Victoire ! Victoire ! Réjouis-toi, mon frère ! Nous avons gagné !

– Ô, fils de mon oncle, ce que tu viens de dire me rafraîchit les yeux. Courons à la mosquée, tout le monde doit savoir ce qui s'est passé.

L'euphorie gagne le veuf qui en oublie sa peine et court aux côtés de la monture du porteur de bonnes nouvelles.

Le soleil décline, l'heure de la prière n'est pas encore venue, mais le vieil aveugle fait entendre l'appel. Les gamins le répandent en sillonnant les rues de la ville. Les habitants se pressent autour de la maison de Dieu pour écouter les prouesses de l'armée des fidèles. La poussière du long chemin parcouru en hâte recouvre Zayd d'une carapace que la lumière du soir illumine. Il s'arrête devant la maison de Sawdah afin de saluer les femmes et les filles du Prophète qui pleurent la défunte et les enjoint de sécher leurs larmes. Il se penche vers Aïcha pour lui confier en aparté :

– Réjouis-toi et prépare-toi. Le Guide se languit de toi.

Tandis qu'il s'avance vers la mosquée, elle se réfugie sous l'auvent de sa porte en retenant les battements de son cœur. La foule trépigne, Zayd lève la main pour la calmer, et commence le récit que chacun absorbe religieusement. Du seuil de son logis, drapée dans son abaya de coton blanc, Aïcha n'en perd pas un mot.

– Nous savions que la caravane était passée loin de nous et que les Quraïch venaient en force sur nous. Gabriel avait prévenu le Prophète et lui avait dit : « *Dieu vous a promis que l'une ou l'autre partie vous sera livrée. Vous désirez que ce ne soit pas la plus forte. Mais Dieu prouvera la vérité de sa parole et les exterminera jusqu'au dernier*[1]. » Nous nous trouvions sur un versant de la colline aussi haute qu'une montagne. Ils se tenaient de l'autre côté. Nous ne connaissions pas leur nombre. Ils ignoraient le nôtre. Mais nous étions plus proches de la vallée. Toute la nuit, nous les avons entendus chanter, boire et rire avec les filles de joie qui dansaient au son du tambourin. Nous n'avions rien de cela. Des rêves nous hantaient. Au matin, l'eau de nos récipients était gâtée, mais Dieu a fait descendre la pluie et chacun s'est purifié avant de prier. Ce jour était celui du combat, le 14 de Ramadan. Les deux armées sont descendues dans la plaine. Nos yeux ne voyaient pas l'ennemi, trop nombreux pour nos épées. Le Prophète était resté en arrière. Sous une hutte de branchages, il implorait le Seigneur de tenir sa promesse et d'envoyer les secours annoncés par Gabriel. Il nous a rangés en ordre de bataille, face aux ennemis arrogants et vaniteux qui se moquaient de nous, impatients de nous écraser.

---

1. Coran, sourate 8, Le Butin, verset 7.

Il reprend souffle, boit une gorgée d'eau en promenant son regard sur la foule qu'il tient en haleine et s'impatiente de connaître la suite. Il sourit et poursuit :

– Il y eut d'abord un combat singulier dans l'espace qui séparait les deux armées. Leurs champions contre les nôtres. Ali, Hamzah et Obayda fils de Hârith, les ont transpercés sans peine. Trois de leurs meilleurs guerriers, Othba, Shaïba, Walid, ont été étendus sur le sable. Un seul des nôtres, Obayda, a été mortellement blessé. Ce fut alors l'affrontement des forces antagonistes. « *Yâ Mansoûr amit* », cria le Prophète. Et de toutes les poitrines le même cri est monté vers le ciel. Nos hommes disciplinés tiraient leurs flèches sans s'émouvoir, encouragés par le Prophète qui allait et venait dans notre camp, par-devant et par-derrière. Quelques-uns étaient abattus, mais sa voix continuait à nous galvaniser : « Par celui qui tient entre ses mains l'âme de Muhammad, personne ne sera tué ce jour, sans que Dieu le fasse entrer directement dans Son paradis. »

– *Allah Akbar* ! lance un vieil homme au premier rang de l'assemblée.

Zayd le salue, et continue :

– D'autres croyants trouvaient la mort, mais les fidèles se battaient avec une rage décuplée. Ils avaient vu le Prophète ramasser une poignée de terre et la jeter vers l'ennemi en criant : « Que vos faces soient confondues ! » Le vent a porté la poussière dans les yeux des infidèles. Sans cesse, l'Envoyé appelait le Seigneur. Les flèches sifflaient, les sabres et les épées s'entrechoquaient. Des hommes hurlaient de terreur et soudain, au-dessus de la mêlée, on a entendu la voix puissante du Prophète qui annonçait : « Dieu a envoyé trois mille anges à votre secours ! » « Trois mille » ont répété les hommes. « Oui, cinq mille » a renchéri le Prophète qui voyait Gabriel et ses légions d'anges vêtus de blanc, frapper leurs bâtons les rangs ennemis. Des têtes volaient et roulaient sur le sol, des os craquaient et se brisaient, des veines éclataient, des corps se convulsaient, et des montures se cabraient. Ce n'était pas de notre fait, mais l'œuvre de Dieu. Je peux vous l'assurer !

– *Hamdulillah* ! s'exclament les auditeurs ici et là. *Allah Akbar* ! Béni soit son Envoyé !

Zayd s'éponge le front, vide la cruche d'eau, et reprend le cours de son récit dont chacun attend la fin :

– Vers le soir, les Quraïch furent mis en déroute. Beaucoup s'échappèrent, regagnant leurs arrières. Nous avons couru à leur poursuite, afin d'être sûrs qu'ils n'allaient pas se regrouper pour nous attaquer à nouveau. « *Cette armée sera mise en fuite,* criait le Prophète, *ils tourneront le dos.* » Eh bien, oui, ils nous ont tourné le dos, en laissant derrière eux les signes de leur défaite. Soixante morts gisaient dans leur camp. Parmi eux, leurs chefs les plus redoutables comme Othba, son frère et son fils ; Ommaya, son fils, et tous les autres, et surtout Abou Jahl dont la tête a été apportée au Prophète. Dans notre camp, nous n'avions que quinze tués. Dieu nous avait promis la victoire. Nous les avons écrasés.

Aïcha se réjouit en silence et remercie Allah. L'issue glorieuse de ce terrible affrontement la conforte dans sa foi. Près de Zayd, Uthmân se lève et s'écrie :

– Wallahi ! J'aurais donné ma vie pour me battre en ce jour mémorable. Où est le Prophète ? Je vais à sa rencontre.

– Il s'est mis en route avec les soixante-dix prisonniers.

– Pourquoi n'a-t-on pas tué ces chiens ? dit-il, approuvé par l'assistance.

– La plupart sont issus de familles riches et puissantes, explique Zayd. Elles paieront le prix fort pour les sauver d'entre nos mains. Le Prophète espère que certains nous rejoindront en Islam, quand ils verront comment nous vivons.

– Ils n'ont pas saisi la caravane, dit un vieux bédouin qui se souvient des combats de sa jeunesse. Quel sera le butin en dehors des rançons ?

Zayd éclate de rire. La question est loin de l'étonner. Il s'empresse de répondre :

– Nous sommes largement dédommagés : cent cinquante chameaux, dix chevaux, des armes, des cuirasses, une quantité d'objets, de marchandises et de denrées de toutes sortes.

– À qui reviendront les richesses ? demande un auditeur.

Zayd répète la révélation que Muhammad avait reçue lorsque ses combattants s'inquiétaient du partage :

– La disposition du butin appartient à Dieu et à son Prophète. Dieu lui dira de quelle façon le distribuer de manière équitable. « Craignez Dieu et soyez d'accord », voilà ce qu'il affirmait quand je l'ai quitté pour venir jusqu'ici.

Au milieu du brouhaha des commentaires, une voix de femme s'élève soudain :

– Nous avons eu quinze morts, dis-tu. Qui sont-ils ?

Zayd prend un air embarrassé. Son regard se dirige vers le groupe de femmes voilées de deuil, assemblées devant la maison de Sawdah. Il s'avance vers deux d'entre elles et dit d'un air grave :

– Toi, Afrâ, tu as perdu tes deux fils. Ils sont morts glorieusement. Ils sont au paradis. Et toi, Rubayyi, ton jeune fils Hârithah a eu le cou percé d'une flèche tandis qu'il s'abreuvait à la citerne. Il a été notre premier mort. Pour les autres, je n'ai pas eu le temps d'apprendre leurs noms. Le Prophète m'a ordonné de m'en aller afin de vous annoncer notre victoire.

De nouveau on se lamente en cette partie de la ville qui avoisine la mosquée. Depuis le matin, on pleurait la fille du Prophète, mais après s'être réjouis de l'issue glorieuse de la guerre, on en découvre la face tragique, les vies fauchées, perdues à jamais, et la douleur. Pour Aïcha, c'est une expérience nouvelle. Aux mères éplorées, elle ne sait que dire. Elle est si jeune et préférerait célébrer le formidable succès de son mari. Elle ne peut que s'asseoir près d'elles, leur prendre la main, et partager leur désespoir. Elle leur rappelle les versets qui promettent le Paradis aux croyants qui se sont battus pour la vraie religion. Au chagrin de chacune, elle compatit en disant :

– Souviens-toi du Coran. Il est écrit : « *Si vous mourez ou si vous êtes tués en défendant la foi, songez que la miséricorde divine vaut mieux que les richesses que vous auriez amassées*[1]. » N'aie crainte et sois heureuse. Ils habitent le séjour que Dieu leur a préparé. Ils sont dans les jardins de délices arrosés par des fleuves odorants. Ils sont pour l'éternité dans la souveraine béatitude.

Lorsqu'elle rentre chez elle, le cœur serré de tant de peine et de sanglots, sa pensée se concentre sur Muhammad, son mari, son amant. Comment sera-t-il après cette victoire ? L'âpreté du combat ne l'aura-t-elle pas endurci ? L'aimera-t-il encore en l'appelant sa petite rousse ou sa gazelle ? Zayd lui a dit de se préparer pour le retour. Dès que viendra son jour, Dieu fixera l'époux entre ses seins et son cou, avant de l'attirer au bas de son ventre. Elle a sorti du coffre sa robe de soie jaune safran, les eaux parfumées et ses douceurs préférées, sans oublier d'orner son opulente chevelure qui ondule au creux de ses reins, comme une cascade de flammèches.

Aux quatre coins de l'oasis, la nouvelle s'est répandue, des hommes sont partis à sa rencontre pour l'acclamer, le fêter, l'aduler. Va-t-on le nommer roi ?

Impatiente, elle l'attend.

---

1. Coran, sourate 3, La Famille d'Imran, verset 151.

10.

Une clameur sourde monte derrière l'horizon. Un immense halo de poussière de sable envahit le ciel au sud de Médine. À la vitesse de l'éclair, la rumeur secoue l'oasis.

– Il arrive ! crient les gamins déchaînés.

Sautant les barrières des jardins, ils courent vers le bout de la route qui mène au désert, dans l'espoir de toucher la sandale du Prophète victorieux, le bord de son manteau ou frôler le poil de sa monture. Au long du chemin que doit suivre la glorieuse armée des fidèles, jusqu'au centre de la ville, des silhouettes fleurissent les toits des maisons ocre de leurs voiles multicolores qui battent sous la brise comme des ailes de papillons géants. Aïcha a rejoint sa mère et sa sœur, entourées de nombreuses voisines. On la salue avec cérémonie. Elle partage la couche du héros du jour qui sera le maître. Si elle a bien appris ce que l'on enseigne aux filles quand elles se marient, elle sera sous peu une personne influente sur laquelle on pourra s'appuyer. Pour l'heure, la jeune épouse du Prophète ne pense pas à l'avenir. Ce qu'elle vient de vivre en moins d'un mois lui a fait perdre l'insouciance de son âge. Elle n'est plus une enfant, mais une amante fébrile, anxieuse de revoir le maître bien-aimé qui l'a rendue femme.

Frémissante, elle suit l'avancée des volutes de poussière au-dessus des arbres. Un grondement semblable au bruit de l'orage s'amplifie et se rapproche. On distingue peu à peu sur fond de tambours, les chants cadencés des hommes et les cris d'une foule surexcitée qui ne contrôle plus son enthousiasme. Les premières bannières apparaissent, noyées de banderoles de bienvenue et de mains agitant des palmes. Un rugissement semble sortir des entrailles de la terre, répétant inlassablement :

– *Yah ! Yah ! Muhammad ! Yah ! Yah ! Al Roussoul*[1] !

Il devient un fracas assourdissant lorsque lui répondent en écho les cris stridents des femmes qui galvanisent l'atmosphère et vrillent les entrailles des guerriers. La colonne débouche de la palmeraie. Dans sa robe jaune safran, un voile de gaze dorée sur ses cheveux roux, Aïcha frissonne et presse ses mains sur son cœur. Derrière les cavaliers qui portent les fanions noirs, elle le découvre enfin, splendide et majestueux avec son manteau de laine rayé de brun et de vert sur une robe de coton blanc, coiffé de son turban noir. Elle ne cherche ni son père, ni Omar, ni Ali. Elle ne voit que lui dans la magnificence de son triomphe. Il sourit à la ronde et répond aux acclamations. Soudain, il lève les yeux et leurs regards se croisent. Seconde intense qui renoue le fil interrompu. En cette brève seconde, il l'a prise, elle s'est donnée. Son corps s'est embrasé. Elle sait qu'elle habite ses pensées. Elle attendra qu'il vienne la retrouver dès qu'il sera libéré de ses obligations envers la communauté.

Les ovations reprennent de plus belle quand arrive le flot des rescapés. Ils ont gardé leurs tenues de combat marbrées de terre et de sang. Les visages sont fatigués, ravinés par la sueur. Dans leurs yeux se reflètent encore les horreurs de ces affrontements corps à corps dont ils parleront comme d'un mauvais rêve. À ceux qui leur

---

1. Vive Muhammad ! Vive le Prophète !

demandent comment ils ont réussi à tuer tant de nobles Quraïch réputés pour leur vaillance et leur férocité, l'un d'eux répond sur un ton léger :

– Pourquoi nous féliciter ? Ils étaient comme de faibles vieillards quand nous les avons attaqués, des prisonniers pieds et poings liés, condamnés à mort. Nous les avons tués un à un.

Un autre ajoute :

– Par Allah, nous avions en face de nous de vieilles femmes chauves comme les chameaux qu'on offre en sacrifice, et nous les avons égorgées.

Son voisin le reprend en disant :

– Tais-toi ! C'étaient les chefs, de fiers Quraïch. Dieu les a mis en fuite, et les anges les ont frappés.

Chacun retrouve les siens. On s'embrasse, on s'enlace. Tous regagnent leur foyer. Aïcha se faufile vers sa maisonnette. Elle n'a pas oublié que la nuit sera pour Sawdah, mais elle espère que Muhammad viendra la saluer et la serrer dans ses bras. Elle le voit entrer chez la pauvre femme qui n'a pas daigné retirer ses vêtements de deuil et se répand en lamentations. Parmi les cadavres relevés dans le camp ennemi se trouvaient ceux de son père et de ses oncles. Des mécréants qui lui sont proches par le sang, et qu'elle pleure avec douleur. L'arrivée de l'époux vainqueur ne tarit pas ses larmes. Il tente de la calmer, la rappelle à la raison, mais ses sanglots redoublent. Le Prophète, irrité d'être si mal accueilli, l'abandonne brusquement et sort en claquant la porte. Il n'a que cinq pas à faire pour s'engouffrer chez Aïcha qui n'attend que lui.

– Laisse tes soucis au-dehors, dit-elle en se blottissant contre lui. Viens, mon doux maître. Fais de moi ce que tu voudras.

Il la saisit avec fougue et dévore la jolie bouche :

– Je vais t'aimer toute la nuit, ma gazelle. Demain, s'il plaît à Dieu, nous parlerons.

Sur les seins de sa jeune épouse, dans son cou, sur son ventre tiède qu'elle a soigneusement parfumé de musc, de rose et de santal, l'Envoyé de Dieu, harassé, fourbu, mais heureux de sa glorieuse campagne, s'abandonne avec délices aux jeux voluptueux de sa belle amante dont les mains habiles éloignent ce qui trouble son esprit. Dans les volutes d'encens du Yémen, celui qu'utilisait la reine de Saba, les doigts légers et les lèvres douces lui offrent la récompense du paradis. Aïcha ne se lasse pas de caresser et d'embrasser ce grand corps ferme et musclé qui l'enveloppe et l'enivre de cette odeur mystérieuse qu'ont tous les guerriers qui reviennent du champ de bataille. Emportée par le désir, elle gémit de plaisir lorsqu'il la prend avec fougue et la possède jusqu'au plus profond de son être. Soudés l'un à l'autre, ils s'endorment avec le même soupir, le même abandon.

Au matin, des cris et des raclements de chaînes les réveillent. La voix de Sawdah, aiguë, perçante, traverse les cloisons de briques. Croyant que le Prophète était avec elle, on avait rassemblé devant sa porte les soixante-dix prisonniers qui venaient d'arriver dans la ville. À bout de nerfs, après sa nuit d'insomnie à pleurer ses morts et l'abandon de son époux, la pauvre femme les invective. Parmi eux, elle a reconnu le jeune Souhail, et son père Amrou, fils d'Abou Soufyan, le riche marchand de La Mecque. Son sang ne fait qu'un tour. Sa langue se déchaîne :

– C'est ainsi, ô gamins, que vous avez tendu vos mains ignominieusement pour être faits prisonniers ? Pourquoi n'avez-vous pas combattu pour être tués en pleine action, comme l'ont fait mon père et ses frères ?

Alerté par le vacarme, Muhammad s'est glissé derrière elle. Les paroles de sa propre femme le mettent hors de lui :

– Sawdah ! s'écrie-t-il, tu excites les infidèles contre Dieu et le Prophète !

Sa fureur est telle qu'il n'entre pas dans la maison et la répudie séance tenante. Il s'en retourne chez Aïcha où les prisonniers sont transférés. Retranché sous l'auvent de la porte, il les inspecte un à un. Collée dans son dos, le menton sur l'épaule de son époux, Aïcha suit la scène. Sur l'ordre de l'Envoyé, inspiré par Allah, chacun d'eux est remis à celui qui l'a capturé. Ce dernier devra le garder en attendant qu'on vienne de La Mecque pour le racheter. Parmi les captifs, Muhammad aperçoit son oncle Abbas, des Banu Hachim de La Mecque, et l'interpelle :

– Si tu refuses de me croire, tu devras payer ta rançon !

Le rusé se plaint et joue le pauvre. Il finira par se convertir et paiera le prix afin d'être relâché. Soudain, le Prophète se fige. Il a reconnu son gendre Abul-As, fils de Rabî, du clan des Abdu Shams.

– Le mari de ma fille Zaynab, souffle-t-il à l'adresse de Aïcha. Un idolâtre qui refuse l'islam et mérite la mort.

Il le toise d'un œil noir et jette d'une voix tranchante :

– Tu peux racheter ta liberté. Envoie quelqu'un pour chercher l'argent.

Il sait que la famille est riche et versera la somme. Que vaut désormais le mariage de sa fille, croyante, avec un païen ? Tandis qu'il réfléchit à ce problème dont dépend le sort de son aînée, la grosse Sawdah se décompose et ne cesse de pleurer. Elle envoie ses excuses, fait amende honorable, implore le pardon. Rien n'y fait. Muhammad reste inflexible. Aïcha, bouleversée, tente de le faire fléchir. Il ne veut rien entendre. Ses Compagnons s'avancent. Abou Bakr, Omar, Uthmân, et les autres. Avec eux, il rejoint le coin tranquille près de la mosquée où se tiennent leurs réunions et reprend en main les affaires de l'État, un embryon qui va se développer.

À l'ombre d'un palmier, la discussion est vive. Aïcha les observe et les écoute avec attention afin de mieux comprendre les préoccupations de son mari. Cette victoire l'investit du pouvoir et met à ses pieds la fortune qui lui permettra d'exercer sa volonté. Il peut organiser une nouvelle manière d'administrer la cité, selon la loi de Dieu. Les prisonniers appartiennent à des familles riches, les rançons seront élevées, le butin important. Un cinquième revient au Prophète qui devra soutenir les pauvres, les orphelins et les voyageurs. Le reste est partagé équitablement entre les combattants. Chacun sera en mesure de verser sa contribution, la *zakat*, pour les besoins de la communauté.

Au long du jour, au milieu de ses Compagnons et de ses fidèles, il analyse la situation, en tire ses conclusions et fixe les projets à venir. Pendant ce temps, dans l'oasis de Médine les hypocrites et les juifs font grise mine. Ils ne peuvent plus se moquer du faux prophète qui vivait d'aumônes.

– Il a vaincu les Quraïch, disent les uns. Les troupes cuirassées de La Mecque étaient trois fois plus nombreuses que les siennes ! Nul n'avait pu les écraser depuis des siècles.

– La forteresse invincible s'est couchée, disent les autres.

La bataille de Badr a fait du Messager un chef puissant. Il possède une armée, et ses guerriers sont bien équipés grâce à la quantité de matériel récupéré sur le terrain. Attirées par la gloire, les tribus du voisinage commencent à affluer, pressées de se rallier et de prêter allégeance. On s'incline devant le succès. Les sceptiques, les incrédules, et ceux qui hésitent dans le camp des christianisants, des hypocrites ou des juifs, devront désormais se méfier. Le Messager ne va pas tarder à les inquiéter. Son Dieu unique, Allah, vient de lui prouver, de façon évidente, de quelle façon Il appuie son Envoyé.

Après la prière du soir qu'il dirige, Muhammad salue à la ronde et s'installe chez Aïcha, heureuse de l'avoir pour une seconde nuit. Sa journée n'a pas été distrayante. Tandis qu'il régentait la ville, elle s'inquiétait de son avenir. La répudiation de Sawdah l'avait impressionnée.

– Un grand chef ne se contente pas d'une seule femme, lui a dit Barrira.

– Les jeux d'alliance imposeront d'autres unions, ont ajouté sa mère et sa sœur.

Elles l'ont mise en garde à maintes reprises. Que deviendra-t-elle, seule face aux étrangères ? Que faire pour que la vieille épouse ne soit pas renvoyée et la protège de son expérience ? Elle avait beaucoup réfléchi et trouvé une solution qu'elle avait aussitôt exposée à Sawdah brisée de désespoir.

L'arrivée inattendue de Muhammad arrange ses plans, d'autant qu'il a l'air de bonne humeur. Il lui annonce qu'il est riche désormais. Il va multiplier les maisonnettes jusqu'à constituer une vaste demeure adossée au mur de l'enceinte. Elle aura plus de servantes, il lui offrira une robe, un collier… Ils devisent amoureusement, s'enlacent et se lutinent quand un coup frappé à la porte les fait sursauter. Entre Sawdah qui écarte la tenture et s'avance face au lit. Muhammad se renfrogne. Aïcha se fait petite et se love contre lui. D'une voix mesurée, hachée par l'émotion, Sawdah demande un pardon que le Prophète lui accorde. Enhardie par ce premier succès, elle continue son discours :

– Ô Apôtre de Dieu, je suis vieille. En te priant de me reprendre pour femme, je ne recherche pas ce que d'autres attendent d'un mari. Ce que je désire, c'est d'être comprise, au jour de la résurrection, dans le nombre de tes épouses lorsqu'elles seront appelées de leur tombe dans le paradis.

Elle s'interrompt pour juger de l'effet produit. Son regard s'attarde sur sa « petite sœur » qui opine en souriant, puis reste stupéfaite lorsqu'elle entend la suite :

– Reprends-moi, ô Envoyé, et les nuits que tu devrais me consacrer, tu les passeras avec Aïcha. Je sais qu'elle est ta préférée.

Muhammad joue avec les cheveux de feu de sa jeune épouse. Ses sentiments pour elle sont particuliers, et chacun le sait. La requête lui va droit au cœur. Relevant le fin visage près du sien, il l'effleure de ses lèvres et murmure :

– Es-tu d'accord ?

En guise de réponse, elle l'embrasse en s'agrippant à son cou et reste serrée contre lui. Elle n'avait pas envisagé la seconde partie du discours, seulement l'histoire du paradis. Elle reconnaît la générosité de Sawdah et lui rendra son geste de gratitude. Pour l'heure, elle est la véritable épouse du Prophète, celle qui partage ses nuits, comme Khadidja autrefois. Elle compte mettre à profit ce temps privilégié de l'exclusivité.

Sawdah, pour sa part, se retire en soupirant d'aise, le cœur et la conscience en paix. Elle est toujours l'épouse du Prophète et peut mourir tranquille puisqu'elle aura sa place dans les jardins d'Allah.

La victoire et le partage du butin ont transformé la vie des Émigrants. Dans l'oasis florissante de Médine, chacun peut s'offrir plus de confort et envisager l'avenir avec confiance. Le mariage est dans l'air. La guerre a fait des veuves, et les jeunes filles ne manquent pas. De nombreuses familles célèbrent des noces. Muhammad n'est pas le dernier à vouloir caser sa progéniture. Tandis que Aïcha lui présente les plats du repas que les servantes ont apportés, il la fait asseoir près de lui et lui confie :

– Pour Oum Koultoum, j'ai mon idée. Son tour viendra plus tard. Commençons par Fatima. Elle épousera Ali qui pense à elle depuis longtemps.

Ce neveu, recueilli du temps de Khadidja afin de soulager l'oncle Abou Talib en difficulté, est devenu un beau jeune homme de vingt ans, converti de la première heure, dont la foi est solide. Il l'apprécie pour son intelligence, sa vaillance et son courage.

– Sais-tu ce qu'elle en pense ? demande la jeune femme.

– Je connais ma fille. Elle l'aime en secret et se languit de l'entendre se déclarer.

– Pourquoi ne le fait-il pas ?

– Il viendra. Je l'encouragerai.

Ali a longuement hésité. N'ayant pu hériter de son père Abou Talib, mort en refusant de se convertir, il n'avait pas de fortune. Les dernières razzias lui ont permis de construire sa modeste maison. Le butin de Badr lui a rapporté une cotte de mailles qu'il a vendue afin de payer la dot. Lui aussi aime Fatima. Depuis plus de dix ans, il a vécu dans son foyer comme un frère. Il l'a vue grandir, s'épanouir, rire et pleurer. Il apprécie son caractère et ses qualités. Pas très jolie, certes, mais elle est la fille du Prophète. D'autres hommes, plus riches que lui, se sont présentés. Sans succès. Un matin d'avril, à l'heure où le Prophète n'est pas encore assailli de soucis, il s'enhardit et se présente chez Aïcha. Muhammad, qui attendait ce moment, lui dit en souriant :

– De quelle affaire veux-tu m'entretenir, ô fils de mon oncle ?

Intimidé, Ali s'incline. Les yeux baissés, il répond dans un souffle :

– Je viens te demander la main de Fatima.

Le Prophète ouvre les bras et lui donne l'accolade,

Aïcha bat des mains en se disant que sa belle-fille lui sera moins hostile quand elle recevra, à son tour, l'amour d'un homme. Le contrat est signé et l'on prépare les festivités. Un bélier est sacrifié, des jarres de blé arrivent des maisons voisines. Les femmes prêtent main-forte et Aïcha, aidée de Sawdah, prend la direction des opérations afin de transformer le logis sommaire du jeune homme en nid douillet. Sur le sol en terre battue, on répand du sable frais de la rivière. Sur les peaux de mouton qui servent de lit, on ajoute une couverture du Yémen en laine tissée dont les rayures sont à peine fanées. En guise d'oreillers, deux coussins de cuir, fourrés de fibres de palmier. Au centre d'une grande natte, Aïcha dispose les mets de viande savamment préparés par Sawdah et ses amies, ainsi que les corbeilles de dattes et de figues qu'elle a décorées, sans oublier les outres qu'elle a remplies d'eau parfumée.

Pour son mariage, il n'y avait rien de cela. Mais le destin l'a récompensée. Ce qui importe, en ce jour, c'est le bonheur de Fatima qui, à seize ans, ne sera plus seule la nuit. C'est aussi la joie du Prophète d'avoir uni deux êtres chers à son cœur. Sur le lit de mort de Khadidja, il lui avait promis de trouver un bon mari pour la petite dernière. Il est heureux de son choix. Après le départ des invités, dans un concert de louanges au sujet des magnificences, il embrasse Fatima en lui disant :

– Je te laisse en dépôt chez celui dont la foi est la plus forte parmi celles des autres hommes. Il est le plus instruit en matière religieuse, le plus vertueux.

– Père, il ne possède rien, laisse-t-elle échapper d'une voix à peine audible. Mes sœurs ont eu des maris plus fortunés.

– Le tien le sera plus encore. C'est un *sayyid*[1] en ce monde. Il sera parmi les gens de bien dans la vie der-

---

1. Un seigneur, un gentleman.

nière. Il est plus érudit que les autres Compagnons, le plus noble de caractère et le premier des mâles à embrasser l'islam.

Si Ali est pauvre, Fatima est loin d'être riche depuis que son père impose à sa famille de vivre de façon modeste et de partager les surplus. Dans son trousseau, elle n'a qu'une robe d'hiver et une robe d'été, un coussin, deux meules, deux outres et quelques produits parfumés. Elle n'aura pas de servante. Elle assumera les travaux domestiques et son mari s'efforcera de l'aider. Sawdah et Aïcha veilleront dans l'ombre et agiront discrètement, afin de ne pas l'humilier ni susciter en elle de jalousie.

Mais la maudite sorcière attend son heure. Les événements les plus naturels ont parfois des conséquences imprévisibles comme la mort subite du gendre d'Omar ibn Al-Khattab. Au début de mai, le compagnon impétueux du Prophète se retrouve avec une fille veuve et fait le tour de ses amis afin de chercher preneur. Il se rend en premier lieu chez Uthmân et lui vante les qualités de Hafsa, jolie femme âgée de dix-huit ans qui a de l'instruction. Comme son père, elle sait lire et écrire. Le veuf éploré refuse :

– Je pense trop à ma pauvre Rûquaya. J'ai besoin de réfléchir.

Déçu et quelque peu blessé, Omar se présente chez Abou Bakr, son meilleur ami. Ce dernier, très épris de Oum Roumane, son unique épouse et mère d'Aïcha, repousse l'offre avec diplomatie. Sa réponse évasive n'en constitue pas moins un refus. Décontenancé, Omar s'entête sur Uthmân, à ses yeux le bon candidat, et se demande à qui s'adresser afin de le persuader de se remarier. Un mot du Prophète, peut-être, et tout s'arrangerait ? Ragaillardi par cet espoir, il s'empresse vers la maison de Aïcha et sollicite un entretien en tête à tête

avec le Maître devant lequel il expose ses soucis.
Muhammad réfléchit, sourit et répond enfin :

– Vois, je te montrerai un meilleur beau-fils que Uthmân, et lui montrerai un meilleur beau-père que toi.

Omar en a le souffle coupé. S'il a bien compris, le
Prophète veut épouser sa fille Hafsa, et donner la
sienne, Oum Koultoum, à Uthmân.

– Qu'il en soit ainsi, déclare-t-il en exultant de joie.

Postée derrière la tenture, Aïcha a saisi ce que vient
d'annoncer Muhammad. Il garde son gendre Uthmân,
en lui donnant Oum Koultoum, la sœur de l'épouse
défunte. Ce compagnon lui est nécessaire et doit rester
dans la famille. Quant à Omar, qui s'est révélé un stra-
tège lucide dans la conduite de la bataille et s'est
brillamment illustré au cœur de la mêlée, il est devenu
indispensable et reçoit le privilège d'entrer à son tour
dans le cercle intime, en devenant, comme Abou Bakr,
le beau-père de L'Envoyé. Pour Aïcha, le point le plus
important de la négociation est cette union qu'envisage
son époux. Cette nouvelle la frappe au cœur qui se
révolte. Pourquoi ne se contente-t-il pas d'une seule
femme comme au temps de Khadidja ? Elle s'accoutu-
mait à le voir revenir auprès d'elle jour après jour et
s'imaginait qu'il se distinguerait des autres hommes en
restant monogame. Il lui faut accepter l'évidence. Une
rivale sera bientôt dans la maison et captivera l'attention
de son bien-aimé. Mille questions assaillent son esprit
torturé par l'angoisse. Une pensée finit par l'obséder :
entretenir le désir de Muhammad afin de n'être pas
délaissée.

– Pourquoi te torturer ? lui dit Sawdah. Tu es la plus
jeune et jusqu'à présent, tu es la seule entrée vierge
dans son lit. Il ne t'oubliera jamais.

– Je lui poserai la question pour en avoir le cœur net.

Plus tard dans la journée, quand il lui parle de ses
décisions pour les prochains mois, elle l'écoute, en maî-

trisant son humeur. Elle se réjouit pour Oum Koultoum
et trouve la force de le féliciter en lui offrant ses vœux
de bonheur avec Hafsa. Il l'écoute d'un air amusé. Il
reconnaît le ton pincé sous les propos désinvoltes, et
devine l'anxiété de sa jeune épouse. Il la prend dans ses
bras et la rassure de ses caresses.

– Comment est ton amour pour moi ? demande-t-elle
à mi-voix.

– Comme le nœud d'une corde.

– Comment est ce nœud ?

– Si serré que nul ne peut le défaire.

Aïcha ferme les yeux et savoure la portée de cet aveu
auquel s'ajoute une précision qui a son importance :
Muhammad devra respecter le délai de veuvage.

Pendant quatre mois, elle l'aura tout à elle, et restera la maîtresse de ses nuits.

11.

Quatre mois ! Une longue durée de bonheur, se dit-elle, en repoussant la vision de leur fin vers un avenir lointain.

Dans la paix qui s'installe, encouragée par la distribution des ressources de la guerre, chacun s'organise pour améliorer la vie au sein de son foyer. La ville répand ses tentacules au-delà des remparts de terre rouge qui festonnent le ciel de leurs créneaux triangulaires entre les tours de guet. Du Yémen, les maçons affluent. Ils sont passés maîtres dans la fabrication des briquettes d'argile qui alternent leurs figures géométriques sur les façades[1]. De nombreuses maisons sortent de terre. Celle du Prophète s'agrandit d'une série de chambres qui relient les deux maisonnettes et s'alignent sur le mur d'enceinte fermant la vaste cour autour de la mosquée. Aïcha en supervise les aménagements aux côtés de son mari auréolé de puissance par sa victoire. Le maître vénéré que chacun salue avec respect, l'Envoyé de Dieu qui leur enseigne une façon de se comporter au sein de la communauté, et assure leur prospérité.

Temps béni qu'elle savoure en régnant sans partage sur la couche de son homme où seul l'archange d'Al-

---

1. Aujourd'hui encore, on peut admirer leur travail ancestral et séculaire dans l'oasis de Tozeur en Tunisie où des Yéménites perpétuent la tradition.

lah les interrompt de ses visites fréquentes, sans omettre de la saluer au passage par le truchement de Muhammad qui la fait participer à leur conversation :

– Gabriel est devant moi, dit-il. Il te salue et te bénit au nom de Dieu.

– Qu'il en soit remercié, répond-elle, et que la bénédiction de Dieu soit sur lui.

Cette présence céleste lui devient familière. Elle la reconnaît par des impressions indéfinissables et se demande pourquoi l'ange demeure invisible à ses yeux. Un jour, peut-être, il se montrera et lui parlera, lorsqu'elle aura reçu les leçons du Prophète pour lequel Dieu l'a fait naître. Épouse choisie, prédestinée, éduquée dès l'enfance à suivre les principes de l'islam. Muhammad lui enseigne la manière de les comprendre et de les appliquer, afin de se soumettre à la volonté d'Allah à chaque instant du jour, et même la nuit quand elle devient son ardente partenaire aux jeux de l'amour.

– Dieu ne nous interdit pas de jouir des bonnes choses dont Il nous a comblés, répète-t-il à maintes reprises. Pourquoi se priver de ce que Dieu a rendu licite ? Le corps humain est une merveilleuse matière capable d'engendrer la pensée. Il faut le laver avec soin, le nourrir modérément en évitant le vin de palme, la bière d'orge et les poisons qui peuvent lui nuire. Dans un corps sain, vigoureux et équilibré, la pensée se développe plus promptement. Chacun sera d'autant mieux armé pour accomplir sa mission à l'égard de lui-même et des autres humains.

Il dit encore :

– Vois-tu, Aïcha, toi aussi tu auras ta mission. Avant cela il te faut apprendre sans cesse. La mienne est de parfaire les qualités morales de l'homme. Ce qui n'empêche pas que Dieu m'ait fait aimer l'amour. La prière me rafraîchit les yeux.

Les oraisons au milieu de la nuit, à la lueur blafarde de l'aube, tempèrent les plaisirs de la chair qui les unissent avec autant d'ardeur dans l'adoration du Tout-Puissant. Aïcha regagne son assurance et ne redoute plus l'arrivée de Hafsa comme un danger. Elle a pris conscience de sa particularité. Épouse bénie de Dieu, elle a en outre l'honneur et le privilège de ne pas effrayer l'ange qui l'a acceptée dans ses conversations avec le Messager, et fera d'elle, au fil du temps, le témoin des révélations.

Certains jours sont barbares. Pour asseoir son autorité, le Prophète se sent obligé d'ordonner l'exécution de deux poètes dont les odes blasphématoires condensent un pot-pourri d'insultes les plus viles à l'égard des Émigrants et de leur Messager. L'un des coupables, un centenaire, est assassiné dans son sommeil. Une vieille crapule éliminée. L'autre, une femme du nom de Açma bint Marwan, a été poignardée dans son lit. Le bébé qu'elle nourrissait est épargné ainsi que ses autres enfants. L'homme de main est du même clan que la victime, les Banu Khatma. Après son forfait, ce croyant de fraîche date avait demandé :

– Ô Envoyé, serai-je puni pour ce que je lui ai fait subir ?

– Deux chèvres ne choqueront pas leurs cornes pour elle, avait répondu Muhammad

Acte odieux, pense Aïcha, mais les écrits étaient criminels par leurs propos orduriers.

– Le blasphème atteint ses limites, avait déclaré le Messager.

La tribu des Banu Khatma ne tardera pas à se convertir, impressionnée par la puissance de l'islam.

Vient ensuite ce jour terrible où Muhammad se trouve frappé à son tour au cœur de sa chair. Devant Aïcha stupéfiée, il éclate en sanglots, les mains tremblantes, lorsque l'un des cavaliers venus de La Mecque pour racheter les captifs, ouvre devant lui un paquet en disant :

– Zaynab, ta fille, envoie cette rançon pour libérer Abul-As, son mari, qui est aussi mon frère.

Sur un tas de pièces d'or et d'argent, brille un collier de perles, rubis et cornalines du Yémen, le bijou qu'il avait offert à Khadidja au temps du bonheur et de l'abondance, et dont elle avait paré sa fille aînée le matin de ses noces. Retour douloureux du passé qui le déchire. Aïcha contemple sa détresse qu'elle ne peut consoler. D'une voix étranglée, il soupire :

– Zaynab a dû se trouver dans une bien grande peine pour ôter de son cou le souvenir de sa mère.

Devant leur Prophète qui pleure, les Compagnons et les fidèles sont saisis d'émotion. L'un d'entre eux, qui détient le gendre prisonnier, lui dit :

– Ô Apôtre de Dieu, nous t'abandonnons ce collier et cette rançon de bon cœur. Renvoie-le à Zaynab, si tu veux, ou emploie-le selon ton plaisir. Nous tous, les croyants, nous te laissons maître de notre part, et nous donnons la liberté à Aboul-As.

Muhammad se reprend et les remercie. Il fait avancer son gendre et lui déclare d'une voix tranchante :

– D'après la loi, ma fille ne peut plus t'appartenir car elle est musulmane et tu es incrédule. Lorsque tu seras de retour à La Mecque, renvoie-moi ma fille.

Il lui rend le collier, l'argent et le fait escorter de deux hommes entre les mains desquels Aboul-As devra remettre sa femme afin qu'ils la ramènent sous bonne escorte à Médine. Bouleversée par cette dureté soudaine de son époux, Aïcha s'écrie :

– Tu vas leur briser le cœur !

– Qu'il se convertisse ! répond-il en la fustigeant d'un œil aussi pointu qu'une dague. Alors, je lui rendrai sa femme. Ma fille a choisi l'islam en suivant l'exemple de sa mère, et ne mérite pas les supplices de la géhenne.

Se tournant vers son gendre, fortement ébranlé, il ajoute :

– Écoute ce qui m'a été révélé : « *Si Dieu reconnaît dans vos cœurs le bien, il vous donnera des biens plus grands que ceux qui vous ont été enlevés.* »

Fidèle à son engagement, Aboul-As renverra sa femme à Médine, puis finira par se convertir pour rejoindre Zaynab, préférant son amour aux fortunes abandonnées derrière lui.

Pendant ce temps, le feu couve dans l'oasis. Le chef des Khazraj, Abdallah ibn Obbaye, fait mine d'adhérer à la nouvelle religion, et s'amuse à comploter avec les chefs des Banu Qaynoqâ. Cette tribu juive d'artisans en orfèvrerie n'est pas la plus puissante, mais peut aligner sept cents soldats dont la moitié est cuirassée. Le Prophète perçoit le danger. Les juifs négligent le pacte signé deux ans plus tôt qui stipulait une sorte d'assistance par la non agression. Aïcha lui remémore les paroles de Gabriel qui le mettait en garde :

– « *Ils feront tout leur possible pour vous ruiner et ils aiment vous causer des difficultés. Leur haine transparaît dans ce qui sort de leur bouche, et ce que leurs poitrines recèlent est pire encore*[1]. »

Par un beau matin ensoleillé de Rajab, premier mois de l'an III[2], le Prophète se rend au marché, au sud de Médine, afin de voir s'ils seraient moins persifleurs et méprisants à son égard, après son succès de Badr. Derrière les Compagnons qui l'entourent, Aïcha et deux cousines habillées en paysannes se sont glissées dans la foule. Le Prophète déambule parmi les étals et laisse entendre à la ronde :

---

1. Coran, sourate 3, La Famille d'Imran, versets 113, 114.
2. Juin 624.

– Prenez garde, fils d'Isaac, la colère de Dieu pourrait vous frapper de la même façon que les Quraïch.

Et la réponse tombe aussitôt :

– Ô Muhammad, ne te laisse pas abuser par cette bataille, car elle a eu lieu contre des gens qui n'avaient aucune connaissance du combat, et c'est pourquoi tu as pu les vaincre. Mais par Dieu, si nous te faisons la guerre, tu sauras que nous sommes des adversaires redoutables. Car la guerre est notre affaire, nous sommes nés pour elle.

Le Prophète garde le silence et se retire. Dissimulées sous leurs châles, Aïcha et ses deux parentes s'attardent pour écouter les commentaires des juifs.

– Vont-ils nous attaquer ? demande une cousine.

– Ils s'imaginent qu'ils ont triomphé par de simples menaces, répond Aïcha, mais l'Envoyé de Dieu rumine sa revanche. Il attend son heure.

Deux jours plus tard, elle revient pour quelques emplettes. Soudain, l'incident éclate : des adolescents juifs assaillent de mots grossiers une Bédouine du clan des Émigrants qui vend les produits de son élevage, près de la boutique d'un orfèvre. Ils lui demandent de lever son voile, ce qu'elle refuse. Pendant ce temps, le bijoutier se glisse derrière elle et fixe la jupe de la musulmane de telle sorte qu'en se levant, elle se retrouve à moitié nue, dévoilant au public la partie inférieure de son anatomie. La pauvre femme atterrée, ne sachant où se mettre, hurle son horreur et son humiliation, redoublant l'hilarité de ceux qui l'insultaient. Un Ansar vient à son aide et se jette sur les offenseurs. Au cours du combat qui s'engage, il tue l'un d'entre eux, avant d'être massacré à son tour. La famille de l'offensée crie vengeance, ainsi que celle du défenseur sauvagement assassiné. Émigrants et Ansars vocifèrent contre les juifs en exigeant le prix du sang. Mais les Banu Qaynoqâ, négligeant le pacte, ne réclament pas l'arbitrage de Muhammad. Ils se réfugient dans leurs forteresses au sud de l'oasis, battent le rappel de leurs sept cents guerriers et demandent l'appui de leurs alliés du clan des hypocrites, afin de prouver à celui qu'ils considèrent comme un intrus, que leurs menaces n'étaient pas vaines.

Mal leur en a pris. Le chef des Khazraj ne bouge pas. Et le Messager, fort d'une nouvelle révélation, oublie le pacte.

« *Si tu crains quelque trahison de certaines gens,* lui a dit Gabriel, *renvoie-leur leur traité, pour établir l'égalité*[1]. »

Sous le regard confiant d'Aïcha qui l'encourage, il revêt sa cuirasse, saisit son sabre et prend la tête de son armée. Mille hommes piétinent, impatients d'entendre les ordres.

– Nous sommes les plus nombreux, rugit-il. Nous allons les massacrer !

Calame en main, Aïcha assiste au départ et note sur un fragment de peau que ce jour est le quinzième du mois de Shawwal de l'an II, et que le drapeau blanc, en tête des troupes, est porté par Hamza qui entonne les chants de guerre :

« Nos âmes sont ta rançon… Nous verserons notre sang pour toi… Nous ne t'abandonnerons pas jusqu'à la mort !… »

Aïcha frissonne. D'une main tremblante, elle écrit :

« Le prince de mes nuits s'en est allé et mon cœur retient son souffle. Jusqu'au retour… S'il plaît à Dieu ! »

Point de sang, point de violence. Muhammad s'est contenté d'encercler les Banu Qaynoqâ terrés dans leurs forteresses. Après deux semaines de siège, déses-

---

1. Coran, sourate 8, Le Butin, verset 58.

pérés de ne recevoir aucun des secours escomptés, ils ont capitulé et se sont rendus sans condition. Les ordres du Prophète devaient être exécutés. La mort pour tous, excepté les femmes, les vieillards et les enfants, condamnés au servage. C'est alors qu'Abdallah ibn Obbaye, le chef des Khazraj, avait surgi dans le camp en suppliant de les épargner. Devant l'indifférence du Messager, il l'avait saisi au collet et, soutenant le regard noir de rage, il avait déclaré :

– Par Allah, je ne te lâcherai pas avant que tu aies traité avec bienveillance mes confédérés. Trois cents hommes sans cuirasse et trois cents avec, qui m'ont toujours protégé des Noirs et des Rouges. Tu les faucherais l'espace d'un matin ? Par Allah, je suis un homme qui craindrait un revirement des circonstances[1].

Le Prophète avait cédé à contrecœur, car l'homme était puissant et possédait les moyens de nuire. Il lui avait accordé leurs vies en regrettant de ne pouvoir appliquer le verset révélé :

« *Si tu l'emportes sur eux dans la guerre, fais-en un exemple afin de jeter la crainte sur ceux qui se tiennent derrière eux, pour qu'ils prennent garde*[2]. »

Il s'était contenté de confisquer leurs biens et les avait laissés partir en exil. Les femmes et les enfants à dos de chameaux, les hommes à pied, ils avaient rejoint une autre tribu juive installée au nord-ouest de l'oasis, laissant aux mains de leurs assaillants un butin considérable. Ni champs, ni vergers de dattiers, mais du bétail et des armes en quantité. Les Banu Qaynoqâ étaient des artisans : forgerons, cordonniers, joailliers, ils tenaient entre leurs mains l'industrie de Médine. La totalité des richesses, amassées à l'intérieur de leurs forteresses,

---

1. Cité par l'historien Tabari dans ses *Chroniques*.
2. Coran, sourate 8, Le Butin, verset 59.

devient la propriété du Prophète qui en garde un cinquième, le reste étant réparti entre ses combattants.

Une fois de plus, Muhammad revient en vainqueur et le cœur d'Aïcha s'emballe quand il fixe autour de son cou un collier d'onyx et de corail de la mer Rouge, et dépose sur la blancheur de son ventre trois sequins d'or. Ils en feront les accessoires de leurs caresses après les ablutions d'usage. Purifié et parfumé, fleurant bon l'ambre et le musc, le guerrier auréolé de gloire s'abandonne aux mains de sa femme qui l'entraîne au royaume de toutes les voluptés.

Au cours des mois qui suivent, les expéditions se succèdent. Un vent de vengeance souffle de La Mecque où les Quraïch complotent leur revanche. Le Prophète s'est doté d'une police implacable et d'espions redoutables qui l'informent de leurs mouvements. Lorsque Abou Soufyan, en personne, vient rôder aux abords de l'oasis, Muhammad s'élance à la tête de ses hommes. Il ne verra des ennemis que les traces de leur fuite, et les sacs contenant leurs provisions de farine, abandonnés sur le sable. Ce sera l'unique butin de cette expédition. Mais après la fête du Sacrifice, au cours de laquelle il va tuer deux brebis de sa main, il s'attaque aux tribus du littoral qui ont pactisé avec les Quraïch, afin de leur assurer le passage de leurs caravanes. Il les soumet une à une, les Soulaym, puis les Ghatafân qui s'inclinent devant sa puissance et adoptent l'islam. Il coupe ainsi les routes qui conduisent à La Mecque, ruine le commerce de la ville et condamne les fiers Quraïch à la misère.

— À ta manière, dit Aïcha, tu leur fais payer les souffrances du bannissement de ta famille.

— Et la mort de Khadidja qui en avait découlé, ajoute Muhammad d'une voix amère.

Il fera tuer un autre poète, Ka'b, fils d'Aschraf, un juif très riche de la tribu des Banu Nadhîr, dont il avait

essuyé les injures. Puis ce sera le tour de Sallâm, le chef
des juifs de Khaïbar, grand ami de Ka'b. Lui aussi com-
posait des satires contre le «menteur et spoliateur». Il
sera assassiné dans son château.

La terreur se répand autour de Médine. Dans les quartiers juifs, on tremble devant les hommes du Messager
qui exterminent les gens jusque dans leurs maisons for-
tifiées. Et l'on court en foule devant sa porte pour faire
la paix. Il est, sans conteste, l'homme fort de la région.
On ne sait par quelle magie, il voit tout, sait tout. Malheur à celui qui ne respecte pas sa loi, dictée par Allah.
Une fois de plus, il prouve l'étendue de sa puissance en
faisant intercepter une caravane conduite par des
Quraïch qui espéraient échapper aux embuscades sur les
routes de la côte, en passant par la Mésopotamie. Dans
le désert truffé de ses guetteurs, les Compagnons fidèles
s'abattent comme un vol de vautours sur une cargaison
que La Mecque attendait comme la gorgée d'eau qui
sauve de la mort.

Ce butin inattendu vient grossir le trésor de la communauté. Les denrées s'empilent dans la maison du Prophète. Aïcha en dresse la liste avant de les redistribuer.
Chaque matin, sur un long banc de pierre qui longe le
portique de la mosquée, se pressent les nouveaux arrivants qui n'ont ni toit, ni moyens de subsistance. On les
appelle les «gens de la banquette», et ils sont nombreux. Ces réfugiés indigents viennent de toutes les
directions, attirés par le message de l'islam et la réputation de l'Envoyé qui a touché toutes les tribus de l'Arabie. Les secourir, les aider, les soigner, est le rôle dévolu
par Muhammad à ses épouses, à ses filles et aux femmes
de la communauté désireuses d'appliquer les règles de
charité imposées par Allah, et de plaire au Messager qui
a coutume de déclarer :

– La nourriture d'un seul suffit à deux personnes,

celle de deux suffit pour quatre, et celle de quatre suffit pour huit.

Et lorsqu'il rencontre un pauvre, il le réconforte en lui disant :

— Va voir Aïcha. Elle te donnera un panier de grain.

Fatima, escortée d'Ali, ose un jour lui exposer ses difficultés matérielles et lui demande une part du butin afin de soulager sa misère. Il lui répond :

— Non ! Par Dieu ! Je ne peux pas vous donner à vous et laisser les « gens de la banquette » souffrir de la faim parce que je n'aurai rien dépensé en leur faveur.

À la tombée de la nuit, une nuit froide et glacée, Muhammad, pris de remords, se rend chez sa fille et frémit de pitié en la voyant serrée contre son mari sous une couverture trop étroite pour leur couvrir les pieds.

— Voulez-vous que je vous informe au sujet de ce que vous m'avez demandé ? dit-il. Voici les paroles que Gabriel m'a apprises. Vous devrez dire « Dieu est le plus grand », dix fois, puis « Louange à Dieu » dix fois, puis, dix fois encore, « Gloire à Dieu ». Quand vous retournerez dans votre lit, vous répéterez ces mêmes prières trente fois chacune. Ainsi vous viendrez à bout de vos difficultés et de vos fatigues.

Il rentre chez lui, le visage illuminé. Aïcha s'étonne de cette gaîté soudaine. Il s'écrie :

— Comment veux-tu que je ne sois pas content alors que je viens de réconcilier les deux personnes que j'aime le plus après toi ?

Chaque jour, obéissant aux instructions de son époux, Aïcha puise dans les réserves accumulées et se dépense sans compter à répandre un peu de réconfort. Pratiquer l'aumône, comme se battre pour la défense de l'islam, est un moyen sûr d'entrer au paradis. Les journées, en l'absence de son aimé, ne laissent aucune place à l'ennui.

Les mois sacrés apportent un peu de répit. Le mois de Ramadan calme les esprits par son jeûne salutaire. On ne se bat plus, on prie et l'on se purifie. C'est alors qu'une naissance met la ville en effervescence. Fatima donne le jour à un garçon. Le Prophète est grand-père, et tout le monde accourt pour le féliciter. *Mabrouk!* *Mabrouk!* Il prend la main d'Aïcha et court chez sa fille pour voir le bébé. Il le serre dans ses bras, en pleurant de bonheur, et lui dit au creux de l'oreille :

– *Ahlan, Ahlan,* bienvenue petit al-Hassan. Que Dieu te bénisse et te protège.

Aïcha en est bouleversée et pleure à son tour en pensant qu'un jour elle lui offrira cette même joie en lui donnant un héritier. Pour l'heure, elle est trop jeune pour enfanter. Cette naissance la tourmente quand elle voit son époux s'empresser autour du nouveau-né et couvrir sa fille Fatima de mille compliments. Une curieuse impression l'envahit. Un mélange de tristesse, d'envie, et la peur d'être mise à l'écart. Avec cet enfant, Muhammad sera plus souvent chez sa fille. Que lui restera-t-il quand il y aura une autre femme dans la maison ? L'arrivée de Hafsa se précise. L'Envoyé a décidé de se marier dans les premiers jours du mois suivant. Les travaux de la maison sont terminés. La chambre de la future épouse est prête. Omar a prévu un festin, Sawdah la console :

– N'aie crainte. Elle va le garder quatre jours. Après, tu l'auras deux nuits de suite quand elle n'en aura qu'une.

– Quatre jours et quatre nuits à imaginer leurs caresses et leurs roucoulades ? J'en deviendrai folle.

– Il faudra bien l'accepter, petite sœur. C'est la coutume. Nos hommes ne la changeront pas.

Aïcha se raisonne en se disant qu'elle a déjà eu beaucoup de chance. Depuis le retour de Badr, depuis une année entière, elle était l'unique épouse du Prophète à partager sa couche chaque nuit, entendre les révélations, écouter de nombreux entretiens. Il lui avait attribué une servante, mais elle seule cuisait son pain, préparait sa bouillie d'orge, lui lavait les pieds et les cheveux. Désormais, l'autre épouse partagera cette prérogative. S'en acquittera-t-elle aussi bien ? Toute la nuit qui a précédé les noces redoutées, Aïcha s'est donnée jusqu'au plus intime de sa chair, le couvrant de caresses les plus savantes, de baisers les plus fous.

— Lumière de mes yeux, murmurait-elle, prince de mon âme, m'aimeras-tu encore autant que je t'aime ?

— Aïcha, ma Vivante, aussi pure que l'aube, aussi fraîche que la nuit ! J'aime ta peau claire et tes grands yeux sombres. Pourquoi tant de craintes ? Ce mariage n'est pas la fin du monde. Une alliance politique m'est nécessaire. Tu resteras ma préférée, celle que Allah m'a montrée en songe, enveloppée de langes entre les mains d'un ange. Jamais je ne t'oublierai.

— Alors, promets-moi une chose, Envoyé de Dieu. Si Gabriel vient te parler quand tu seras avec ton autre femme, ne dis rien de ce que tu entendras. C'est à moi que tu les répéteras, afin que je puisse les retenir. À tout moment et en toutes circonstances, je veux réciter le Coran depuis les premiers versets que tu as reçus dans la grotte de Hirâ. Réserve-moi la faveur de partager avec toi ces moments privilégiés de la révélation.

— Marché conclu, a-t-il répondu en riant.

Son engagement lui réchauffe le cœur. Elle ne sera pas la seule épouse, mais elle aura sa place à elle, que nulle autre ne lui enlèvera.

Pendant quatre jours et quatre nuits, Aïcha tourne en rond dans la pénombre silencieuse tandis que de l'autre côté du mur, dans la pièce mitoyenne, son époux bien-aimé reçoit les faveurs de la coépouse, sa rivale. Elle a vu la mariée franchir le seuil de sa chambre, enveloppée de voiles pourpres et nacrés dont s'échappaient de grands pieds aux chevilles épaisses, ornées de bracelets clinquants. Se rapprochant du mur, elle peut entendre les soupirs étouffés entrecoupés de rires. Son cœur se déchire. Elle se jette sur sa couche délaissée, afin d'y retrouver les odeurs des derniers ébats, les parfums de musc et d'ambre de l'époux absent tandis que ses mains cherchent désespérément la tiédeur du corps désiré. Des images cruelles hantent son esprit, créées par son imagination, inspirées par cette sorcière qu'est la jalousie. Elle ne mange plus, ne dort plus, ne boit plus, demeure prostrée, inerte au creux du nid des plaisirs où revivent les souvenirs des heures de volupté.

Inquiète de cette retraite prolongée, Sawdah vient la secouer :

– Aucun homme ne vaut la peine de se laisser mourir pour lui. Pas même pas le Prophète, que Dieu ait pitié de lui. Il est comme les autres. Il aime les femmes et redoute les drames. Regarde-toi, petite sœur. Tu as l'air d'un chiffon plein d'ennui. Ressaisis-toi. Fais-toi belle, plaisante et ris. Il aime ta fraîcheur, ton aplomb et tes réparties piquantes. Ainsi tu l'étonneras et le retiendras. Oui, surprends-le et montre-toi forte. Et d'abord, nourris-toi.

Elle lui tend la bouillie d'orge au lait et au miel qu'elle lui a préparée, l'aide à ranger son logis et masse de ses doigts agiles l'épaisse chevelure aux reflets de cuivre qu'elle agrémente de perles et de rubans.

– Ton supplice est terminé, ajoute-t-elle en chantonnant. Ce soir, tu auras ton soleil, et tu seras la reine de la nuit.

Aïcha découvre alors l'étonnante duplicité de l'homme qui s'ébroue comme un cheval lorsqu'il franchit le seuil du logis familier, prêt à reconquérir l'épouse délaissée qui l'entoure de mille séductions afin de retrouver la préférence et le garder dans son lit.

– Aïcha, y a-t-il quelque chose à manger ? demande-t-il de son ton habituel, ironique et joyeux.

– Es-tu si affamé ? répond-elle. Je le suis, et tu auras tes mets favoris.

Un sourire effleure ses lèvres, et ses grands yeux sombres l'inspectent de la tête aux pieds. La femelle reprend possession de son mâle et dit d'une voix douce qui le met en confiance :

– Tout va bien avec Hafsa ?

– Petite diablesse aux cheveux rouges, s'écrie-t-il, en la basculant au milieu des coussins. Tu meurs de curiosité. Mais tu ne sauras rien. J'ai faim de toi et tu me rends fou.

Plus tard, après la fougue des premiers assauts, il finit par lui avouer :

– Elle n'est pas aussi jolie que toi et son caractère est abrupt. Son arrogance est déplaisante. Mais elle ne manque pas d'intelligence.

– Donc, tu l'aimes bien.

Elle le caresse de son regard malicieux, et ajoute :

– Si tu avais deux lopins de terre, l'un labouré et l'autre pas, tu labourerais lequel des deux ?

– Celui qui n'est pas labouré.

Sur un ton de triomphe, elle s'écrie alors :

– Je ne suis pas comme tes autres femmes. Toutes étaient mariées à d'autres hommes, sauf moi.

Muhammad sourit et la prend comme on s'attarde dans la fraîcheur d'une rivière parfumée.

12.

Au matin, tandis que le Prophète s'est rendu à la mosquée, Abou Bakr vient surprendre Aïcha occupée à ses travaux ménagers. Il la félicite sur sa bonne mine et lui explique :

– Hafsa ne te vaut pas. Soyez amies, comme Omar et moi nous le sommes. D'autres femmes viendront. De quels clans seront-elles, de quelles tribus ? Nous devons nous unir. Tant que tu tiendras le cœur de ton mari, nous aurons l'avantage.

Elle hoche la tête en signe d'acquiescement. Les intérêts de la famille... Depuis son enfance elle avait appris à en être solidaire, afin de les préserver. N'ont-ils pas rompu ses fiançailles avec le jeune Djobaïr et décidé de son mariage avec le Messager de Dieu dont l'avenir était plein de promesses et offrait de brillantes perspectives à ceux qui le suivaient ? Son père l'a bien guidée, puisqu'elle est aujourd'hui l'épouse d'un homme puissant qui, avec l'aide de Dieu et de son armée, régnera bientôt sur l'Arabie. Un homme qu'elle aime à la folie et qu'elle retrouvera au paradis. Il le lui a promis.

Cette assurance la réconforte et lui permet d'affronter avec sérénité les épreuves qui se présentent. Lorsque Hafsa, escortée de Sawdah, vient gratter à sa porte pour une visite de présentation, elle l'accueille avec sympathie, d'autant que la rivale a l'air aimable et le regard mutin. Assez grande et charpentée, elle n'est pas une réelle beauté, mais elle est jeune, dix-huit ans à peine, plus agile et plus animée que la grosse Sawdah. Dès les premiers mots de la conversation qui s'engage, Aïcha note le fort caractère, aussi impétueux que celui de son imposant géniteur, et un esprit éveillé, prêt à toutes les espiègleries. Les rires fusent. Potins et bavardages les entraînent dans une ronde de fables et de récits. La vie de Hafsa est riche d'expériences qui lui ont donné un sentiment de supériorité qu'elle tente de maîtriser. Autour d'un verre de lait et de petits gâteaux à la pâte de dattes et d'amandes, la fille d'Omar raconte sa courte lune de miel, analyse les qualités et les défauts de leur mari commun et déclare que le mieux est de s'entendre entre coépouses.

– À la vie, à la mort ! déclarent-elles en se serrant la main.

– Et moi, qu'est-ce que je deviens ? demande Sawdah. Allez-vous me délaisser ?

– Tu nous serviras de duègne et de conseillère, répondent les jeunes complices en riant.

Les trois femmes s'enlacent en se promettant aide et protection. Aïcha n'a plus d'inquiétude. Elle a une amie plus proche de son âge, quelqu'un à qui parler, qui partagera ses enthousiasmes et ses incertitudes. Quand Muhammad rejoindra ses Compagnons afin de résoudre les problèmes de la communauté, elle ne sera plus seule. Dans le harem, la paix va régner.

Au-dehors, il n'en est pas de même. Ce soir-là, à l'heure où le soleil se couche, le Prophète est nerveux lorsqu'il revient chez Aïcha qui bénéficie d'une deuxième nuit, grâce au don de Sawdah. Il tient à la main une lettre qu'un messager de son oncle Abbas lui a apportée en toute diligence, et grommelle en arpentant la pièce :

– La Mecque nous attaque. Trois mille hommes, sept cents guerriers en armes, deux cents cavaliers et près de quatre mille chameaux en comptant ceux qui portent les bagages et les litières des femmes.

Saisie de stupeur, Aïcha ouvre de grands yeux et rétorque vivement :

– Ils emmènent leurs femmes ? Elles vont se battre ?

– À leur manière, elles vont chauffer les hommes de leurs cris de vengeance et de leurs complaintes pour leur père, frères et maris morts à Badr. Les Quraïch et leurs partisans ont mobilisé de tous côtés, afin de prendre leur revanche. Une immense armée s'est mise en marche avec Abou Soufyan en tête. Elle approche de nos portes.

– Que vas-tu faire, ô Envoyé de Dieu ?

– C'est une décision grave. J'ai besoin de réfléchir.

Après avoir avalé un morceau de pain et un bol d'eau, il se met en prière une grande partie de la nuit, et s'endort, la tête posée sur le ventre de Aïcha, en espérant une révélation de Gabriel. Il n'aura qu'un rêve qu'il lui racontera dès son réveil :

– Je portais une cotte de mailles et je montais un bélier. Je brandissais une épée dont la lame était ébréchée. Autour de moi des vaches, qui m'appartenaient, étaient sacrifiées sous mes yeux.

– Ce n'est pas un rêve, c'est un cauchemar, lui dit-elle. Je n'en vois pas la signification, mais il ne me plaît pas. Il sent le malheur.

Au matin, lorsque résonne la voix de Bilal, dans la blancheur de l'aube, des hommes armés entrent par petits groupes dans la cour de la mosquée, prêts à répondre aux ordres du Maître. La rumeur s'est répandue dans la ville. Les éclaireurs envoyés aux nouvelles confirment la lettre de l'oncle Abbas des Banu Hachim, celui qui s'était converti pour économiser sa rançon et se conduit soudain en défenseur de l'islam. L'un après l'autre déclare :

– Il dit vrai. Les forces ennemies avancent en multitude sur Médine. Les Quraïch de La Mecque se sont ralliés des centaines de Thaqîf et de Kinânas. Dans deux ou trois jours, ils seront en vue.

Des sentinelles ont pris place sur les murs fortifiés et montent la garde. Pendant ce temps, on fait de la place dans la ville pour les habitants des villages de la périphérie ainsi que pour leurs animaux. Nul ne sera laissé au-dehors. Les trois épouses du Prophète recensent les provisions amassées dans un entrepôt contre l'enfilade des maisonnettes. Chacun se demande avec terreur quelle sera la décision de l'Envoyé. Quand le soleil s'élève au-dessus des toits, la cour est envahie de fidèles, Émigrants et Ansars, Aws et Khazrajs. Au milieu de la mosquée, Muhammad tient conseil. Tout le monde peut l'entendre quand il raconte son rêve et en donne sa propre interprétation :

– La cotte de mailles, invulnérable, c'est Médine. L'ébréchure sur mon épée est un coup porté contre moi. Les vaches sacrifiées sont quelques-uns de mes Compagnons qui seront tués ; quant au bélier que je chevauchais, c'est le chef de l'escadron ennemi que nous abattrons si Dieu le veut !

Une onde parcourt Aïcha. Désir de victoire, certes, dominé par le désir de cet homme qui explique, décide, ordonne, devant qui tous s'inclinent. Il reçoit de Dieu la sagesse et le pouvoir. Et cet homme est le mari qui prend du plaisir dans la tiédeur de son corps et s'abandonne entre ses cuisses. Elle le devine et partage ses secrets les plus intimes. Cette pensée éveille en elle le sentiment de n'être pas comme les autres personnes de la communauté. N'est-elle pas l'épouse préférée du Prophète ? À ce titre, elle mérite, elle aussi, une part de considération et de respect. Après un silence, Muhammad reprend :

– À la lumière de ces éléments, je pense qu'il ne faut pas sortir de la ville. Nous soutiendrons le siège à l'abri des murailles. Que chacun donne son avis.

Abdallah ibn Obbaye, chef des Khazrajs et du clan des hypocrites, se lève alors pour déclarer :

– Notre ville est une vierge qui n'a jamais été déflorée à notre corps défendant. Jamais nous n'en sommes sortis pour attaquer un ennemi sans avoir subi de lourdes pertes. Et jamais un ennemi n'y a pénétré contre notre gré et sans dommages pour lui. Laisse-les là où ils s'arrêteront, ô Envoyé de Dieu. Tant qu'ils resteront sur place, leur situation sera misérable. Ils s'en retourneront dans le découragement et la frustration car ils n'auront pas atteint leur but et n'auront gagné rien de bon.

Un grand nombre de gens approuve. Muhammad répond alors :

– Restez à Médine. Mettez les femmes et les enfants dans les fortins.

En compagnie de Sawdah et de Hafsa qui l'ont rejointe, Aïcha se rassure. Ils résisteront ensemble, chacun à sa place et nul ne ressentira l'angoisse de ne rien savoir. Elle se souvient de Badr et de ses longs jours d'attente sans nouvelle de la bataille. Son soulagement est de courte durée. Ali, Omar, Zobayr, le mari de Asmah, l'oncle Hamzah et d'autres Compagnons qui se sont battus à Badr se lèvent pour protester.

– Ô Apôtre de Dieu, s'écrie Omar, cela n'est pas juste ! Nous ne pouvons rester chez nous quand l'ennemi arrive à nos portes. Nous serions des objets de mépris. Conduis-nous hors de la ville, sus à l'ennemi. Nous leur ferons voir que nous savons nous battre comme à Badr !

Divers groupes de l'assistance applaudissent. Des jeunes qui rêvent d'en découdre en portant haut le nom d'Allah. Uthmân, le gendre frustré, humilié de n'avoir pu s'illustrer d'un acte glorieux. Soudain, au premier rang, Hamzah, auréolé de ses exploits, se dresse au-dessus de la foule qu'il domine de sa puissante stature et déclare :

– À Badr, tu n'avais que trois cents hommes, et Dieu t'a donné la victoire. Maintenant nous sommes nombreux. Nous avons attendu cette occasion et prié Dieu de nous l'envoyer. Et voici qu'Il nous l'a conduite jusqu'à notre porte.

Des acclamations s'élèvent de l'assemblée. Un Ansar, de la tribu des Khazrajs prend la parole :

– Ô Envoyé de Dieu, il y a devant nous l'une et l'autre de deux bonnes choses : soit Dieu nous fait triompher comme nous le souhaitons ; soit Dieu nous donne le martyre. Quant à moi, je me soucie peu de ce qui m'échoira, car, en vérité, il y a du bon des deux côtés.

La majorité veut aller au-devant de l'ennemi. Muhammad décide de passer à l'attaque. À tous les hommes il donne l'ordre d'aller se préparer. Les trois épouses se regardent d'un air consterné, baissent la tête et s'en retournent, chacune dans son foyer.

Deux jours plus tard, les forces ennemies en vue plantent leurs tentes dans la vallée qui longe les prairies fertiles, à moins d'un parasange de Médine.

– Le campement est aussi vaste qu'une ville, dit un guetteur venu donner l'alarme.

Du haut des remparts, côté nord, des paysans ont vu les troupeaux de chameaux et de chevaux piétiner les champs d'orge et brouter les tiges encore vertes, ruinant les récoltes avant la moisson. À l'heure de midi, le vendredi, une foule dense emplit la mosquée pour entendre le Prophète. Il parle de la guerre sainte, de ce qu'elle exige d'efforts et de sacrifices. À ceux qui restent fermes et résolus, il promet la victoire et demande à tous de s'habiller pour le combat.

Encadré par Abou Bakr et Omar, il se rend chez Aïcha qui se lamente dans les bras de Hafsa. Sous leurs yeux effrayés, les deux Compagnons aident le Prophète à se revêtir de sa cotte de mailles et d'un plastron serré à la taille par un ceinturon de cuir. Autour de son casque, il enroule un turban de coton noir, passe son bouclier qui lui pend sur le dos et ceint son épée. Fin prêt, il se redresse. Son regard passe sur Hafsa avec un sourire avant de se fixer sur Aïcha. Ultime regard de connivence et de complicité.

– Dieu te bénisse, dit-elle lorsqu'il passe devant elle.

Un frisson lui parcourt l'échine et lui serre les entrailles. Elle voudrait crier pour l'arrêter, émerger du cauchemar qui la hante, « L'épée ébréchée, les vaches égorgées »… La peur lui glace le ventre. Va-t-il revenir ?

Dès qu'il franchit le seuil, il est assailli par des jeunes gens qui regrettent de l'avoir poussé à modifier sa décision :

– Ô Envoyé de Dieu, il ne nous appartient pas de te faire opposition en quoi que ce soit. Si tu hésites à partir, nous nous soumettons à ta volonté. Reste si tu le veux.

– Il ne sied pas à un Prophète, quand il a revêtu son armure, de la déposer tant que Dieu n'a pas jugé entre lui et ses ennemis. Tenez-vous-en à ce que je vous ai ordonné. Faites-le et avancez au Nom de Dieu. La victoire sera vôtre si vous êtes fermes !

Blottie dans l'ombre de sa porte, Aïcha écoute chacun de ses mots et observe ses gestes tandis qu'il fixe des bannières sur trois lances, une pour les Aws, une pour les Khazrajs et une pour les Émigrants. Il enfourche son cheval, met un arc à son épaule et saisit son sabre qu'il dresse vers le ciel en criant :

– *Allah Akbar* !

La foule reprend en chœur, et la troupe s'ébranle. Les Compagnons le suivent à deux pas, précédant le millier d'hommes qui avancent au rythme des chants guerriers. Sur un carré de peau, Aïcha note à la hâte :

« En ce vendredi, septième jour du mois de Schawwal de l'an III, le Prophète, escorté de sa grande armée, sort de Médine, bien décidé à nettoyer la terre des infidèles qui le menacent et refusent le Dieu unique. »

Elle range son calame, se purifie d'une ablution et se met à prier afin de ne pas donner prise à la peur. Malgré les assurances des uns et des autres, partis confiants et conquérants, le sombre pressentiment ne la quitte pas. Ses craintes redoublent lorsqu'elle apprend qu'à deux lieues de la ville, le chef des Khazrajs, grand maître des hypocrites, s'en est retourné avec ses trois cents hommes, abandonnant le Prophète en déclarant :

– Je ne sais où je vais. Il ne faut pas suivre un homme qui rejette l'avis des sages pour écouter celui des enfants. Je n'irai pas à la mort gratuitement. Je retourne à Médine.

Hors du périmètre de la cité médinoise le pacte ne s'appliquait plus.

– Il ne s'agit point de défense, a-t-il expliqué pour se justifier. Nous n'avons que faire d'une attaque menée pour satisfaire des têtes brûlées et l'ambition personnelle du Prophète. En ce cas, nous ne lui devons rien.

Ignorant l'hypocrite, plus proche de l'infidélité que de la croyance, Muhammad a poursuivi sa marche en disant :

– Dieu est avec nous, cela suffit !

Commence alors pour Aïcha le supplice d'une attente d'autant plus difficile à supporter que nul ne sait combien de temps elle va durer. À la différence de Badr, le champ de bataille est tout près : dans la plaine sous la montagne d'Ohod, à la sortie du défilé du même nom. Quelques intrépides, trop jeunes pour combattre avec le Prophète, se glissent vers le théâtre des opérations et se cachent au sommet d'un piton rocheux d'où ils assistent au spectacle de la guerre.

Peu après midi, le samedi, deux d'entre eux sont revenus en courant et entrent dans la cour de la mosquée où de nombreux habitants se sont rassemblés pour prier. Exténués de fatigue, ils ont assez de force pour annoncer les premiers succès. Ils ont observé les armées face à face, les combats singuliers et la mêlée qui a suivi. Sur le versant du mont Ohod, le Prophète avait fait dresser sa tente et planter son étendard. Ils l'ont vu lever son sabre vers le ciel invoquant les secours divins.

– Badr se répète, dit l'un. Les croyants sont les moins nombreux mais ils repoussent les milliers de guerriers ennemis.

– Oui, reprend l'autre, je vous le dis selon le témoignage de mes propres yeux. Leurs femmes hystériques dansent et crient en frappant sur les tambours pour les forcer à se battre, mais ils reculent et s'enfuient. Nous avons la victoire, mes frères. Réjouissez-vous ! Le butin sera considérable.

On se congratule, on s'embrasse, on court vers les remparts afin d'assister au retour des vainqueurs. De la maison de Sawdah, Les épouses du Prophète ont écouté. Hafsa s'est empressée vers sa chambre afin de s'apprêter pour une nouvelle nuit de noces avec l'époux glorieux. Aïcha reste songeuse et regagne son logis avec une sensation de malaise qu'elle tente de comprendre. Si la victoire est réelle, pourquoi Muhammad n'a-t-il pas envoyé son propre messager ?

Le soir tombe et la ville retient son souffle. Un chamelier galope vers les murs. La nouvelle se répand à la vitesse de l'éclair en provoquant un immense cri de douleur :

– Le Prophète est mort ! Tout est perdu !

Aïcha s'effondre dans les bras de sa servante :

– Sans lui, je ne pourrai vivre, souffle-t-elle avant de s'évanouir.

Un silence impressionnant s'abat sur la ville. Dans chaque maison, on tremble et on pleure. On se terre, imaginant avec frayeur les conséquences du désastre annoncé. Revenue à elle, Aïcha s'est recroquevillée sur sa couche, dans le coin le plus sombre, et marmonne ses prières en se tordant les mains pour juguler la douleur.

– Lumière de mes yeux, murmure-t-elle inlassablement, vers toi je veux aller !

Au milieu de la nuit, un cavalier saute à terre devant sa porte et demande à la voir.

– De la part de l'Envoyé, dit-il.

Aïcha a reconnu sa voix et bondit hors du lit.

– Faites-le entrer ! ordonne-t-elle aux servantes.

Enroulée dans une abaya de laine drapée sur sa chemise, elle s'avance vers lui, le cœur à la dérive.

– Nous avons perdu la bataille, explique-t-il, mais il est vivant.

– Dieu soit loué, répond-elle en levant les mains vers le ciel. Que s'est-il passé ? Raconte, je t'en prie.

– La cavalerie ennemie l'a renversé près de sa tente. Il a roulé dans un fossé, ce qui l'a sauvé de la mort. Il s'est retranché à l'abri, sur les hauteurs du défilé, et reprend des forces avant de rentrer.

– Est-il blessé ?

– Une dent cassée et une profonde entaille dans la joue.

– Que Dieu soit béni de l'avoir protégé, s'écriet-elle en pleurant de joie. Sa mission n'est pas terminée.

Elle s'habille en hâte et envoie les servantes propager la nouvelle. Au petit matin, plusieurs dizaines d'habitants franchissent la porte nord de la ville et s'enfoncent dans le désert. Parmi eux un groupe de femmes drapées de blanc qui se précipitent vers le champ de bataille afin d'y retrouver leurs hommes, vivants ou morts. Aïcha occupe le premier rang, anxieuse de rejoindre son blessé. Près d'elle, la tante Safiyyah qui veut revoir le corps de son frère Hamzah, abattu en plein combat. Elle ne pleure pas et rythme sa marche en récitant le verset :

« En vérité nous sommes à Dieu, à Lui nous retournons ! »

Leçon de courage et de sang-froid pour Aïcha qui ne crie pas, ne défaille pas quand elle découvre son mari défiguré par l'entaille profonde dans sa joue. Elle se jette dans ses bras et ferme les yeux pour entendre les battements de son cœur contre le sien. Les doigts aimés fouillent ses cheveux. D'une voix douce, il murmure :

– Pourquoi es-tu venue, ma gazelle ? Tu es trop jeune pour voir tant de tristesse.

– J'ai eu si peur de t'avoir perdu ! Mais tu es là, vivant. Je ne crains plus rien. Montre-moi ce qui s'est passé.

Muhammad prend la main d'Aïcha et l'entraîne vers la plaine où gisent les combattants de l'islam. Certains sourient, la plupart sont éventrés, affreusement mutilés par les femmes des Quraïch qui ont coupé les nez, les oreilles et les testicules pour s'en faire des colliers. On a vu Hind, l'épouse d'Abou Soufyan, arracher le foie de Hamzah qui avait tué son père à Badr, et en mordre un morceau qu'elle a recraché. Elle avait juré de se venger de la sorte. Son vœu macabre s'est accompli. Devant tant d'horreurs, Aïcha reste stoïque et ferme. Muhammad, fort ému, répète un verset révélé après Badr. Dès les premiers mots, elle le reconnaît et récite avec lui :

« *Ne dites pas "ils sont morts", de ceux qui ont été tués sur le sentier de Dieu, car ils sont vivants, bien que vous n'en ayez pas conscience… Sur ceux-ci s'étendent* » *les bénédictions de leur Seigneur. Ils sont les bien guidés*[1]. »

Elle sait désormais ce que signifie le martyre au nom de Dieu. Devant ses yeux, les images se fixent à jamais.

Sous le ciel obscurci par le vol des vautours, le spectacle est atroce. Sur la terre ocre, rougie de sang et de lambeaux de chair, les silhouettes fantomatiques des femmes en abayas de coton blanc errent çà et là entre les chevaux transpercés de flèches et les chameaux entaillés sur un lit de lances brisées. Elles examinent les cadavres défigurés afin de reconnaître leurs morts. Leurs cris stridents jaillissent de leurs poitrines soulevées par la douleur autant que par la colère. Après la révolte, vient la soumission devant l'inéluctable : on gémit, on sanglote en disant adieu au vaillant combattant qui a rejoint les rivières parfumées du paradis d'Allah.

Un vent lugubre souffle sur la plaine, emportant avec lui les plaintes des blessés qui montent comme une symphonie mortuaire en l'honneur de ceux que l'on va ensevelir. Soixante-douze fidèles ont perdu la vie, plus de cent s'y accrochent, appellent au secours et manifestent leur soulagement lorsque des visages familiers se penchent sur eux et que des mains pansent leurs plaies. Dans ce tableau macabre, les hommes valides ont l'air de revenants. Eux aussi portent les marques de la lutte sans merci, et dans leurs regards attristés se lit encore l'horreur d'avoir affronté avec tant de violence et de rage leurs parents incrédules, des fils, des cousins qui s'obstinent à refuser le Dieu unique et son Envoyé. La foule venue de Médine s'agglutine autour du Prophète, attendant un mot de lui. Omar prend la parole et raconte sur un ton saccadé :

– Lorsqu'ils ont cru qu'ils avaient tué le Messager, ils ont chanté les louanges de leurs divinités : « *Yâ al*

---

1. Coran, sourate 2, La Vache, versets 151, 152.

Uzzat, Yâ al Hobal!» Et quand, un peu plus tard, ils ont reconnu leur méprise, leurs imprécations ont à nouveau retenti. Ils voulaient reprendre le combat et nous débusquer dans nos positions de repli. Mais au coucher du soleil ils ont subitement levé le camp, et notre Prophète s'est écrié : «Par Dieu, s'ils attaquent Médine, je combattrai aussi longtemps qu'un poil remuera sur ma peau!»

Ali s'avance et poursuit le récit :

– C'est alors que le Messager m'a appelé et m'a demandé de regarder quels animaux ils avaient enfourché. Du haut de notre montagne, je les ai vus sur leurs chameaux. Ils rentraient chez eux, à La Mecque, en tenant leurs chevaux par la bride. Je n'ai pu m'empêcher de hurler «Victoire!». Abou Soufyan est revenu sur ses pas pour nous déclarer de sa voix forte : «Vous n'avez pas à vous vanter. L'année prochaine, à la même époque, rendez-vous à Badr! Nous viendrons vous montrer comment on triomphe!»

Prostré au milieu de l'immense désolation, Muhammad sort de son silence pour dire d'une voix grave :

– Dieu nous a fait éprouver une affliction après l'autre. Mais Allah est au-dessus de Hobal. Il est le plus puissant.

Transie d'effroi devant les dépouilles horriblement mutilées, Aïcha, qui le suit pas à pas, détourne son visage et le cache dans la manche de son époux.

– Si Dieu me donne un jour la victoire, dit-il en la serrant contre sa hanche, pour chacun de ces cadavres, je ferai couper le nez et les oreilles de deux de leurs hommes.

– Nous agirons de même, répondent ceux qui l'entourent.

Le corps du Prophète se met à trembler. Aïcha reconnaît les signes de la révélation divine et fait asseoir son époux sur une pierre. Sa voix devient plus grave pour répéter les mots de Gabriel :

« *Si vous prenez une revanche sur vos ennemis, traitez-les comme ils vous ont traités ; mais il est plus méritoire de supporter le mal.* »

Muhammad se ressaisit et demande à ses hommes de creuser des fosses, de rassembler les morts, et de les enterrer en ce lieu où ils sont tombés :

– Inutile de les laver, précise-t-il. Au jour de la résurrection, lorsqu'ils se présenteront devant Dieu, le sang coulera de leurs blessures et parlera pour eux.

Les gens continuent d'affluer de Médine et prêtent main-forte pour les funérailles. Fatima arrive à son tour et se lamente devant la blessure qui défigure son père. De sa besace, elle sort aussitôt un cataplasme de boue et d'herbes cicatrisantes pour le soigner. Puis, aux côtés d'Aïcha, elle se joint au groupe des femmes éplorées qui assistent de loin à la mise en terre, en remerciant Dieu d'avoir accordé le martyre et sa récompense suprême à leurs époux, pères, fils ou frères, morts pour la foi, et qu'elles vénéreront désormais avec orgueil et fierté. Sur chacun, le Prophète a dit les prières et les bénédictions rituelles avant de s'attarder auprès de son oncle Hamzah, dont on a recouvert le poitrail béant, mis en pièces par l'immonde épouse d'Abou Soufyan.

– Ne croyez pas que ceux qui ont succombé soient morts, dit-il d'une voix brisée par l'émotion. Au contraire, ils vivent et reçoivent leur nourriture des mains du Tout-Puissant.

Tout le monde regagne Médine, les valides soutenant les éclopés et les blessés. Ils reviennent sans gloire sous les cris stridents des femmes en l'honneur des disparus. Point de musique, point de vivats, mais ils n'éprouvent aucun désespoir. Le Prophète a reçu un nouveau message de Gabriel :

« *Ce qui vous est arrivé le jour de la rencontre des deux armées a eu lieu par la volonté de Dieu, afin qu'il reconnaisse les fidèles et les hypocrites*[1]. »

Aïcha garde son mari en son logis afin de lui rendre figure humaine en le débarrassant des souillures de l'horrible défaite et protéger son repos. Elle le soigne avec l'aide de Fatima, plus experte dans la science des plantes, reçue de sa mère, Khadidja. Pendant ce temps, les Compagnons entrent sans cesse pour donner les nouvelles. Muhammad sursaute quand il entend l'un d'eux déclarer :

– L'armée d'Abou Soufyan a établi son camp à quatre lieues de la ville.

– Demain, s'écrie-t-il, nous sortirons de Médine afin de poursuivre l'ennemi.

Brisé de fatigue, il s'effondre sur la couche et s'endort d'un sommeil si profond qu'il n'entend pas le chant de Bilal à la pointe de l'aurore et ne se réveillera qu'au matin, bien après le lever du soleil. Étendue près de lui, Aïcha a veillé toute la nuit sur son aimé en priant le Tout-Puissant d'arrêter les hostilités. Dans chaque maison, gémissent des hommes entaillés. La cour est jonchée des corps exténués de ceux qui se dévouent jusqu'au dernier souffle au service de l'islam.

– La paix, Seigneur, a-t-elle murmuré inlassablement. Si telle est Ta volonté.

Illusion perdue. Dès qu'il ouvre l'œil, Muhammad lance, par la voix de Bilal, un appel à la population. L'ennemi doit être traqué, chassé. Il ne veut avec lui que les combattants de Ohod, et refuse avec force les troupes fraîches de l'hypocrite, Abdallah ibn Obbaye. Il se lève avec peine, le corps raidi par le coup de lance qui l'a presque assommé et lui aurait arraché l'épaule s'il n'avait eu deux cuirasses superposées. Il s'étire et

---

1. Coran, sourate 3, La Famille d'Imran, verset 160.

grimace de douleur en revêtant ses habits de guerre. Aïcha ne dit rien et s'efface devant les hommes qui l'aident à s'habiller. Elle a reconnu son regard des mauvais jours et ne tente pas de le retenir en lui opposant les arguments de la raison. Elle devine ce qui le tourmente et la rage qui l'anime. L'Envoyé a connu l'humiliation de la défaite dans la plaine de Ohod, mais ne permettra pas à l'ennemi d'attaquer Médine.

– Partons sans tarder, s'écrie-t-il en sortant de chez lui, coiffé de son casque, visière baissée. Nous montrerons à Abou Soufyan que nous ne sommes pas découragés !

Il récite les versets.

« *Si vous avez des blessures, ils en ont reçu également. Si vous souffrez, ils souffrent comme vous*[1]. *Ceux qui répondent à l'appel de Dieu et de son Apôtre, malgré les douleurs éprouvées, auront une magnifique récompense*[2]. »

Aïcha se cache pour pleurer :

– Se peut-il que Dieu exige tant de souffrances ? s'écrie-t-elle en étouffant sa voix. N'aurait-il aucune pitié ?

---

1. Coran, sourate 4, Les Femmes, verset 105.
2. Coran, sourate 3, La Famille d'Imran, verset 166.

13.

Couverts de bandages sur les plaies qu'ils ont cauté-risées au feu avant la nuit, claudiquant, peinant, souf-flant, les combattants de l'islam reprennent leurs arcs, carquois, boucliers et saisissent leurs lances pour suivre le Messager de Dieu, en chantant les hymnes martiaux qui ravivent leur âme. Sur la route du sud, à deux lieues de la ville, le Prophète les arrête, fait dresser les tentes et ramasser du bois. Aux approches de l'obscurité, plus de cinq cents feux sont allumés et leurs flammes, que l'on voit de loin, donnent l'illusion d'une armée consi-dérable, campée là pour barrer la route de Médine. Du haut des remparts, des toits des maisons, la population de l'oasis se tient aux aguets. Aïcha s'est rendue chez sa mère afin de constater l'effet prodigieux de l'im-mense barrière de lumière. Une ruse efficace qui se répète trois nuits consécutives. Au matin suivant, la troupe est de retour. Avant de se rendre chez Hafsa, dont c'est le tour d'être honorée, Muhammad passe chez sa jeune épouse afin de la rassurer, en se confor-tant lui-même. Auprès d'elle, il se reconstruit. Sa fraî-cheur, la douceur de son corps et ses propos piquants lui ont manqué. Il lui raconte brièvement le succès de cette expédition.

– Nos feux ont impressionné les Quraïch qui n'ont pas demandé leur reste. Ils ont décampé pour regagner

La Mecque, et m'ont envoyé leur message : « L'an prochain, à Badr. »

— La guerre, toujours la guerre, gémit-elle. N'es-tu pas fatigué de voir mourir tant de gens ? Regarde-toi, tu es épuisé. Tu peux à peine tenir ton épée.

— Il n'y aura pas d'autres défaites, Aïcha, je te le promets ! Ils nous ont battus parce que certains de mes archers m'ont désobéi. Croyant à notre victoire, ils ont couru au butin, en abandonnant un point stratégique. L'ennemi en a profité pour nous prendre à revers.

— Qui sont-ils ? Vas-tu les punir ?

— Non. Que Dieu leur pardonne, et moi aussi.

— Dans la ville, on te critique, ô Envoyé de Dieu. Les juifs et les hypocrites sèment le doute en disant que si Dieu t'a laissé tomber à Ohod, c'est que tu n'es pas son Apôtre.

Muhammad hoche la tête avec un sourire ironique et presse la main d'Aïcha.

— Qu'en penses-tu ? demande-t-il. Aurais-tu des doutes, toi aussi ?

C'est alors que Omar fait irruption, rouge de colère et s'emporte :

— Abdallah ibn Obbaye profère des médisances à ton sujet. Il dit que tu n'es qu'un assoiffé de royauté. Que jamais un prophète n'a subi une telle déconfiture. Permets-moi, ô Messager, de le mettre à mort, lui et ceux qui tiennent le même discours. Et d'après ce que j'ai entendu, ils sont nombreux.

— N'en fais rien. Dieu fera prévaloir Sa religion. Il donnera le pouvoir à Son Prophète.

De son regard pénétrant, le Prophète domine son impétueux beau-père et ajoute :

— Ô fils de Khattab, jamais plus Quraïch ne remportera sur nous une telle victoire. Nous irons saluer l'angle. Oui, nous irons à La Mecque embrasser la Pierre noire.

– Si tu le dis, ô Messager, que Dieu te bénisse !

Omar salue et se retire. Muhammad prend Aïcha dans ses bras et enfouit son visage dans l'épaisse chevelure cuivrée, parfumée de musc :

– Ne doute pas de moi, murmure-t-il. Aie confiance ! J'aimerais tant rester près de toi, goûter ta langue et embrasser tes seins…

– Miel de mon cœur, soleil de ma vie, lui répond-elle en se laissant bercer.

Il se redresse et reprend un ton formel pour ajouter :

– Je dois encore saluer Sawdah et passer chez mes filles. La pauvre Zaynab qui se meurt d'amour pour son incrédule de mari, Oum Khoultoum qui ignore qu'Uthmân a fui, dès que l'ennemi nous a encerclés, Fatima qui m'a bien soigné et le petit Hassan, l'héritier de mon sang.

– Ne fais pas attendre Hafsa. Elle n'a pas bon caractère quand elle s'impatiente.

– Digne fille de son père ! À demain, diablesse. J'ai déjà faim de toi.

Il disparaît derrière la tenture et sort de la chambre. Aïcha l'a regardé partir sans ressentir la moindre animosité à l'égard de la coépouse qui n'est plus une rivale. Elle sait qu'il accomplit son devoir conjugal auprès de Hafsa et qu'il reviendra la voir au matin pour l'une de ces câlineries dont elle a le secret. Il lui a appris tant de choses depuis leur mariage. Elle a su se prêter à tous les jeux de l'amour qui éveillent son désir et le portent au plaisir de la jouissance. Elle n'a pas treize ans, mais elle sait tout de l'homme : comment le séduire, l'intriguer, le surprendre, l'amuser, le charmer, l'hypnotiser jusqu'à le faire tourner autour de son petit doigt. L'élève a pris la mesure du maître et peut le surpasser avec l'intelligence de savoir rester dans l'ombre en lui donnant l'illusion de la dominer. Triompher en feignant de se soumettre est un art subtil pour lequel elle ne manque pas de talent.

La paix s'installe dans l'oasis. Les plaies se guérissent, chacun se fortifie et reprend ses activités. Le temps efface peu à peu les marques de la guerre, mais elle reste omniprésente dans les esprits. Chaque jour dans la mosquée, on se rassemble autour de Muhammad pour écouter ses analyses, ses commentaires et les leçons qu'il a tirées de la défaite, émaillées des dernières révélations du Tout-Puissant. Face aux accusations des hypocrites, des incrédules, de ceux qui possèdent les Écritures et sèment le doute, il convient de rassurer et de conforter les âmes des fidèles qui vacillent. Son visage mutilé impressionne autant que sa persévérance et sa foi, sa voix affermit les convictions fragiles.

« *Ne perdez point courage, ne vous affligez point, vous serez victorieux si vous êtes fidèles... Croyez-vous entrer dans le paradis avant que Dieu sache ceux d'entre vous qui ont combattu et persévéré ? Vous désiriez la mort avant qu'elle ne se présentât, et lorsque vous l'avez vue, vous avez balancé*[1]. »

De son regard aigu, il balaye l'assistance et reconnaît les Compagnons qui n'ont pas respecté ses ordres sur le versant du mont Ohod. L'élégant Uthmân, son gendre, est au premier rang. Il le fixe en ajoutant :

« *Tandis que vous preniez la fuite en désordre, vous n'écoutiez plus la voix du Prophète qui vous rappelait au combat. Le ciel vous punit de votre désobéissance... Ceux qui se retirèrent furent séduits par Satan... Mais Dieu leur a pardonné, parce que sa miséricorde est sans bornes*[2]. »

Pendant ce temps, Aïcha s'active en compagnie de Sawdah et de Hafsa. Les coépouses s'entendent bien.

1. Coran, sourate 3, La Famille d'Imran, versets 133, 136.
2. Coran, sourate 3, La Famille d'Imran, versets 147, 149.

Chacune joue son rôle. Muhammad se partage de l'une à l'autre selon la plus stricte équité lorsque leur travail est terminé. L'ouvrage ne manque pas. Les « gens de la banquette », sous l'auvent de la mosquée, s'agglutinent un peu plus chaque jour, et les denrées à distribuer s'amenuisent en l'absence de nouveau butin.

– Sans la providence divine, dit Aïcha, les jarres seraient vides depuis longtemps. Béni soit le rabbin Mukhayrîq.

Ce religieux du clan juif de Th'labah, converti à l'islam, avait légué sa fortune au Prophète, avant d'aller mourir sur le champ d'honneur de Ohod.

– Ses bosquets de palmiers fournissent de quoi distribuer de belles aumônes, ajoute Sawdah. Néanmoins, un hiver difficile se prépare, le feu couve et risque de nous embraser.

– Ne parle pas de malheur, s'écrie Aïcha. Ces guerres me font horreur. Nous avons eu notre lot de souffrances, et nous devons supplier Dieu de nous accorder la paix.

Le vent du désert colporte d'autres menaces. Diverses tribus de la côte, voisines des Soulaym et des Ghatafân, sont en ébullition. Poussées par La Mecque, elles s'apprêtent à fondre sur Médine. Muhammad lance ses hommes ici et là, signe une alliance avec les uns, fait tuer le chef des autres, cerveau de l'opération projetée, afin d'éliminer tout danger. De raids en coups de main sanguinaires, le calme se maintient autour de la ville et l'étau se resserre autour d'une tribu juive, les Banu Nadir, qui refuse d'aider le Prophète à payer le prix du sang aux Banu Amir, de la tribu des Aws, leur allié commun, pour deux de leurs hommes qu'un Émigrant a poignardés par erreur.

Escorté de ses lieutenants favoris, Ali, Abou Bakr, Omar et quelques autres Compagnons, Muhammad se rend dans le fief des notables juifs afin de traiter l'affaire à l'amiable. Ces derniers font mine d'accepter de verser leur obole, demandent aux visiteurs de les attendre au-dehors, à l'ombre des murs, et se retirent dans le fortin en expliquant qu'ils vont ordonner un festin. Le Prophète entend alors la voix de l'Archange :

« Regagne Médine au plus vite. Une énorme pierre sera jetée du toit pour t'écraser. »

Il se lève, s'éloigne en silence et disparaît dans les champs. Ne le voyant pas revenir, Abou Bakr et les Compagnons s'en vont et le retrouvent dans la chambre d'Aïcha qui les invective avec fureur :

– À quoi servez-vous ? Sans Gabriel, mon époux serait mort à cette heure !

– Oui, dit Muhammad d'une voix sourde. En guise de festin, ils allaient me tuer. Ils ont rompu le pacte. C'est une trahison.

Il marche de long en large en fulminant, répétant les avertissements du Ciel, puis se tourne vers sa femme en disant :

– Aïcha, prends ton calame et un morceau de parchemin. Assieds-toi et écris ce que je vais te dicter :

« *En complotant ma mort, vous m'avez trahi et vous avez rompu le traité qui vous liait envers moi. Je suis donc dégagé envers vous. Prenez vos biens, vos femmes et vos enfants, quittez ce pays et allez où vous voudrez. Si vous ne voulez pas partir, préparez-vous à la guerre.* »

Il appelle l'homme de garde devant la porte et l'envoie chez les Banu Nadir avec la missive. La réponse ne tarde pas à lui revenir :

« *Nous ne quitterons pas nos demeures, ni nos possessions. Agis donc comme tu l'entends !* »

– *Allâhu akbar* ! s'écrie le Prophète. Les juifs ont déclaré la guerre.

Il rassemble aussitôt une armée de mille hommes, charge Ali de marcher en tête en tenant l'étendard, et se met en route vers le fief des Banu Nadir au sud de la ville.

Aïcha ne sait que penser et se sent presque coupable des morts à venir. N'a-t-elle pas tenu le calame qui alignait les termes de la menace : « Si vous ne voulez pas partir, préparez-vous à la guerre ! » En écrivant sous la dictée, elle s'est rendue complice du Prophète qui savait très bien ce que produirait sa manœuvre d'intimidation : l'affrontement qu'il recherchait sans vouloir en être le provocateur. N'avait-il pas présumé de ses forces ? N'allait-il pas à une nouvelle débâcle ?

Embusqués derrière les remparts de leurs fortins nichés dans l'épaisse palmeraie, les juifs les accueillent à coups de flèches et de pierres. Ils n'ont aucune crainte, car ils attendent les renforts promis par une autre tribu de leur peuple et ceux de leur allié Abdallah ibn Obbaye. Le temps passe. L'armée de l'islam les assiège. Aucun secours ne vient. Au dixième jour, sûr de lui, Muhammad fait abattre quelques palmiers dattiers. Ce geste, presque sacrilège, brise toute résistance. Les Banu Nadir se rendent et acceptent de s'en aller. Savourant sa victoire, le Prophète s'est retiré après avoir déclaré :

– Quittez vos terres et prenez avec vous ce que vos chameaux sont capables de porter, à l'exception de vos armes et de vos armures.

Il revient chez Aïcha et annonce :

– Avec l'aide de Dieu j'ai vaincu leur puissance sans faire couler le sang. Ils ne seront plus une menace puisqu'ils partent. Nous assisterons au spectacle.

Fière de lui, elle laisse éclater sa joie. Une fois de plus, Allah a soutenu Son Envoyé. Le triomphe retombe sur elle comme un voile scintillant dont elle se drape. Être l'épouse du Prophète est un rôle difficile à assumer qui n'est pas exempt de ces moments de gloire dont elle entend profiter.

Les Banu Nadir ont emballé ce qu'ils pouvaient, jusqu'aux portes et linteaux de leurs maisons, et se dirigent vers le nord par la route de Syrie. Une caravane imposante, d'un luxe inouï, traverse la ville encombrée d'une foule dense qui se presse au long des rues et sur la place du marché pour voir passer tant de magnificence. Aïcha et Hafsa se sont précipitées, elles aussi, abandonnant les corvées du jour pour assister au défilé stupéfiant de tant de richesses. De mémoire de Bédouin, on n'avait jamais rien vu de pareil. Accompagnés de fifres et de tambourins, les chameaux avancent majestueusement, en portant des montagnes de trésors. Derrière les rideaux entrouverts des palanquins, des femmes se pressent les unes contre les autres montrant leurs robes de soie, de brocart, de velours vert ou rouge, parées de bijoux d'or sertis de rubis, d'émeraudes et autres pierres précieuses.

– Une telle opulence dépasse l'imagination, remarque Hafsa.

– Comment est-il possible d'amasser tant d'argent ? s'écrie Aïcha. Avec ce qu'ils nous laissent, les terres et leurs récoltes, nous ferons vivre de nombreux Émigrants.

– Crois-tu que l'Envoyé pensera à nous, quand il recevra sa part ?

– Il suivra les ordres d'Allah qu'il recevra de Gabriel.

Aïcha ne s'est pas trompée. Ce soir-là, à l'instant même où Muhammad se perd entre ses bras, les tremblements commencent. Elle le couvre de son manteau et entend :

« C'est avec la permission de Dieu que vous avez coupé un certain nombre de palmiers et laissé debout les autres... C'est lui qui a fait sortir de leurs demeures les infidèles parmi les gens possédant des Écritures... Ce que Dieu a accordé des biens des habitants des

*bourgs appartient à Dieu, au Prophète, à ses proches,
aux pauvres, aux orphelins et aux Émigrants*[1]. »

– Les instructions du Ciel sont claires, lui dit-elle.
Tu es riche désormais.

Tout le butin lui revient. Non seulement les armes
– 50 cuirasses, 50 casques et 340 épées prêtes à servir –
mais aussi les terres. Il se réserve de vastes plantations
de palmiers entre lesquels pousse de l'orge en quantité,
ainsi qu'une grande variété de fruits et légumes.

– Les récoltes feront vivre ma famille et les plus
démunis, explique-t-il. Le reste sera distribué aux
« *Émigrés qui sont pauvres et qui ont été expulsés de
leurs maisons*[2] ».

– Les bannis de La Mecque auront leurs lopins bien
à eux, commente-t-elle d'un air satisfait. Ils ne seront
plus à la charge des Ansars. Ils vont retrouver leur
dignité, et ne seront plus l'objet de critiques. Louons
Dieu dans sa justice et sa bonté !

Dans la paix retrouvée, la vie reprend son cours,
adoucie par une prospérité nouvelle. Et soudain, l'horizon d'Aïcha s'obscurcit. Dans son univers maîtrisé, la
nouvelle tombe comme un coup de tonnerre qui
l'anéantit lorsque son père vient lui annoncer que
Muhammad va prendre femme pour la quatrième fois.

– Une alliance politique, lui dit-il. Ouvre l'œil et
tend l'oreille à ce qui se dira. Nous devons garder
notre primauté. Si tu sais manœuvrer, tu resteras la
favorite. Après Khadidja, tu es celle qui le connaît le
mieux.

Sortant de sa stupeur, elle demande avec rage :

– Pourquoi ne m'a-t-il rien dit ?

– Tout s'est passé si vite ! bredouille Abou Bakr. Il
avait signé le pacte avec les Banu Asad, un accord très

---

1. Coran, sourate 59, L'Assemblée, versets 5, 2, 7.
2. Coran, sourate 59, L'Assemblée, verset 8.

important qu'il a voulu consolider de la meilleure façon. Poussé par les circonstances, il a demandé à Khuzaymah, le chef du clan, la main de sa fille Zaynab.

Aïcha se renfrogne quand elle apprend que cette femme, âgée de trente ans, est veuve depuis un an, depuis que son mari, Obayda, est mort en combat singulier avant l'affrontement de Badr. Elle ne s'est pas remariée et accepte sans hésiter d'épouser l'Envoyé dont on exécute les ordres. Il a chargé des esclaves de préparer une chambre pour la dernière élue, non loin de celle d'Aïcha. La favorite ne voit pas d'un bon œil l'arrivée de cette étrangère qui va roucouler dans les bras de son aimé. La rumeur se répand dans la ville où l'on vante la douceur, la générosité de la future dont le cœur égale la beauté, et que tout le monde a surnommé « la Mère des pauvres » pour la quantité d'aumônes par elle distribuées. Dans la maison de Sawdah, que l'événement ne touche guère, les deux jeunes coépouses se posent mille questions sur cette rivale de si haute renommée.

— Crois-tu qu'elle est plus belle que nous ? demande Aïcha.

— Si elle l'est, cela ne durera pas, rétorque Hafsa. Elle est plus vieille. Ses avantages vont se flétrir avec l'âge.

— Soyez indulgentes, intervient Sawdah. Ce qui compte avant tout, c'est le bonheur de notre Prophète, que Dieu le bénisse ! Vous l'aurez chacune à votre tour, un jour sur trois et vous ne serez pas malheureuses.

— Tout de même ! reprend Aïcha, nous devrons veiller. Avec ses trente ans, elle doit connaître bien des ruses pour gagner ses faveurs et se l'accaparer.

Les deux jeunes maîtresses du harem n'en manquent pas et s'apprêtent à malmener leur consœur qui emménage au début de l'hiver de l'an III[1]. Pendant les quatre

---

1. Décembre 625.

jours de la lune de miel, les coépouses délaissées préparent d'un commun accord leur stratégie. Enfan-
tillages et gamineries qui feront sourire Muhammad. Il
aime à les taquiner, et tombera dans leurs pièges.

Dans sa grande demeure composée de neuf pièces
alignées, le Prophète n'a pas de chambre à lui. Il vit
chez ses épouses qui le reçoivent, tour à tour, selon
l'ordre établi. Pendant une nuit et un jour, chacune s'occupe de lui et le nourrit. À l'heure de la sieste, après la
prière de l'après-midi, il a coutume de leur rendre visite,
l'une après l'autre, et de passer quelques minutes avec
chacune, pour s'asseoir auprès d'elle, échanger
quelques baisers et bavarder. C'est à ce moment que les
deux complices inventent mille prétextes pour le garder
plus longtemps, l'entraîner parfois plus loin qu'il ne
l'avait prévu. Comme il ne résiste pas à certaines
caresses, la sieste se prolonge chez Hafsa, puis chez
Aïcha. Quand il arrive chez Zaynab, il tombe de sommeil entre ses bras, et la pauvre femme le rabroue vertement.

Ces jeux puérils ne durent guère. Aïcha fait la paix
avec Zaynab. Elle l'a vue à l'œuvre avec les « gens de
la banquette ». Touchée par sa douceur et sa bonté, elle
n'est plus jalouse de sa beauté qui n'est pas si extraordinaire. Un autre événement l'inquiète. Fatima a mis
au monde un second fils. Le Prophète exulte de joie.
Après Hassan, le beau, voilà Hussein, le beau petit. Lui
qui n'a eu que des filles, se retrouve avec deux petits-
fils devant lesquels son cœur fond. Il va souvent chez
sa fille pour jouer avec eux et se penche sur leur éducation en échafaudant mille projets.

Soudain, Zaynab tombe malade et meurt, trois mois
après son mariage. Le Prophète, éploré, l'enterre au
cimetière Al Baqi et dit les prières sur la tombe, non
loin de celle de sa fille Rûquayah. Les trois coépouses
reçoivent les condoléances de la ville et se réjouissent

en aparté de retrouver leur intimité première. Leur bonheur est de courte durée. Muhammad annonce :

– Il faut nettoyer la chambre de la défunte et la préparer pour Oum Salama. J'ai demandé sa main.

Oum Salama ! Coup de tonnerre dans le harem. De son vrai nom, Hind bint Abi Umayyah, cette jeune femme, âgée de vingt-neuf ans est une aristocrate, une Makhzûmite au port altier, élégante et distinguée. Elle avait épousé, onze ans plus tôt, un cousin de Muhammad, Abou Salama, du clan des Banu Abd-al-Asad. Tous deux, convertis à l'islam, s'étaient enfuis en Abyssinie. Revenus à La Mecque après la fin du bannissement, ils avaient été parmi les premiers à émigrer vers Médine. Compagnon fidèle du Prophète, Abou Salama avait combattu à Badr, puis à Ohod où il avait été grièvement blessé. La plaie s'était fermée trop vite puis s'était rouverte fortement infectée. Il était mort, trois mois plus tôt, laissant sa bien-aimée avec de nombreux enfants, et le Prophète, profondément affecté, avait dit les prières sur la tombe du valeureux guerrier.

Une immense tristesse envahit Aïcha.

– Cette fois nous ne sommes pas de taille, confie-t-elle à Hafsa. Elle est plus racée que toi et moi. Je l'ai vue quand elle m'aidait à préparer la noce de Fatima. C'était il y a deux ans. J'ai gardé le souvenir d'une beauté surnaturelle.

Elle éclate en sanglots, et s'écrie :

– Te rends-tu compte ? Elle fait partie de la famille. Et tout le monde enviait cet amour fou qui l'unissait à son mari. Était-elle sincère pour l'oublier si vite ?

Hafsa se penche vers son oreille pour lui confier :

– D'autres hommes lui ont offert le mariage avant le Prophète : ton père, le mien. Elle les a repoussés.

– Elle s'est empressée de nous prendre notre époux.

– Elle l'a rejeté, lui aussi, intervient Sawdah qui connaît tous les secrets de la ville. Elle lui a expliqué qu'elle avait juré fidélité à son regretté Abou Salama. Il en fallait plus pour décourager notre Prophète. Il a renouvelé sa demande. Elle lui a fait remarquer qu'elle était vieille et avait de nombreux enfants. Il a ri en rétorquant : « Pour l'âge, je suis plus vieux que toi. Quant aux enfants, ils seront pris en charge par Dieu et son Envoyé. » Elle lui a tenu tête en lui avouant qu'elle était excessivement jalouse et ne pouvait convenir à un homme qui aime avoir plusieurs femmes.

– Qu'a-t-il répondu ? demande Hafsa.

– Il n'est jamais en peine, notre cher Apôtre. Il l'a confortée en lui disant qu'il allait prier Dieu afin qu'Il extirpe de son cœur tout sentiment de jalousie. Et voilà comment Oum Salama a fini par accepter de lui accorder sa main.

– Être l'épouse du Prophète ne manque pas d'avantages ! s'exclame Aïcha. Elle est sûre d'aller au Paradis où elle retrouvera son premier mari qui l'adorait. Il doit être bien déçu de là-haut.

– Détrompe-toi, petite sœur, rétorque Sawdah. Sur son lit de mort, il lui a fait promettre de se remarier en priant Dieu de lui trouver un meilleur homme qui ne lui apporterait ni chagrin ni souffrance.

– Si je comprends bien, remarque Hafsa, Dieu l'a exaucé en offrant à la veuve ce qu'il y a de mieux à Médine, Son Envoyé. Et nous devons accepter de le partager.

– Parle pour toi, dit Aïcha sur un ton amer. J'ai trop de tristesse dans le cœur pour la surmonter. Je ne pense qu'à sa beauté. J'en suis malade de jalousie.

Hafsa se penche vers elle et lui tapote la joue :

– Ce mauvais sentiment t'égare. Tu crois qu'elle est belle, mais elle ne l'est pas autant que tu l'imagines. N'oublie pas, elle est plus âgée que nous. Elle a plusieurs enfants. Elle ne gardera pas longtemps ses avantages et le Prophète finira par se lasser.

– En attendant, il ne pensera qu'à elle et ne sera plus aussi gentil avec toi ou moi.

Aïcha fond en larmes et rejoint son logis. En ce jeudi de Schawwal de l'an IV[1], le Prophète a épousé Oum Salama et s'est enfermé avec elle dans la chambre mitoyenne, dont on a changé le décor. Il y restera quatre longues nuits et quatre jours. Après ce délai viendra le tour d'Aïcha. Aura-t-il assez de désir pour l'aimer encore ?

Rongée par la peur, minée par l'aigreur, elle tourne en rond autour de son lit et caresse son corps dévêtu qui n'est plus celui d'une enfant. Elle va sur ses quatorze ans. Ses jambes se sont allongées, ses hanches se sont arrondies, sa taille est fine, ses seins sont plus dodus. Sur le ventre soyeux et parfumé, ses mains courent puis s'attardent. Elle s'étend au milieu des coussins qui ont conservé l'odeur de son bien-aimé. Un désir violent répand dans ses membres une onde qui frémit sous sa peau. Ses mains cherchent l'amant et ne rencontrent que le vide. Douleur qui la déchire. Jamais, comme en cet instant, elle n'a ressenti combien l'amour la nourrit, combien il est devenu sa raison de vivre. Elle aime Muhammad à la folie et craint de le perdre. Il lui est devenu aussi indispensable que l'air qu'elle respire. Et les quelques bouffées qu'il voudra bien lui offrir l'empêcheront de mourir.

Comment sera-t-il quand il viendra la retrouver ?

---

1. Mars 626.

14.

Pendant quatre jours et quatre nuits, Aïcha s'était crue au bord du rejet qui mène à l'oubli. L'inquiétude broyait son cœur.

L'attente s'achève. Recroquevillée dans ses coussins, elle redoute un premier regard empreint de nostalgie, au souvenir de l'autre. Oum Salama faisait rêver les hommes de la ville avec ses grands yeux verts, sa voix mélodieuse et le charme de sa démarche quand elle venait à la mosquée. Depuis qu'elle était veuve, les notables de la ville désiraient la posséder, jusqu'à son père, le sage Abou Bakr si respectueux des règles établies. Pour elle, il aurait brisé l'unité de son couple et relégué l'épouse bien-aimée à laquelle il était si attaché. Tous s'étaient inclinés devant la volonté de l'Envoyé lorsqu'il avait déclaré qu'une telle beauté devait lui appartenir, malgré ses nombreux enfants et le bébé de quelques semaines. Comment imaginer qu'elle ne l'avait pas ensorcelé ?

— Pourquoi te causer à toi-même tant de mal ? lui dit sa vieille servante, venue la consoler. Tu ne crois plus en toi ?

— Barrira, l'as-tu vue ? C'est une vraie femme, aux formes pleines, épanouie par la maternité. As-tu remarqué ses mains si longues et fines, sa bouche au dessin parfait et ses cheveux qui brillent comme une nuit étoilée ? Avec ses airs de déesse, et son port de reine, elle envoûte ceux qui l'approchent. Elle a ce que je n'ai pas. Et l'Envoyé va me trouver insipide après ce festin épicé.

– Si tu pleures et te lamentes, c'est sûr ! Pense à ce que tu as et qu'elle n'a plus. À trente ans, une femme atteint son apogée, ensuite, elle décline et perd ses attraits. Toi, tu es un fruit vert pour quelques années. Tu es plus fraîche sans ces artifices qui ne représentent pas la beauté réelle, mais les béquilles des peaux fatiguées. Crois-moi, belle maîtresse, à ton âge, avec ton intelligence et la sève qui monte en toi, on ne pleure pas. Tu es sa chose, sa création. Il reviendra toujours à toi, car il ne pourra se passer de toi sans se renier lui-même.

Aïcha renifle et reprend courage.

– Tu as raison, dit-elle. Je reste la seule qu'il a eue vierge, et la seule, jusqu'à présent, avec laquelle il reçoit les révélations de Gabriel. Hafsa n'a pas eu ce privilège. S'il a choisi les autres épouses, Dieu m'a choisie pour lui.

– Et Dieu ne permettra pas qu'il te délaisse. Il t'a mise dans son cœur. Viens, que je te prépare pour l'Envoyé. Il faut laver tes cheveux, les faire briller comme un soleil. Je masserai ton corps avec des huiles parfumées de ce musc qui éveille si bien le désir. Ensuite, tu mettras la tunique de mousseline jaune pâle, rebrodée de perles et de galons d'or, que tu as dénichée sur l'étal du fripier persan.

Les ordres de la servante sont exécutés. Les mains sur les hanches, elle contemple son œuvre et ajoute :

– Tu vas l'impressionner.

Lorsque Muhammad franchit le seuil, c'est une jeune fille épanouie, rayonnante de fraîcheur, qui l'accueille et le fait rire de ses anecdotes inattendues. Il la prend aussitôt, sans préliminaires, et finit par lui avouer qu'il n'a pu consommer son mariage car Oum Salama allaite son bébé, mais que la belle possède des attraits particuliers qui l'ont charmé.

– Tu l'aimes plus que moi ?

– Ne sois pas jalouse, Aïcha ! Entre toutes, c'est toi que j'aime le plus. Avec elle, c'est différent. Je veux percer le mystère qui se cache dans l'eau de ses yeux.

– Et le mien, l'as-tu percé ?

– Ma douce gazelle, bénie de Dieu, comment pourrai-je me lasser de toi ? Tu as le don de te renouveler. Chaque fois que je te vois, je dois te découvrir. Que seras-tu aujourd'hui, chatte ou tigresse ? À quelle sauce vas-tu me dévorer ?

– *Nour hayati*, Lumière de ma vie, emmène-moi au Paradis.

– Viens, ma belle. Dieu est grand. Nous lui rendrons grâce du plaisir d'amour qu'il nous offre et que nous ne pouvons refuser sans l'offenser.

Ainsi vont les nuits qui précèdent les jours. Aïcha rendra visite à Oum Salama, contemplera l'éclat de sa beauté, son charme, son élégance et sa grâce. Elle admirera le décor de sa chambre arrangée avec un goût exquis et sera séduite par le raffinement de sa conversation. Elle comprendra alors ce qui attire son époux chez la rivale, et ce qui le fascine, mais elle en aura plus de certitude quant à ses propres qualités, et n'aura plus aussi peur d'être délaissée. Elle n'en perdra pas pour autant le sentiment de jalousie qui se réveille à tout moment. Comme ce jour où l'époux commun s'est attardé plus que de coutume chez la Makhzûmite qui avait reçu un pot de miel et l'avait ouvert pour le lui faire goûter, le prenant au piège de sa gourmandise préférée. Aïcha ne le supporte pas et imagine une ruse venimeuse afin de semer le doute dans l'esprit de Muhammad et l'éloigner de sa dernière conquête. Elle réunit Sawdah et Hafsa pour leur expliquer son plan :

– Il déteste les mauvaises odeurs, et surtout la mauvaise haleine. Quand il sortira de chez Oum Salama, chacune de nous, l'une après l'autre, va lui dire que sa bouche sent le maghâfîr, cette datte qui pue. Il en sera très gêné et se méfiera.

Les complices s'exécutent. L'une après l'autre, prenant des mines de circonstance, vient humer le coin de la bouche du Prophète en se pâmant de dégoût :

– Oh, je sens l'odeur du maghâfîr, en as-tu mangé ?

– Non, répond-il, surpris et inquiet. Je viens de déguster un excellent miel.

– Alors, rétorque Sawdah, l'abeille qui le fabrique a dû se poser sur l'arbre qui produit le maghâfîr.

Aïcha et Hafsa retiennent leur rire et hochent la tête en signe d'acquiescement devant leur mari honteux et confus. Il jure aussitôt qu'il ne goûtera plus de miel chez Oum Salama et se retire afin d'aller se purifier.

– Le pauvre ! s'écrie Sawdah. À cause de nous, il va se priver d'un mets qu'il aime tant. Il faut lui dire la vérité.

Aïcha se rebiffe et l'admoneste :

– Ce n'est pas le moment de lui dévoiler notre complot. Promets de garder le secret.

Passent les jours et les semaines dans une sérénité relativement paisible pour Aïcha. Après Hafsa et Oum Salama, vient son tour de recevoir Muhammad pour deux nuits consécutives souvent entrecoupées de prières et de méditations. Entre le lit et le mur, l'espace est si exigu qu'elle doit s'agenouiller derrière lui et se retrouve le nez sur les talons de son époux quand elle se prosterne au même rythme que lui. De ce corps tant aimé, elle connaît chaque pore entre les poils et les plis. Elle l'a tant de fois caressé, massé, lavé, parfumé. Entre mille autres elle reconnaît son odeur et le grain satiné de sa peau. Le moindre frémissement qui le parcourt la fait frissonner comme si elle était une émanation de lui, les deux formant un tout. Dans l'amour autant que dans la prière, ils ne sont qu'un.

Au matin, après lui avoir servi sa bouillie d'orge

adoucie de miel, et coiffé ses beaux cheveux, elle s'assied devant la porte du logis pour écouter ses prêches dans la cour de la mosquée, et s'amuser des questions surprenantes qui lui sont posées. Les nombreux fidèles s'interrogent sur la manière d'ordonnancer leur vie quotidienne, sans perdre conscience des réalités spirituelles et sans modifier leurs obligations professionnelles ou familiales.

– Dès que nous sommes loin de ta présence, dit l'un d'entre eux, nous ne pensons plus qu'à nos femmes, nos enfants et nos biens, oubliant presque le reste.

– Par celui qui tient mon âme entre Ses mains, répond le Prophète, si vous demeuriez toujours tels que vous êtes en ma présence, ou tels que vous êtes lorsque vous vous remémorez Dieu, les Anges viendraient vous prendre par la main, que vous soyez couchés dans vos lits ou en chemin. Mais, mes frères, chaque chose en son temps. Chaque chose en son temps !

Il explique alors qu'une journée de vingt-quatre heures sera divisée en trois parties. Un tiers consacré à Dieu, un tiers au travail et un tiers à la famille, le sommeil et les repas. Il recommande surtout les prières de la nuit et celles de l'aube, à l'heure où le Seigneur descend jusqu'au ciel le plus bas et dit : « Qui m'appelle, que je puisse l'exaucer ; qui demande mon pardon, que je puisse lui pardonner ? »

Il récite le verset du Coran :

« *Ils s'arrachent de leur lit pour invoquer le Seigneur avec crainte et nostalgie, et ils font l'aumône avec ce que Nous leur avons donné. Et nulle âme ne sait quelle allégresse leur est secrètement réservée en récompense de leurs actions*[1]. »

L'aumône est un sujet qui revient souvent sur le tapis. La plupart des fidèles sont des paysans illettrés dont

---

1. Coran, sourate 32, L'Adoration, versets 16, 17.

l'esprit un peu fruste a besoin d'images simples pour assimiler les nuances de l'enseignement du Prophète.

– Ô Envoyé d'Allah, dit l'un, comment faire l'aumône, si l'on n'a rien ?

– Il suffit de travailler de ses mains pour subvenir à ses besoins et donner le superflu.

– Et si l'on ne peut travailler ?

– On aide le malheureux dans le besoin.

– Et si l'on ne trouve personne à aider ?

– On ordonne de faire le bien.

– Et si l'on est seul, éloigné de tous ?

– Alors on s'abstient de faire le mal.

Mille autres questions fusent, touchant à des problèmes de doctrine ou à des conflits personnels comme le legs ou le divorce, la façon de traiter son épouse :

– Soyez bienveillants à l'égard des femmes, car la femme a été créée d'une côte… Si vous essayez de la redresser, vous la brisez, et si vous la laissez en paix, elle restera toujours recourbée.

Comment lui faire l'amour ? Faut-il la prendre par-devant, selon la coutume traditionnelle, ou selon la mode mecquoise ? Loin d'être embarrassé par des sujets si intimes, le Prophète sourit et répond d'un air bonhomme :

« *Les femmes sont votre champ. Allez à vos champs de la façon que vous voudrez, cultivez-le toutes les fois qu'il vous plaira*[1].

La voie de la sodomie serait-elle autorisée ? Mais que faire les jours de menstrues ?

– C'est une tâche naturelle, dit le Prophète. Que la femme se purifie, et se protège d'un linge ; il vous reste les seins et les lèvres à lutiner.

On parle de la circoncision :

– C'est un exemple prophétique à suivre pour les

---

1. Coran, sourate 2, La Vache, verset 223.

hommes, et une chose moins recommandable pour les filles. Effleurez, ne supprimez pas ; le visage embellira et le mari sera ravi[1].

On l'interroge sur le vin, les jeux de hasard :

– « *Ils sont criminels et plus funestes qu'utiles !* »

Il s'élève ensuite contre la pratique de l'usure, recommande le paiement des dettes devant un scribe et interdit le mariage avec un infidèle. Il leur apprend à se laver, c'est-à-dire à se purifier, avant de s'agenouiller devant Allah. La prière elle-même a ses codes pour les prosternations appelées « *ra'kat* ». Et il termine en disant :

– « *Craignez le jour où vous reviendrez à Dieu, où chacun recevra le prix de ses œuvres, et où l'exacte équité présidera aux jugements[2] !* »

Aïcha écoute avec attention et prend des notes sur un carré de peau qu'elle roule avec quelques autres précédemment remplis et qu'elle serre dans le coffre où sont rangés ses vêtements. Quand le Prophète est en visite ou en expédition avec ses Compagnons et son armée, elle meuble les temps de solitude en relisant les paroles saintes du Coran, ainsi que les recommandations de l'époux bien-aimé. En agissant ainsi, elle est sûre de lui plaire, car c'est avec elle qu'il aime à parler de cette religion que Dieu lui a demandé d'enseigner et de défendre.

– Répète sans cesse les versets que nous apporte Gabriel, lui dit-il souvent. Grave-les dans ta mémoire, écris-les afin qu'ils ne soient jamais oubliés. Garde aussi les explications que je t'en donne. Car il faut savoir interpréter les recommandations du Tout-Puissant. Quand je ne serai plus de ce monde, notre

---

1. Cité par Ghazali Ihya, selon Yacoub Roty dans *L'Attestation de foi*, collection « Vivre l'Islam », tome 1, page 132.

2. Coran, sourate 2, La Vache, verset 281.

Communauté aura besoin de personnes aussi savantes que toi. Il ne faudra pas te tromper sur le texte ni sur l'interprétation que le Tout-Puissant m'inspire.

Le Coran, qui s'enrichit chaque jour de nouvelles révélations, demeure leur jardin secret, le maillon qui unit leurs esprits et leurs âmes, comme l'amour soude leurs cœurs par le plaisir sensuel de leurs corps entremêlés. Un amour particulier que les autres épouses sont loin d'imaginer.

On s'agite dans la ville car le temps approche où l'on devra affronter l'ennemi. « L'an prochain à Badr ! » avait lancé Abou Soufyan avant de quitter le champ de bataille de Ohod. Un défi qui paraphait son triomphe, et que, selon toute apparence, il va tenter de relever. Revenant du marché, Hafsa, escortée de Sawdah, entre chez Aïcha sans s'annoncer et déclare d'une voix saccadée :

– Connais-tu la rumeur qui embrase les étals ? Abou Soufyan exécute sa menace. Il rassemble une grande armée pour écraser à jamais les victorieux survivants de l'islam.

– Du vent, du vent, répond la jeune épouse. A-t-on vu la fumée ?

– L'affaire semble sérieuse rétorque Sawdah qui reprend son souffle, écroulée sur un coussin. Dans la taverne avoisinant le coin des bijoutiers, un homme venu de La Mecque raconte les préparatifs gigantesques des Quraïch et harangue la foule de ses exhortations : « Restez là où vous êtes, leur dit-il, n'allez pas combattre. Par Dieu, pas un seul d'entre vous n'en sortirait vivant ! » Voilà ce qui se répète au long des ruelles.

– Sommes-nous si fragiles pour nous laisser abuser ? s'emporte Aïcha. Qui est ce menteur ? Qui le paie pour propager de fausses nouvelles ? Notre Guide ne peut le laisser agir.

– Oseras-tu aborder ce sujet quand il viendra te voir ? demande Hafsa. Pour ma part, je vais de ce pas en parler à mon père. Je m'inquiète de ces horreurs annoncées.

Au cours des jours suivants, Muhammad ne dit rien et le venin se distille. Les propos habilement colportés par les juifs et les hypocrites, qui ne lésinent pas sur les détails terrifiants, se répandent aux quatre coins de Médine et jusqu'aux limites de l'oasis où ils produisent l'effet recherché. L'ardeur guerrière des musulmans, Émigrants et Ansars, faiblit considérablement, et le propagateur de la taverne se frotte les mains en pensant aux vingt chameaux qu'Abou Soufyan lui a promis pour accomplir ce retournement d'opinion.

Lorsque vient le tour d'Aïcha de recevoir son mari, elle remarque son air soucieux. Elle l'accueille avec les caresses et les cajoleries habituelles après lui avoir servi ses plats préférés, et ne peut s'empêcher de lui confier ses préoccupations.

– Tu ne dois jamais douter de la puissance d'Allah, dit-il. C'est lui qui mène le jeu et j'attends ses instructions.

Au matin, tandis qu'ils devisent après leurs ablutions et les prosternations de la prière, on gratte à la porte. Aïcha se glisse derrière le rideau de l'alcôve. Abou Bakr et Omar demandent le Prophète. Comme lui, ils ont leurs espions qui glanent les rumeurs. Ils ont deviné la manœuvre politique du puissant chef des Banu Ommaya, l'un des clans dominants de la tribu des Quraïch.

– Abou Soufyan se trouve dans l'embarras, dit Abou Bakr. La vérité est qu'il se demande comment il pourra mener à bien sa guerre en cette année de sécheresse.

– Ses bêtes n'auront rien à brouter, ajoute Omar. Il devra se charger de fourrage. J'ai entendu que ses réserves sont presque vides.

– Il prêche le faux sur sa puissance afin d'effrayer nos gens, reprend Abou Bakr. Une manœuvre habile pour t'affaiblir, ô Envoyé. Faute de combattants, tu n'iras pas au rendez-vous, et c'est toi qui en subiras l'humiliation. Ta renommée sera entachée, et, du même coup, l'islam.

– Tu vois juste, mon frère, dit Muhammad. Je suis inquiet, en effet. Les fidèles n'ont plus envie de se battre.

Omar intervient de sa voix ferme :

– Tu ne peux en aucun cas revenir sur le défi que tu as toi-même relevé.

– Au train où vont les choses, répond le Prophète, personne ne voudra me suivre.

– Dieu soutiendra Sa religion, reprend Abou Bakr, il donnera la force à Son Envoyé.

– Vous avez raison, conclut le Prophète. J'irai à leur rencontre, même si je dois y aller seul.

– Non, pas seul ! s'écrie Aïcha en tirant le rideau qui la masquait.

Oubliant la réserve imposée aux femmes, elle brave le regard horrifié de son père et se plante devant son époux, en ajoutant :

– Qui oserait t'abandonner ? S'il le faut, je prendrai une épée pour me tenir à tes côtés.

Abou Bakr et Omar s'esclaffent. Le Messager rabroue sa femme avec plus de douceur :

– Tu ne manques pas de courage, je le sais, mais tes prières auront plus d'effet qu'une lame entre tes mains.

– Dieu aura besoin des femmes autant que des hommes pour le défendre. Sans nous, vous perdez votre vitalité.

– Voilà pourquoi votre place est dans vos maisons à nous attendre pour nous ranimer, lui répond Muhammad, visiblement troublé.

Abou Bakr rengaine sa fureur contre l'outrecuidance de sa fille. Les trois hommes reprennent leur conversation. Aïcha se garde d'intervenir lorsqu'elle entend énumérer les préparatifs de la prochaine rencontre qui ne manquera pas d'être sanglante à en croire ce qui se dit.

Quelques jours plus tard, entourée des trois coépouses, elle assiste au départ. Le bien-aimé sort de la ville, entouré de dix cavaliers, suivi d'une troupe de mille cinq cents hommes montés sur des chameaux. Ils brandissent leurs étendards et devisent gaiement. À Badr se tient la grande foire annuelle. Beaucoup parmi eux ont emporté de quoi concrétiser de bonnes affaires.

– Croyez-vous qu'Abou Soufyan sera au rendez-vous ? demande Aïcha en se tournant vers ses compagnes. Pour ma part, je n'en suis pas certaine.

– Si les Quraïch viennent, dit Oum Salama, ils combattront. S'ils ne viennent pas, les nôtres s'adonneront au commerce.

– S'ils doivent se battre, rétorque Hafsa, ils gagneront le Paradis. Et si Dieu leur accorde la victoire, ils reviendront avec plus d'argent dans leur foyer.

Huit jours plus tard, la troupe est de retour. Le Prophète et ses hommes ont paradé autour des étals et montré aux habitants de l'Arabie, attirés par le négoce et la perspective de l'affrontement, qu'ils étaient bien au rendez-vous, prêts à en découdre. Aïcha, soulagée, reçoit l'époux quand vient son tour. Ce dernier lui explique d'un air goguenard :

– Nul n'a vu l'ombre d'un soldat d'Abou Soufyan. Il s'est honteusement désisté. On affirme qu'il est sorti de La Mecque avec deux mille hommes et cinquante chevaux, mais il n'est jamais arrivé à Badr.

Muhammad triomphe, ainsi que ses hommes qui ont réalisé de gros bénéfices allant parfois jusqu'à 100 %. Et tout le monde a rejoint ses foyers en louant Dieu, tandis que dans les rues de La Mecque, Abou Soufyan, reçu sous une pluie de quolibets, relançait le défi en clamant :

– L'année prochaine sera plus clémente. Nous aurons les ressources nécessaires et plus d'herbe verte. Nous les écraserons !

– La partie n'est que remise, dit Aïcha en hochant la tête d'un air désolé.

– La vengeance devra s'accomplir, déclare l'Envoyé. Dieu en fixera l'heure.

En ce début de l'an V de l'Hégire[1], le Prophète a pris conscience de sa puissance et ne se laisse pas impressionner par l'incroyable nouvelle colportée par le vent du désert : Abou Soufyan puise dans son trésor et rassemble une armée gigantesque pour attaquer Médine. Ses espions l'informent du moindre soulèvement de poussière et de tous les pièges idolâtres fomentés autour de la Kaaba. Dès que lui est révélée une tentative de compromis avec une tribu proche de l'oasis afin de l'inclure dans le grand projet d'encerclement, il lance ses hommes pour l'effrayer et la séduire au profit de l'islam. Il construit peu à peu son propre réseau d'alliances autour de la ville. Sa renommée agite les populations jusqu'aux confins du pays. Sûr de lui et de la protection divine, fidèle à ses habitudes, il joue le rôle de guide pour ceux qui viennent l'interroger, ne néglige aucune obligation envers sa famille, ses filles et ses petits-enfants. Avec Abou Bakr, il s'entretient des heures sur les problèmes de la communauté et les dangers qui menacent le proche avenir des Croyants.

Aïcha n'ignore aucun détail de ces longues conversations dont elle est souvent le témoin privilégié. Et lorsque vient son tour d'accueillir l'époux bien-aimé,

---

1. Juin 626.

elle l'interroge entre deux étreintes, sur les sujets qui troublent son esprit, le principal étant de savoir si elle est sa préférée. Muhammad joue avec ses nerfs en gardant un silence amusé sur ses sentiments. Et soudain, vient la réponse :

– Voici ce que m'a dit Gabriel *:* « *Vous ne pourrez, malgré vos efforts, avoir un amour égal pour vos femmes ; mais vous ne ferez pencher la balance d'aucun côté, et vous les laisserez en suspens*[1]. »

Aïcha se redresse, prête à regimber, et il ajoute :

« *Si la dureté et l'aversion du mari faisaient craindre à la femme d'être répudiée, elle doit s'efforcer de le ramener à la douceur*[2]. »

Habile façon de lui rappeler ses devoirs d'épouse afin d'en recevoir le meilleur. Les mains fines courent sur le corps las et raniment le désir afin de lui faire oublier les tracasseries de la journée qu'il ne cesse d'énumérer :

– Les juifs complotent avec La Mecque. Les Infidèles ont juré de m'exterminer et préparent un immense brasier. Les hypocrites oublieront leurs serments et tourneront casaque. Les Croyants résisteront-ils à l'envie de fuir ?

Entre les cuisses de sa bien-aimée, les obsessions s'évanouissent et les murmures amoureux l'enveloppent d'une douce symphonie. Puis vient le tintement de clochettes qui annonce la voix de l'ange et ses propos rassurants.

« *Une partie des Infidèles a conjuré ta perte, mais ils se perdront eux-mêmes. La bonté divine veille sur tes jours*[3]. »

Aïcha éponge son front et s'allonge sur lui pour cal-

---

1. Coran, sourate 4, Les Femmes, verset 128.
2. Coran, sourate 4, Les Femmes, verset 128.
3. Coran, sourate 3, La Famille d'Imran, verset 113.

mer les tremblements. L'époux qu'elle tient entre ses bras n'est pas un homme ordinaire. Il est le Messager qui reçoit la parole divine et porte en lui la bénédiction d'Allah. Comment ne pas l'aimer et le vénérer ? Une émotion l'envahit et elle remercie Gabriel de l'avoir choisie, elle, pour être le témoin des confidences du Ciel, elle seule parmi les autres femmes du harem prophétique. Pour cette raison, ajoutée à sa virginité avant le mariage, elle ne sera jamais comme les autres et gardera sa place dans le cœur de Muhammad.

Au milieu de l'hiver, cependant, l'inquiétude l'envahit à nouveau lorsque celui qui vient la retrouver n'est qu'une apparence de mari. Un corps qui accomplit des gestes conformément aux habitudes, répète les mots qu'elle aime entendre, sourit… mais le regard reste vide et son esprit est ailleurs. Le combat qui se prépare est une réelle menace. Une armée de dix mille hommes s'apprête à marcher sur l'oasis aux premiers jours du printemps, et Médine n'aura que trois mille hommes à leur opposer. N'est-il pas vrai pourtant qu'un Persan, du nom de Salman el Farissi, a proposé une pratique utilisée dans son pays : creuser un fossé autour de la ville, si large et profond qu'il arrêtera la cavalerie ennemie. Cette idée de génie a été adoptée avec enthousiasme. Il suffira de mettre les hommes à l'ouvrage au bon moment. Quelle autre préoccupation tourmente l'Envoyé au point de lui faire perdre l'appétit et toute sensibilité aux caresses les plus subtiles ?

L'arrivée intempestive de Zayd, au milieu de leur dîner, lui apporte un éclaircissement bien plus inquiétant que tout ce qu'elle avait imaginé. Zayd, l'esclave donné par Khadidja, que le Prophète avait affranchi en l'adoptant et qu'il aime comme son propre fils, se plante devant lui, et déclare d'une voix altérée :

– On m'a dit que tu es venu chez moi. Pourquoi n'es-tu pas entré, toi qui es plus que mon père et ma mère ? Zaynab t'aurait-elle plu ? S'il en est ainsi, je la quitterai.

– Garde ton épouse, et crains Dieu, répond Muhammad.

Le jeune homme s'est retiré, bouleversé, et Aïcha observe son mari en silence, effrayée de ce qu'elle a entendu et de ce qu'elle imagine. Sous l'œil inquisiteur de sa jeune épouse, le Prophète, fortement troublé, finit par raconter le drame qui l'obsède depuis cette visite fatale. Il voulait voir Zayd, et il est tombé sur sa femme qui est venue lui ouvrir la porte sans prendre la peine de jeter un voile sur sa tenue d'intérieur :

– Il n'est pas là, mais entre donc, ô Envoyé de Dieu, lui a-t-elle dit. Que mon père et ma mère soient ta rançon.

Elle se tenait dans l'embrasure, rayonnante de beauté, resplendissante de sensualité, et le Prophète, fortement ému, s'est détourné en balbutiant :

– Gloire à Dieu le Magnifique ! Gloire à celui qui dispose du cœur des hommes !

Depuis ce jour, le cœur de l'Envoyé se débat contre les tourments qui l'obsèdent et perturbent sa conscience. Désirer la femme de son fils adoptif est un sacrilège, mais un fils adoptif peut-il être considéré comme un fils issu de ses reins ? Et si la question trouvait sa réponse, il affronterait alors la loi du Coran qui a limité à quatre le nombre des épouses[1]. Le dilemme est insoluble et Aïcha hoche la tête en disant sur un ton affligé :

– Dieu t'enverra la lumière et te guidera sur le bon chemin.

Mais la vie tranche parfois en lieu et place des hommes. Après cet incident, le couple qui battait de l'aile, de disputes en incompréhension, a fini par se dis-

---

1. Coran, sourate 4, Les Femmes, verset 3.

loquer de lui-même. Zayd et Zaynab ont divorcé par consentement mutuel, malgré les exhortations du Prophète qui leur répétait :

– Parmi les choses licites, celle qui est le plus désagréable à Dieu est le divorce.

Zaynab est libre. Une exceptionnelle beauté que tous les hommes vont convoiter. Muhammad le premier, qui se lamente d'avoir à se plier aux règles du Coran. Aïcha est inquiète, mais la guerre arrive à point pour ramener son époux à de plus sérieuses préoccupations. La perspective ne lui sourit guère, mais dans l'action qui se présente elle entrevoit le salut et la délivrance. Le Prophète oubliera la tentation de Zaynab pour se conduire en chef d'État qui doit défendre le territoire de ses fidèles, et ne sera plus que l'Envoyé de Dieu chargé de résister aux Incroyants afin de faire triompher l'islam.

Elle prie le Tout-Puissant pour le remercier de cette épreuve qui sauvera son mari, sans se douter des tourments que le Ciel lui réserve.

15.

L'arrivée d'un courrier de l'oncle Abbas, qui espionne au cœur de La Mecque, met la ville en émoi. Le Prophète se repose dans la maison d'Aïcha lorsque le cavalier se présente pour annoncer :

– Les troupes des Quraïch font mouvement vers Médine. Une armée de quatre mille guerriers va suivre la route du littoral. Une seconde armée, plus importante, arrivera par la plaine du Nejd, appuyée d'au moins six cents cavaliers.

– Si je comprends bien, dit Muhammad en le fixant droit dans les yeux, Médine sera bientôt encerclée. Il est temps de nous préparer.

Il sort de sa couche et s'habille en hâte. Près de lui, Aïcha fait de même afin de suivre les événements et prêter main-forte s'il le faut. L'alerte est donnée dans l'oasis, les Compagnons se rassemblent dans la cour de la mosquée pour entendre le discours du Maître qui déclare :

– Dieu dit qu'il viendra une armée dont l'aspect éton-nera les hommes, leurs cœurs failliront et leurs bras tomberont ; personne ne saura si Médine sera sauvée, mais la ville subsistera[1].

On tient conseil sur la stratégie et l'on décide à l'una-nimité de s'enfermer dans la ville. Salman, le Persan,

---

1. Cité par l'historien Tabari.

obtient carte blanche pour creuser les fossés en appliquant les méthodes de son pays. Tous les hommes se mettent au travail selon ses directives. Le Prophète lui-même participe à l'opération. Vêtu d'une tunique rouge, les cheveux épars sur ses épaules, il transpire sous le soleil et chante pour les entraîner à maintenir le rythme des coups de pelle et de pioche. Pendant six jours, de l'aube au crépuscule, il accompagne ses fidèles en les rassurant :

– Dieu nous donnera la victoire, et ceux-là prendront la fuite.

Pendant ce temps, dans la ville, Aïcha et les trois coépouses recensent les provisions de grain de la Communauté et s'activent aux côtés de ceux qui cherchent un refuge au cœur de la cité. Les femmes et les enfants ont été rassemblés dans les fortins renforcés, les villageois et leurs troupeaux se sont réfugiés à l'intérieur des murs, les champs ont été moissonnés. Rien ne reste pour le profit de l'adversaire.

La besogne est achevée lorsque apparaissent les armées des infidèles qui restent frappées d'étonnement devant l'immense tranchée, large et profonde. Jamais ils n'avaient vu pareille chose. Ils s'emportent et vocifèrent, pestant contre cette ruse de guerre indigne, qu'aucun arabe n'a employée auparavant. De l'autre rive, le Prophète les observe et ricane. Dans sa ville, la population est à l'abri. Il installe son camp non loin du fossé, derrière les remblais de terre, et veille avec ses trois mille combattants. Sous sa tente de cuir rouge, Aïcha ne craint pas de le rejoindre quand vient son tour. La multitude ennemie répandue devant elle, aussi loin que le regard porte, ne lui fait pas peur. Contre la ruse du Persan, les Quraïch sont impuissants. Un sourire étire ses lèvres et son œil savoure la défaite qui s'annonce. Gabriel est apparu pour leur raconter ce qui, pour lui, appartient au passé, et qui sera bientôt écrit dans le Coran, car elle a noté :

« *Ils venaient contre vous, d'en haut et d'en bas ; vos regards étaient troublés, vos cœurs vous remontaient à la gorge et, en proie aux plus vives alarmes, formaient de Dieu des pensées différentes. Les fidèles éprouvèrent de violentes agitations, les impies disaient : "Dieu et le Prophète nous ont menti. Retournez sur vos pas* [1] *".* »

Il est vrai que les hypocrites sont terrés derrière les murs, non loin de leurs amis juifs des Banu Qorayza, attendant le moment propice pour se joindre aux Quraïch qui leur ont promis une part du butin. Mais leur objectif principal est de nettoyer Médine de ces « profiteurs étrangers » qui occupent la place et se multiplient au nom de l'islam. En présence d'Aïcha, Muhammad tient conseil et les séances se succèdent.

– Vont-ils nous frapper dans le dos ? demande Omar.

– Ils y pensent, mais n'oseront pas, dit Abou Bakr. Le danger qui plane sur Médine plane aussi sur eux. Ils sont liés par le Pacte de non-belligérance.

Pendant plus de deux semaines, les forces antagonistes s'affrontent par-dessus le fossé. Quelques audacieux le franchiront pour des combats singuliers, mais le gros de la troupe se contente de jets de flèches et de pierres, accompagnés d'imprécations et d'insultes, qui entraîneront quelques morts : trois d'un côté et cinq de l'autre. Le Prophète joue de mille ruses pour se rallier les indécis et couper l'ennemi des alliés escomptés. Aussi souvent qu'il le peut, il se prosterne et invoque le Seigneur :

– Ô Dieu, Toi qui as révélé le Livre, Toi qui es prompt à demander des comptes, mets en fuite les confédérés, mets-les en fuite et fais-les trembler [2] !

---

1. Coran, sourate 33, Les Conjurés, versets 10, 11, 12.
2. Cité par l'historien Waqîdi.

Le siège traîne en longueur, un air humide pénètre jusqu'aux os, les hypocrites et les Banu Qorayza oublient leurs promesses de soutien et restent cois. Abou Soufyan, une fois de plus humilié, songe à s'enfuir. Le Ciel, soudain, porte le coup de grâce. Aïcha en est témoin. À peine a-t-elle rejoint la tente de son époux, qu'un vent glacial se met à souffler, venant de l'est. Des torrents de pluie s'abattent sur les deux camps de l'ennemi. En plein milieu de la nuit, une violente tempête arrache les tentes, renverse les marmites, éteint les feux et plaque au sol les hommes tremblant de peur et de froid. Dans le camp musulman, protégé par la hauteur des remblais, aucun ravage ne s'est produit, mais les fidèles grelottent et sont fatigués. Sous son abri de cuir rouge, agenouillé près d'Aïcha qui l'a recouvert d'un manteau en marâfil[1], le Prophète prie et entend la voix de Gabriel :

« *Ô vous qui croyez, rappelez-vous les faveurs du Ciel. Une armée ennemie fondait sur vous ; nous déchaînâmes contre elle un vent impétueux et des milices invisibles*[2]. »

À la fin de la nuit, un combattant vient lui dire :

– L'ordre de marche a retenti dans le premier camp, l'autre est désert.

Bilal chante la prière de l'aube. Dès que celle-ci est accomplie, le Prophète s'approche du fossé et constate qu'au-delà, la plaine est totalement vide.

– Viens voir, Aïcha, s'écrie-t-il, la guerre est finie. Yallah ! On rentre à la maison.

Elle découvre à son tour les vestiges abandonnés de ceux qui hier encore criaient vengeance. L'immense armée de La Mecque s'en retourne en loques à travers le désert et Muhammad, son époux, exulte. La déconfi-

---

1. Nom d'une étoffe au tissage particulier.
2. Coran, sourate 33, Les Conjurés, verset 9.

ture n'est plus de son côté. En ce onzième mois de l'an V, sans coup férir, il a triomphé de cette rivale qui ne s'opposera plus.

– Le prestige des Quraïch est laminé, lui dit-elle avec le regard d'une femme qui aime de toute son âme. C'est toi qui détiens la puissance, désormais.

– Aucune force ne viendra plus entraver l'expansion de l'islam, ajoute-t-il en serrant dans la sienne la main de sa jeune épouse.

À cinquante-huit ans, il ne s'est jamais senti aussi vigoureux. Auprès d'Aïcha qui chevauche fièrement à ses côtés, suivi de ses trois mille hommes, il regagne Médine en remerciant Dieu de ce succès qui permet tant de projets. Chacun dépose ses armes et se rend à la mosquée pour la prière de midi que le Prophète conduit avec une certaine solennité. Sur la dernière prosternation, il se fige un long moment puis se lève et harangue ses hommes. Gabriel vient de lui apparaître, raconte-t-il :

– Monté sur une mule et magnifiquement vêtu, il avançait vers moi, coiffé d'un turban de brocart d'or et d'argent. Il m'a demandé : « As-tu laissé tomber tes bras ? » J'ai répondu « oui » et il s'est écrié : « Les anges n'ont pas déposé les armes. Je viens de poursuivre les Quraïch et leurs hommes en déroute. Dieu t'ordonne maintenant de marcher contre leurs alliés juifs des Banu Qorayza. Moi-même je me rends chez eux afin de secouer leurs fortins [1].

Abasourdis, les hommes se rassemblent autour du Prophète qui ajoute :

– Il n'y aura pas de prière de l'après-midi avant d'avoir atteint le territoire des Qurayzah.

À son gendre, Ali, il remet la bannière et tout le monde repart, obéissant aux ordres d'Allah. Aïcha et les

---

1. Cité par l'historien Ibn Ishâq.

trois coépouses les observent tristement. Muhammad passe devant chacune d'elles afin de les saluer d'un mot affectueux. Il s'attarde auprès de sa bien-aimée qui ne peut retenir ses larmes et trouve le Ciel bien exigeant. Son jour n'est pas terminé. Elle redoute de se retrouver seule, privée de son temps d'intimité dans les bras de son guerrier. Il se penche pour une dernière caresse sur les cheveux de feu.

– Devant Dieu, nul ne se dérobe. Courage, ma gazelle, je reviens bientôt.

Attente insupportable qui va durer vingt-cinq jours et vingt-cinq nuits au bout desquels, enfin, une clameur secoue la ville. Le Prophète est de retour. Derrière lui marchent les captifs enchaînés : huit cents hommes condamnés à mourir, précédant le flot gémissant de leurs femmes et de leurs enfants destinés à la servitude. Sur leur passage, nul ne s'émeut de leurs lamentations. Aïcha moins que d'autres. Pour ces juifs qui s'apprêtaient à les trahir au profit de l'ennemi incrédule, point de clémence.

– Pourquoi ne pas leur accorder le même traitement qu'à leurs cousins des Banu Qaynoqâ et des Banu Nadir ? demande Oum Salama, plus compatissante. L'exil avec une partie de leurs biens serait un juste châtiment.

– Que feront-ils de leur liberté ? rétorque Aïcha d'une voix revêche. Comme leurs cousins, ils se joindront aux Quraïch afin de combattre l'islam. Gabriel nous a prévenus. Je n'oublie pas ses paroles : « *Si tu l'emportes sur eux dans la guerre, fais-en un exemple afin de jeter la crainte chez ceux qui se tiennent derrière eux, pour qu'ils prennent garde*[1]. »

---

1. Coran, sourate 8, Le Butin, verset 59.

– Tu crois vraiment que le Prophète va les tuer ? C'est horrible !

Aïcha se dresse pour la toiser d'un regard glacé.

– Le Prophète obéit à Dieu, et Dieu sait ce qu'il fait quand il transmet ses ordres.

Satisfaite d'avoir cloué le bec de la Makzûmite, elle se retourne brusquement et emboîte le pas de Sawdah et Hafsa. Entraînées par le mouvement de la foule, elles se précipitent vers la place du marché où la population s'est rassemblée pour contempler les captifs résignés. Jouant des coudes, elles se faufilent au premier rang. Tous les yeux sont fixés sur le Prophète entouré de ses Compagnons. Quel sera le verdict ? Il palabre et en appelle au chef des Aws, allié de cette tribu juive. Un homme respecté dont l'arbitrage ne peut être suspecté.

– Il faut les égorger tous, clame le vieux sage, partager leurs biens et réduire en esclavage leurs femmes et leurs enfants !

Muhammad le salue en disant :

– Tu as prononcé le jugement de Dieu, de par-dessus les sept cieux !

Dans la foule en suspens qui attend la décision finale, Aïcha entend une voix derrière son épaule, qui murmure :

– Ce qu'il a dit est conforme à la loi juive : « *Et lorsque le Seigneur ton Dieu l'aura livré entre tes mains, tu feras passer tous les mâles au fil de l'épée ; mais les femmes, les enfants, le bétail et tout ce qui se trouvera dans la ville, ainsi que tout son butin, tu le prendras pour toi*[1]. »

Elle se retourne afin d'identifier celui qui a parlé, mais ne voit que des femmes enveloppées de châles. Et soudain, chacun étouffe un cri lorsque l'Envoyé de Dieu, sur un ton impitoyable, ordonne de creuser une

---

1. Deutéronome 20, versets 10 à 14.

fosse. Tout le monde s'écarte et forme un grand cercle au centre duquel des hommes se mettent au travail. Lorsqu'ils ont terminé, Muhammad s'assied au bord de l'immense trou, puis fait appeler Ali, son gendre, et Zobayr. Aïcha reconnaît son beau-frère, le mari de sa sœur Asmah, et ne défaille pas lorsqu'elle entend son époux tonitruer :

– Prenez vos sabres ! Égorgez-les !

Aussi froide qu'un bloc de marbre, elle assiste au sanglant spectacle sans ciller quand, un à un, les hommes s'approchent, et sont basculés dans le vide après avoir été décapités. La foule, comme statufiée, garde le silence. Ici et là, certains saluent les exécutions d'un « *Allah Akbar* ! » qui apaise les consciences. Ces juifs avec lesquels on aurait aimé vivre en frères n'ont-ils pas mérité leur sort puisqu'ils ont refusé jusqu'au dernier instant la proposition qui leur était faite d'embrasser l'islam, et qu'auparavant ils avaient pactisé avec les idolâtres de La Mecque afin d'éliminer le Prophète qui leur faisait ombrage avec sa nouvelle religion ? « *Dieu est juste, Il sait ce qu'Il fait. Sa justice est imparable pour ceux qui s'entêtent à ne pas obéir.* » N'ont-ils pas entendu le Prophète répéter ces vérités dans chacun de ses prêches ?

L'événement impressionne et sera largement commenté par les témoins dont les récits seront colportés aux confins du désert, partout où ceux qui les écouteront frémiront de crainte et s'empresseront de s'incliner devant la puissance affirmée du nouvel homme fort, Muhammad.

Le soir tombe et l'on allume des torches. Sept cents corps et têtes ont roulé. Après les adultes, on passe aux adolescents pubères, et l'on termine par une femme qui se présente avec fierté sous le couperet. De ses mains, elle a jeté un bloc de pierre sur un soldat de l'islam qui a été écrasé. Elle revendique son crime, et Aïcha, bouleversée, n'oubliera jamais le rire sorti de la gorge impie avant qu'elle ne soit tranchée par le sabre d'Ali. Longtemps elle reverra la scène et tentera de comprendre. Devant la mort, les plus fermes s'étaient résignés et s'étaient inclinés dignement. Comment cette femme, jeune encore, avait-elle trouvé le courage de saluer ses bourreaux et la foule ennemie avec tant de désinvolture ? Sa foi l'avait peut-être soutenue, mais ne lui avait pas sauvé la vie. Il n'en restait pas moins qu'elle avait tué, et la loi du talion s'appliquait.

Entourée des trois coépouses, Aïcha regagne son logis en s'interrogeant sur le bienfait de tant de cruauté. Ce soir-là, elle ne verra pas Muhammad qui se rendra chez Oum Salama, selon le tour établi, mais elle apprendra de la bouche de Sawdah, dont l'oreille a traîné, que leur mari commun a reçu dans sa part de butin une esclave juive fort désirable qu'il a nommée Rayhana et l'aurait épousée, séance tenante, si la belle n'avait refusé avec hauteur, préférant sa situation servile à celle de concubine.

– N'a-t-il pas réagi à l'insulte ? demande Aïcha stupéfaite par une telle arrogance de la part de la mécréante.

– Il a ri, comme tu sais, et l'a confiée à sa tante Salma, afin qu'elle l'instruise dans notre religion.

– Si elle lui plaît, il lui rendra visite, mais il ne peut l'épouser puisque nous sommes quatre.

– Nous devrons nous méfier de Zaynab, ajoute Sawdah. Elle tourne autour de lui, en lui expliquant qu'elle est divorcée à cause de lui.

– Tu as raison. Il ne résistera pas à sa beauté et voudra la conquérir. Mais il doit respecter l'ordre d'Allah.

Aïcha voit juste. Imprégnée des rigueurs du Coran, elle ne peut se douter du péril imminent qui la guette.

Quand vient son tour d'accueillir l'époux bien-aimé, elle ne pense qu'à le captiver et s'apprête à le séduire en jouant de ses charmes qui la distinguent des épouses rivales. Elle connaît les faiblesses de son homme et ce qui l'attire : les cheveux d'or cuivré qui enflamment ses yeux, le corps gracile qui s'enroule autour de lui comme une liane, la peau blanche et satinée, les seins ronds qu'il tient dans ses mains, le ventre parfumé de musc qui lui sert de coussin. Nue sous une profusion de voiles nacrés, les sens en éveil, elle attend son maître des plaisirs. Lorsqu'il arrive enfin et l'enveloppe d'un regard sans équivoque qui la met en émoi, elle s'offre sans réticence et l'accompagne sur le chemin de toutes les voluptés.

Elle entend son cri de jouissance et le « *Allah Akbar !* » habituel qui précède un petit somme. Soudain, il se redresse en s'écriant :

– Qui va trouver Zaynab pour lui porter la bonne nouvelle ? Dieu me l'a donnée en mariage du ciel même.

Aïcha en perd le souffle et se fige. La foudre ne l'aurait pas frappée aussi fort. Elle croit s'évanouir et jette sur Muhammad un œil éperdu, espérant une méchante plaisanterie. Il sourit et le bonheur l'illumine tandis qu'il répète la révélation qu'il vient de recevoir :

« *Lorsque tu dis à celui que Dieu avait enrichi de ses grâces, et que tu avais comblé de biens : garde ton épouse et crains le Seigneur, tu cachais dans ton cœur un amour que le ciel allait manifester ; tu appréhendais les discours des hommes, et c'est Dieu qu'il faut craindre. Zayd répudia son épouse. Nous t'avons lié avec elle, afin que les fidèles aient la liberté d'épouser les femmes de leurs fils adoptifs après leur répudiation. Le précepte divin doit avoir son exécution*[1] ».

– Dieu est bien prompt à contenter tes désirs, souffle-t-elle en retenant ses larmes.

---

1. Coran, sourate 33, Les Conjurés, verset 37.

Elle appelle la servante et l'envoie porter le message à Zaynab bint Jash, la « fille de l'âne », qu'elle déteste. La colère l'envahit, mêlée de crainte, de jalousie et de chagrin. Le monde s'écroule. Elle n'est plus la seule que Dieu a choisie pour Son Envoyé. Pourquoi lui a-t-Il donné Zaynab ? On dit que sa beauté dépasse l'imagination. De plus, c'est une parente du Prophète, une petite-fille de son oncle Al Muttalib, cousin des Banu Hachim, et c'est lui qui l'avait mariée à Zayd, son fils adoptif, qu'elle avait accepté, contrainte et forcée. N'a-t-elle pas fait exprès d'oublier de se couvrir afin de mieux séduire le maître de la ville ? Une femme ambitieuse qui va révolutionner la paix du harem. Aïcha fait tristement le compte de ses avantages qui s'amenuisent. Sa supériorité ne vient plus du choix de Dieu qu'elle doit partager. Il ne lui reste que sa virginité avant le mariage, et son jeune âge. Elle est surtout la seule des épouses avec laquelle le Prophète reçoit les révélations de Gabriel qui lui transmet, de surcroît, ses salutations. En cette fin de l'an V, elle approche des quinze ans, et possède une silhouette longiligne grâce aux jeûnes répétés et à une diète appropriée. Sera-t-elle encore la préférée ?

– Ne pleure pas, douce gazelle, lui dit Muhammad. Tu dois aimer ce qui me rend heureux. Tu n'es pas sortie de mon cœur. J'ai besoin de toi et j'aime ta façon de m'aimer. Tu es celle que j'ai initiée à mon plaisir. Toi seule, Aïcha, l'unique et la véridique.

Devrait-elle le remercier pour ces paroles qu'il aura oubliées quand il sera dans les bras de Zaynab ? Que dira-t-il aux autres épouses pour leur faire accepter l'arrivée d'une concurrente qui va leur ravir une nuit et un jour dans le cycle du partage ? En espérant que leurs allocations quotidiennes ne seront pas diminuées pour autant, ce qui provoquerait une sérieuse révolte du gynécée.

On apprête une chambre près de celle de Oum Salama. La noce est annoncée, soulevant une volée de critiques chez les hypocrites et les indécis. Ils saisissent le prétexte pour noircir l'Envoyé de Dieu qui se permet pour lui-même ce qu'il a interdit aux autres selon les révélations inscrites dans le Coran. Contrairement aux règles, il épouse la femme de son fils. Comment distinguer désormais entre le licite et l'illicite ? Gabriel, une fois de plus, vient au secours de l'Apôtre de Dieu avec quelques versets de circonstance :

« *Muhammad n'est le père d'aucun de vos mâles, mais l'Envoyé de Dieu, le Sceau des prophètes* [1] ... *Dieu n'a pas donné deux cœurs à l'homme. Il n'a pas accordé à vos épouses les droits de vos mères, ni à vos fils adoptifs ceux de vos enfants... Rendez vos fils adoptifs à leur père. Cette action est équitable aux yeux de Dieu* [2] ... »

On parlera de « Zayd ibn Hâritha » et non « Zayd ibn Muhammad ». Il restera parmi les plus proches du Messager qui l'estime et l'admire pour son exceptionnelle érudition. Car c'est bien lui qui lui a fait connaître les Écritures des juifs quand il voulait comprendre leur religion et mettre au point sa lutte idéologique contre leurs thèses. Il est aussi un fidèle compagnon de la première heure, un vaillant combattant sur lequel il pourra compter jusqu'à sa mort.

Pour cette noce, qu'il veut célébrer avec un éclat inhabituel, le Prophète fait égorger un mouton et invite tous ses Compagnons ainsi qu'un grand nombre de ceux qui l'ont suivi dans les heures difficiles depuis Badr. Sa dernière victoire sur les coalisés, que l'Histoire retiendra sous le nom de « Bataille des Fossés », a ridiculisé Abou Soufyan et l'autorité de La Mecque, incontestée jusque-là. Il en a gagné plus de prestige et

---

1. Coran, sourate 33, Les Conjurés, verset 40.
2. Coran, sourate 33, Les Conjurés, versets 4, 5.

son pouvoir s'est affirmé. Aux yeux de la communauté élargie de Médine, cela tient du prodige et ne peut s'expliquer que par le soutien de Dieu dont Muhammad est véritablement l'Envoyé. On se presse en foule dans la maisonnette de la nouvelle mariée. Les serviteurs sont étonnés d'avoir assez de nourriture pour contenter tant de personnes. À peine terminés, les plats se regarnissent comme par magie, et les convives repus laissent leur place à ceux qui attendent au-dehors. Certains s'attardent jusqu'à une heure avancée, et monopolisent le Prophète tandis que Zaynab, assise le dos contre le mur derrière la tenture, s'impatiente. Quand l'aube blanchit le ciel et que monte la voix de Bilal appelant à la prière, tout le monde se retire enfin, et Muhammad vient la retrouver, furieux de l'indiscrétion de ces gens qui l'ont empêché de consommer son union avec l'épouse tant désirée.

De sa chambre, Aïcha a suivi les va-et-vient, entendu les brouhahas tout au long de la nuit et jubile du contretemps. Piètre victoire qui lui laisse un sourire amer. Pendant quatre jours et trois autres nuits, ils auront le temps de roucouler. La jalousie se réveille et lui ronge le cœur. Zaynab est plus belle qu'Oum Salama. Elle l'a vue arriver avant le banquet. Elle comprend le vertige du Prophète, son envie de posséder cette femme magnifique qui éveille le désir au premier regard, et laisse derrière elle un sillage au parfum subtil, animé du tintement de ses bracelets. Va-t-elle l'ensorceler et devenir sa favorite ? Aïcha s'inquiète et mijote quelques pièges. Sawdah et Hafsa ne refuseront pas d'être ses complices. N'ont-elles pas la primauté dans ce harem, face aux aristocrates Oum Salama et Zaynab qui ne manqueront pas de faire état de la supériorité de leur naissance et de leur âge ? Comme la Makhzûmite, la « fille de l'âne » a plus de trente ans. La vieillesse la touchera bientôt de ses marques sournoises.

Quelle n'est pas la stupeur d'Aïcha quand elle entend son époux annoncer les dernières révélations de Gabriel reçues au lendemain du festin ? Son cœur s'affole. Zaynab a-t-elle eu le même privilège qu'elle ? L'Envoyé était-il entre ses cuisses lorsqu'il a entendu la voix de l'ange ? Aurait-elle perdu son avantage le plus précieux ? Non. La suite du discours la rassure. Et elle l'écoute attentivement dès qu'elle apprend que Dieu a parlé dans la mosquée ; pendant la prière de l'aube, Il est venu au secours de son Apôtre, fortement irrité par le sans-gêne de ses fidèles, en lui livrant les règles de conduite et de respect que la communauté devra désormais appliquer.

« *Ô croyants ! N'entrez point sans permission dans la maison du Prophète, excepté lorsqu'il vous invite à sa table. Rendez-vous-y lorsque vous y êtes appelés. Sortez séparément après le repas et ne prolongez point vos entretiens ; vous l'offenseriez. Il rougirait de vous le dire, mais Dieu ne rougit point de la vérité. Si vous avez quelque demande à faire à ses femmes, faites-la à travers un rideau. C'est ainsi que vos cœurs et les leurs se conserveront dans la pureté. N'épousez jamais les femmes avec qui il aura eu commerce ; ce serait un crime aux yeux de l'Éternel*[1]. »

Aïcha n'est pas mécontente de ces règlements. Chaque fois que le Prophète était chez elle, sa maison était un caravansérail. Les Compagnons, les fidèles, n'importe qui entrait et sortait à sa guise pour échanger quelques mots ou demander un éclaircissement sur un point de doctrine. Il leur arrivait souvent de s'asseoir auprès de leur couple et de plonger leurs mains dans les plats du déjeuner ou du dîner, sans égard pour elle-même, l'épouse, qu'ils bousculaient sans gêne. Muhammad, agacé, n'osait pas les renvoyer. L'affaire est claire.

---

1. Coran, sourate 33, Les Conjurés, verset 53.

Elle en voit les avantages pour les épouses du Prophète, déclarées différentes des autres puisqu'elles reçoivent le titre de « Oum al Mouminum » Mères des Croyants, et ont droit au respect.

« *Épouses du Prophète, vous êtes distinguées des autres femmes. Si vous avez la crainte du Seigneur, bannissez de votre langage les mollesses de l'amour. Que celui dont le cœur est blessé n'ose espérer. Répondez avec une noble fermeté... Restez au sein de vos maisons. Ne vous parez point comme aux jours de l'idolâtrie. Faites la prière et l'aumône. Obéissez à Dieu et à son ministre. Il veut écarter le vice de vos cœurs. Vous êtes de la famille du Prophète. Purifiez-vous avec soin*[1]. »

Elles n'auront plus la possibilité de sortir librement de leurs maisons. Elles devront être accompagnées, couvrir leurs cheveux et leur poitrine, et voiler le visage d'un *niqab*, afin que nul ne les traite avec rudesse ou familiarité. Ainsi, à la nuit tombée, lorsque ces dames du harem se disperseront dans la nature pour des commodités personnelles, les jeunes gens délurés en quête de bonne fortune ne pourront les confondre avec des esclaves et les importuner, comme ils ne cessaient de le faire jusqu'à ce jour.

Les coépouses se plient sans regimber à ces instructions divines qui obligent chacun à plus de courtoisie et de politesse à leur égard. Elles sont enfin libres de recevoir les membres de leurs familles, pères, frères, oncles, cousins avec leurs femmes et leurs enfants, et de jouir de leur présence dans une atmosphère d'intimité sans promiscuité de visiteurs étrangers. Après avoir discuté des bons et des mauvais côtés de ces mesures, elles concluent, à l'unanimité, que Dieu les distingue d'une considération particulière qui leur confère une dignité

---

1. Coran, sourate 33, Les Conjurés, versets 32, 33.

devant laquelle chacun devra s'incliner. Le *hijab* n'est pas une prison, comme certains le diront, quant au voile dont elles s'enveloppent et au *niqab* qui ne montre que les yeux, ils seront souvent les complices de l'anonymat.

Muhammad se réjouit de constater une telle entente entre ses femmes qui pérorent gaiement pour une fois. Il s'assied dans le cercle, badine avec l'une, taquine l'autre, les complimente pour leur beauté et leur promet de respecter rigoureusement l'ordre des nuits de chacune.

– Vous recevrez chaque mois la même quantité d'argent et de nourriture, précise-t-il, et vous m'accompagnerez, une à une, dans mes voyages. Un tirage au sort désignera l'élue.

Des cris de joie saluent la dernière proposition. L'aventure hors de Médine, la solitude avec l'époux bien-aimé, loin des rivales délaissées par le choix du hasard… Chacune regagne son logis, bâtit des rêves à longueur de nuits, et prie le Ciel de la nommer pour le prochain départ. Et tandis que le Prophète s'enferme avec Oum Salama, Aïcha s'endort en imaginant les rivages de la mer scintillante, brodés de fins coquillages nacrés qu'elle foulerait aux pieds en tenant la main de son époux tant aimé.

III

La bien-aimée

16.

En ce début de l'an VI[1], le feu couve. La Mecque
s'inquiète. Les bandes armées du Prophète menacent les
routes du désert et celles de la côte. Les caravanes de
Syrie ou d'Alexandrie tombent dans leurs embuscades.
Les « Faucons de Médine » s'emparent des cargaisons,
des bêtes et des hommes qui représentent de belles rançons. Voyant leurs affaires décliner, les Quraïch offrent
des ponts d'or aux tribus du littoral et du Nejd pour les
encourager à se soulever contre la puissance de Muhammad qui les pousse à la ruine. Pendant ce temps, le
Prophète rit dans sa barbe et se frotte les mains. Les
raids lui rapportent gros en argent, chameaux et chevaux. Quant aux tractations avec les tribus voisines, il
bat les Quraïch sur leur propre terrain. À coups de
sabre, il négocie des alliances durables avec ceux-là
même qui devaient l'attaquer. Sa rapidité surprend, ses
épées inquiètent, son discours emporte les adhésions.
Son autorité s'étend de plus en plus, et l'on s'incline
devant le nouveau maître, en rejoignant les rangs de
l'islam.

Un matin, enfin, Aïcha exulte. Le sort l'a désignée.
C'est elle qui accompagnera le Prophète au cours d'une
grande expédition qu'il vient de décider. Ses rivales la
regardent avec envie, tandis qu'elle roule quelques

---

1. Juin 627.

vêtements dans un sac en laine tissée qu'elle a brodé de ses mains. Elle noue autour de son cou le collier d'agates du Yémen offert par son bien-aimé. Le plus beau de sa collection et son favori. Un bijou qui va bouleverser sa vie par le terrible événement qu'il va déclencher.

À la tête de ses troupes, le Prophète se dirige vers le territoire des Banu Al Mustaliq, au sud-ouest de Médine, non loin de la côte et de La Mecque. Ses espions l'ont informé que les Quraïch ont convaincu ces Bédouins d'attaquer Médine à l'aide des renforts des autres clans de leur tribu. Afin de les devancer, il lance ses hommes. Huit jours plus tard, il arrive aux abords de leur camp avant qu'ils n'en soient sortis. Installée dans son palanquin, Aïcha suit le mouvement et contemple les lignes adoucies des collines orangées sur le bleu du ciel. La main sur son collier, elle caresse les boules d'agate qui rafraîchissent ses doigts et sourit de contentement. Il est toujours présent autour de son cou.

Deux jours plus tôt, la parure s'était détachée et avait glissé sur le sable. Elle avait crié et la caravane s'était arrêtée. Chacun avait cherché et n'avait rien trouvé. L'heure de la prière approchait, il n'y avait aucun puits pour les ablutions. Les soldats avaient pesté contre son caprice de gamine qui entravait leurs dévotions. Son père, le sage Abou Bakr, s'était emporté et l'avait grondée vertement. Tous s'étaient lamentés auprès du Prophète de l'impossibilité de prier sans eau pour se purifier. Fort embarrassé, tiraillé entre ses troupes et sa femme, Muhammad s'était éloigné afin de réfléchir. Il avait reçu une révélation de Gabriel qui avait sauvé la situation :

« *Si vous ne trouvez pas d'eau, purifiez-vous avec de la terre propre avec laquelle vous vous frotterez le visage et les mains*[1]. »

---

1. Coran, sourate 4, Les Femmes, verset 46.

Aussitôt le Prophète s'était agenouillé pour saisir une poignée de sable et y plonger sa face. Tous l'avaient imité et s'étaient exclamés :

– Ce n'est pas le premier bienfait que tu nous as apporté, ô famille d'Abou Bakr !

Aïcha en avait ressenti un profond soulagement avant de se résoudre à oublier le bijou perdu. Lorsque son chameau s'était relevé, on avait découvert le collier caché sous son ventre. Elle avait doublement remercié Dieu et gardé sur sa peau, comme un talisman, le gage d'amour qui avait favorisé une si grande découverte : l'ablution sèche sera capitale pour les musulmans de l'Arabie.

Ce soir-là, le Prophète se sentait d'humeur légère. Lorsqu'elle l'avait rejoint sous sa tente de cuir rouge, il lui avait proposé de faire la course. Elle avait relevé sa robe, il avait agi de même, et ils avaient couru pieds nus sur le sable. Il l'avait devancée et s'était écrié :

– Ceci est ma revanche. Te souviens-tu ? La dernière fois, c'est toi qui avais gagné !

Ils s'étaient écroulés pour reprendre haleine. Unissant leurs doigts sous la poudre blonde, ils avaient remémoré ce jour à La Mecque où il lui avait demandé l'objet qu'elle tenait. Elle n'était qu'une petite fille alors, et s'était enfuie en courant. Il l'avait poursuivie dans la ruelle sans pouvoir la rattraper. Huit ans avaient passé depuis ce temps où il était l'homme à abattre. Aujourd'hui, il triomphait. Son âge n'avait pas affaibli son corps musclé. Ses cheveux et sa barbe étaient noirs et brillants, sans fil d'argent. La cicatrice de Ohod accentuait le feu de ses yeux lorsque ses lèvres se penchaient vers Aïcha, emprisonnant sa bouche dans une longue étreinte sous le ciel étoilé.

Le signal du guetteur la sort de sa rêverie. Les tentes des Al Mustaliq apparaissent entre les dunes. La caravane s'arrête près de leur point d'eau. Les hommes installent le camp et se rassemblent autour du Prophète dont ils attendent les ordres.

– *Yallah !* dit-il en levant son sabre. *Allah Akbar !*

Ils se jettent à l'assaut et Aïcha demeure seule à l'arrière, au milieu des tentes vides, en compagnie des serviteurs, des chameliers et des animaux de bât. Des cris montent au loin, au-delà des dunes. Des sabres s'entrechoquent sur un fond de clameurs. L'inquiétude lui serre l'estomac. Mais le combat ne dure pas, la résistance est faible. Ils reviennent vite avec un joli butin : deux cents familles se sont rendues avec deux mille chameaux et un troupeau de cinq cents moutons et chèvres. Les guerriers se réjouissent de cette quantité de captifs qu'ils pourront vendre ou garder à leur service. On s'attarde pour quelques jours.

– Après la bataille, un peu de repos, déclare Muhammad.

Sous la tente, Aïcha l'attend et s'empresse de le satisfaire, goûtant jusqu'à l'ivresse ces heures de bonheur inattendu dans les bras du bien-aimé. Le succès des armes met fin à l'expédition. Le retour est proche. À Médine, elle ne sera plus seule. Elle devra s'effacer devant les autres épouses qui se languissent.

– Pour toi, je vais arrêter le temps, dit-il en la serrant contre lui. Je veux t'emmener au fond du désert et tu verras la mer.

– J'en rêve depuis toujours !

– Assis sur le sable mouillé, là où les vagues se meurent, nous écouterons le chant de la houle. Tu contempleras cette force mystérieuse qui sourd de l'infini avec un doux rugissement et tu comprendras le pouvoir d'Allah.

Mais une dispute éclate entre un Émigrant et un Khazraj. Chacun fait appel à ses alliés, et la querelle s'envenime. De graves insultes sont prononcées contre les Émigrants, ces « éternels profiteurs qui s'emparent du bien d'autrui ». Qui fera justice ? La colère envahit Muhammad.

– Des Arabes, croyants de surcroît, vont-ils s'entre-tuer ? s'écrie-t-il. Je ne le permettrai pas !

Ses ordres claquent. En plein midi, il lève le camp et calme ses hommes en les menant à marche forcée sous un soleil de plomb jusqu'au soir, toute la nuit et le jour qui suit. Ils font halte à une journée de Médine et sont tellement harassés que les épées restent au fourreau.

Aïcha bondit hors de son palanquin et s'ébroue dans la fraîcheur du crépuscule pour oublier la torture de cette course sous une chaleur étouffante. Elle se prépare pour sa dernière nuit dans les bras de son mari, loin de ses rivales aux aguets dans leurs maisonnettes. Sous le ciel étoilé, l'air est plus léger et le silence du désert impressionnant. À l'aube, l'appel retentit. Après la prière, il faut plier bagages. Le Prophète enfourche son cheval tandis qu'Aïcha s'installe dans son palanquin. Soudain, son cœur palpite.

– Mon collier ! s'écrie-t-elle.

Il n'est plus autour de son cou. Elle s'affole, puis se souvient de l'endroit retiré où elle s'est isolée pour ses commodités et se glisse hors des rideaux, en ne pensant qu'à retrouver son bijou. Inconsciente du temps qui s'écoule, elle gratte le sol, ici et là, et finit par sentir sous ses doigts la fraîcheur des boules d'agathe. Lorsqu'elle revient, le camp est vide. Personne à l'horizon. Les hommes ont arrimé son palanquin sur le chameau sans se rendre compte qu'il était moins lourd qu'à l'accoutumée. Cette fois, le collier lui a joué un mauvais tour dont elle va cruellement souffrir.

Loin de se douter des complications qui vont naître et la marquer pour le reste de son existence, elle garde confiance et s'assied tranquillement à l'emplacement où était posée sa litière, en se disant qu'on finira bien par découvrir son absence et qu'on reviendra la chercher. Elle attend avec patience et s'endort sur le sable. Combien de temps ? Elle ne saurait le dire. Quand elle se réveille, un visage se penche au-dessus d'elle :

– En vérité, dit une voix mâle, nous sommes à Dieu, et en vérité à Lui nous retournons. Épouse du Prophète, que t'est-il arrivé ?

Aïcha ajuste son *niqab* et se redresse. Elle reconnaît Safwan, un jeune homme de la tribu des Banu Sulaym. Il voyageait avec la troupe.

– Je me suis attardé à l'arrière, explique-t-il. Le Prophète m'a chargé de récupérer les objets oubliés. Regarde, mon sac est plein. J'ai aperçu un voile blanc au pied de la dune. Je me suis approché et j'ai reconnu les cheveux d'or cuivré que chacun admirait quand tu n'avais pas l'obligation de les couvrir.

Cet aveu la flatte et l'inquiète. Ses mains se crispent sur le châle qu'elle serre autour de son cou, de ses seins, et qui l'enveloppe de la tête aux pieds. Mince protection à laquelle elle se raccroche. Elle se détourne en baissant les yeux.

– Que Dieu prenne pitié de toi, ajoute Safwan. Qu'est-ce qui t'a empêchée de partir ?

Elle n'ose répondre afin de n'encourager aucune familiarité. Le jeune homme comprend sa gêne, approche son chameau et dit :

– Monte !

Il se recule pour éviter de la toucher. Quand elle est installée, il saisit la bride à la tête de l'animal et prend la direction de Médine. Sous le soleil cuisant, il marche d'un pas régulier et chante des mélopées. Aïcha s'émeut et ferme son cœur aux mots d'amour qui se perdent dans les tourbillons de poussière. Elle ne pense pas à celui qui les prononce et l'incite à la romance, mais au bien-aimé qui voulait lui montrer les rivages scintillants et les mystères de la puissance divine, au Prophète dont elle est l'épouse, et qui se doit d'être irréprochable.

Au bout de quelques heures, un cavalier crève l'horizon et fonce sur eux. Ils reconnaissent Ali. Fort surpris de voir Aïcha avec Safwan, il demande ce qui s'est passé puis s'en retourne aussitôt pour en informer l'Envoyé. Arrivé dans le camp, ce dernier avait appris avec stupeur que le palanquin était vide. On se posait mille questions. Lorsqu'elle arrive en compagnie de son escorte, une seule réponse germe dans l'esprit de chacun, mais nul ne dit mot. Seul Abdallah ibn Obbaye se permet de grommeler d'une voix bonasse :

– Elle est excusable ! Safwan est plus beau et plus jeune que Muhammad.

Le Prophète n'a rien entendu. Il n'a d'yeux que pour Aïcha qui saute au bas de sa monture, court vers lui en le rassurant et lui montre le collier retrouvé. Heureux de la revoir saine et sauve, il l'accueille d'un air soulagé et ne lui adresse aucun reproche. La troupe regagne Médine sans commenter l'incident, et nul ne se doute du scandale qui va secouer la ville.

Chacun réintègre son foyer et met de l'ordre dans ses affaires, tandis que l'Envoyé fait le tour de ses épouses, sans oublier la belle juive, Rayhana, qui accepte de se convertir, mais s'entête à repousser son offre de mariage. Quand vient le tour d'Aïcha, il n'évoque plus le retour avec Safwan, et se laisse cajoler dans les bras parfumés qui l'enserrent délicieusement. Ils roucoulent, enlacés, lorsqu'on frappe à la porte. Aïcha se lève en bougonnant, ouvre et se raidit. À la lueur d'une torche, elle découvre une femme d'une grande beauté qui demande à voir le Prophète. Aussitôt l'inquiétude l'envahit. Elle flaire le danger et la déteste aussitôt, car elle sait que son époux verra ce qu'elle-même a vu : un charme et une douceur devant lesquels aucun homme ne résisterait.

– Laisse entrer, dit-il. Qui est-ce ?

La femme s'avance et répond :

– Ô Envoyé de Dieu, je suis Juwayriah, la fille de Harith, le seigneur des Mustaliq. Tu sais quel malheur m'a frappée et je suis venue demander ton aide au sujet de ma rançon.

Après le partage des captifs, elle avait échoué chez un Ansar dont la famille la maltraitait. Elle avait la possibilité de se libérer en payant, mais le prix demandé était trop élevé et elle venait en pleurant, espérant un soutien.

– Voudrais-tu mieux que cela ? demande le Prophète.

– Qu'y a-t-il de mieux ?

– Que je paie ta rançon et que je t'épouse.

Elle accepte avec joie. Aïcha bat en retraite dans un coin pour cacher ses larmes. Son pressentiment ne l'a pas trahie. Une sixième épouse va grossir le harem. La fille de Harith est de race noble et n'a que vingt ans. Aïcha entend Muhammad raccompagner l'ex-captive jusqu'à la porte avec des paroles aimables. Elle ne bouge pas. Le choc est trop violent.

– Ma lumière, comprends-moi, dit-il en la serrant contre lui. C'est une alliance politique. Quand son père viendra nous offrir ses plus beaux chameaux pour régler la rançon, il sera trop heureux d'apprendre que j'épouse sa fille. Toute la tribu entrera en islam. Les clans alliés me prêteront allégeance au lieu de chercher à me combattre.

– Et je suppose que les familles captives que nous avons ramenées seront libérées. Alors, elle sera pour son peuple une grande bénédiction.

– Chacun y trouvera son compte. Tu n'as aucune raison de pleurer. Entre toi et moi, rien n'est changé.

Tout se passe, en effet, comme le Prophète l'a expliqué. Une semaine plus tard, une sixième chambre est installée. Il épouse la belle Juwayriah. Les prisonniers Al Moustaliq sont remis en liberté et la tribu se convertit. Mais les critiques repartent de plus belle. Les hypocrites et les juifs montent en épingle ces mariages qui se multiplient, en bafouant la loi du Coran. Une rumeur commence alors à s'amplifier. L'aventure d'Aïcha et du beau Safwan alimente les propos dans les tavernes et pénètre les foyers. L'épouse du Prophète a pris du bon temps dans le désert. On se moque du mari trompé qui se contente de prendre une autre femme sans répudier la fautive. Les calomnies vont bon train. Un scandale est sur le point d'éclater. On soupçonne l'honneur d'Aïcha qui est loin de s'en douter.

Terrassée par la fièvre, elle est incapable d'entendre les commérages répandus dans le voisinage. Depuis le mariage du Prophète avec Juwayriah, elle est clouée au lit, et se débat contre le délire. Barrira, la servante, s'est installée à son chevet, sa mère lui apporte des potions de plantes, et Muhammad se contente d'apparaître pour s'informer sur un ton désinvolte :

– Comment vous portez-vous tous aujourd'hui ?

Aucune tendresse. Il ne s'approche même pas pour tapoter la main de la malade et l'encourager d'un mot affectueux. Dans son état de lassitude extrême, malgré les bourdonnements qui encombrent sa tête et les nausées qui la révulsent, elle devine que quelque chose ne va pas. Pourquoi n'est-il plus attentionné ? Est-elle si gravement atteinte qu'il se détache déjà ? Trop heureuses de sa maladie, les rivales s'empressent de le détourner. On se divertit à deux pas de sa couche, on l'abandonne à son sort.

– Que se passe-t-il, Barrira ? Dis-moi la vérité.

– La fièvre trouble ton esprit, ma reine. Tout va bien, je te l'assure.

– Il ne m'aime plus, c'est évident. Je ne suis plus son épouse préférée. Puisque c'est ainsi, je ferai mieux d'aller chez ma mère. J'y serai mieux soignée.

Lorsque l'époux indifférent se montre à nouveau, loin de l'accabler de remontrances, elle garde sa fierté et lui demande la permission de s'installer chez ses parents où elle sera plus entourée, jusqu'à la guérison.

– Fais ce qui te plaît ! répond-il.

Oum Roumane vient chercher sa fille et l'entoure de mille soins. Les servantes s'empressent autour d'elle. On la dorlote, on la chérit, on la divertit de diverses fantaisies, mais on garde le secret sur les ragots qui perturbent la ville. Parmi les menteurs, après Abdallah ibn Obbaye, le chef des hypocrites dont les allégations ne surprennent personne, le plus virulent serait un membre de la famille, un cousin dont le nom est Mistah. Il se délecte à répandre les détails les plus sordides sur l'aventure présumée de Aïcha et de Safwan. De jour en jour, il agrémente le feuilleton d'anecdotes sulfureuses dont il affirme avoir été témoin car, selon lui, l'affaire avait commencé avant le mariage, et le jeu du collier perdu n'était qu'un stratagème convenu.

Ces propos, et le ton anodin qui les enveloppent, encouragent les surenchères, et les commentaires se développent, s'enrichissent au sein de tous les clans. Aïcha est-elle innocente ou coupable d'adultère ? Telle est la question qui enflamme la ville et trouble l'esprit des plus fidèles Compagnons. Eux-mêmes, avec le temps, se mettent à douter. Et ils sont nombreux les « Douteurs » : les juifs, les hypocrites, un grand nombre d'Ansars, de la tribu des Aws ou de celle des Khazraj, et même des Émigrants. Les jaloux, les envieux, les mesquins et les pervers, ceux qui veulent tirer vengeance de l'incident pour abattre l'ami fidèle, le trop puissant Abou Bakr, l'intouchable, dont la chute serait assurée si Aïcha était reconnue coupable et répudiée avant d'être châtiée. Des espoirs s'éveillent chez les concurrents, les assoiffés de pouvoir et de fortune, jusqu'aux rivales du harem qui convoitent la place de la favorite, soutenues par leur famille et leurs tribus qui profiteront de la situation.

Devant ce gigantesque nid de vipères, Muhammad ne sait plus que penser. Aïcha, l'épouse selon son cœur qui n'a connu que lui et découvert l'amour par lui, l'aurait-elle abusé avec ce jeune blanc-bec préposé aux objets oubliés ? Il n'ignore rien des calomnies qui rongent sa fierté et son honneur. En proie au doute, il mène son enquête et convoque Ali. C'est lui qui les a découverts dans l'immense solitude du désert où la moindre équivoque peut être supposée. La réponse de son gendre le tourmente plus qu'elle ne l'apaise :

— Apôtre de Dieu, délivre-toi de ces embarras. Il y a beaucoup de femmes dans le monde. Si tu as un soupçon à l'égard de celle-là, choisis-en une autre. Interroge sa servante, elle te dira la vérité.

Pourquoi tant de brutalité ? Serait-il influencé par Fatima qui n'a jamais aimé sa jeune belle-mère ? Le Prophète se tourne vers Barrira.

— Je ne connais d'elle que du bien, répond-elle, et s'il en était autrement, Dieu en informerait Son Envoyé. Je ne sais rien que l'on puisse lui reprocher si ce n'est qu'un jour je l'ai laissée près de ma pâte qui levait. Elle devait la surveiller, mais elle s'est endormie et l'agneau l'a mangée.

Sa réponse est rassurante, mais n'a-t-elle pas été retournée pour taire la faute ? Ali la saisit par le bras et la bat avec violence :

— Dis la vérité à l'Envoyé d'Allah[1] !

Par trois fois, elle répète les mêmes mots avec un accent de sincérité qui ne laisse planer aucun doute. Profondément troublé par ce drame qui le touche au plus intime de sa vie privée, Muhammad continue son enquête auprès des uns et des autres et finit par crever l'abcès, en pleine mosquée. Après la prière, il s'adresse à l'assemblée :

---

1. Cité par l'historien Ibn Ishâq.

– Ô frères, que vous semble-t-il de ceux qui m'offensent à travers des membres de ma famille en répandant sur eux de faux bruits ? Par Dieu, je ne connais que du bien des gens de ma maison, et que du bien de celui dont ils parlent, qui n'est jamais entré dans l'une de mes demeures sans que je sois avec lui.

Un homme du clan des Aws se lève :

– Apôtre de Dieu, dis-nous le nom de celui qui ose le faire. S'il est de notre tribu, nous aurons raison de lui. S'il appartient aux Khazraj, nous le décapiterons. Ce crime mérite la mort.

– Menteur, répond un Khazraj.

– Menteur toi-même ! rétorque le Aws. Toi et les autres, vous êtes tous des hypocrites.

Les langues s'agitent, les poings menacent, les épées sortent du fourreau. Le tumulte est tel que le Prophète les appelle au calme et rentre chez lui en invoquant la paix de Dieu :

– *As Salam Alaïkoum ! As Salam Alaïkoum !*

Pendant ce temps, Aïcha se remet peu à peu, et ne sait toujours rien. Dans les maisons arabes, il n'y a pas de latrines. Les femmes sortent à la faveur de l'ombre pour se soulager dans les terrains vagues. Une de ces promenades au crépuscule en compagnie d'une tante, elle-même cousine germaine de son père, déchire le voile de l'ignorance. La tante trébuche dans la boue et dit :

– Malheur à Mistah ! Qu'il en ait plein la face !

– Qu'à Dieu ne plaise, s'écrie la jeune épouse. Voilà une vilaine chose à dire d'un des Émigrants qui a combattu à Badr.

– Fille d'Abou Bakr, tu ne connais pas la nouvelle ?

– Quelle nouvelle ?

C'est alors que la tante lui raconte les diffamations répandues par Mistah, son propre fils, Hassan ibn Thabit, le grand poète de l'islam, et Hamnah bint Jash, qui souhaite voir sa sœur Zaynab devenir la favorite. Tous trois sont à l'origine des ragots qui empestent la ville.

– Cela se peut-il ? demande Aïcha stupéfaite.

– Par Dieu, c'est la vérité !

La jeune femme fond en larmes et court chez sa mère qu'elle invective d'une voix brisée :

– Que Dieu te pardonne ! Les gens parlent et tu ne m'en souffles pas un mot ?

– Ma petite fille, ne le prends pas si à cœur. Il est rare qu'une belle femme mariée à un homme qui l'aime échappe aux commérages que répandent les autres épouses et qui sont colportés ailleurs.

Au cours de la nuit, Aïcha pleure. Un flot ininterrompu de larmes et de sanglots lui sort de l'âme. Elle ne se nourrit plus, ne dort plus. Son cœur saigne. Tout son être est déchiré, anéanti par l'affreuse humiliation. On l'accuse quand elle est innocente. Dieu le sait et Muhammad Son Envoyé devrait le savoir aussi. Mais sa connaissance des êtres lui vient des révélations de Gabriel. « Je ne connais que ce que Dieu me fait connaître », répète-t-il sans cesse. Seule, abandonnée, salie par les horreurs qu'on lui attribue, elle se prosterne front contre terre et prie Dieu inlassablement de dire à son mari qu'elle est innocente et combien elle lui est attachée. Qui mieux que Lui, le Tout-Puissant, pourrait convaincre Son Prophète ?

Pendant des nuits et des jours, elle a prié ainsi, plus humble qu'une larve étalée sur le sol, soumise jusqu'au plus intime de son être à la volonté d'Allah, confiante jusqu'à l'extrême, espérant sans l'ombre d'un doute que la justice divine la blanchira de tout soupçon.

Un matin, peu avant l'heure de midi, tandis qu'elle a retrouvé ses parents dans la salle commune et s'entretient avec eux, Muhammad se fait annoncer. Elle ne l'a pas vu depuis qu'elle a quitté son logis, depuis que les calomnies se sont répandues. Vingt-neuf longs jours. Elle le regarde calmement, les yeux rougis, le visage douloureux. Lui l'observe tristement. Elle comprend que Dieu n'a pas encore parlé.

– Aïcha, dit-il, on me raconte diverses choses sur toi. Si tu es innocente, Dieu ne manquera pas de le proclamer ; si tu as fait quoi que ce soit de mal, demandes-en pardon et repens-toi. En vérité si l'esclave confesse son péché et s'en repent, Dieu lui pardonne.

À ces mots, elle se tourne vers son père et s'écrie :

– Réponds à l'Envoyé de Dieu pour moi !

– Je ne sais que dire, grommelle-t-il.

Elle s'adresse à sa mère qui répète la même réponse. Désemparée, elle se redresse, bien droite, pour déclarer d'une voix ferme :

– Je sais bien que vous avez entendu ce que les gens disent, que cela est entré dans vos âmes et que vous l'avez cru. Si donc, je vous dis que je suis innocente, et Dieu le sait, vous ne me croirez pas, tandis que si je vous avouais que j'ai commis ce dont Dieu sait que je suis innocente, vous me croiriez !

Chacun se tait et elle cite un verset du Coran :

– Je dirai comme Joseph : « *Douce patience ! Et c'est à Dieu qu'il faut demander secours contre ce que vous débitez*[1]. »

Abou Bakr et Oum Roumane se décomposent, muets de souffrance devant leur fille qui se lève et se retire dans un coin. Elle espère une révélation qui la disculpera définitivement, mais elle se dit aussi qu'elle est trop insignifiante et méprisable pour mériter d'être mentionnée dans le Coran. Il ne lui reste qu'un espoir : une vision que le Prophète aurait dans son sommeil. C'est alors que Muhammad s'agite sous les yeux de ses

---

1. Coran, sourate 12, Joseph, verset 83.

hôtes, figés de crainte. Il respire mal, des gouttes de sueur coulent sur sa peau, en ce jour de grand froid. Il s'étend sur le sol. On le couvre de son manteau. Sous sa tête on place un coussin de cuir. Aïcha reconnaît les signes de la révélation et reste à l'écart, tandis que ses parents sont pétrifiés à l'idée d'être foudroyés par une condamnation divine. Elle entend alors :

« *Certes, ceux qui ont répandu la calomnie sont en assez grand nombre parmi vous... Chacun de ceux qui sont coupables de ce crime sera puni... Lorsque vous avez entendu l'accusation, les fidèles des deux sexes n'ont-ils pas pensé intérieurement ce qu'il était juste de croire ? Pourquoi n'ont-ils pas dit : "Voilà un mensonge manifeste" ? Les accusateurs ont-ils produit quatre témoins ?... Vous avez répété ce que vous ignoriez, et vous avez regardé une calomnie comme une faute légère, et c'est un crime aux yeux de l'Éternel*[1] ! »

Muhammad s'ébroue et la regarde en s'écriant sur un ton vibrant de joie :

– Ô Aïcha, loue Dieu, car il t'a déclarée innocente !

– Lève-toi, dit sa mère. Va vers l'Envoyé de Dieu.

– Par Dieu, non, répond-elle. Je n'irai pas à lui, et je ne louerai personne d'autre que le Tout-Puissant.

Elle se prosterne et prie, puis se lève et se tourne vers son époux :

– Je rends grâce à Dieu, non à toi, car le mal qui m'a été imputé, tu l'as pensé.

Abou Bakr se précipite sur sa fille et lui met la main sur la bouche :

– Que ta langue soit arrachée ! Sais-tu ce que tu dis au Prophète de Dieu ?

– Laisse-la parler, dit Muhammad. Elle a éprouvé un grand chagrin car elle a été injustement accusée.

---

1. Coran, sourate 24, La Lumière, versets 11 à 15.

Il l'entoure de ses bras et la tient enlacée contre lui un long moment.

– Au fond de moi, dit-il près de son oreille, je savais que tu étais innocente. Viens ma gazelle, ma tendre, ma douce, lumière de mon âme. Ce fut une dure épreuve pour toi autant que pour moi, car Dieu m'a laissé seul face aux serpents. Pendant ce mois il ne m'a rien dit qui puisse me rassurer ou du moins me guider. Rien. Il fallait que je vienne à toi pour qu'Il se décide à m'éclairer.

Il la ramène dans sa maisonnette où d'autres versets descendront du ciel, au cours de leurs ébats. Dix-sept révélations seront annoncées à la mosquée et inscrites dans une sourate du Coran intitulée « Al Nour, la Lumière ». Elles interdisent la calomnie comme l'adultère et prescrivent les châtiments que méritent les coupables de ces crimes, les accusateurs, faux témoins et fornicateurs.

Mistah, Hassan ibn Thabit et Hannah bint Jash sont punis sans tarder de cent coups de verge en place publique, et la paix revient dans la ville qui résonne de louanges en l'honneur d'Aïcha. Le poète coupable se repent en composant de belles élégies à la gloire de l'épouse chaste et bien-aimée, tandis qu'un concurrent, du nom de Ibn Hisham, résumera en quelques vers le sinistre événement :

« *Sans rien savoir, ils médirent sur la femme de leur Prophète*
Ils furent maudits par Dieu le Généreux
Ils ont fait tort à l'Envoyé d'Allah,
Aussi furent-ils couverts de honte et d'opprobres.
Des fouets bien tordus se sont abattus sur eux
Comme les averses de pluie qui tombent du haut. »
Aïcha est sauvée. La vérité a triomphé.

17

Dans le harem, comme dans le cœur de Muhammad, Aïcha reprend sa place de favorite. Les rivales s'inclinent, étalant sans mesure leurs transports affectueux :

– Nous étions si malheureuses pour toi, lui dit Hafsa.

– Aucune parole mauvaise n'est sortie de nos bouches, assure Zaynab qui s'empresse de réprouver les vilenies de sa sœur.

Sawdah l'a serrée sur son opulente poitrine en réprimant son émotion par de grands soufflements, Juwayriah l'a embrassée et Oum Salama lui a offert une collation de pâtisseries et de fruits dans le décor feutré de sa chambre ornée de tapis et de coussins brodés. Sans illusions, Aïcha les remercie avec effusion.

Cette épreuve l'a mûrie. Elle a surpris ce que certains cachent au plus profond de leur être, et découvert les vertus de la patience. Elle sait qu'il lui faudra, désormais, être vigilante. Sa foi est plus vive que jamais. Dieu ne l'a pas trahie. Quant à Son Envoyé, pourquoi ne l'a-t-il pas défendue ? Aurait-il douté sous la pression de son entourage ? D'autres prophètes ont vacillé avant lui. Jésus, le dernier, qui est mort en se croyant abandonné. L'homme est fragile, en vérité. Même celui que l'on croit infaillible, investi du pouvoir divin. Dans cette tourmente, qui a failli emporter sa raison, Aïcha est devenue réellement femme, dans son âme et son

esprit. Elle a pris conscience de ses facultés de percep-
tion, d'analyse. Elle a maîtrisé la peur qui fait naître les
incertitudes et la faiblesse. Elle a gardé sa dignité parce
qu'elle croyait en sa vérité, et s'en est remise tout
entière entre les mains de Dieu, quand son propre père
doutait de sa loyauté.

À ses yeux, les gens n'ont plus le même visage,
même les proches. Et même Muhammad. Tout Prophète
qu'il est, il n'en est pas moins homme et cet homme est
son mari. Elle le connaît maintenant jusqu'au plus
intime de son être, avec ses qualités et ses travers. Son
amour n'en est que plus fort. Elle le vénère autant. Elle a
compris qu'il n'est pas aisé d'être l'Envoyé de Dieu et
de servir de modèle à ceux que l'on instruit. Au cours de
cette tâche difficile, elle ne peut être absente. Dieu l'a
désignée à Son Messager quand elle n'était qu'une
enfant, afin qu'elle soit initiée, dès le plus jeune âge,
aux responsabilités qui seront les siennes. Elle a son rôle
à jouer. L'idée s'est ancrée dans sa tête. Être l'épouse
exemplaire, maintenir sa position de favorite en soi-
gnant sa beauté, aller au-devant de ses goûts, l'écouter,
mais aussi l'aider par ses remarques judicieuses et ses
avis sans détours.

Dans la bibliothèque de son père, elle a mis la main
sur une étude des mots qui lui a révélé que le nom
anthroponyme de Muhammad, est « hamada » dont les
racines H M D signifient « beauté et bonté », l'Apôtre
du beau et du bon qui prêche l'islam, la soumission à
Dieu, pour que règne la paix entre les hommes. Elle a
vu aussi que dans le mot « Madina » la Cité, les racines
D N contiennent la notion de « puissance et autorité ».
Ces vérités se rejoignent dans son esprit et lui ouvrent
un horizon plus vaste sur la mission de son époux. Elle
ne sait pas encore qu'elle sera bientôt amenée à y participer. Mais elle a découvert l'attrait de la connaissance
qui permet de mieux distinguer le fil de lumière qui

chemine dans l'obscurité de la terre et ouvre la porte du ciel.

Une nuit, vers la fin de Ramadan, le Prophète se réveille en sursaut dans les bras de sa bien-aimée :

– Aïcha, je viens de faire un drôle de rêve. J'entrais dans la Kaaba, la tête rasée et je tenais dans ma main la clé du sanctuaire.

– C'est un signe évident, répond-elle. Dieu te demande d'y aller pour ton pèlerinage.

– Les Quraïch ne nous laisseront pas y pénétrer. Nous sommes en guerre.

– Vas-y en pèlerin, non en combattant. Ils ne pourront pas te refuser d'aller prier, comme n'importe quel étranger.

Dès l'aube, après la prière, il réunit ses Compagnons près de la mosquée et leur raconte sa vision nocturne.

– Qui m'accompagnera pour cette « *'umra* » ? Ce n'est qu'un petit pèlerinage qui peut s'accomplir à tout moment de l'année. Nous ferons sept fois le tour de la Maison Sacrée et nous reviendrons en paix.

Ils acceptent avec enthousiasme et l'on commence les préparatifs. Soixante-dix chameaux sont achetés pour le sacrifice rituel qui se fera dans l'enceinte sacrée, et chacun plie dans un sac la tenue blanche de pénitent. Sept cents hommes se rassemblent avec leur épée et le matériel de chasse. Certains se sont armés de pied en cap, redoutant une attaque des forces ennemies malgré le mois sacré.

– Je ne veux pas d'armes, dit le Prophète. Je n'ai d'autre but que de faire le pèlerinage.

Un grand nombre de gens refusent de le suivre dans ces conditions. Ils craignent la colère des Quraïch qui n'ont pas digéré leur dernière défaite devant le fossé et la fuite dans la tempête. La revanche sera impitoyable.

Ils préfèrent la sécurité dans leurs foyers, auprès de leurs femmes et de leurs enfants. « Libre à vous », dit le Prophète qui ne manque pas de volontaires. Autour de lui, Abou Bakr et Omar, Ali et Zayd, Uthmân et une nouvelle recrue de choix, Aboul-As, l'autre gendre, le mari de sa fille Zaynab. Il vient de regagner Médine et s'est converti afin de vivre son amour en toute licéité.

Debout devant sa porte, Aïcha assiste au départ en pestant contre le tirage au sort qui l'a ignorée. Elle aurait tant voulu revoir La Mecque, les lieux de son enfance, et prier autour de la Maison Sacrée en suivant le Prophète ! Une cérémonie émouvante qu'aucun des Compagnons n'oubliera. Oum Salama, la Makhzûmite, a été désignée pour ce grand voyage. Son palanquin tangue au-dessus de la troupe au cœur d'une forêt d'étendards et de bannières. D'un regard nostalgique, Aïcha en observe les oscillations en regrettant de ne pouvoir partager ces heures solennelles qui marqueront le triomphe de l'islam et de son Apôtre.

Triste et résignée, elle se réfugie sur sa couche, sous la couverture rayée du Yémen où Muhammad l'a tenue enlacée toute la nuit. Dans son oreille résonnent encore les mots tendres et les serments. Il lui a avoué qu'il aime bien Zaynab et Oum Salama, mais avec elle, sa belle gazelle, l'amour est autre. Elle le rajeunit de sa verdeur et de sa fraîcheur. Elle le comprend au moindre frémissement de cil et devine jusqu'au plus modeste de ses désirs. En outre, elle vient de le surprendre en franchissant un nouveau pas. Sa maladie n'a pas été inutile. La lecture et la méditation lui ont ouvert l'esprit sur des points obscurs de l'Histoire des Peuples et des religions. Elle devine mieux ses pensées et peut le rejoindre au niveau élevé de ses préoccupations.

Pendant son absence, elle n'a pas le temps d'être morose. Le devoir l'appelle. Ce devoir que lui impose son titre d'Oum al Mouminum, une Mère des Croyants qui se doit d'être aussi intouchable qu'irréprochable. La besogne ne manque pas. Les «gens de la banquette» se multiplient ainsi que les pauvres, les malades, les exilés sans ressources ni refuge. Les plantations de Muhammad ont rempli les entrepôts. Elle en a la clé et distribue ce qui est nécessaire. Elle soigne, réconforte, rassure et tranche parfois sur une mauvaise interprétation d'un verset du Coran. Pour résoudre le moindre problème, qui mieux que l'épouse bien-aimée du Prophète, la fille d'Abou Bakr le lettré, dont on connaît la vive intelligence, l'exceptionnelle mémoire et l'intégrité parfaite? Le Maître n'est pas là, mais il a laissé derrière lui la Lumière de ses yeux qui possède le talent de répondre aux questions les plus épineuses et de dénouer les drames compliqués, comme celui de cette jeune fille que l'on veut marier sans son consentement à un vieillard qu'elle déteste. Elle l'a prise sous son aile, le temps de raisonner les parents et d'attendre l'Apôtre qui aura le dernier mot.

Peu de temps après le départ des pèlerins, Oum Roumane est obligée de s'aliter. Aïcha comprend alors pourquoi Dieu l'a maintenue à Médine. L'affaire est grave. La maladie de sa mère ne date pas d'hier. Elle traîne depuis des mois avec des rémissions et des récidives. Cette fois, elle va très mal et s'affaiblit de jour en jour. Aïcha s'installe à son chevet et la soigne avec tendresse, afin de la maintenir en vie jusqu'au retour de son père et de l'Envoyé.

– Je partirai dans les bras de mon époux tant aimé, répète la pauvre femme dans une sorte de délire. La bénédiction du Prophète m'ouvrira le Paradis.

Dieu l'a écoutée. Quelques jours plus tard, Oum Roumane entend les fanfares et les cris de victoire des pèlerins qui ont rasé leurs cheveux en signe de pénitence. Elle ne veut pas en savoir davantage et s'éteint dans les bras d'Abou Bakr, en présence du Prophète qui prononce le verset du retour et la portera en terre aux côtés de son fidèle compagnon qu'il escortera jusqu'au cimetière Al Baqi.

Pour Aïcha, la déchirure est profonde. Elle revoit son enfance et se souvient des récits de sa naissance. Tant de souffrances pour lui donner la vie, sauvée par les mains de Khadidja qui ne savait pas qu'elle mettait au monde la future épouse d'un mari adoré, choisi par Dieu pour être Son Messager. Là-haut, dans leur maison de perles et d'or, les deux témoins des premières luttes vont se retrouver et se réjouir des progrès de l'islam sur la terre d'Arabie.

Le temps du chagrin sera de courte durée. L'épouse du Prophète n'a pas le droit de s'abandonner aux lamentations. Elle ne peut manquer à ses obligations. Les réalités de la vie lui apportent d'autres joies. Le bien-aimé l'a honorée de sa première visite et l'a embrassée comme un fou, heureux de retrouver sa peau parfumée qui lui manquait et de lui raconter sa victoire. Lui et ses hommes ne sont pas allés jusqu'à La Mecque. Ils ont campé dans la vallée de Hudaybiya, à quelques parasanges au nord.

– La brave Qaswâ s'est mise à genoux, refusant d'avancer, explique-t-il. Il y avait un puits et un acacia sous lequel je me suis assis. J'ai compris que Dieu nous avait fixés en cet endroit.

Les cavaliers Quraïch, postés entre eux et la ville, les observaient. Omar avait voulu attaquer en opérant un mouvement tournant, mais Abou Bakr avait conseillé de ne rien changer à leur projet de pèlerinage pacifique. Muhammad l'avait approuvé. Très vite, il avait vu arriver des délégués qui venaient s'informer de ses intentions. Ils avaient eu quelques familiarités qui avaient fortement irrité ses Compagnons que le manque de respect envers le Prophète rendait agressifs.

– Omar trépignait, il voulait couper les mains qui touchaient ma barbe, et ton père, si mesuré, en est sorti de ses gonds jusqu'à les traiter de chiens quand ils comparaient mes fidèles à un ramassis de pouilleux prêts à déserter. Il ne manquait qu'une étincelle pour mettre le feu aux poudres. Mais Dieu veillait.

À son tour, le Prophète avait envoyé une ambassade auprès des notables de la ville afin d'obtenir la permission pour lui et ses hommes d'aller prier dans l'enceinte sacrée, sans armes, revêtus de leurs habits de pèlerins. Uthmân l'avait assuré qu'il avait de nombreux parents et conservé quelques amitiés. Les négociations duraient et l'inquiétude montait. Soudain la rumeur s'était répandue que Uthmân avait été tué.

— Mes hommes ont aussitôt juré de le venger. Le « serment sous l'arbre » ne sera jamais oublié. Et puis Uthmân est revenu, et les notables ont fini par envoyer un plénipotentiaire qui a accepté de signer un traité. Ali en a écrit les termes sous notre dictée commune. C'est là que nous avons gagné une victoire éclatante : nous avons signé une paix pour dix ans. Te rends-tu compte, Aïcha ? Dix ans de paix avec La Mecque. Nous ne sommes plus ennemis.

— Tu les crois ? Ils ne vous ont pas laissé entrer pour le pèlerinage.

— Ce sera pour l'an prochain. Ils l'ont signé. Cela ne nous a pas empêchés d'accomplir les rites. Sur le chemin du retour, j'ai reçu une « *sûrah* » qui m'est plus chère que tout ce qui se trouve sous le soleil. « *En vérité nous t'avons donné une victoire éclatante... Dieu a été satisfait des Croyants lorsqu'ils t'ont fait allégeance sous l'arbre. Il savait ce qui était en leur cœur et Il a fait descendre sur eux l'Esprit de Paix, et leur a donné la récompense d'une proche victoire, et d'un butin abondant[1].* »

Un peu plus tard, devant les coépouses réunies dans

---

1. Coran, sourate 48, La Victoire, versets 1, 18.

sa chambre, Oum Salama se lance dans un récit presque similaire en y ajoutant d'autres détails au sujet du pacte signé et du pèlerinage :

– De la tente en cuir rouge, je voyais l'arbre qui abritait les conciliabules, les discussions, les querelles ; ainsi j'ai assisté au fameux serment et j'ai entendu les termes du traité. Il fut signé « au nom d'Allah » par « Muhammad fils d'Abdallah ». Ali enrageait d'écrire ces formules dictées par un Quraïch, au lieu d'utiliser les nôtres : « Au nom du Dieu Tout-Puissant et Miséricordieux » et surtout « Muhammad, Envoyé d'Allah ». Le Prophète avait cédé sur ces points et lui avait ordonné d'obtempérer. Au-dehors, les hommes grondaient. Ils attendaient une permission de faire le pèlerinage et ont été très déçus qu'il ait été remis à l'an prochain. Quand le Prophète leur a dit : « Nous le ferons ici et maintenant. Rasez-vous la tête et sacrifiez les bêtes. » Ils ont tous refusé sans dissimuler leur colère. Omar a été le plus virulent. Il accusait l'Envoyé de les avoir trompés.

– Que Dieu confonde mon père, s'il s'est conduit ainsi, s'écrie Hafsa, rouge de confusion.

Oum Salama observe son auditoire et savoure à l'avance l'effet qu'elle va produire avec la suite de son récit :

– Le Prophète est revenu sous la tente, fort désemparé. Je l'ai conforté en lui disant : « Va de l'avant ! Fais toi-même ce que tu leur as prescrit. Ils te suivront. » Il m'a écoutée et s'est fait raser. Quand il est sorti de la tente, le crâne tondu, quand il s'est dirigé vers son chameau, déjà consacré par lui-même pendant le voyage, et l'a sacrifié, il s'est produit une incroyable bousculade. Les hommes se sont précipités les uns vers les autres pour se raser mutuellement avec tant de hâte qu'ils auraient pu se blesser. Quelques-uns se sont contentés de couper des mèches. Ils ont ensuite accompli le sacrifice selon le rituel.

– Ce n'est pas le vrai pèlerinage, remarque Aïcha. Ces gestes auront-ils une valeur aux yeux de l'Éternel ?

– Je crois que oui, répond Oum Salama. Quand la cérémonie a été terminée, le Prophète a saisi la masse de ses cheveux et l'a jetée sur un mimosa. Les hommes se sont rués pour en arracher des morceaux qu'ils garderaient comme des reliques. Soudain, le vent s'est levé. Une forte bourrasque a emporté vers La Mecque tous les cheveux des pèlerins accumulés sur les branchages. Ils tourbillonnaient dans le ciel comme un vol de sauterelles qui s'est abattu sur l'enceinte sacrée. Devant ce prodige, nous avons tous compris que ce pèlerinage avait été agréé par Dieu. Les larmes aux yeux, nous avons prié en nous prosternant.

– *Hamdulillah* ! s'écrient les coépouses emplies d'émotion.

Aïcha se lève et remercie pour la belle histoire avant de se retirer. Mille pensées mettent son cœur en ébullition et la jalousie renaît. Oum Salama s'est révélée bonne conseillère. Muhammad a eu raison de l'écouter puisque l'entreprise est couronnée de succès. Dans son esprit, rigoriste à l'extrême, ce pèlerinage est une consolation offerte aux sept cents hommes qui ont prêté serment sous l'arbre. L'acte véritable, celui qui récompense de cent mille grâces et assure le Paradis, s'accomplira dans une année. Il sera la « victoire prochaine » annoncée au Prophète.

En restant à Médine, Aïcha n'a rien perdu, si ce n'est le rôle tenu par sa rivale. Oum Salama est intelligente, cultivée. Son expérience et sa maturité lui permettent d'exercer une influence sur Muhammad, d'autant qu'elle joue habilement de ses charmes avec douceur et bonté. Une maîtresse femme qui cache ses mystères sous un nuage de voiles aux couleurs nacrées. Aïcha n'est pas dupe et s'affole. Le doute la mine. Va-t-elle perdre la faveur du bien-aimé ? Va-t-il oublier qu'elle-même avait été de bon conseil avant le départ ?

Elle se maîtrise et retrouve son calme en pensant qu'elle est plus intelligente, plus vive que les autres épouses, et qu'elle n'est plus une petite fille. À l'aube de l'an VII, elle va sur ses quinze ans. Sa silhouette élancée reste fine et souple. Elle ne craint pas les rides que dissimulent Oum Salama et Zaynab, nettement plus âgées. Elle respire la santé, la jeunesse, et sa verve piquante amuse l'Envoyé par-dessus tout. Il ne s'en lasse jamais, et chacun le sait. Mais elle s'inquiète à nouveau. Une expédition se prépare. Laquelle des six épouses sera désignée ?

Depuis son retour, fort du traité signé à Hudaybiya, le Prophète n'a plus qu'une idée en tête : régler leur compte aux gens de Khaïbar, une oasis située à une vingtaine de parasanges au nord de Médine, peuplée de juifs et d'Arabes hébraïsés. Dans les sept forteresses entourées de riches plantations de palmiers dattiers, un grand nombre de Banu Nadir, Banu Qorayza et Banu Qaynoqâ, expulsés de leurs fiefs médinois avaient trouvé refuge auprès de leurs riches cousins, et s'étaient liés aux dirigeants de La Mecque pour écraser le Prophète. On les avait vus guerroyer à Ohod, et s'ils n'avaient participé directement à la bataille du Fossé, ils avaient fortement encouragé les Quraïch à se mettre en marche contre Médine, leur assurant le renfort des tribus bédouines de Ghatafân et de Fazâra qu'ils avaient eux-mêmes chauffées à blanc.

– C'est le bon moment pour les attaquer, confie Muhammad.

Il ne craint plus d'être pris à revers par les forces mecquoises, liées par le Pacte pour dix ans. L'occasion est trop belle d'élargir son autorité autour de l'oasis. Il veut agir vite, mais un événement inattendu va le retarder. Des symptômes bizarres se manifestent : il se sent faible, n'a plus d'appétit. Il s'inquiète pour sa santé et se rend aussitôt chez Aïcha pour lui confier son trouble :

– Je ne sais ce qui m'arrive. Je perds la mémoire. Il me semble avoir fait ceci ou cela qu'en réalité je n'ai pas fait. Que se passe-t-il dans ma tête ?

– Tu dois être très fatigué. Il faut te reposer.

Elle lui sert un bouillon de plantes, lui éponge le front, et le force à dormir après avoir longuement prié à ses côtés pour sa guérison. Au milieu de la nuit, il la réveille :

– Aïcha, je suis envoûté. Dans mon sommeil, j'ai vu deux personnes, l'une ici à mon chevet et l'autre au pied du lit. L'une racontait à l'autre qu'une femme a fait onze nœuds dans une mèche de mes cheveux, en soufflant des imprécations sur chaque nœud. Elle a fixé le paquet sur une pousse de palmier dattier mâle, enveloppée de sa gaine de pollen et a jeté le tout au fond d'un puits. J'ai entendu où il se trouve mais comment détruire le mauvais sort ?

– Calme-toi, répond-elle. Si le rêve est véridique, Dieu t'enverra la solution.

L'aube blanchit le ciel, et les signes de la révélation se manifestent. Muhammad entend la voix de Gabriel qui lui confirme la magie et lui dicte les versets qui l'annulent :

« *Je mets ma confiance dans le Dieu du matin*

Afin qu'il me délivre des maux qui assiègent l'humanité,

Des influences de la lune couverte de ténèbres,

Des maléfices de celles qui soufflent sur les nœuds,

Et des noirs projets que médite l'envieux[1]. »

Après un instant de silence, il ajoute :

« *Je me réfugie auprès du Seigneur des hommes,*

---

1. Coran, sourate 113, Le Dieu du matin.

Contre le mal du tentateur qui chuchote,
Et souffle dans les cœurs.
Contre les djinns et contre les méchants[1]. »

Aïcha note fébrilement les paroles de l'ange. Dès qu'il revient à lui, le Prophète fait appeler Ali et lui dit :

– Va au puits et récite les versets onze fois, afin que chacun des onze nœuds soit dénoué.

Ali exécute les ordres. Pendant ce temps, le Prophète retrouve ses forces et sa clarté d'esprit.

– Qui, dans la ville, lui demande Aïcha, possède assez de science pour fabriquer de tels sortilèges ?

– Labid, répond-il. Il n'y a que lui pour manier ce genre de sorcellerie ! Il habite dans le quartier juif en compagnie de ses filles aussi habiles que lui dans la pratique de la magie noire.

Sur son ordre, l'homme est convoqué et avoue :

– Des gens de mon peuple m'ont demandé de te jeter un sort aussi mortel que possible. Je n'ai pu résister à la somme qu'ils m'offraient.

Le funeste magicien tremble d'être massacré, mais le Prophète ne le punit pas.

– Les vrais coupables, dit-il, sont les commanditaires, ceux qui ont payé pour me faire tuer. Il est temps de les débusquer dans leurs châteaux fortifiés.

Pour le conforter dans sa décision, Aïcha lui rappelle le verset qu'il a reçu sur le chemin du retour. En plus de la « victoire prochaine » il annonçait un « butin abondant ».

– Khaïbar est riche, ajoute-t-elle, tes fidèles combattants ne se feront pas prier pour l'attaquer.

Tandis que les guerriers s'apprêtent, dans le gynécée prophétique, on procède au tirage au sort. La chance sourit une fois de plus à Oum Salama qui se réjouit sous

---

1. Coran, sourate 114, Les Hommes.

l'œil suspicieux de ses rivales. Aïcha la traite de sorcière. Les coépouses la maudissent de gestes divers destinés à lui retourner ses malédictions. Les versets contre le mauvais œil récemment révélés ont été mémorisés et feront bon usage dans ce harem survolté où chacune épie l'autre à longueur de journée.

— Je ne peux revenir sur la décision d'en haut, dit le Prophète amusé par ces chamailleries.

Aïcha se résigne. Devant ses rivales, elle garde la tête haute, mais derrière le *hijab*[1] qui protège son intimité dans un coin de sa maison, elle fond en larmes et se révolte contre cette volonté de Dieu qu'il est difficile d'accepter lorsqu'on en ignore les raisons.

— Miel de mon âme, sois patiente, lui dit Muhammad en la caressant. Tu tiens la meilleure part de mon cœur. Dieu est juste. Ton tour viendra bientôt et tu seras comblée.

— Oum Salama serait-elle une conseillère plus avisée que moi ? Vous allez faire la guerre. En cette matière, il me semble que tu comptes parmi tes hommes de bien meilleurs stratèges.

— Sur ce point je t'approuve, répond-il en riant de ces piques qui éveillent son désir. Sèche tes larmes, belle gazelle. Et viens dans mes bras, que je puisse m'enivrer de toi.

À quoi bon résister ? La bouderie ne produit pas de fruits. Et son cœur a besoin des mots tendres que la voix du bien-aimé déverse comme un flot bienfaisant. Les mains douces apaisent son corps frémissant tandis que leurs lèvres se rejoignent dans un même souffle. Moment de grâce d'un bonheur infini qui les transporte à mille lieues de la ville, au-delà de ses contraintes et de ses turpitudes. Au paradis des amants, il n'y a plus de rivales, ni de guerres. Point de cris, point de sang sous

---

1. Rideau.

le soleil cuisant. Dans un jardin de fleurs odorantes, au bord d'une rivière parfumée qui les berce de son bruissement, ils ne pensent qu'à s'aimer pour l'éternité.

L'appel de Bilal salue la clarté de l'aube et la cour de la mosquée s'emplit des cliquetis qui marquent les jours de grand départ. Appâtés par l'importance du butin escompté, les combattants sont venus nombreux. Ceux qui ont prêté serment sous l'arbre dans la vallée de Hudaybiya sont revenus sanctifiés, mais bredouilles. Ils recevront en priorité de larges compensations annoncées par le Tout-Puissant. Autour du Prophète, ses Compagnons fidèles, Abou Bakr, Omar, Ali et Zayd, Uthmân, Aboul-As et les autres. Ils sortent de la ville sans couplets ni fanfares. Nul ne sait où ils vont. Muhammad s'est gardé de divulguer ses plans afin de ne pas affoler l'ennemi qui se montrerait plus redoutable, si l'alerte lui permettait d'organiser sa défense. Autour du palanquin de Oum Salama, quatre femmes habillées en homme et coiffées de turbans qui ne montrent que les yeux, portent bouclier, arc et carquois, ainsi qu'un grand sac empli de plantes et d'onguents. Elles ne sont pas la garde privée de l'épouse du Prophète, mais un corps de soignantes pour les blessés.

Aïcha les envie. Elle aurait tout donné pour leur emboîter le pas. Il lui reste une belle consolation. En tête de la troupe, sur l'ordre du Prophète, un étendard, immense, remplace la multitude de bannières habituelles. Il est noir et fait de l'une de ses robes qu'elle-même avait cousue et brodée. Ali le tient bien haut, et on l'appelle l'Aigle. Dans ce vêtement qu'elle a porté, elle flotte et danse sous les yeux de l'Envoyé, son bien-aimé. Elle plane sur l'armée d'Allah et la conduit sans nul doute à la victoire. Un verset lui revient en mémoire. Le cœur ému, elle murmure :

« *En vérité, Dieu aime ceux qui combattent dans Son*

*chemin, en rangs serrés comme s'ils formaient un édi-
fice plombé[1]. »*

Coordination et discipline, tel est le secret du Messager face à l'ennemi trop souvent divisé. Il mène ses
hommes comme un bloc qui obéit à la voix de Dieu et
ne craint pas les multitudes mieux armées qui se déban-
dent et dispersent leurs coups. S'attaquer à Khaïbar ne
manque pas d'audace, se dit Aïcha qui tremble d'inquiétude. Malgré la discrétion observée par les musulmans, la rumeur court la ville :

– S'il le fait, c'est pure folie, disent les hypocrites
en éclatant de rire. Muhammad n'est pas fou. Il n'ira
pas. Les juifs de Khaïbar ont des machines de guerre
redoutables. On ne peut les prendre par surprise. Ils
sont armés dès le réveil et vont aux champs comme on
va à la guerre.

– En vérité, disent les indécis, lui et ses bandits sont
en quête de rapines. Ils vont tendre leurs pièges pour
s'emparer de quelques caravanes.

Aïcha écoute d'une oreille attentive. La cour de la
mosquée est devenue la caisse de résonance de tous les
potins de la ville et même de La Mecque. Car ils sont
nombreux, ceux qui ont quitté la cité quraïch après la
signature du Pacte. L'attitude pacifique du Prophète et
la ferveur de ses hommes, qui avaient accompli les rites
loin de la Kaaba comme s'ils avaient pénétré dans l'enceinte sacrée, les avaient fortement troublés. Le bruit
s'était répandu que Muhammad, le banni, le « conspué
entouré de pouilleux », était vénéré plus qu'un roi par
ses fidèles prêts à mourir pour lui. Quelle était cette
religion qui unissait les hommes dans la soumission au
Dieu unique et leur permettait de triompher des
meilleures armées ? Ils avaient abandonné leurs biens
pour se rendre chez l'Apôtre, écouter son enseignement

---

1. Coran, sourate 61, L'Ordre, verset 4.

et lui prêter allégeance afin de devenir musulman. Entourée des coépouses, Aïcha les accueille, distribue des secours accompagnés de bonnes paroles, et leur commente les cinq piliers qui devront charpenter leur vie, s'ils persistent à entrer dans la grande famille de l'islam.

En l'absence du Prophète, son époux, Aïcha agit de son mieux pour aider, rassurer, convaincre de la Toute-Puissance et de la Miséricorde infinie de Dieu. Mais un matin, le ciel lui tombe sur la tête quand elle s'étonne de voir Sawdah entourée de servantes, pénétrer dans la dernière chambre disponible et ordonner des aménagements :

– Pour qui fais-tu cela ? demande-t-elle.

– Oum Habiba, la fille d'Abou Soufyane. L'Envoyé l'a épousée. Elle va bientôt arriver.

– Je ne comprends pas, s'écrie Aïcha abasourdie. Explique-toi.

– Pauvre petite. Il ne t'a rien dit ?

Elle lui raconte alors qu'au retour de Hudaybiya, fort du Pacte qui l'auréolait d'un pouvoir digne de celui d'un chef d'État, Muhammad avait envoyé des ambassadeurs auprès de divers souverains. Pour chacun, il avait dicté une lettre dans laquelle il se présentait comme l'Apôtre de Dieu et fixait une série de recommandations pour mériter le paradis et se garder du châtiment. Les courriers avaient été adressés au gouverneur de Syrie, au prince du Yémen, ainsi qu'au gouverneur d'Égypte, au gouverneur de Bahrein, au roi de Roum, au roi de Perse…

– Je suis au courant, dit Aïcha d'un ton agacé. J'ai même lu certains de ces messages.

– Mais tu ignores que, pour le roi d'Abyssinie, il avait ajouté sa demande en mariage pour la fille d'Abou Soufyane. Elle est musulmane, émigrée de la première heure avec son mari, mort dans la ville du Négus. On attend le retour de l'ambassade qui la ramène avec sa fille.

Aïcha pâlit :

— Te rends-tu compte, Sawdah ? Nous serons sept. Chacune de nous ne le verra qu'une nuit par semaine. Et chaque jour, à l'heure de la sieste, il passera en courant de l'une à l'autre.

— Ne te plains pas, petite sœur. Je t'ai donné mon tour. Tu as l'avantage sur les autres. C'est chez toi qu'il reste le plus longtemps.

— Tu connais cette Oum Habiba ?

— Je l'avais rencontrée autrefois à La Mecque et je l'ai beaucoup vue en Abyssinie où elle a fui la colère de son père. À mon avis, Muhammad l'épouse pour ferrer Abou Soufyane. Une façon de confirmer le Pacte de non-agression entre les deux villes.

— La brèche se creuse dans le harem, reprend Aïcha. Tu verras, Sawdah. Hafsa, toi et moi, nous sommes les pionnières solidaires. En face de nous, le clan des grandes tentes. Elles vont se battre pour la place de favorite. De quel côté se rangera Oum Habiba ?

— C'est une Ommayade de haute culture que la vie a éprouvée. Elle n'entrera dans aucune intrigue.

— Je n'en crois rien, dit Aïcha.

Elle s'éloigne brusquement et regagne son logis, l'esprit en ébullition, imaginant mille stratagèmes.

18.

Sept semaines se sont écoulées depuis la fin de
Muharam, premier mois de l'an VII, où ils sont partis
à l'assaut de Khaïbar. Les guetteurs annoncent enfin
leur retour. Un cavalier galope en tête et clame la nouvelle :

– Toutes les forteresses se sont rendues une à une !

Victoire écrasante dont le récit se répand au long des
ruelles jusque dans la cour de la mosquée où les épouses
du Prophète, qui s'affairent autour des « gens de la banquette », n'en perdent pas un détail. Par la ruse et l'habileté, le Prophète s'est emparé des machines de guerre
redoutables qu'il a retournées contre l'ennemi, venant à
bout des résistances les plus opiniâtres. Un à un, les
bastions réputés invincibles ont capitulé. Les juifs qui
n'ont pu s'enfuir se sont inclinés devant le vainqueur.
Pour sauver leur vie, éviter l'exil, ils ont abandonné la
totalité de leurs biens, leurs femmes et leurs trésors, et
se sont offerts eux-mêmes pour entretenir les plantations en ne gardant que la moitié des revenus pour leur
subsistance et leurs outils. Le Prophète et ses Compagnons, Abou Bakr et Omar, se sont partagé les terres
où les juifs seront désormais leurs serfs, corvéables à
merci.

Le butin est énorme. Muhammad s'est considérablement enrichi de ces domaines qui lui ont été remis sans
condition. Devant la chute magistrale de Khaïbar, les

oasis voisines se sont rendues, avant d'être attaquées. Le nombre d'esclaves est impressionnant. Des jolies filles qui vaudront leur pesant d'or sur le marché de Médine. Le nom de l'une d'elles se propage dans la ville à la vitesse du vent. La raison de cette fulgurante rumeur est stupéfiante :

– Le Prophète a épousé Safiyah, la juive !

Aïcha en a le sang retourné. Oum Habiba n'est pas encore arrivée d'Abyssinie, et Muhammad revient avec une autre conquête, juive de surcroît ! On dit qu'elle est jeune, dix-huit ans à peine, et que sa beauté n'a pas son pareil en ce monde. Zaynab en défaille, Juwayriah en tombe malade. Hafsa reste sceptique en écoutant attentivement les informations que Sawdah collationne grâce à son solide réseau de renseignement. Une femme fait irruption et lance d'une voix essoufflée :

– Ils entraient dans la ville, côte à côte sur leurs chameaux, et soudain l'heureuse élue est tombée. Sa monture a trébuché sur un caillou du chemin.

– Mauvais présage, s'écrie Zaynab qui se ranime.

– Où va-t-il la loger ? rétorque Hafsa. Il n'y a pas de place pour elle dans ce harem. La dernière chambre disponible est réservée pour Oum Habiba.

Près de la porte, un gamin crie :

– Ils sont dans la maison de Hârithah ! C'est là qu'elle va habiter.

– Allons voir ce qu'il en est, dit Aïcha en bondissant sur ses pieds.

Elle se drape dans un voile qui la dissimule tout entière jusqu'au bord des yeux. Hafsa, Juwayriah et Zaynab imitent son geste. Les quatre complices se faufilent au sein de la cohue de femmes curieuses et réussissent à pénétrer dans la demeure. Ce qu'elles découvrent les laisse songeuses. Une silhouette élancée, des mains qui se meuvent avec grâce, un visage d'une finesse inégalée, un teint d'une parfaite transpa-

rence, de grands yeux de biche aux longs cils, des
cheveux d'un noir bleuté, nattés jusqu'aux chevilles.
Une voix douce et un sourire d'ange.

– Je crains que cette fille ne nous enlève les faveurs
de l'Envoyé, souffle Zaynab, qui prend tristement
conscience qu'à son âge, il est difficile de rivaliser.

– Détrompe-toi, répond Juwayriah, plus sereine. Ce
type de femmes n'a pas de chance avec les maris.

Aïcha et Hafsa se poussent du coude d'un air
entendu signifiant que, toute réflexion faite, elles ne la
trouvent pas si belle qu'on l'affirme. Tandis qu'elles
s'esquivent, aussi discrètement qu'elles sont venues,
une main enserre l'épaule d'Aïcha qui se fige quand
elle reconnaît la voix près de son oreille :

– Alors, ma rouquine, comment la trouves-tu ?

Elle se retourne d'un bloc. Muhammad la regarde
avec un sourire amusé. Drapée dans sa dignité, elle le
foudroie d'un œil noir et répond du bout des lèvres :

– J'ai vu une Juive parmi les Juives !

– Ne dis pas cela, Aïcha, gronde-t-il gentiment. Elle
s'est convertie. C'est une bonne musulmane maintenant.

Un ricanement, un haussement d'épaules. La tête
haute, Aïcha disparaît dans la foule et regagne son logis,
accompagnée de ses « sœurs » en adversité. Dans la
cour de la mosquée, un chameau surmonté d'un palanquin couvert de poussière s'agenouille aux pieds de son
guide. Oum Salama tire les rideaux de sa cage pour
mettre pied à terre d'un mouvement gracieux. Voyageant en queue de la troupe, elle a mis plus de temps à
regagner sa maisonnette.

– Je suppose que vous n'avez pas résisté, dit-elle en
se tournant vers ses consœurs qu'elle observe par-
dessus son *niqab*. Vous êtes allées la voir. Elle est vraiment très belle, n'est-ce pas ? Et je peux vous assurer
que le Prophète l'aime beaucoup.

La dernière remarque anéantit les quatre enjalousées qui s'engouffrent chez la voyageuse et la somment de raconter le coup de folie de leur mari commun. Toutes griffes dehors, elles s'installent sur les coussins brodés autour d'une petite table couverte de fruits et de pâtisseries, et captent chaque détail de l'histoire de Safiyah, la Banu Nadir, fille de Huyay, le chef de la tribu expulsée par Muhammad. Aïcha et Hafsa se souviennent de leur caravane chargée de trésors qui avait traversé le marché de Médine au son des cornes et des tambourins, de leurs femmes luxueusement habillées, couvertes de bijoux derrière les rideaux de leurs palanquins. Réfugiée à Khaïbar, Safiyah s'était mariée avec un homme brutal qui était mort en défendant les forteresses. Oum Salama en arrive au point culminant de son récit :

– Quand le Prophète l'a vue au milieu du lot de captives réservé pour l'un de ses Compagnons, il l'a couverte de son manteau et lui a proposé de rester juive et de retourner chez les siens, ou d'entrer en islam et devenir son épouse. Elle a choisi Dieu et Son Envoyé.

– De la comédie ! s'écrie Hafsa. Rayhana était plus sincère quand elle s'est convertie, préférant conserver son rang d'esclave.

– Bref, continue Oum Salama, notre époux bien-aimé n'a pas résisté à cette beauté exceptionnelle qui l'a séduit en lui racontant son rêve : la lune entrait en son giron, et le croissant de l'islam lui annonçait le roi du Hedjaz.

– Autre union descendue du ciel, dit perfidement Aïcha en regardant Zaynab qui pâlit de colère.

– Fou de désir, reprend Oum Salama, il n'a pas attendu le délai de viduité. À la première station, sur le chemin du retour, il a ordonné le mariage. Safiyah était resplendissante. Une servante l'avait coiffée, maquillée, parfumée. Et le Prophète a fait préparer un banquet avec les bonnes choses prises à Khaïbar. Tout le monde s'est régalé. Pendant quatre jours et quatre nuits, ils ne se sont pas quittés.

– Passion éphémère, soupire Juwayriah. Chacune d'entre nous a connu ses jours de gloire, et puis la flamme diminue. À nous de la conserver en veilleuse et l'empêcher de s'éteindre.

– C'est une étrangère, intervient Aïcha. Je ne lui promets pas des jours faciles parmi nous.

– Pour l'heure, il n'y a pas de place, reprend Hafsa. Elle est très bien où elle est !

– Ne vous réjouissez pas, dit Oum Salama. Le Prophète est très riche, maintenant. Il veut agrandir la maison de plusieurs chambres. Je crois qu'il aime beaucoup se marier.

– Cela ne peut durer ! s'écrie Aïcha en se levant brusquement. La virilité d'un homme a ses limites.

Les sentiments les plus divers agitent son cœur et brouillent son esprit. Elle fait mine de s'en aller quand Oum Salama change de sujet et raconte un incident que le Prophète ne veut pas ébruiter, et qui aurait pu lui être fatal. Elle se rassied pour écouter avec attention.

– Après la chute de Khaïbar, une Juive fait rôtir un mouton et l'apporte au camp devant la tente du Prophète. Il la remercie et invite ses Compagnons à partager son repas. Il prend une bouchée dans l'épaule, la partie qu'il préfère, et commence à y planter les dents. L'homme qui était près de lui se sert aussi et avale son morceau au moment où le Prophète recrache ce qu'il avait dans la bouche en criant : « N'y touchez pas ! Cette épaule m'annonce qu'elle est empoisonnée. »

– La chienne ! souffle Hafsa. L'a-t-il tuée ?

– Il a fait venir la femme et lui a demandé ce qu'elle avait mis sur la viande. « Qui te l'a dit ? » a-t-elle rétorqué. « L'épaule elle-même » a-t-il répondu. Alors, elle lui a déclaré : « Tu sais fort bien ce que tu as fait à mon peuple. Tu as tué mon père, mon frère, mon mari. Je me suis dit : S'il est un roi, j'en serai débarrassé. S'il est un prophète, il sera informé du poison. » Pendant qu'elle parlait, l'homme qui avait ingurgité la viande est devenu gris comme la cendre et s'est écroulé sans vie. La femme est repartie. Notre époux, magnanime, a préféré l'épargner. Elle pourra attester qu'il est bien le Prophète.

– Béni soit Dieu qui le protège, conclut Aïcha en prenant congé.

Elle regagne tristement sa chambre et médite sur son lit. Elle ne verra pas son bien-aimé avant quelques jours. Patience, se dit-elle. Le cœur s'est enflammé trop vite. Un feu de paille qui s'éteindra quand viendra l'autre rivale, sortie de son Abyssinie lointaine. Un jour, elle saura bien le reprendre. Elle est la plus jeune du harem et connaît ses faiblesses. Elle le séduira quand elle voudra.

Muhammad, un homme comme les autres, est avant tout celui que Dieu a marqué de son sceau. Elle a vu entre ses omoplates une tache brune entourée de poils drus. Et cette vérité a été confirmée par Gabriel :

« *Par le calame et ce qu'écrivent les anges*

Grâce aux bienfaits de ton Seigneur, tu n'es pas un fou.

Il y a pour toi un salaire jamais interrompu

Et tu es, certes oui, d'un caractère éminent[1]. »

Un homme de ce monde qui appartient à l'autre monde. Quand le tonnerre gronde, son visage change de couleur, quand il pleut à verse, il sort poitrine nue pour recevoir la bienfaisante eau du ciel qui vivifie sa peau comme la terre des champs. Non, ce n'est pas un homme ordinaire, mais vingt hommes à la fois. Il ne peut se contenter d'une femme unique. Lorsqu'elle lui a demandé un jour :

---

1. Coran, sourate 68, Le Calame, versets 1 à 7.

– Ô Envoyé, qui seront tes épouses au Paradis ?

– Tu es parmi elles, a-t-il répondu.

Forte de ces paroles qu'elle a reçues comme le plus beau des joyaux, Aïcha se résigne et attend avec plus de sérénité le bon vouloir de son bien-aimé, l'homme à nul autre pareil pour lequel Dieu l'a fait naître. Elle revoit son enfance, son mariage, les heures inoubliables dans les bras du maître qui la façonnait selon son désir et la volonté d'Allah. Elle finit par conclure qu'elle est en quelque sorte prédestinée, choisie par Dieu. Quelle sera sa mission ?

Oum Habiba est annoncée. Sa caravane atteint les portes de la ville où règne plus que jamais l'effervescence. L'Envoyé va épouser la fille d'Abou Soufyane, la terreur de tous les musulmans de Médine, Émigrants et Ansars confondus. Le Pacte signé assure la paix pour dix ans, et l'on se dit que cette union pourrait bien influencer les consciences des idolâtres de La Mecque. Ce mariage est une alliance politique qui est loin d'embraser le cœur de Muhammad. Aïcha l'a compris en observant l'expression de son visage lorsqu'il a ouvert les rideaux du palanquin et découvert sa nouvelle épouse. Une femme de quarante ans, sans grâce ni beauté, sans doute dotée d'une forte personnalité, marquée par les épreuves endurées lors de ses années d'exil en Abyssinie.

Uthmân, le gendre du Prophète, est son oncle maternel. Il organise en son honneur une fête splendide au cours de laquelle les invités se pressent en foule pour déguster le festin somptueux. Dans le harem, les coépouses, unanimes pour une fois, l'accueillent avec enthousiasme et chaleur. Zaynab est sa cousine, Sawdah et Oum Salama l'ont connue autrefois, à La Mecque, puis en Abyssinie. On rappelle de vieux souvenirs et l'on écoute avec compassion le récit de ses souffrances auprès de l'époux qui avait abjuré l'islam pour la foi chrétienne. On l'adule, on l'entoure d'affection et d'amitié. Oum Habiba ne sera jamais une rivale : elle n'a ni le charme ensorcelant de Safiyah, ni la grâce d'Oum Salama, ni la sensualité de Zaynab, encore moins l'intelligence piquante de la flamboyante Aïcha. Elle a la sagesse de n'entrer dans aucune intrigue, et d'entretenir, malgré tout, de bonnes relations avec les unes et les autres.

Le sujet de discorde demeure Safiyah qui rejoint le harem dès que la construction de sa chambre est terminée. Pour son arrivée solennelle, deux groupes l'attendent : Aïcha, Hafsa et Sawdah, face aux autres épouses et Fatima. D'un côté, l'épouse préférée du Prophète, de l'autre, sa fille bien-aimée. Quel camp choisir ? Elle décide de se maintenir dans l'espace réduit de la neutralité. Mais il lui sera difficile d'imiter Oum Habiba en maintenant comme elle des relations amicales avec les différentes antagonistes. De sa langue acérée, Aïcha ne manque pas de l'assaillir de piques venimeuses. Hafsa agit de même. Les deux complices rappellent à tout instant qu'elles sont les filles d'Abou Bakr et d'Omar.

– Auprès de nous, tu n'es rien, petite, affirment-elles sur un ton persifleur. Nos pères sont les *Cheikhs*, les amis les plus proches et les plus anciens de l'Envoyé.

De leur côté, Oum Salama et Zaynab la toisent du haut de leurs lignées aristocratiques. Leurs attaques n'en sont pas moins cruelles et humiliantes. Soutenue par Muhammad qui se désole de ces comportements perfides, elle finira par leur répondre :

– Qu'avez-vous de plus que moi ? Mon père est Aaron, mon oncle, Moïse, et mon époux, l'Envoyé de Dieu !

La crise atteint son paroxysme lorsque, par un bel après-midi ensoleillé, au milieu de l'hiver de l'an VII, entre dans la ville la caravane du Muqawqis d'Alexandrie, avec une lettre répondant à celle du Prophète. Le gouverneur d'Égypte se montre très évasif à l'égard de l'islam, en expliquant que son peuple est copte, très attaché à sa religion. Mais le message est accompagné d'une quantité de présents magnifiques : un millier de mesures d'or, vingt robes d'étoffe fine, une mule, une ânesse et, pour couronner le tout, deux esclaves coptes, des chrétiennes escortées par un vieil eunuque. Deux sœurs, Maria et Sirin, belles l'une et l'autre. Muhammad remarque aussitôt l'exceptionnelle beauté de Maria. Il l'installe sans tarder dans la maison de Hârithah que Safiyah vient de quitter, et la prend comme concubine en attendant qu'elle se convertisse.

Du jour au lendemain, la Juive n'est plus à la mode. On ne parle plus dans la ville que de la belle Égyptienne aux cheveux longs et frisés, qui vient d'arriver des rivages du Nil, offerte en cadeau à l'Élu de Dieu. Ce dernier, très épris, lui rend visite de jour comme de nuit. La jalousie incendie le harem dont la révolte est si violente, que Maria en devient nerveuse. L'Envoyé choisit pour elle une petite maison sur les hauteurs de Médine, où il la rencontre plus calmement lorsqu'il a apaisé ses turbulentes épouses en assumant rigoureusement son devoir conjugal.

Un jour, Hafsa se rend en visite chez une voisine et regagne son logis plus tôt que prévu. Ce qu'elle découvre, la laisse sans voix : le Prophète et Maria assis au bord de son lit, tendrement enlacés.

– Nous nous promenions, explique-t-il, et nous sommes entrés pour un baiser. Où est le mal ? Ne suis-je pas chez moi en ce lieu ?

Passée la stupeur, éclate la colère. Un déchaînement d'insultes et de gesticulations contre le mari qui vient souiller la couche nuptiale avec sa concubine. On frôle le scandale. Muhammad ne trouve rien de mieux pour la calmer que de jurer de ne plus revoir Maria, et lui fait promettre de garder le secret sur ce regrettable écart.

Commotionnée, Hafsa ne peut tenir sa langue et court chez sa fidèle complice et amie, Aïcha, afin de soulager son cœur.

– Que me dis-tu là ? s'écrie-t-elle. C'est mon jour, je l'attendais, il se permet de lutiner l'étrangère quand il devrait être dans mon lit ?

Nouvelle explosion de fureur. La favorite est outragée. Sa complice a divulgué le secret. Perdant tout contrôle, elle devient véhémente et déverse un flot de reproches sur l'Apôtre qui l'écoute d'un air penaud et attristé. Avec patience, il attend la fin de l'orage. La violence envers une femme lui fait horreur. Il refuse d'imiter ses Compagnons qui l'utilisent sans vergogne afin de ramener la paix dans le gynécée. Avec douceur, il lui répond :

– Calme-toi, ma gazelle. À toi aussi, je promets de ne plus voir Maria, puisque cela te met dans un tel état de fureur. Ne sois pas injuste envers elle, parce qu'elle n'est qu'une esclave. Toi et moi, et tous les Arabes, nous sommes nés de l'union d'Abraham et d'Agar, sa concubine. D'autre part, j'applique le Coran en traitant mes épouses avec équité. Tu reçois toujours la meilleure part. Tu sais bien le plaisir que j'éprouve entre tes bras.

Une fois encore, Aïcha succombe et se laisse emporter par les vagues de caresses et de baisers fous. Emprisonnée sous le corps du bien-aimé, cœur contre cœur, elle oublie les rancœurs et s'abandonne au flot brûlant de l'amour qui les unit comme au premier jour. Mais soudain, les signes de la révélation se manifestent. Muhammad tremble. Aïcha le couvre de son manteau. Il revient à lui et se dresse sur son séant pour déclamer d'une voix forte le message de Gabriel :

« *Ô Prophète, pourquoi, afin de gagner l'agrément de tes épouses, jettes-tu l'interdit sur ce que Dieu t'a*

*rendu licite ? Et quand le Prophète eût confié un secret
à l'une d'entre elles, puis qu'elle l'eût raconté*[1]*... »*

Il prend la main de son épouse rebelle et poursuit en
la regardant droit dans les yeux :

« *Si toutes deux vous vous repentez à Dieu, c'est
que vos cœurs, certes, se seront inclinés. Si vous vous
soutenez l'une l'autre contre le Prophète, sachez que
Dieu lui-même est son protecteur, ainsi que Gabriel et
l'élite des croyants... Il se peut que s'il vous répudie,
son Seigneur lui donne en échange des épouses
meilleures que vous*[2]*. »*

Aïcha saisit la menace qui plane sur elle et sur Hafsa,
mais ne se laisse pas impressionner. Elle comprend
qu'il reverra l'esclave, Maria la Copte. Depuis son plus
jeune âge Aïcha possède les clés de la ruse féminine.
Blottie contre l'épaule de son mari, elle demande en
minaudant :

– Ô Envoyé de Dieu, qui aimes-tu le plus au monde ?

– Tu le sais, répond-il en la serrant contre lui.

Cela ne lui suffit pas. Elle veut une confirmation. Les
doigts qui se perdent dans son opulente chevelure parfumée puis la caressent avec volupté, ne sont pas une
preuve décisive.

– Ô Envoyé de Dieu, dis-moi seulement ceci : si tu
te trouvais entre les deux versants d'une vallée dont
l'un n'a pas encore servi de pâture, tandis que l'autre a
déjà été brouté, sur lequel mènerais-tu ton troupeau ?

– Sur celui qui n'a pas été brouté.

– C'est bien cela, dit-elle. Je ne suis pas comme tes
autres épouses. Chacune d'elle a eu un mari avant toi.
Sauf moi.

– Voilà pourquoi je reviendrai toujours à toi, Aïcha.

---

1. Coran, sourate 66, L'Interdiction, versets 1 à 3.
2. Coran, sourate 66, L'Interdiction, versets 4, 5.

Tu fais partie de moi. Je t'ai coulée dans le moule de ma chair. J'ai guidé ton esprit. Nous sommes un.

Il l'étreint avec émotion et ajoute :

– Ô ma gazelle, je n'ignore pas quand tu es en colère contre moi, ni quand tu es contente.

– Toi qui m'es plus cher que mon père et ma mère, comment sais-tu cela ?

– Lorsque tu es contente, tu jures en disant : « Certes non, par le Seigneur de Muhammad ! » Et quand tu es en colère, tu dis : « Certes non, par le Dieu d'Abraham ! »

Elle rit en se lovant contre lui. Leurs lèvres se joignent pour sceller le pacte de paix momentanément distendu. Le couple est ressoudé. Aïcha triomphe car Muhammad n'hésite plus à avouer sa préférence lorsque l'un ou l'autre de ses Compagnons lui demande :

– Ô Envoyé de Dieu, qui aimes-tu le plus au monde ?

Selon son habitude, il mentionnait Fatima, Ali, les petits-fils Hassan et Hussein, mais le nom de Aïcha revient désormais plus souvent afin que nul n'ignore qu'elle est son épouse favorite, celle dont il ne peut se passer et chez qui il se rend plus fréquemment que chez les autres dont il ne souffle mot. Cette préférence affichée relance la jalousie des coépouses. Le vent de la révolte gronde au cœur du harem. Une révolte sourde qui va bientôt éclater, en menaçant de tout balayer.

Pendant les mois qui suivent, Muhammad ne sort pas de Médine, laissant ses hommes attaquer ici ou là les tribus réfractaires et faire régner sur les routes du désert la loi de Dieu et de Son Prophète. Pendant ce temps, dans la cour de la mosquée, le nombre de réfugiés augmente chaque jour : ils accourent aux pieds du nouveau maître et lui prêtent allégeance pour rejoindre la communauté de l'islam dont le pouvoir s'étend vers les limites du désert et bien au-delà. L'autorité du Messager couvre déjà l'Arabie centrale. On accourt en foule pour entendre ses prêches dans la mosquée qu'il a fait embellir d'une chaire en bois sculpté, afin de mieux voir les visages de ceux qui viennent s'abreuver à la source des commandements divins.

Par ses expéditions et ses conquêtes, il a rendu prospère l'oasis de Yathrib. Ses fidèles, les anciens Émigrants, les convertis de la première heure, et les Ansars de Médine, se réjouissent d'une certaine opulence qui leur permet d'oublier l'extrême pauvreté du début de l'Hégire. Ayant décidé de se mettre à la disposition d'Allah et de Son Messager, certains avaient tout abandonné, d'autres avaient accepté de partager ce qu'ils possédaient. Chacun est en mesure aujourd'hui de manifester sa reconnaissance par des offrandes que le Prophète accepte selon la loi du Coran. Les remerciements ou les demandes de faveur s'accompagnent de présents souvent coûteux qui sont loin de déplaire à l'Envoyé. On a remarqué que le cadeau le touche plus lorsqu'il le reçoit dans la maison d'Aïcha où son humeur est imprégnée du bonheur qu'il y ressent. On ne néglige aucun détail pour atteindre le but recherché. La favorite s'en trouve gratifiée puisqu'elle n'est pas oubliée. Geste qui émeut le maître et l'incline à une bienveillante générosité.

Les avantages dont bénéficie Aïcha suscitent la colère des coépouses qui s'insurgent contre elle. Oum Salama décide d'aller voir le Prophète dans la véranda qu'il s'est fait construire au-dessus de la chambre de Sawdah. C'est là qu'il médite à l'abri des solliciteurs, quémandeurs et plaignants de toutes sortes. On y accède par un escalier escarpé en troncs de palmiers. Une pièce vide, ornée d'une natte de roseaux tressés et de trois coussins en cuir. Elle prend place en face de lui et déclare :

– Ô Envoyé, tu devrais annoncer que quiconque veut te faire un cadeau doit s'exécuter sans attendre que tu sois dans une maison particulière.

Muhammad garde le silence. Elle réitère sa demande une seconde puis une troisième fois. La réponse jaillit sur un ton irrité :

— Ne m'ennuie pas à propos d'Aïcha, car, en vérité, jamais la Révélation ne me vient lorsque je me trouve entre les cuisses de l'une d'entre vous. Sauf Aïcha. Sur vous toutes elle a ce privilège.

— Je demande pardon à Dieu de t'avoir ennuyé, souffle la Makhzûmite en se retirant prestement.

Le harem, aussitôt, durcit la fronde. De haute ou basse lignée, Arabes ou étrangères, les épouses du Prophète se liguent contre la fille d'Abou Bakr que l'on traite d'intrigante et de cupide. Une redoutable manœuvrière qui sait manipuler l'Envoyé et détourner vers elle le flux de tous les privilèges. Haine et jalousie se conjuguent pour l'entraver à défaut de l'abattre. Pourquoi devrait-elle bénéficier, elle seule, des bienfaits de l'opulence ? Chacune veut sa part de profit et de bien-être, une augmentation de ses allocations en argent et en provisions.

— Plus de grains et plus de robes de ces jolies soies envoyées de Bahrein et d'Alexandrie, déclare Juwayriah.

— Le temps de la disette où l'on se contentait de dattes et d'un seul vêtement par saison est révolu, souligne Oum Salama.

— Le Prophète s'est enrichi. Il nous doit notre part, conclut Oum Habiba.

Comme toutes les Médinoises qui ont coutume de contester leur mari, les rivales de la favorite exigent à leur tour plus de confort et de raffinements. En diverses occasions, elles s'étaient assises en cercle autour de l'époux commun quand il se trouvait chez l'une ou chez l'autre et l'avaient harcelé une à une. Désemparé par leur liberté de comportement, inconnue des femmes de La Mecque, Muhammad avait été incapable de repousser leurs demandes. La tête dans les mains, il avait cherché le moyen de les satisfaire, tout en assumant ses devoirs envers les pauvres qui affluaient. Jouant de son indulgence, elles avaient obtenu quelques satisfactions. Mais Aïcha jouissait de faveurs notoires qui les rendaient enragées.

L'échec d'Oum Salama décide Zaynab à passer à l'action. Elle se rend chez Fatima et la convainc, non sans mal, d'intercéder en faveur des épouses défavorisées. À contrecœur, cette dernière s'exécute. Tremblante de crainte et de timidité devant son père, elle lui déclare d'un trait :

— Tes épouses t'adjurent par Dieu de faire droit à leur réclamation en ce qui concerne la fille d'Abou Bakr.

— Ma fille, répond-il, n'aimes-tu pas ce que j'aime ?

— Oui, souffle-t-elle.

— Alors, aime-la !

Pétrie de confusion, Fatima rougit. Il l'observe en silence et ajoute :

— C'est bien Zaynab qui t'a envoyée, n'est-ce pas ?

— Zaynab et les autres.

— Je jure que c'est Zaynab qui a manigancé tout cela !

Fatima acquiesce et il sourit. Elle s'enfuit en courant. Le retour de la pauvre fille en larmes irrite Zaynab au plus haut point. Elle se rend chez le Prophète qui se trouve encore chez la rivale honnie. Il écoute calmement les doléances furibardes et charge Aïcha de régler le problème. La langue acérée sort ses piques, les arguments tombent, percutants, et la belle Zaynab s'en retourne vaincue. Muhammad, soulagé, félicite sa favorite de sa dextérité :

— Tu es bien la fille d'Abou Bakr, dit-il en lui baisant la main.

Quelques minutes plus tard, des visiteurs apportent une grande quantité de nourriture au Prophète qui en envoie une part confortable chez Zaynab afin de la consoler et d'enterrer le différend. Elle refuse et restitue le tout. Il répète l'opération, et obtient la même réaction. À la troisième tentative, Aïcha ne maîtrise plus ses nerfs :

– Pourquoi acceptes-tu de te laisser humilier par cette femme ?

Cette fois, c'en est trop. Muhammad s'emporte. Sa patience est à bout et la colère l'envahit. Excédé, il s'écrie :

– L'Envoyé de Dieu ne se fait et ne se fera humilier par personne, par la grâce de Dieu !

Il se lève et sort de chez Aïcha en jurant qu'il ne verra plus ses femmes, et cela, pendant un mois.

19.

Le Prophète s'est retiré dans sa cellule monacale avec quelques provisions d'orge, des feuilles de mimosa, et une cruche d'eau. Il y restera jusqu'à la fin du jour, toute la nuit et une autre journée sans en sortir. Ses Compagnons, stupéfaits de ce comportement inhabituel, se posent mille questions et envisagent le pire. On le voit aller à la mosquée aux heures de prière et regagner bien vite son ermitage dont l'escalier est gardé par un jeune Noir abyssin qui a reçu l'ordre de ne laisser monter quiconque.

Le bruit se répand dans la ville que l'Envoyé de Dieu va répudier ses femmes, et tout le monde est aux abois. À la mosquée, des gens pleurent et parlent de cataclysme. Dans leurs appartements, les épouses délaissées, prostrées, sont tourmentées par la crainte et rongées de remords. Chacune examine ses torts, se repent en silence, et prie, n'osant imaginer l'humiliation d'être renvoyée par le Prophète, bannissement plus cruel que la mort. La seule responsable, aux yeux de toutes, est la favorite. On se console en supputant qu'elle seule subira le châtiment.

Dans sa chambre, Aïcha médite, refuse de se nourrir, ne dort plus, et pleure sur sa couche. Lorsque son père force sa porte pour l'assommer de reproches sévères, elle l'écoute en lui offrant un visage de marbre.

– Ne t'en prends qu'à toi-même, dit-il. Par ta jalousie et tes manigances, tu sèmes la ruine et tu recevras ce que tu mérites !

– Dieu qui voit tout, connaît la vérité, rétorque-t-elle en le toisant d'un regard froid.

– As-tu pensé que vous ridiculisez le Prophète ? As-tu pensé aux conséquences sur l'avenir de la Prédication ? Qui le croira s'il est contesté dans son propre foyer, par ses épouses et en particulier par toi, la plus aimée ? L'islam ne s'en relèvera pas, et notre famille en portera la faute.

Elle retient sa langue, hausse les épaules et lui tourne le dos pour se retirer derrière le rideau de l'alcôve, dans son intimité où subsiste encore l'odeur de Muhammad. Abou Bakr s'étrangle de fureur et sort en maudissant le diable. Quelques minutes plus tard, apparaît Hafsa qui, à son tour, lui rend visite et s'écroule en sanglotant. Elle aussi a subi une sévère algarade de son père.

– Ne t'avais-je pas prévenue que cela arriverait ? lui a dit Omar. Avec vos bravades et vos contestations, vous avez irrité l'Envoyé. Vous a-t-il répudiées ?

Elle lui a répondu qu'elle ne le savait pas puisqu'il s'était enfermé dans sa tour d'ivoire. En sortant de chez elle, Omar s'est présenté chez Oum Salama, sa cousine makzûmite.

– Elle ne s'est pas laissé impressionner, raconte Hafsa en retrouvant sa bonne humeur. Elle l'a pris de haut en lui demandant de quel droit il s'interposait entre l'Apôtre et ses épouses et lui a déclaré : « Certes, par Dieu, nous lui disons franchement ce que nous pensons. S'il l'admet, c'est son affaire, et s'il nous l'interdit, il nous trouvera plus obéissantes que nous ne le sommes à ton égard. »

Aïcha éclate de rire :

– J'imagine la tête de ton père. Il ne devait pas en croire ses oreilles. Une femme qui ose lui tenir tête, à lui qui intimide bien des hommes et croit effrayer Satan en personne.

– Je l'ai entendu s'écrier : « Quelle puissance maléfique a révolutionné la maison du Prophète ? Il est temps de ramener ces femelles à la raison ! » Je l'ai vu sortir et se diriger vers l'escalier de la véranda. Il a demandé à être reçu par l'Envoyé.

– Et le garde abyssin l'a renvoyé sèchement…

– Détrompe-toi. Il a si bien insisté qu'il a réussi à monter. Ils sont ensemble. Dieu sait ce qu'ils se disent.

– Viens, dit Aïcha, cachons-nous dans l'entrebâillement de la porte. Nous verrons s'il est triste ou se réjouit quand il descendra du refuge sacré.

À ce moment, une clameur sort de la véranda. Un « *Allâhu Akbar* ! » tonitruant qui se répand en écho vibrant autour de la mosquée et sur les maisons alentour. On reconnaît la voix de Omar et l'on comprend que le danger est écarté. Les épouses qui se morfondaient dans l'inquiétude s'apaisent et reprennent espoir.

– Il n'y aura pas de répudiation, dit Hafsa. Je connais mon père et sa façon de crier son soulagement. Il a eu très peur. Plus que quiconque.

– Le mien aussi, répond Aïcha. Mais tant que Muhammad ne nous le dira pas de vive voix, je conserve des appréhensions. Nous aurons un prix à payer. Pour l'heure, nous devons attendre. Lui-même nous a dit qu'il ne nous verrait pas pendant un mois. La punition est loin d'être levée.

Cette nuit-là, le fin croissant de la lune nouvelle brille au firmament. Les quartiers se succèdent au fil des semaines, tandis que le Prophète continue à méditer entre les prières à la mosquée, et que la ville attend, suspendue au moindre de ses gestes, à l'affût d'un mot. Et puis un soir, dans l'obscurité que provoque la disparition de l'astre nocturne, le Prophète sort de sa retraite et se rend chez Aïcha qui marque sa surprise de le voir si vite :

— Il ne s'est écoulé que vingt-neuf nuits, lui fait-elle remarquer.

— Comment le sais-tu ?

— Je les ai comptées… Et comme je les ai comptées !

— Ce mois n'a que vingt-neuf jours, explique-t-il, ému de cet aveu spontané.

Il poursuit en lui expliquant qu'il a reçu une révélation de l'ange donnant à chacune de ses épouses le choix entre deux possibilités.

— Tu es la première consultée. Tu n'es pas obligée de me répondre sur-le-champ. Tu peux réfléchir et demander conseil à ton père, si tu le souhaites. Il a accepté de m'aider.

— Que non ! réplique-t-elle. Personne ne peut t'aider en ce qui me concerne. Mais dis-moi ce qu'il en est, ô Envoyé de Dieu !

Il lui récite le verset en question :

« *Ô Prophète, dis à tes épouses : voulez-vous jouir des plaisirs brillants de la vie ? Venez, je comblerai vos vœux, et je vous répudierai honorablement. Mais si vous désirez Dieu et Son Envoyé, ainsi que la demeure de l'Au-delà, en vérité une glorieuse récompense sera le prix de vos vertus*[1]. »

— En vérité, dit Aïcha sans hésiter, je désire Dieu, Son Envoyé, ainsi que la demeure de l'Au-delà.

Il la remercie d'un air soulagé et la serre dans ses bras.

— Je n'en attendais pas moins de toi, ma gazelle. Je dois maintenant interroger les autres.

— À mon tour, j'ai une requête, dit-elle en le retenant. Ne leur dis rien de ma réponse.

Un espoir l'effleure : si quelques rivales choisissaient

---

1. Coran, sourate 33, Les Conjurés, versets 28, 29.

de s'en aller avec un douaire honorable, sa vie dans le harem serait plus agréable. Elle verrait plus souvent son bien-aimé. Il promet d'être discret et poursuit sa tournée, curieux des prochaines réactions. Une belle surprise l'attend. Confrontées à l'alternative divine, toutes ses épouses font le même choix qu'Aïcha. Aucune n'est répudiée et la paix revient au harem autant que dans la ville. Avec la grâce de Dieu, le Prophète s'est imposé dans sa maison. Il n'a rien perdu de sa dignité ni de son autorité. Ses femmes ont accepté de se soumettre. Elles serviront d'exemple, désormais. L'islam est sauvé. La voix de Gabriel a fait entendre la loi divine :

« *Les hommes sont supérieurs aux femmes, parce que Dieu leur a donné la prééminence sur elles et qu'ils les dotent de leurs biens. Les femmes doivent être obéissantes et taire les secrets de leurs époux puisque le ciel les a confiées à leur garde. Les maris qui ont à souffrir de leur désobéissance peuvent les punir, les laisser seules dans leur lit, et même les frapper (si besoin est). La soumission des femmes doit les mettre à l'abri des mauvais traitements. Aussitôt qu'elles obéissent, ne cherchez plus querelle*[1]. »

Lui-même victime des dissensions conjugales, Muhammad ne recommande pas la violence. L'utiliser comme arme de dissuasion afin de ne pas avoir à s'en servir. Les plus mauvais maris en abuseront. Il ne tarde pas à recevoir les complaintes des victimes. Chaque jour, une cohorte vient exposer ses doléances. Le Prophète s'emporte :

– Je n'aime pas voir un homme qui exerce sa colère sur son épouse comme si elle était son ennemi sur le champ de bataille... Vous n'avez pas honte, vous frappez vos femmes comme des esclaves, ensuite vous les enlacez !

---

1. Coran, sourate 4, Les Femmes, verset 38.

Devant une assistance ébahie, au premier rang de laquelle on reconnaît ses huit épouses et ses deux concubines, il prône la douceur, la tendresse, le respect et la confiance qui tissent les liens de l'harmonie dans une famille.

– Les femmes, autant que les hommes, ont leur mot à dire, et le droit d'apprendre, affirme-t-il en martelant les mots.

Il leur enseignera la religion à certaines heures précises où elles seront seules à l'écouter dans un coin de la cour, et à elles seules, il consacrera le discours. D'autres versets descendront du ciel pour fixer définitivement la situation des femmes au foyer et dans la société, leurs droits et leurs devoirs, ainsi que la protection de leur patrimoine en cas de divorce ou de succession. Le licite et l'illicite, les pièges à éviter et la façon de se faire respecter. Aïcha note scrupuleusement ces principes qu'elle défendra plus tard avec fermeté, perpétuant l'enseignement de son époux. À cette société de Bédouins un peu rustre, Allah, par la bouche de son Apôtre, impose les bonnes manières aussi importantes que les règles de justice, de solidarité, d'hygiène et de propreté.

– L'essentiel de la vie n'est-il pas de savoir aimer sans oublier de prier ? confie-t-il à Aïcha. L'amour est envoyé par Dieu en récompense, et le plaisir éprouvé monte comme une prière de remerciement.

– Oui, Dieu est grand, répond-elle. Il est le Tout-Puissant et le Généreux !

On s'achemine vers la fin de l'an VII, et l'on n'a pas oublié les termes du Pacte de Hudaybiya, selon lesquels les Quraïch s'étaient engagés à permettre le pèlerinage « l'an prochain ». Douze mois ont passé depuis, et chacun attend les ordres du Prophète. À ceux qui avaient prêté le « serment sous l'arbre », s'ajoutent les convaincus et les nouveaux convertis, impatients de se mettre en route pour cette cérémonie grandiose qui marquera le triomphe d'Allah sur les lieux mêmes de la Maison Sacrée, construite par Abraham. Deux mille hommes se sont rassemblés au premier appel. Leur tenue de pénitent est pliée dans un sac qui pend à leur côté. Ils ont préparé les chameaux du sacrifice et se sont équipés de quelques armes et boucliers pour le cas où les Quraïch manqueraient à la promesse et dresseraient un piège afin de les écraser par traîtrise.

Des femmes vont suivre les hommes. Fatima rejoint leur groupe. Aïcha et les sept autres « Mères des Croyants » assistent au départ et la regardent s'éloigner avec envie. Il n'y a pas eu de tirage au sort. Le Prophète a décidé de leur infliger ce temps de réflexion qui leur permettra de méditer sur la nécessité de la soumission, et la manière de servir d'exemple pour la communauté. Il les a saluées tendrement, l'une après l'autre. Auprès d'Aïcha il s'est attardé pour lui confier son émotion de revoir la Kaaba et son inquiétude d'une volte-face des Quraïch si versatiles.

– Dieu est avec toi, dit-elle. Mes prières t'accompagnent.

Elle s'approche pour lui glisser à l'oreille :

– Promets-moi que je suivrai ton prochain voyage.

– Tu seras près de moi, puisque tu es dans mon cœur. Salam, ma belle gazelle.

Elle attendra le retour pour entendre de la bouche de Fatima le récit de cette aventure dont Dieu avait prédit le succès.

Dans la vallée de Hudaybiya, les pèlerins se sont arrêtés pour se dépouiller de leurs armes et de leurs turbans. Ils ont revêtu leur tenue de pénitent : deux grands carrés de coton blanc, l'un enroulé autour des hanches, l'autre enveloppant les épaules. Le Prophète, habillé de même, a enfourché sa chamelle et pris la tête de la troupe, entouré de ses fidèles Compagnons. À l'arrière, le groupe des femmes drapées dans leurs voiles, puis les chameaux destinés au sacrifice. Ils ont atteint les limites du territoire sacré. Du haut des murs de La Mecque, les Quraïch guettaient. Conformément au traité signé, la ville s'était vidée de ses habitants rassemblés sur les collines qui surplombent la vallée. Ils observaient de leurs yeux écarquillés le spectacle saisissant de la longue cohorte immaculée qui avançait dignement dans la plaine en chantant :

– *Labbayk Allâhumma Labbayk* ! Me voici, ô Dieu, à Ton service !

Ce qui n'était au début qu'un murmure s'amplifiait comme un grondement sorti des entrailles de la terre, pour éclater comme une puissante symphonie quand ils ont franchi les murailles et pénétré dans l'enceinte sacrée. Moment de silence et d'émotion lorsque le Prophète s'est arrêté pour enrouler sa cape autour de son buste en sortant le coude droit de manière à laisser l'épaule nue. Ses hommes l'ont imité, puis il a dit d'une voix forte :

– Que Dieu ait en pitié un homme qui leur a montré aujourd'hui sa force !

Monté sur sa fidèle Qaswâ, il s'est avancé vers l'angle sud-est de la Kaaba. Il a mis pied à terre pour embrasser l'emplacement de la Pierre Noire, puis il a contourné sept fois la Maison Sacrée au pas de gymnastique, suivi de tous les pèlerins qui répétaient chacun de ses mouvements. Il s'est ensuite rendu au pied de la colline de Safâ et, toujours au pas de course, a parcouru sept fois la distance qui la sépare de la colline de Marwah où les animaux du sacrifice avaient été conduits.

– À cet endroit même, dit Fatima, on lui a rasé la tête et il a immolé un chameau, comme il avait procédé l'an dernier à Hudaybiya. Par ces gestes, il a fixé les rites du petit pèlerinage.

– Est-il entré dans le temple ? demande Aïcha.

– Les portes en étaient verrouillées. Quand il a réclamé les clés, les chefs des Quraïch lui ont fait répondre que cela n'entrait pas dans le cadre de l'accord. Le pèlerinage traditionnel n'inclut pas de franchir la porte de l'édifice.

– Le rite musulman le fera. C'est le temple construit par Abraham !

– Réjouis-toi, cependant. Nous avons obtenu notre victoire, quand Bilal a réussi à escalader la Kaaba. Debout sur le toit, il a chanté l'appel à la prière. Le son de sa voix rebondissait de monts en vallées autour de la ville comme si le chœur des anges lui répondait. Les Quraïch en ont été très impressionnés. Un grand nombre de Mecquois sont venus nous rejoindre pour embrasser notre foi.

La fin du voyage n'enchante guère Aïcha. Elle la connaît. La rumeur, plus rapide que le vent, a précédé le retour. De cette « visite de l'accomplissement » le Prophète a ramené une recrue pour le harem : Barrah bint Harith, une belle-sœur de l'oncle Abbas qu'il a surnommée Maymouna, car il l'a épousée en ce mois béni, « maymoun », qui a vu son entrée triomphale dans la ville des idolâtres. Une veuve âgée de 27 ans, assez jolie, mais d'un caractère suspicieux qui finira par lasser Muhammad. Ce nouveau mariage politique lui a permis de raffermir ses liens distendus avec le clan des Al Muttalib, et de resserrer ses attaches avec les Banu Hachim. Il lui vaudra un ralliement spectaculaire lorsqu'un cousin de cette épouse, le célèbre général Khalid al Walid, vainqueur d'Ohod, viendra s'agenouiller devant le Messager pour lui offrir ses services ainsi que son cœur, touché par l'islam.

Fatima ne résiste pas au plaisir de poursuivre son récit dont les détails agacent sa jeune belle-mère. Elle, si modeste, n'a pas souvent l'occasion de briller par ses discours.

– Ayant accompli le pèlerinage, nous nous sommes répandus dans la ville. J'ai revu notre maison, celles de nos parents et amis. Puis l'Envoyé s'est engagé à prendre Maymouna qui s'est offerte à lui.

– Combien de fois encore va-t-il convoler ? s'écrie Aïcha.

– L'ange Gabriel l'a encouragé en lui disant : « *Ô Prophète ! Il t'est permis d'épouser les femmes que tu auras dotées… et toute femme fidèle qui te livrera son cœur. C'est un privilège que nous t'accordons*[1]. »

– Il a soixante ans ! s'exclame la favorite, ulcérée. Plusieurs de ses femmes sont jeunes, sans compter les esclaves ou les concubines comme Rayhana et Maria. Pourra-t-il contenter chacune d'entre nous ?

Fatima ricane en haussant les épaules.

– Nous sommes neuf, à présent, soupire Aïcha.

Dans son logis, elle s'apprête pour le bien-aimé en regrettant ses premières années de mariage, quand elle n'avait que Sawdah pour rivale. Elle était bien jeune alors et ne réalisait pas combien précieux était son bonheur. Aujourd'hui, il lui faut partager, compter les heures et même les jours. En cette aube de l'an VIII, elle aura bientôt seize ans. Son corps épanoui a d'autres appétits. La beauté de ses rivales est loin d'éclipser la sienne. Femme jusqu'au bout des ongles, elle domine les autres par son intelligence, sa mémoire sans faille et son esprit de répartie, plus redoutable qu'une lame. Dans son coffre aux vêtements, elle a choisi sa plus belle robe en soie d'une couleur flamboyante assortie à ses cheveux et s'est parfumée. Elle a vu Maymouna pénétrer dans la chambre qui lui a été préparée. Sa lune de miel dans le désert est terminée.

---

1. Coran, sourate 33, Les Conjurés, verset 49.

Ce soir, Aïcha attend son aimé.

Il n'est plus tout à fait le même. Est-ce l'absence de cheveux qui le rend si différent ? Ce n'est pas la première fois qu'elle le voit sans l'épaisse toison qu'elle huilait mèche par mèche avec un plaisir sensuel. Quelque chose a évolué dans son visage. Elle en remarque les détails. Les joues burinées, soulignées de la barbe fournie, le nez plus aquilin et, sous les épais sourcils, les beaux yeux sombres dont le noir est plus doux et plus profond. Une flamme nouvelle l'illumine et irradie ses traits. Son regard pétille lorsqu'il se pose sur elle, mais s'échappe volontiers, happé par le souvenir des moments intenses du pèlerinage, avant de revenir sur elle pour l'emplir de ce feu ardent qui le consume. Une part de lui-même est restée près de la Kaaba, et son âme, transcendée par le retour aux sources autour de la Maison Sacrée d'Abraham, s'est fortifiée d'une foi plus sereine et de certitude quant à l'avenir de l'islam.

– Cette *Omra*[1] fut une grande victoire, dit-il. Nous avons gagné par notre unité, notre discipline envers nous-mêmes, notre ferveur. Nous avons montré aux idolâtres que la puissance d'Allah n'a besoin d'aucune arme pour triompher. Le Djihad doit jouer avant tout contre nous-mêmes, au cœur de nous-mêmes. Il sera plus simple ensuite de réduire l'ennemi.

– Miel de mon âme, m'annoncerais-tu que nous n'aurons plus de guerres ?

– Dieu nous appelle à la vigilance. Si nous sommes attaqués, nous aurons le devoir de nous défendre.

Il l'entraîne derrière le *hijab*, gardien de leur intimité, la dénude et dénoue la chevelure cuivrée qui se

---

1. Pèlerinage.

déroule comme une cape autour du corps gracile d'une blancheur si émouvante.

– Enivre-moi de tes caresses, souffle-t-il. Tu sais ce que j'aime et ce qu'il me faut pour enflammer le désir.

Aïcha se penche sur son guerrier fatigué qui s'abandonne à la magie de ses mains, de ses lèvres ; jeux de langue, jeux de jambes et de bras qui s'enroulent comme des lianes, frôlements de seins, douceur sensuelle et magnétisante des longs cheveux soyeux sur le corps vigoureux qui se délecte sans hâte des mille plaisirs de l'amour, et la prend tout entière en criant sa jouissance qui confirme la conquête.

– Mon unique, ma véridique, murmure-t-il en la serrant contre lui.

– Soleil de mon cœur, répond-elle près de son oreille. Loin de toi, je suis dans la nuit. Mais tu es là, et ta voix me rafraîchit les yeux. Dis-moi que tu m'aimeras toujours !

Il l'enlace tendrement et l'embrasse avec une douceur infinie.

– Ma gazelle ne doit pas être inquiète. Dieu me ramènera toujours à toi, Aïcha. Tu es ma bien-aimée.

Il lui explique alors que l'homme de pouvoir a besoin de sceller des alliances fortes et doit s'unir à ses voisins afin de briser leur hostilité par des liens de parenté plus contraignants que les traités. Il est aussi un homme comme les autres, victime de désirs violents lorsque de belles esclaves défilent sous ses yeux, ou lorsque des femmes s'offrent à lui pour gagner le Paradis. À de telles attaques, il lui est difficile de résister. Mais ces moments volés n'ont pas d'importance.

– « L'oiseau dans le ciel, le bateau sur la mer, ne laissent aucune trace », conclut-il. Qu'il soit bédouin, juif ou chrétien, le proverbe dit vrai.

Aïcha hoche la tête d'un air sceptique. Les événements qui vont se succéder en ce début de l'an VIII ne vont pas tarder à présenter un démenti retentissant. Pour l'heure, les effets du pèlerinage provoquent d'heureuses conséquences avec ce flot ininterrompu de gens qui viennent de La Mecque et d'autres coins d'Arabie, afin de s'incliner devant le Prophète et entrer en islam. Le comportement des musulmans dans l'enceinte sacrée les a impressionnés. Ils ont admiré leur ferveur, leur discipline et leur dignité, unis derrière le Prophète qui a respecté les lieux. Auprès de l'ancien banni, ceux qui l'ont suivi ont remporté plusieurs victoires et se sont enrichis. « Embrasse la main que tu ne peux couper », dit le sage oriental. L'intérêt les pousse vers Médine. Dieu fait le reste en ouvrant leur cœur à la nouvelle religion.

Pour le Prophète, la satisfaction est grande. Chaque jour, il prêche avec plus d'ardeur, du haut de sa chaire en bois sculpté. Pour Aïcha, et les autres épouses, la tâche s'accroît. Ce labeur est loin d'être une charge, et l'on remercie le Seigneur de ses bienfaits. Mais les joies s'accompagnent souvent de peines. Le deuil frappe Muhammad et la communauté en est attristée. La maladie emporte sa fille aînée, Zaynab, qui s'éteint sous ses yeux. Il récite les prières et se dépouille de la chemise qu'il porte sous sa robe en demandant aux femmes présentes d'en couvrir la dépouille avant de l'envelopper du linceul. Profondément affligé, il la conduit en terre et prie sur la tombe près de celle de Rûquaya qui a précédé sa sœur. Selon la coutume, Aïcha se rend un peu plus tard au cimetière, en compagnie des femmes de la famille qui entourent Oum Koultoum et Fatima, brisées de chagrin. Un pan de leur passé disparaît, celui du bonheur des premières années dans la grande maison de La Mecque, avant les épreuves que furent l'exil et les séparations.

Les larmes sont à peine séchées qu'un autre événement agite la ville et met tout le monde en émoi. Maria la Copte, la belle esclave que le Prophète avait installée loin de son harem, dans une petite maison sur une hauteur, est enceinte. Elle a dissimulé cette vérité pendant deux mois, afin d'en être certaine. Devant les signes irréfutables, elle ne cache plus sa joie. De même que la jeune Agar a eu un fils du vieil Abraham, elle donnera un descendant à l'Envoyé. La nouvelle parcourt les ruelles, de la place du marché aux limites de l'oasis :

– L'Élu de Dieu attend un enfant de Maria l'Égyptienne !

Depuis que le Prophète additionne les épouses dans ses quartiers privés près de la mosquée, la communauté souhaite une progéniture mâle, mais aucune de ses femmes, même les plus jeunes comme Aïcha, Hafsa, Juwayriah ou Safiyah n'ont accompli ce que l'on attendait d'elles. Les regards se tournent vers l'Égyptienne qui porte leurs espérances. Pour Muhammad, l'émotion est forte. Il pense à Abraham et à Zacharie qui tous deux ont été pères à un âge très avancé. Il n'a que soixante ans, et Maria est encore jeune. Tout ira bien pour l'enfant, si Dieu le veut. Son cœur se serre au souvenir du petit Al Qasim que lui avait donné Khadidja. Dieu n'avait pas voulu qu'il fût « le sage, le connaissant », comme cela avait été annoncé pour Ismaël.

Après tant de filles, le Tout-Puissant accorderait-il enfin un héritier à Son Messager ?

20.

Dans le harem du Prophète, la colère succède à la stupeur. L'étrangère a réussi en se faisant engrosser. C'est elle qui retiendra l'attention de l'époux commun. L'esclave, que le Coran a déclaré licite, sera affranchie par la naissance de l'enfant de l'Envoyé. Ce dernier aura la liberté d'en faire une épouse légitime, avec le titre de « Mère des Croyants ». La jalousie renaît et les intrigues font bouillonner les têtes. Seule dans sa maison, Aïcha pleure. Sa peine a des causes plus profondes que le dépit ou l'envie. Une douleur indicible la torture dans sa propre chair, car elle sait depuis peu qu'elle est impuissante à procréer. Elle n'est qu'une femme à demi, incapable de donner la vie. Depuis le début de leur mariage, Muhammad prenait des précautions afin de ne pas déformer sa silhouette aux courbes parfaites. À plusieurs reprises, elle s'était servie de ruses subtiles pour déjouer le « petit coït[1] ». En vain. La semence n'avait pas germé en son sein qui s'était révélé stérile.

Jamais elle ne sera mère, « Oum » suivi du prénom d'un fils ou d'une fille. Pour lui faire plaisir, on l'appelle « Oum Abdallah », du nom de son neveu dont elle s'occupe pendant des heures afin de le guider dans l'écriture et la lecture du Coran. Mais il reste le fils de sa sœur Asmah. Pourquoi Dieu l'a-t-il fait naître pour la

---

1. L'homme se retire dès qu'il sent monter la jouissance.

donner à Son Envoyé, sans lui accorder l'insigne honneur de porter son héritier ? Énigme troublante qui ne
cesse de la tourmenter. En ces moments, sa foi vacille et
ses pensées se chargent de malédictions qu'elle chasse
de son esprit afin de ne pas en être souillée. Comment
ne pas souffrir du bonheur insolent de Maria ? Que n'a-
t-elle tenté afin de refroidir les ardeurs de Muhammad
pour l'Égyptienne ! Elle avait osé dire à la concubine :

— Lorsque l'Envoyé te fait l'amour, détourne ton
visage vers le mur. Il est très délicat, et le souffle de
l'haleine peut le rendre impuissant.

Au Prophète, elle avait répété les mêmes recommandations en lui faisant croire que la Copte se plaignait de
l'odeur de sa bouche. Tous deux, bernés par ces conseils
perfides, s'étaient lutinés sans se regarder, en se privant
de ces baisers tendres et fougueux qui pimentent les
étreintes. Ils avaient fini par comprendre le stratagème
échafaudé par une jalousie qui, tout compte fait, amusait
Muhammad. Il l'avait gourmandée gentiment, ce qui
l'avait encouragée à inventer d'autres ruses qui, l'une
après l'autre, avaient échoué puisque cet amour, loin de
s'éteindre, allait produire son fruit. Cette perspective
représente, pour elle, le pire des châtiments. Plus que
jamais, elle se morfond de n'être qu'une femme sèche,
un ventre infécond, une plante inutile qui disparaîtra
après le temps éphémère de la beauté.

Le Ciel vient à son secours. Une guerre se prépare,
et le Prophète ne lui cache rien de sa stratégie.

Un raid nocturne des Bakr, un clan allié de
La Mecque, contre les Bani Ka'b de la tribu des Khu-
zâ'ah, alliés de Médine, met le feu aux poudres. Ces
derniers envoient une délégation auprès du Messager
afin de l'informer que des Quraïch ont pris part au combat, violant ainsi le Pacte de Hudaybiya qui interdit tout
acte de belligérance pendant dix ans. Muhammad
écoute sans rien dire. Dès que les émissaires se retirent,

il se rend chez Aïcha qui note sur son visage les signes d'un grand courroux. Il la regarde à peine, et demande de l'eau pour ses ablutions. En la versant sur son corps, il grommelle :

– Que l'on ne m'aide pas, si j'aide les fils de Ka'b[1] !

Silencieuse et attentive à ses moindres désirs, elle lui sert son repas qu'elle partage sans oser le déranger d'une remarque ou de la moindre question. Elle sait que l'affaire est grave. Elle a entendu les commentaires de la délégation qui s'en allait. Retenant sa colère, l'Envoyé s'est retiré dans ses pensées. Sous le coup d'une inspiration divine, il déclare soudain d'une voix sourde :

– Abou Soufyan va venir, mais je ne lui répondrai pas.

Sur un signe d'Aïcha, la servante emporte les plats. De la cour, leur parviennent des éclats de voix. Celle du Quraïch tant redouté, brutalement éconduit par sa propre fille, Oum Habiba, qui refuse d'introduire auprès de son époux vénéré un homme souillé d'idolâtrie. Il se présente alors chez Aïcha et parlemente avec les gardes pour se faire annoncer au Maître. La favorite n'a que le temps de se réfugier derrière le *hijab*. Envoyé par les notables de La Mecque fort inquiets des conséquences du dernier raid, Abou Soufyan explique qu'il est venu pour arranger les choses. Humble et conciliant, il s'incline en disant :

– Ô Muhammad, nous souhaitons renforcer le pacte et en prolonger la durée.

Le Prophète s'enfonce dans son mutisme et semble l'ignorer. Le silence s'appesantit et le visiteur, embarrassé, n'a plus qu'à se retirer, l'air penaud. Loin de s'avouer vaincu, il se rend chez Abou Bakr pour lui

---

1. Cité par l'historien Waqîdi.

demander d'intercéder en sa faveur, mais l'ami fidèle refuse, comme Omar, puis Ali, ainsi que Fatima, eux aussi sollicités. Rejeté de tous, livré à lui-même Abou Soufyan entre dans la mosquée à l'heure de la prière et vocifère :

– Ô hommes ! Je me porte garant entre les hommes !

Il se tourne vers l'Apôtre en haut de la chaire pour ajouter :

– Ô Muhammad, je ne pense pas que tu désapprouveras ma protection.

Ce dernier lui répond alors :

– C'est là ce que toi tu penses, ô Abou Soufyan[1] !

Le grand chef des Banu Ommaya prend place sur son chameau et regagne La Mecque, le cœur lourd d'appréhensions. Pendant ce temps, Muhammad déclenche les préparatifs de campagne sans en préciser le but ni l'objet. Sur ces points de détail, il reste vague. Mais Abou Bakr n'est pas dupe. Il s'enquiert auprès d'Aïcha qui emplit des sacs de provisions en compagnie des servantes.

– Ô ma fille, est-ce que l'Envoyé vous a ordonné de l'équiper ?

– Oui. Et tu devrais en faire autant afin d'être prêt à le suivre.

– Où te semble-t-il qu'il veut aller ?

– Je l'ignore, répond-elle en lui tournant le dos.

À son père, l'ami fidèle, pas plus qu'à aucun autre Compagnon de la première heure, elle ne vendra la mèche. Le Prophète lui a confié : « Ils nous ont trahis et ont rompu le pacte. J'irai les attaquer. Garde le secret. Laisse l'un penser que l'Envoyé de Dieu compte se rendre en Syrie, l'autre, qu'il veut se rendre à Thaqîf, un autre qu'il vise les Hawazin… »

---

1. La scène est racontée par les deux historiens Ibn Ishâq et Waqîdi.

Il s'est recueilli avant d'ajouter : « Ô Dieu, fais que les Quraïch nous perdent de vue, qu'ils restent sans nouvelles de nous et de ce que nous projetons, pour que nous fondions sur eux à l'improviste sur leur territoire ! »

Quelques jours plus tard, il répétera ce discours à ses Compagnons et fera battre le rappel jusque dans les tribus les plus reculées qui lui ont prêté allégeance. Ils seront nombreux à lui répondre, car, le jour fixé, l'armée qui sort de Médine est la plus considérable que l'on ait jamais vue dans l'oasis : sept cents Émigrants et leurs trois cents chevaux, quatre mille Ansars, leurs chameaux et cinq cents chevaux. Avec les renforts des tribus venus les rejoindre aux portes de la ville, ils sont près de dix mille hommes, prêts à obéir aux ordres du Prophète.

Aïcha n'oubliera jamais ce jour, le 10 ramadan de l'an VIII[1]. Une fois de plus, sa déception est grande. Le tirage au sort lui a préféré Oum Salama et Maymouna. Avalant ses rancœurs, elle reconnaît que le choix de Dieu est judicieux. Les deux épouses désignées sont apparentées aux clans les plus essentiels de La Mecque : les Makhzum et les Ommaya pour la première, les Banu Hachim et les Al Muttalib pour la seconde. Leur présence auprès du Prophète pourrait encourager leurs familles respectives à ne plus s'opposer à l'irrésistible progression de l'islam.

Pour se consoler, elle a eu son bien-aimé toute la nuit, l'a vu se vêtir de sa cuirasse sur sa robe de coton blanc. Il avait fière allure pour son âge. Un corps bien charpenté, souple et robuste, une démarche élastique, le regard vif dans un visage buriné. Ses cheveux ont repoussé aussi noirs que sa barbe, alors que le père d'Aïcha, Abou Bakr, qui a le même âge, est presque blanc.

---

1. 1er janvier 630.

Avec une élégance sans pareille, Muhammad a drapé autour de son casque un long turban vaporeux de mousseline noire. Il lui a fait face en lui souriant, comme s'il cherchait dans le miroir de ses yeux un reflet satisfaisant de son image, une appréciation, une lueur d'amour qu'il garderait en son cœur.

– Tout ira bien, lui a-t-elle dit. Dieu est avec toi !

– Je pars sans inquiétude, a-t-il répondu en l'embrassant. J'ai laissé en toi la religion. *Salam*, ma gazelle. Dieu est grand !

D'un pas alerte, plus rapide que ses jeunes guerriers, il est monté sur son chameau et a donné le signal en dressant son sabre vers le ciel. Dix mille gorges ont rugi après lui le « *Allahû Akbar* ! » qui est devenu le cri de ralliement. Le fleuve de lances s'est coulé dans le désert en prenant les chemins détournés qui mènent à la victoire.

Après tant de vacarme, Médine s'enfonce dans la torpeur. Ramadan est le mois du jeûne et de la prière. Un mois qui permet de purifier son corps et ses pensées. Aïcha met à profit ce temps de solitude pour se plonger dans une étude approfondie des enseignements du Coran. Dans la maison de son père, elle a découvert un recueil des Écritures juives et les dires des prophètes jusqu'à ceux de Jésus qui, d'après les Évangiles, a été crucifié sous les yeux de sa mère, la pauvre Marie déchirée de douleur. À la lumière de ces vérités anciennes, elle analyse les révélations reçues par Muhammad. Tout devient clair à ses yeux. Le Coran est une suite logique de ce qui a précédé. Le sacrifice d'Abraham, les dix commandements adressés aux juifs par Moïse, Jésus venu prêcher l'amour, la solidarité et la résurrection dans le « Vrai Royaume » qui n'est pas de ce monde. Après lui, Muhammad ne cesse de confirmer les mêmes principes de piété, ferveur, équité, justice et charité, en

insistant sur la Toute-Puissance du Seigneur d'Abraham, ce Dieu unique dont il faut craindre les châtiments,
car il rassemblera le genre humain devant son
tribunal. Il demandera des comptes, punira qui il voudra
et fera grâce à qui se repent[1].

Se soumettre, obéir, tel est le cœur de cette nouvelle
religion que Dieu, par la voix de Son Messager, impose
aux hommes de l'Arabie, égarés dans le culte stérile de
leurs idoles de pierre. Qu'attendent-ils de ces créations
de leurs mains, sourdes et aveugles, qui représentent
leurs envies et leurs ambitions ? Par ces objets qui
flattent leur vanité, ils deviennent les esclaves de Satan
qui déverse la noirceur sur leurs âmes. Puisse Allah
ouvrir leurs yeux et leurs cœurs, et qu'ils reconnaissent
enfin la sincérité et l'authenticité du Messager.

Chaque jour, malgré le jeûne qu'elle observe du lever
au coucher du soleil, Aïcha vaque à ses devoirs de
« Mère des Croyants », distribuant ici et là secours et
réconfort aux nécessiteux agglutinés dans la cour de la
mosquée. Chaque nuit, elle prolonge le temps de prière
par des méditations dont Muhammad lui a enseigné les
vertus. Grâce à ces exercices spirituels, elle se dépouille
du monde terrestre, et son esprit flotte dans l'univers des
pensées où l'on entend la voix des anges, où l'on ressent
la paix de Dieu, comme une brise qui pénètre jusqu'au
fond de l'âme et rafraîchit le cœur.

En ces moments sublimes où son esprit n'est que
lumière dans l'immensité, elle n'a pas la vision des
exploits de son époux aux abords de La Mecque, mais
l'impression de joie qui l'entoure est si forte qu'elle en
éprouve une certitude bienfaisante qui apaise ses
angoissantes pensées. L'heure est venue pour Dieu de
faire triompher Sa puissance en la personne de Son

---

1. Coran, sourate 2, La Vache, verset 284.

Envoyé. Muhammad entrera dans la ville, et le sang ne sera pas versé.

Les premières nouvelles qui atteignent Médine confirment ces heureux pressentiments. L'affluence est grande dans la cour de la mosquée lorsque le cavalier est annoncé. Afin que tous puissent le voir et suivre le mouvement de ses lèvres, il demeure sur son cheval pour raconter :

– Lorsque, des murs de La Mecque, ils ont vu briller dix mille feux chaque nuit en bordure du territoire sacré, les habitants ont tremblé de peur. À qui appartenait cette armée considérable qui ne pouvait être celle de Muhammad ? Les notables ont dépêché Abou Soufyan, le plus représentatif des chefs Quraïch afin de s'en enquérir. Non loin du camp, il a rencontré Abbas Abd-al-Muttalib, l'oncle du Prophète, qui s'était mis en chemin pour aller convaincre les Mecquois d'accepter l'islam afin de s'épargner un cataclysme. Les deux hommes se sont reconnus dans l'obscurité et se sont embrassés. « *Le Prophète est ici avec dix mille cavaliers* », a dit Abbas. « *Peux-tu m'introduire auprès de lui ?* » a demandé Abou Soufyan. Abbas l'a pris sur sa mule en précisant : « *Il faudra te rendre à lui. Autrement, tu seras mis à mort. Omar, l'ancien amant de ta femme Hind, tient les avant-postes et ne se privera pas d'un tel plaisir.* »

Éclat de rire général de l'assistance qui connaît bien les foudres du fougueux fils de Khattab, Compagnon et beau-père du Prophète. Le cavalier boit une gorgée d'eau d'une cruche que lui tend une femme, et poursuit :

– Abou Soufyan était monté derrière Abbas. Près des feux, Omar l'a pris pour un prisonnier et s'est réjoui, mais quand il a entendu Abbas déclarer qu'il se trouvait sous sa protection, il s'est précipité chez le Prophète. Pressant le pas de sa mule, Abbas l'a rejoint à la porte de la tente. Il a obtenu une entrevue pour le matin. À l'heure dite, les deux compères se sont présentés chez le Prophète qui les attendait. Sans hésiter, Abou Soufyan a prononcé la profession de foi et Abbas a dit : « *Apôtre de Dieu, tu sais qu'il est le chef de La Mecque. Il faut lui accorder quelque faveur, afin qu'il puisse montrer son autorité.* » Muhammad a réfléchi puis il a déclaré : « *Que tous ceux qui entreront dans la maison d'Abou Soufyan soient épargnés !* » Abbas s'est tourné vers son protégé en disant : « *Va à La Mecque et répète ces paroles aux habitants, afin qu'ils sachent quelle est ton autorité.* » Alors, le Prophète s'est levé en ajoutant : « *Abbas, conduis Abou Soufyan à un endroit où la route est resserrée, au moment où l'armée y passera, afin qu'il la voie défiler et que, à son retour, il puisse dire aux habitants de La Mecque combien elle est nombreuse et qu'ils ne songent pas à la résistance.* »

Un murmure de satisfaction parcourt l'assemblée. L'orateur continue le récit :

– Ah, mes frères, si vous aviez vu le spectacle qui s'est offert à leurs yeux ! Vous en auriez eu le souffle coupé et la certitude que le Tout-Puissant est dans le camp de son Envoyé ! Posté à l'issue de la vallée, Abou Soufyan a contemplé les troupes montées sur de beaux chevaux et complètement armées. Dans ce premier corps de cinq mille hommes, il reconnaissait avec stupeur les tribus qui, récemment encore, étaient les plus féroces ennemis de l'Envoyé. Le Prophète s'est avancé au milieu d'un autre corps de cinq mille hommes, les Émigrants et les Ansars, casqués et cuirassés jusqu'aux yeux. Ils ressemblaient à des masses de fer d'une couleur verdâtre. On les appelle « la troupe verte ». Abou Soufyan, terrorisé, s'est écrié : « *Certes, la royauté du fils de ton frère est grande.* » Et Abbas lui a répliqué : « *Malheur à toi ! Il n'est pas un roi, mais un prophète !* »

Sur la place de la mosquée, tout le monde manifeste sa joie et l'on ne doute plus du succès de la conquête. Les morts seront chez les Quraïch, s'ils ont la folie de résister. Assise sur le seuil de sa maison, Aïcha ferme les yeux et penche la tête sur ses genoux. Elle se revoit dans la demeure de son enfance, parlant à ses poupées et leur confiant avec fierté : « Un jour, Muhammad sera le roi, et je serai la reine d'Arabie ! »

L'image la fait rire. Elle avait six ans. Aujourd'hui, elle en a dix de plus. Elle n'est pas la reine d'Arabie, mais l'épouse préférée de l'Envoyé de Dieu dont la puissance est bien supérieure à celle des rois de la terre, puisqu'il gouverne au nom de Dieu, en appliquant les lois de Dieu. Ce qu'elle a vécu au cours de ces dix dernières années, elle ne l'échangerait pour rien au monde. Une aventure unique, jalonnée d'épreuves et d'émotions sans pareilles ; elle a vu naître la nouvelle religion et le triomphe, chaque jour confirmé, de celui que Dieu a choisi pour Messager, l'homme qui l'a épousée et qu'elle a assisté lorsqu'il recevait la Révélation. Demain, il sera le maître de La Mecque. Le vœu, formulé dans son enfance, va se réaliser. Elle tremblait de peur, alors, d'avoir à quitter le toit familial pour le suivre dans une ville inconnue. Il avait entendu la Voix de Dieu qui l'éloignait, afin qu'il rassemble les forces nécessaires à un retour triomphal. Que va-t-il faire de son succès ? Va-t-il rester près de la Maison Sacrée ?

Quelques jours plus tard, un autre cavalier vient annoncer la prise de la ville et la victoire de l'islam. Les habitants de Médine se sont précipités autour de la mosquée pour entendre son récit :

– Ce jour-là était le vingtième de ramadan[1], quand le Prophète, entouré de ses dix mille combattants, s'est arrêté aux abords de La Mecque. Les rues étaient vides

---

1. 11 janvier 630.

et le silence régnait. Il a énoncé le verset révélé au cours de la nuit : « *Ne les combattez pas près du saint temple, à moins qu'ils ne vous attaquent*[1]. » Puis il a envoyé quatre régiments par des portes différentes. Il y a eu quelques résistances aussitôt écrasées, et les hauteurs ont été vite investies. Quand ils ont planté leurs fanions, le Prophète s'est avancé avec son bataillon d'Émigrants et d'Ansars. Coiffé de son turban noir, il montait Qaswâ, et Ali le précédait, portant son étendard. À la porte de l'enceinte sacrée, il a mis pied à terre pour se diriger vers la Kaaba, la toucher de son bâton et faire les sept tours. Pendant ce temps, comprenant qu'il n'y aurait pas de massacre, les habitants sortaient de chez eux et se massaient autour de l'esplanade. Sous leurs yeux emplis de terreur, le Prophète a renversé les déesses de pierre en se servant de son bâton, puis il a ordonné d'ouvrir la porte du temple, d'en extirper toutes les idoles et de les briser. La plus grande, celle de Hobal, a été renversée et jetée sur le seuil, sous les pieds de ceux qui entraient et sortaient.

– *Allahû Akbar !* s'écrie, alors, un homme du premier rang. Dieu n'a pas d'associés !

L'assemblée approuve et l'orateur reprend :

– Quand le temple a été vidé de toutes les impuretés, le Prophète est entré pour prier, puis il est sorti et s'est arrêté sur le parvis pour s'adresser à la foule immense des Mecquois qui l'observaient. Il leur a dit : « *Louanges à Dieu qui fait triompher Son serviteur et qui réalise la promesse qu'il lui a donnée. En effet il m'avait promis de me ramener à La Mecque ; il l'a fait et il a mis en déroute mes ennemis.* » Il les a observés d'un regard circulaire et il a ajouté : « Habitants de La Mecque, *je ne vous ferai aucun reproche aujourd'hui ; Dieu vous pardonnera car il est le Miséricor-*

---

1. Coran, sourate 2, La Vache, verset 187.

dieux d'entre les miséricordieux[1]. » Vous auriez dû entendre le fantastique « *Allah Akbar !* » rugi par tant de milliers de gorges, et repris en écho par le chœur des anges, de monts en vallées. Bien des gens en ont pleuré.

Il s'arrête un instant pour maîtriser son émotion et reprend :

– Après avoir refermé la porte du temple, le Prophète a enfourché sa chamelle puis il a rejoint sa tente sur la hauteur où elle avait été plantée. Dès ce moment, les gens sont venus en longues cohortes pour s'incliner devant lui et embrasser l'islamisme, comme il est dit dans le Coran : « *Lorsque arriveront l'aide et la victoire de Dieu, tu verras les hommes entrer par groupes dans la religion de Dieu*[2]. » Le lendemain, il s'est déplacé vers la colline de Safâ avec Omar près de lui pour recevoir les professions de foi. Hommes, femmes, enfants, ils défilaient encore lorsque je suis parti pour venir ici.

Aïcha sourit sous ses voiles. Tout s'est accompli selon les prédictions du Seigneur. Trois semaines plus tard, dans le mois de Shawwal, la grande armée sera de retour, après avoir soumis les dernières tribus récalcitrantes autour de Hunayn et de Taïf. De la bouche d'Oum Salama, puis de Fatima, qui avait eu le privilège de suivre Ali, elle apprendra comment le Prophète avait reçu la conversion de Hind, l'épouse d'Abou Soufyan qui s'était conduite avec tant de cruauté sur le champ de bataille de Ohod. Aïcha tressaille. Des images surgissent dans sa mémoire. Oui, elle se souvient de ces moments atroces et s'écrie d'une voix douloureuse :

– Pouvait-il oublier son rire démoniaque lorsqu'elle avait ouvert la poitrine de Hamzah pour en sortir le foie et y planter ses dents ? Pouvait-il oublier les muti-

1. Coran, sourate 12, Joseph, verset 92.
2. Coran, sourate 110, Les Secours, versets 1, 2.

lations perpétrées sur les cadavres des musulmans par les femmes des Quraïch qui la suivaient ?

– Il s'est soumis à la volonté de Dieu, dit Oum Salama. L'ange lui avait déclaré : « *Ô Prophète, si les femmes croyantes viennent à toi pour prêter serment et s'engagent à ne point commettre le vol ni l'adultère, à ne pas tuer leurs enfants, à ne pas mentir, à ne pas désobéir en ce qui est juste, alors fais le pacte avec elles, et demande pour elles le pardon de Dieu*[1]. » Sur ces dernières paroles, il avait compris que Dieu avait pardonné et qu'il ne pouvait faire autrement.

Songeuse, Aïcha se penche pour demander sur un ton de confidence :

– Combien de femmes se sont offertes ? Combien de mariages a-t-il contracté ?

– C'est un grand chef, aujourd'hui, répond Fatima. Tout lui est permis.

– Chaque homme a ses limites, rétorque-t-elle sur un ton acide. Nous sommes neuf épouses qu'il honore chaque jour, chacune à son tour, sans compter les esclaves et les concubines. S'il n'avait pas son « *kufit*[2] », il serait bien en peine. La sauce magique lui donne la puissance de dix hommes. S'il en prend trop, il finira par se tuer.

– Les hommes de pouvoir ont besoin de femmes, explique Oum Salama. Il leur en faut toujours plus. L'attrait de la nouveauté, la satisfaction de la conquête. La jouissance rapide et violente les rassure et leur fait oublier le poids de leurs obligations.

Fatima ricane. Avec Ali, elle n'a pas ce genre de problème. Quand il a voulu prendre une seconde épouse, elle a su l'en empêcher en demandant une intervention de son père devant lequel il s'est incliné. Dans

---

1. Coran, sourate 60, L'Épreuve, verset 12.
2. Purée de tomates et de piments. Sorte de harissa forte.

son foyer, elle est l'unique maîtresse, entourée de trois beaux enfants. Une fille a succédé aux deux garçons, et, dans son ventre, un autre enfant se prépare. Une chance insolente aux yeux d'Aïcha qui retient sa langue pour ne pas lui jeter au visage les méchancetés qui lui viennent en tête. La plus laide n'a pas de rivale sous son toit où son ventre fertile génère à profusion. Toutes les femmes du Prophète ont eu des enfants, sauf elle. Pourquoi ?

Et voilà que pour ajouter à sa peine, on annonce que Maria la Copte est dans les douleurs. Le Prophète s'est précipité au chevet de son esclave, sans même venir l'embrasser, elle, la bien-aimée.

Ce n'était qu'une fausse alerte. Au début de la nuit, Muhammad est venu la surprendre dans son lit, et la submerger de sa fougue. Oubliant ses peines et ses rancœurs, Aïcha s'abandonne pour se perdre en lui et se blottir dans le monde secret qui les unit, où elle n'existe que pour lui, tandis qu'il chuchote à son oreille les mots tendres qui l'enivrent. Moment de grâce infinie qu'elle goûte précieusement car elle le sait éphémère. Dès les premières lueurs de l'aube, le chant de Bilal éveillera le Prophète, en lui rappelant ses devoirs envers Dieu et ses responsabilités envers la communauté. Commenceront alors les prêches et les palabres qui emplissent ses journées. Il n'aura plus le temps de lui parler. Elle n'aura que le loisir de l'écouter. Privilège dont elle remercie le Ciel, car c'est chez elle, dans cette maisonnette qu'il a lui-même fait construire dès son arrivée à Médine pour y abriter sa femme-enfant, que le Prophète aime à recevoir les émissaires et nombreuses délégations porteuses de requêtes ou de compliments.

Tractations diplomatiques, confidences de souverains dans leurs missives parcheminées, offensives militaires et secrets d'État, problèmes intimes des fidèles Compagnons... Rien ne lui échappe. À son poste derrière le

hijab, elle suit les conciliabules et s'enrichit de connaissances qui ouvrent son esprit aux manœuvres de la politique et aux perversités de l'homme, comme au bien-
fondé des religions et aux interprétations subtiles des
versets du Coran. L'Envoyé n'a plus besoin de prononcer des discours pour lui expliquer les problèmes qu'il
doit résoudre. Elle a tout enregistré dans sa mémoire, et
sait ce qu'il sait. D'un mot, d'un regard, elle comprend.
Il lui parle comme à un autre lui-même. Là se trouve sa
supériorité sur les autres épouses qui ne peuvent rivaliser, pas même Hafsa, la fille d'Omar qui entend bien
des choses de son père. Pas même Oum Salama, dont le
talent de diplomate s'est exercé en maintes occasions
avec succès.

Muhammad avait reconnu l'intelligence d'Aïcha
quand elle n'était qu'une fillette de six ans. Les années
l'ont avivée, affinée, sans ternir cette beauté flamboyante qui l'enchante. Il la contemple avec fierté car
elle représente sa propre réussite. Il a su deviner ses
aptitudes et les développer. Il l'a modelée selon ses
désirs, la femme parfaite sortie de lui-même, comme
Ève, façonnée dans une côte d'Adam. Auprès d'Aïcha,
il se sent totalement lui-même, en harmonie. Une fusion
parfaite de l'homme et de la femme, en chair et en
esprit.

Une nuit cependant, les griefs remontent au cœur
d'Aïcha lorsque le Prophète se dresse en criant :

– « Père d'Ibrahim » ! Gabriel vient de m'apparaître
en m'appelant ainsi. Maria a dû accoucher.

21

Il s'habille en hâte et se presse vers le logis de son esclave aux cheveux frisés, sur les hauteurs de Médine. La sage-femme lui apprend la naissance et lui présente son fils qu'elle pose sur ses mains ouvertes. Il le tient délicatement tandis que l'émotion le submerge :

– Bienvenue à toi, Ibrahim, dit-il d'une voix noyée. Tu porteras ce nom qui est celui du Père des Croyants, et que Dieu te bénisse !

Il remercie Maria que cette délivrance affranchit, et court à la mosquée où, la prière terminée, il annonce l'heureux événement à tous ses Compagnons et aux fidèles assemblés. La nouvelle ne tarde pas à se répandre à la vitesse de l'éclair. Et l'on s'apprête pour les réjouissances. Le Prophète distribue des aumônes et fait tuer deux moutons en l'honneur de cet avènement béni de Dieu. Des femmes se disputent le privilège d'allaiter le nourrisson, afin de soulager Maria. Mais le Prophète a prévu sept chèvres dont le lait complétera celui de la mère s'il venait à manquer. Il lui rend visite chaque jour, s'y attarde pour la sieste, et si la ville se réjouit du bonheur de son Apôtre vénéré, dans le harem, on fait grise mine. Aïcha, en particulier, a du mal à réprimer sa jalousie. Pourtant, c'est à elle en premier qu'il vient présenter son héritier. Quand elle le voit entrer en tenant le bébé dans les bras, elle se raidit et sourit à peine.

– Regarde comme il me ressemble, dit-il émerveillé.

– Je ne vois aucune ressemblance, réplique-t-elle.

– Sa peau est claire et bien ferme, ses cheveux noirs…

– Les enfants nourris au lait de chèvre sont potelés et clairs de peau.

– C'est mon fils, Aïcha. Aime-le !

Il la regarde avec tant de douceur, mêlée de candeur, qu'elle perd contenance et ne résiste plus à prendre sur son cœur cette chose fragile qui porte le sang de son aimé. Elle le berce un moment, contemple les beaux yeux noirs et brillants, la moue souriante, la bouche volontaire, tend un doigt vers la petite main. Ce contact déchaîne en elle une vive émotion, une houle brûlante qui déborde de ses yeux. Les larmes inondent ses joues quand elle rend l'enfant à son père. L'enfant de l'autre, le bébé qui ne sortira jamais de ses entrailles. Son corps s'est figé en une immobilité de marbre. Muhammad se retire, il comprend le chagrin qui la déchire et ne lui tient pas rigueur de sa froideur.

Au fil des jours, la vie reprend son cours. Aïcha s'efforce d'oublier sa peine en se donnant à ses obligations quotidiennes. Les « gens de la banquette » se pressent dans la cour, étalent d'autres souffrances plus cruelles. Ils n'ont rien de cet essentiel dont elle dispose à profusion dans son logis bien ordonné. N'a-t-elle pas de surcroît l'amour de son bien-aimé ? Et si Allah lui refuse la joie d'enfanter comme les autres femmes de la terre, c'est qu'il a une bonne raison qu'elle découvrira en son heure. Le Paradis n'est pas de ce monde. Elle doit se contenter de son bonheur d'être la plus aimée du Prophète. La naissance d'Ibrahim avait attisé en elle la crainte d'être délaissée, mais les habitudes reviennent, et l'Envoyé, après avoir bien pouponné, a retrouvé le chemin de leur alcôve pour de longues nuits de volupté qui le délivrent de ses soucis de chef d'État.

Un été difficile se termine. En ce début d'automne de l'an IX, une chaleur torride et le manque d'eau ont diminué les récoltes. On craint la pénurie, et les réserves sont maigres. La conquête de La Mecque n'a produit aucun butin, en dehors des taxes imposées par le Prophète à chacun des habitants selon ses ressources. La « *zakat* » n'est-elle pas le devoir de tout musulman ? Pour occuper ses hommes, il les lance ici et là en des raids qui se révèlent peu fructueux. Pendant ce temps, un important projet prend tournure en son esprit. Et c'est à Aïcha qu'il en expose les lignes principales sous le sceau du secret.

Ses espions lui ont rapporté que les tribus du nord se massent près de la frontière syrienne. Épaulées par de forts contingents de l'armée impériale, elles marcheront sous peu sur l'oasis. Le Prophète n'a pas oublié le sang versé à Mutah, un an plus tôt, et la mort de Zayd, si cher à son cœur. Une mort qu'il n'a pas encore vengée. Cette grande Syrie, emplie de chrétiens, constitue une menace pour son État musulman naissant. Un jour ou l'autre, il faudra l'envahir. Pour l'heure, il veut une revanche et bat le rappel. De La Mecque aux quatre coins du désert, tous les soldats disponibles doivent rallier Médine avec armes et montures.

– Je vais attaquer l'empire de Byzance, dit-il. Le butin sera considérable.

– Ses armées sont terrifiantes, réplique Aïcha. Vous serez massacrés comme le pauvre Zayd à Mutah. Sans la clairvoyance et la ruse de Khalid al Walid qui a conduit une retraite habile, tu aurais perdu la totalité de tes hommes.

Elle n'est pas seule à tenir ces propos. Le projet du Messager est loin de plaire aux Compagnons qui lui opposent divers arguments. La distance est longue jusqu'à Tabouk, sur la frontière syrienne. En cette année de disette, les provisions manquent. Les hommes n'ont pas d'argent et attendent les prochaines moissons pour se nourrir. Ils redoutent surtout le soleil de plomb dans la fournaise du désert.

– La chaleur de l'enfer est encore plus ardente, rétorquent les plus fidèles.

Après de longs palabres et de multiples tergiversations, les combattants sont venus par milliers dans un camp immense aux portes de la ville, placé sous le commandement d'Abou Bakr. Les riches ont équipé les pauvres. Uthmân s'est montré fort généreux en offrant neuf cent cinquante chameaux et cinquante chevaux sur ses propres deniers, pour équiper la campagne de son beau-père. Au début de l'automne, trente mille hommes sont sur le pied de guerre pour affronter les redoutables légions d'Héraclius et venger Mutah. De nombreux hypocrites, cependant, ont inventé mille prétextes pour rester chez eux et s'épargner bien des risques. Le Prophète leur pardonne. Mais *la terre, malgré son étendue, leur devint étroite*[1].

Le départ est grandiose. Entouré de ses Compagnons, Muhammad prend la tête de sa grande armée. Pour la première fois, il a laissé Ali derrière lui pour veiller sur sa maison et sa famille en lui disant :

– Je te considère comme un autre moi-même. Tu es pour moi ce qu'Aaron était à Moïse. S'il était possible qu'il y eût un autre prophète après moi, je suis certain que ce serait toi.

Debout sur le seuil de leurs logis, les silhouettes voilées des « Mères des Croyants » ont salué le départ de leur époux commun. Une seule manque à l'appel. Le sort avait désigné Aïcha et Hafsa, mais cette dernière s'est désistée, redoutant les fatigues et la monotonie du voyage. Aïcha, elle, s'est empressée de rejoindre son

---

1. Coran, sourate 9, La Conversion, verset 128.

palanquin, trop heureuse de s'échapper à l'autre bout du désert en compagnie de son aimé qui, chaque soir, lui accordera l'exclusivité sous le firmament étoilé.

Par petites étapes, marchant la nuit, se reposant le jour, économisant l'eau et le fourrage, ils ont cheminé droit vers le nord, dans la fournaise rougeoyante, sous un ciel trop bleu. Silence, solitude. La route sous les constellations, la clarté de l'aube, le soleil, le vent, le sable qui pénètre par tous les interstices et colle à la peau, le feu de camp au crépuscule, dormir, et la route à nouveau.

Aïcha ne se plaint pas. Sous la tente de cuir rouge, à chaque étape, elle se blottit dans les bras de son aimé qui, entre deux caresses, lui raconte le monde à venir :

– L'islam a commencé étranger et redeviendra étranger… Dieu enverra à cette communauté, au début de chaque siècle, quelqu'un qui renouvellera pour elle sa religion.

Un soir, assis autour de lui devant le feu, ses familiers, Abou Bakr, Omar, Uthmân et d'autres, l'interrogent sur la fin du monde. Il leur parle d'un calife Bien Guidé qui régnera dans les derniers temps :

– Le Mahdî, tel est son nom, sera de ma race. Il aura le front large et un nez aquilin. Il remplira la terre de droit et de justice, là où ne régnaient auparavant qu'iniquité et oppression. Son règne durera sept ans.

– Et après ? demande Omar.

– Après lui, viendra l'Antéchrist, un homme dont l'œil droit est aveugle, sans aucun éclat, terne comme un grain de raisin. Il répandra une grande corruption et gagnera de plus en plus de partisans. Mais un groupe de croyants se dressera contre lui. Alors qu'ils seront prêts au combat, et au moment précis où, l'appel ayant retenti, ils s'aligneront pour prier, Jésus le fils de Marie descendra et conduira la prière. En voyant Jésus, l'ennemi de Dieu fondra comme le sel fond dans l'eau. Si on le laissait, il fondrait au point de disparaître à jamais ; mais Dieu voudra qu'il soit tué de la main de Jésus qui leur montrera le sang répandu sur sa lance.

– Quand cela se produira-t-il ? demande Abou Bakr.

– L'interrogé n'en sait pas plus que celui qui interroge.

– Par quels signes serons-nous avertis ?

– Ce sera lorsque la servante engendrera sa maîtresse, lorsque tu verras les gardiens de troupeaux va-nu-pieds, nus et miséreux, se faire élever des constructions de plus en plus hautes [1].

Tout le monde frissonne et se réconforte.

– Notre désert est vide. Nous mourrons en paix avant de voir ces choses effrayantes.

– Ne rangez pas vos armes, s'écrie le Prophète. Dans mon peuple, un groupe ne cessera de se battre pour la vérité jusqu'à la venue de l'Antéchrist... Si vous saviez ce que je sais, vous ririez peu et pleureriez beaucoup. Il n'est aucune époque qui ne soit suivie d'une pire.

Ces propos alarmistes inquiètent. Chacun redoute le combat qui les attend sur la frontière de Syrie. Aïcha n'est pas la dernière à se poser des questions. Ne vont-ils pas au cataclysme ? Elle se sent bien petite au milieu de l'immensité, sous la voûte obscure piquée de ces millions de points lumineux qui clignotent comme des avertissements. Et pourtant, dans la fraîcheur de la nuit, les étoiles sont plus brillantes et le vent lui souffle à l'oreille des mots de silence. Lorsqu'ils arrivent à Tabouk, rien de ce qui avait été annoncé ne se présente à leurs yeux. L'heure de conquérir la Syrie n'a pas sonné.

La grande armée s'attarde pendant près de vingt jours, en montrant sa puissance aux peuplades alentour. Les princes des tribus voisines viennent s'incliner

---

1. Ne serait-ce pas notre époque qui est celle de l'enfant-roi et des gratte-ciels ? (Remarque de l'auteur)

devant Muhammad. Le roi chrétien d'Ayla, dans le golfe d'Aqabah, portant une croix d'or sur sa poitrine, ainsi que les chefs de trois localités juives sur la mer Rouge, signent un traité de paix en échange d'un tribut annuel de trois cents dinars qui leur garantit la protection de l'État islamique. Puis viendront d'autres chefs chrétiens, celui de l'importante oasis de Doumat al Jandal et celui d'Ukeïdir, aux marches de la Mésopotamie. Ce dernier étonne les soldats avec sa robe de brocart brodé d'or. Aïcha, qui n'a jamais imaginé une telle splendeur, en reste bouche bée.

Fier de ses succès sans coup férir, le Prophète regagne Médine avec son armée que la chaleur a épuisée. Une nuit, cheminant à ses côtés à l'écart des hommes, Aïcha le congratule :

– Es-tu heureux, soleil de mon cœur ? Tu es riche et puissant, désormais. Toute l'Arabie est à tes pieds.

– Pas encore, ma gazelle. Ce pays sera bientôt unifié. Des frontières de Byzance et de la Perse jusqu'au Yémen, du golfe Persique jusqu'à la mer Rouge, les tribus s'inclinent sous mon autorité. Mais en leur sein, l'opposition n'est pas morte. Nous propagerons nos idées et la loi du Coran. L'islam finira par régner sur ce peuple et sur cette terre… et plus loin encore.

– Plus loin encore, murmure-t-elle en hochant la tête.

Elle se prend à rêver d'un monde nouveau sous le ciel étoilé, un monde qu'elle aura vu naître.

Une mauvaise nouvelle attend le Prophète lorsqu'il entre dans Médine. Oum Koultoum, sa fille, s'est éteinte pendant son absence, emportée par une forte fièvre qui a décimé les plus fragiles, affaiblis par les fortes chaleurs de l'été. Il se recueille sur la tombe, aux côtés d'Uthmân, veuf pour la seconde fois d'une fille du Messager. Muhammad ne retient pas ses larmes. Des enfants de Khadidja, il ne lui reste que Fatima. Cette dernière fille, son mari Ali et les quatre bambins sont les gens de sa maison, « *ahl-al beit* », ceux qu'il a entourés de son manteau pour montrer à quel point ils lui sont proches. Il passe les voir chaque jour et joue les grands-pères affectueux auprès des enfants de ses filles, avec une tendresse particulière pour ceux qui ont perdu leur mère.

Quelques jours plus tard, le deuil le frappe à nouveau. Rayhana, la belle esclave juive qu'il aimait et qui avait refusé de l'épouser, meurt à son tour. Cet événement n'attriste pas le harem où l'on se réjouit presque de la disparition d'une rivale gênante. Aïcha en éprouve un certain soulagement qui n'allège en rien son nouveau sujet d'inquiétude. Ramadan vient de commencer avec son jeûne et ses prières. Ignorant les rites de la nouvelle religion, les délégations affluent de tous les coins de l'Arabie pour signer des traités et entrer en islam. Pendant des mois, elles vont se succéder. Ces manifestations enchantent la communauté. Mais le plus grave aux yeux de Aïcha est que la plupart des chefs de tribus offrent leurs filles en mariage, et le Prophète signe sans savoir ce qu'il prend, ce qui lui réserve de mauvaises surprises quand il découvre une vieille, une borgne, ou une éclopée. N'a-t-il pas assez de femmes dans son harem ? Aïcha fulmine et s'entend avec Hafsa pour entraver ces décisions hâtives. C'est ainsi que les deux complices vont provoquer des répudiations avant consommation, en expliquant à la fiancée intimidée qu'elles ont parée et habillée pour la noce :

– Si tu veux plaire au Prophète, dis-lui : « Que mon refuge contre toi soit le Tout-Puissant. »

L'effet est immédiat. Demander contre l'Apôtre le refuge suprême le met hors de lui. Il renvoie la pauvre fille séance tenante dans sa tribu à l'autre bout du désert. Aux aguets derrière leur porte, Aïcha et Hafsa, insou-

ciantes de l'incident diplomatique qu'elles ont provoqué, se congratulent d'avoir barré la route aux étrangères, des Bédouines venues d'on ne sait où et sans
éducation. Sur ce point, les coépouses les soutiennent.
Le harem est au centre des influences politiques qui
entourent le Prophète. Si Aïcha et Hafsa sont les filles
de ses deux Compagnons les plus proches, ceux de la
première heure, Sawdah, Oum Salama, Zaynab, Oum
Habiba et Maymouna sont des Quraïch, issues de tribus
nobles. Elles ont accepté Juwayriah puis la juive Safiyah
qui est de haute naissance et se conduit en bonne musulmane, mais elles refusent l'entrée d'une Bédouine rustre
et arriérée qui ne méritera pas le titre de « Mère des
Croyants ». Pour une fois, elles en oublient leurs rivalités internes et s'unissent pour défendre leur position
privilégiée dont dépendent les intérêts de leurs familles
respectives.

Lorsque vient son tour de recevoir son mari, Aïcha
l'écoute énumérer sur un ton ironique les femmes qui
lui sont proposées et celles qui viennent se mettre à la
disposition de ses volontés.

– N'en as-tu pas assez ? lui dit-elle. Par le Dieu
d'Abraham, on te critique. Les hypocrites ont beau jeu.
Tu épouses, tu épouses, tu collectionnes les concubines, les esclaves. Les femmes de la ville sont assez
folles pour se jeter à tes pieds. Tu les encourages à se
conduire comme au temps de l'ignorance.

– Dieu m'a permis d'épouser qui je veux, les captives et celles qui m'offrent leur corps.

– Ton Seigneur consent promptement à tes désirs.

– Ma gazelle est-elle malheureuse ?

– Dieu devra prendre soin de ta santé.

Cette nuit-là, Allah semble avoir entendu la prière
d'Aïcha. Entre ses bras, Muhammad reçoit la révélation
qui va conforter tout le harem : « *Tu n'ajouteras point
au nombre actuel de tes femmes ; tu ne pourras les*

changer contre d'autres dont la beauté t'aurait frappé ;
mais la fréquentation de tes femmes esclaves t'est tou-
jours permise. Dieu observe tout [1] *!»*

— Rendons grâce au Tout-Puissant, s'écrie Aïcha. Il
a bien vu et justice est rendue.

Le Prophète sourit. La verve de sa favorite et ses
hardiesses l'ont toujours amusé. Aucune autre ne lui
tient tête avec autant d'aplomb. Il apprécie sa lucidité et
son audace qui sont la marque de sa franchise.

Elle est bien la fille de son père : *As Siddika*, la Véridique. Elle est aussi la Vivante, son épouse préférée, sa
bien-aimée.

À la fin de l'an IX, vient le temps du pèlerinage.
Muhammad désigne Abou Bakr pour le conduire. Au
mois de *Dhou l-hijja* [2], le fidèle Compagnon se met en
route avec trois cents pèlerins. Dans l'enceinte sacrée,
ils se mêleront aux païens qui viennent chaque année
vénérer ce lieu antique de piété. Le Prophète ne veut pas
les rencontrer. Il préfère réfléchir aux rites qu'il devra
fixer pour le grand Hajj des musulmans. Dieu ne l'a pas
encore inspiré à ce sujet. Il lui envoie cependant une
révélation concernant les païens. Ils ne devront plus participer au pèlerinage. Après quatre mois de trêve sacrée,
ils seront traités en ennemis, sauf s'ils se convertissent
ou signent un pacte avec le Prophète.

— Ton père est loin, dit-il à Aïcha. Je vais lui envoyer
Ali afin qu'il lise la parole de Dieu près de la Kaaba.

— L'arrivée d'Ali va le blesser. Il pensera que tu te
méfies de lui dont tu n'as jamais eu à te plaindre.

Muhammad se raidit :

— Personne ne sera mon messager si ce n'est un
homme qui appartient aux gens de ma maison.

Aïcha baisse les yeux et détourne son visage afin de

---

1. Coran, sourate 33, Les Conjurés, verset 52.
2. Mars-avril 631.

masquer son dépit. Les derniers mots du Prophète l'ont blessé intimement en la remettant à sa place. Si elle est l'épouse favorite, elle n'appartient pas à la famille du Prophète. Elle et ses proches ne sont pas du même clan. Cette barrière invisible fera un jour la différence entre elle et Fatima.

Le gendre, appelé, reçoit l'ordre de rattraper la troupe en toute hâte en se mettant sous le commandement d'Abou Bakr.

– Tu lui expliqueras, précise l'Envoyé, que ta mission se résume à proclamer le Message divin.

Ali promet de se conformer aux instructions et part aussitôt. Aïcha approuve de la tête et sourit furtivement. Son aimé a tenu compte de son jugement. Elle connaît les susceptibilités de son père à l'égard d'Ali. Elle-même n'a pas oublié qu'il l'avait crue coupable quand la calomnie la traquait. Sans le considérer comme un adversaire, elle éprouve encore quelque réticence et reste prudente.

Pendant une année, les délégations continuent d'affluer. Les pactes d'allégeance se multiplient et, dans ces provinces d'Arabie qui s'ouvrent à l'islam, Muhammad envoie des experts qui enseigneront la nouvelle religion, ainsi que des collecteurs d'impôts, chargés de prélever la si précieuse « *zakat* » qui remplira le Trésor de l'État musulman. Un État théocratique prend racine en cette ville de Médine où, dix ans plus tôt, le Prophète était entré en réfugié, et qui, aujourd'hui, étend ses tentacules aux limites de la péninsule. Un État dont la puissance et la doctrine inquiètent les deux grands voisins que sont la Perse et Byzance.

Aïcha n'oubliera jamais cette députation de chrétiens du Najran, désireux de conclure un pacte avec le Prophète. Ce dernier les a reçus dans la mosquée. À l'heure de la prière, ils se sont tournés vers l'est, à l'opposé des musulmans inclinés vers La Mecque. Elle retient surtout les nombreuses discussions sur des points de religion et sur la personnalité de Jésus. La joute s'animait lorsque soudain le Messager a reçu la révélation qui lui a permis de répondre :

— « *En vérité, il en est de Jésus auprès de Dieu comme d'Adam. Il le créa de poussière, puis il dit : "Sois !" et il fut. La vérité vient de ton Seigneur ; ne sois pas de ceux qui doutent. À quiconque voudrait en disputer avec toi après la connaissance qui t'a été donnée, dis : "Venez donc, et appelons nos fils, nos femmes, nous-mêmes et vous-mêmes. Puis nous ferons une exécration réciproque, appelant la malédiction de Dieu sur ceux qui mentent*[1]. »

Les chrétiens sont restés pensifs et n'ont pas tenté l'expérience, mais ils n'ont pas refusé pour autant de signer un traité à des conditions favorables et de payer l'impôt qui leur garantissait une entière protection pour leurs personnes, leurs églises et leurs possessions.

Ainsi passent les jours dans une atmosphère de paix que l'on goûte avec délice car chacun en connaît la rareté. Soudain, au milieu de l'an X, le petit Ibrahim, âgé de dix-huit mois, tombe malade. Une forte fièvre qui ne laisse présager aucun espoir. Le Prophète, bouleversé, ne quitte plus la maison de Maria, veillant sur ce fils inespéré que Dieu veut lui reprendre.

Sous ses yeux, l'enfant expire, et le père éploré le prend dans ses bras en sanglotant. Lui qui avait interdit les lamentations et les cris de douleur, surprend son entourage et leur explique :

— Ce sont là les signes de la tendresse et de la pitié. Celui qui n'en éprouve pas, n'en recevra aucun témoignage.

---

1. Coran, sourate 3, La Famille d'Imran, versets 52 à 54.

Il s'interrompt, pose la main sur le linceul et reprend :

— Le chagrin nous a frappés à cause de toi, ô Ibrahim ! L'œil pleure et le cœur souffre, et ce n'est pas offenser le Seigneur que de parler ainsi.

Devant la tombe, il récite la prière des morts puis s'agenouille pour lisser de sa main la terre mal tassée en disant :

— Cela ne fait ni bien ni mal, mais soulage l'âme de l'affligé.

Au retour du cimetière, une éclipse de soleil frappe les imaginations. Et Muhammad, une fois de plus, calme les esprits :

— Le soleil et la lune sont deux des signes de Dieu. Leur lumière n'est obscurcie par la mort de quiconque. Si vous la voyez disparaître, priez pour qu'elle revienne.

Sous le ciel assombri, les épouses du Prophète ont suivi Maria au cimetière. Le malheur dénoue les haines, efface les ressentiments comme les jalousies. Réunies près de la tombe, autour de l'étrangère détestée qui souffre dans sa chair, les rivales d'hier se recueillent et prient pour l'âme du petit défunt, l'enfant que l'époux commun chérissait. Aïcha s'approche de l'esclave copte et lui glisse en aparté :

— J'ai eu souvent de mauvaises pensées à ton égard. Que Dieu me pardonne et qu'il t'aide à supporter la souffrance.

Les hostilités sont terminées. Le remords restera néanmoins comme une blessure que le temps ne pourra cicatriser. La vie s'impose avec ses joies et ses peines. Après les jours de méditation de Ramadan, viennent les mois consacrés au pèlerinage, et chacun se prépare. Au mois de Shawwal de l'an X[1], le Prophète fait annoncer

---

1. Février 632.

qu'il conduira la cérémonie dans l'enceinte sacrée, puri-
fiée de toutes traces d'idolâtrie. Le vent porte la nouvelle aux quatre coins du désert, jusqu'aux provinces
les plus reculées et, de toutes les directions, on afflue
vers l'oasis. Nul ne veut manquer ce grand voyage en
compagnie de l'Apôtre, ses discours et les solennités en
sa présence. Un rituel inédit en l'honneur du Dieu
unique, autour de la Kaaba et de la Pierre Noire d'Abraham.

Dans le harem, l'excitation atteint son paroxysme. Il
n'y a pas de tirage au sort. Toutes les épouses sont invitées à prendre la route derrière leur époux commun. Il
tient à leur présence pour cette expédition de purification. Les « Mères des Croyants », plus que les autres
fidèles, doivent participer à l'élan de ferveur. Mais c'est
à Aïcha qu'il prend la peine d'expliquer quand il la
retrouve dans leur intimité :

– Écoute bien mes enseignements afin de les appliquer et de donner l'exemple. Un jour, tu devras témoigner de ce que tu auras vu et entendu. À ton tour, tu
enseigneras ce que je t'ai appris.

– Pourquoi me dire cela maintenant ? demande-
t-elle, inquiète. Dieu te prêtera longue vie, tant que tu
n'as pas terminé le travail qu'il t'a confié.

Il prend sa main et l'embrasse tendrement pour lui
cacher ce qu'il ressent. La vieillesse le gagne, la fatigue
aussi. Cette visite à La Mecque est peut-être la dernière
pour lui. Un pas important sur le chemin de Dieu. Sans
effrayer sa bien-aimée, il la prépare à sa mission prochaine, quand il ne sera plus et qu'il continuera de vivre
à travers elle.

Le premier jour de Dhou l-hijja[1], le Prophète sort de
Médine à la tête de plus de trente mille hommes et
femmes. Dans leur cortège de palanquins aux rideaux

---

1. Mars 632.

chamarrés, les neuf coépouses flottent sur la marée humaine, au milieu d'une forêt de bannières de toutes les tribus de l'Arabie. À chaque étape, elles se retrouvent sous leur tente respective où le Prophète ne manque pas de les visiter afin de s'enquérir de leur santé. Aïcha remarque combien il est attentif au bien-être de chacun des membres de sa famille. Cinq jours plus tard, ils atteignent La Mecque. Dès qu'il voit la Kaaba, le Prophète arrête sa chamelle et tend le bras droit en criant haut et fort :

– Ô Dieu, fais que cette Maison reçoive davantage d'honneur et de glorification, de dons, de vénération et de piété de la part des hommes !

Écartant le rideau de sa litière, Aïcha ne retient pas son émotion. La ville de son enfance s'étale sous ses yeux. Elle ne reverra pas le grand portail au bout de la ruelle, ni la cour qui abritait ses jeux, mais elle se souvient de ce temps où l'ami de son père était conspué lorsqu'il parlait du Dieu unique devant le temple entouré de déesses inutiles. Aujourd'hui, elle assiste à son triomphe. Au milieu de la foule, du haut de sa monture, le Prophète traverse l'enceinte sacrée, accomplit les sept tours, puis les sept allées et venues entre les collines de Safâ et Marwa, avant de proclamer par sept fois « *Allahû Akbar !* » Dieu est le plus grand. Il se retire ensuite sous sa tente afin de se reposer, refusant les demeures qui lui offrent l'hospitalité. Il préfère se retrouver dans le camp au milieu de la plaine, avec ses femmes et ses familiers à qui il explique sans se lasser l'héritage d'Abraham et l'ancienneté du pèlerinage.

Les jours suivants, il se rend à Mina, Arafa, Mozdalifa, accomplit les stations, les jets de pierre contre Satan et tous les djinns, récite les prières. Autant de gestes à la gloire d'Allah et non des divinités païennes. Selon l'usage, par lui-même établi, il se fait raser les cheveux et sacrifie cinquante chameaux spécialement consacrés. Un jour, après que le soleil ait atteint son zénith, il prononce un long discours en faisant appel à une voix puissante qui répète chacun de ses mots. La sienne est trop faible pour se faire entendre de la foule immense, à perte de vue. S'il n'a plus la tonalité sonore d'autrefois, il n'a rien perdu de son charisme, et sa silhouette en haut de la colline fascine tous les regards :

– Écoutez-moi, ô gens, car je ne sais pas si je me retrouverai avec vous, en ce lieu, passé cette année.

Il rappelle ses enseignements précédents, le licite et l'illicite, l'importance de bien se conduire et de traiter les femmes avec bonté, puis il ajoute :

– Ô hommes ! Comprenez bien mon discours. J'ai laissé parmi vous ce qui, si vous vous y tenez fermement, vous préservera de l'erreur, une orientation claire, le livre de Dieu et la Sunna de Son Prophète. Ô hommes ! Écoutez bien et comprenez.

Il leur transmet alors le verset qui vient de lui être révélé, celui qui achève le Coran, les paroles mêmes d'Allah qu'il répète en Son Nom : « *Ce jour, les incroyants ont perdu l'espoir de l'emporter sur votre religion. Ne les craignez donc pas, mais craignez-Moi. Aujourd'hui, j'ai parachevé votre religion et vous ai accordé Ma faveur complète, ayant agréé pour vous l'islam comme religion*[1]. »

Le cœur d'Aïcha se serre. Elle comprend soudain que Muhammad s'en ira bientôt. Elle a noté, au cours du voyage, les signes d'une fatigue inhabituelle, des faiblesses qu'elle mettait sur le compte de l'émotion. À sa façon, il a dit adieu à La Mecque, sa ville natale, adieu à ceux qui ont cru en lui et l'ont suivi sur le chemin de l'islam. Il a planté les repères pour les générations futures. Il a dit ce qui devait être dit. Sa mission est terminée, mais il se demande si le travail a été

---

1. Coran, sourate 5, La Table, versets 4, 5.

accompli « à la perfection », selon son exigence et celle du Tout-Puissant. S'il lui reste assez de temps, il veillera à tout laisser en ordre en ce monde où chacun doit se comporter « comme un étranger, ou comme un passant ».

Aïcha ouvre de grands yeux affolés. Il la rassure en disant :

– N'aie crainte, ma gazelle, Dieu ne fait mourir aucun prophète sans qu'Il lui donne le choix.

– Me diras-tu quand ce moment viendra. ?

Il sourit en caressant les cheveux flamboyants qui enflamment son désir :

– Crois-tu que je pourrai cesser de t'aimer ?

IV

La Mémoire vivante

22.

De retour à Médine, Aïcha demeure attentive à la santé de son époux, guettant la moindre défaillance, mais Muhammad reprend le cours des affaires et lance une nouvelle expédition vers le nord. La défaite de Mutah et la mort de Zayd l'obsèdent encore. Elles ne sont pas vengées. Il charge Oussama, le fils de son ancien esclave, de diriger la campagne contre les tribus de la frontière de Syrie. Chaque jour, il conduit les cinq prières, enseigne du haut de sa chaire, et chaque soir, il se rend chez l'une de ses épouses selon le cycle établi, scrupuleux de les honorer avec équité. Une nuit, Aïcha s'étonne de le voir se lever pour se rendre au cimetière. Il a reçu l'ordre, dit-il, d'aller demander pardon pour ceux qui reposent sous la terre. Elle n'y prend pas garde et se rendort. Quelques jours plus tard, assaillie de forts maux de tête, elle se met au lit plus tôt que de coutume quand soudain le Prophète entre chez elle, alors qu'il devrait être chez une autre épouse :

– N'est-ce pas le tour de Maymouna ? demande-t-elle. Je souffre horriblement. Je t'en prie, laisse-moi.

– Je voulais seulement que tu saches que je ne suis pas bien.

Il se désole de sa migraine, l'observe longuement comme pour jauger l'état de son mal et déclare :

– J'aurais voulu que tu partes pendant que je suis en vie, afin que je puisse demander pour toi le pardon et invoquer sur toi la Miséricorde, t'envelopper dans ton linceul, prier sur toi et t'ensevelir.

Aïcha l'écoute d'un air stupéfait. La voix lui paraît étrange autant que le discours. Elle comprend alors qu'il est vraiment malade, mais feint de l'ignorer afin de ne pas l'alarmer. Elle plaisante et le fait rire. Il retourne chez Maymouna en répétant :

– Oh, ma tête ! C'est moi qui souffre le plus !

Les symptômes de sa maladie ne tardent pas à s'aggraver. Muhammad accomplit difficilement les tâches quotidiennes et ne peut prier qu'assis. Auprès de ses femmes, il s'inquiète :

– Où serai-je demain ?

On lui donne le nom de l'épouse qui attend son tour, mais à chaque réponse, il répète la question. Les coépouses réalisent qu'il est impatient d'être chez Aïcha. Elles se concertent avant de lui déclarer :

– Si cela te fait plaisir, nous offrons à notre « sœur » les jours que nous aurions dû passer avec toi.

Le Prophète satisfait se rend chez sa bien-aimée. C'est un guerrier bien fatigué qui regagne le nid de leurs amours, soutenu par l'oncle Abbas et Ali. En deux semaines à peine, les marques de l'âge ont griffé son visage ; sa barbe et ses cheveux se sont striés de blanc, un bandage a remplacé son turban et ses épaules se sont voûtées. Aïcha l'installe sur le lit et s'assied près de lui, en posant la tête bandée sur ses genoux. Elle le calme de ses caresses, mais il s'agite et devient nerveux :

– Dis à Abou Bakr de conduire la prière commune.

Elle hésite à obéir. Que deviendrait son père si l'assemblée n'appréciait pas de le voir prendre la place de l'Envoyé ? En guise de réponse, elle propose Omar qui a une meilleure voix qu'Abou Bakr et ne pleure pas en récitant le Coran. Mais le Prophète s'entête :

– Dis à Abou Bakr de conduire la prière commune. Que celui qui jette le blâme trouve la faute, et que l'ambitieux aspire à la gloire ! Pour Dieu et les croyants, il n'en sera pas autrement.

Par trois fois, il répète cette dernière phrase, et Abou Bakr, exécutant ses ordres, dirigera les offices pendant le temps de la maladie.

Elle dure plusieurs jours, avec d'atroces souffrances entrecoupées d'accalmies. Aïcha le soigne amoureusement sous les yeux des coépouses qui l'aident à le baigner dans un bassin de cuivre quand ses douleurs sont trop fortes. L'une après l'autre, elles manifestent leur tendresse. Fatima se présente à son tour et s'entretient plus longuement, pleure, puis rit, et garde jalousement les paroles de son père qui ont provoqué ses changements d'humeur. Puis viennent les Compagnons et les familiers. Ils défilent autour de sa couche, suspendus au moindre éclair de lucidité qui éloigne les craintes. On s'approche alors pour un aparté et l'on écoute avec vénération chaque mot prononcé afin de les retenir comme autant de clés pour l'avenir. Aïcha les observe. Elle voit bien que chacun tremble de peur au fond de lui-même. Si Muhammad disparaît, que deviendra l'islam ? Qui aura le droit de remplacer l'Envoyé de Dieu ? Comment imaginer la vie sans lui ? On redoute la fin de la grande aventure, la fin de ce monde nouveau qu'il a fait naître en obéissant aux instructions d'Allah, et l'on se raccroche à l'idée que le Prophète ne peut pas mourir.

Un matin, en effet, la fièvre est tombée. Il se sent mieux. Il se lève, s'habille et sort devant la porte. Il traverse la cour et entre dans la mosquée. Abou Bakr dirige la prière et comprend, par les murmures de l'assemblée, que le Prophète est parmi eux. Il recule d'un pas pour lui rendre sa place. De la main, Muhammad le repousse en avant et s'assied à sa droite pour la fin de l'oraison. Il prend alors la parole et dit à voix haute, afin que tous puissent l'entendre :

– Ô hommes ! Le feu est attisé, les rébellions avancent comme les ténèbres de la nuit obscure. Je jure par Allah, vous ne pouvez rien dire à ma charge. Je n'ai déclaré licite ou illicite que ce que le Coran a affirmé comme tel.

Il prie pour les morts de ses batailles, Badr, Ohod, Khaïbar… puis il ajoute :

– Dieu a un serviteur auquel il a dit : « Aimes-tu mieux ce monde ou l'autre ? » Le serviteur a choisi l'autre monde. Dieu a agréé son choix et lui a promis de l'appeler en sa présence.

Nul ne saisit qu'il parle de lui-même. Sauf Aïcha qui écoute et ne le quitte pas des yeux depuis le seuil de sa maison. Il salue à la ronde et tout le monde est subjugué par son visage illuminé, pourvu de la grâce et des bienfaits de Dieu, comme on aime à le voir. On le croit guéri, et l'on se réjouit de ce lundi 13 du mois de Rabi premier de l'an XI[1] qui a produit un tel miracle.

Mais lorsqu'il regagne le logis de sa bien-aimée, il s'effondre sur la couche. Aïcha s'assied derrière lui pour lui servir d'oreiller en le tenant dans ses bras, tandis qu'il perd peu à peu ses forces et agonise devant les familiers interloqués. Dans son délire il demande de quoi écrire, afin de fixer la dernière vérité qui sauvera les croyants de l'erreur, mais nul ne lui prête l'oreille. On préfère se joindre à une discussion qui s'envenime. D'un revers de main, il chasse les visiteurs et perd connaissance. Aïcha le croit mort et pose sa bouche sur la sienne pour le ranimer de son souffle. Un long baiser qui le ramène à la vie dans la chambre vidée de ses intrus. Moment de répit et d'intimité qui les unit plus qu'aucune autre caresse. L'un contre l'autre enlacés, main dans la main, bouche contre bouche, leurs cœurs se rejoignent dans un dernier élan, une ultime houle.

---

1. 8 juin 632.

Mais l'heure a sonné pour l'âme de Muhammad. Ses yeux se tournent vers le ciel, et Aïcha l'entend murmurer :

– La haute compagnie dans le Paradis…

Elle comprend et le berce comme un enfant en lui disant d'une voix douce :

– On t'a donné à choisir, lumière de ma vie, et tu as choisi.

La main de son aimé serre la sienne et il balbutie :

– Oh Dieu… dans l'union suprême…

Les derniers mots dans un dernier souffle. Le regard se fige et le corps s'affaisse sur le giron d'Aïcha. Avec une infinie tendresse, elle lui ferme les yeux et pose la tête bien-aimée sur un coussin de cuir en ajoutant :

– Avec ceux que Dieu a comblés de Sa grâce, les prophètes, les saints, les martyrs et les justes, et quels bons Compagnons que ceux-là.

Elle le couvre de son manteau rayé de vert en laine du Yémen et dit adieu à son mari, son amant, le maître de son cœur. Leur dernière étreinte a scellé à jamais cet amour unique qui les a liés si fortement pendant dix années. Dix ans plus tôt, en effet, un lundi du mois de Rabi 1er, Muhammad entrait dans l'oasis de Yathrib, acclamé comme un libérateur. Six mois plus tard, Aïcha arrivait à son tour pour le rejoindre. Image fugace de la cérémonie de mariage, sa robe rouge et le bol de lait de chamelle, la découverte de la petite maison où elle est devenue femme entre ses bras, en ce même lit où il s'est endormi à jamais. Son époux n'est plus, mais il reste le Prophète qui ne lui appartient plus et qu'elle doit rendre à la communauté.

Au-dehors, le soleil décline. L'heure de la prière approche. La servante va prévenir les dames du harem ainsi que Fatima qui ne viendra pas car elle s'est évanouie sous le choc de la nouvelle et ne reprendra conscience qu'au bout de quarante-huit heures. Voilées de blanc, les veuves se précipitent autour de l'époux commun en se frappant la poitrine et les joues en un chœur de lamentations. Les gens, assemblés dans la cour et dans la mosquée, se figent de stupeur. Nul ne veut croire que le Prophète est mort. Omar harangue la foule :

– Il n'est qu'endormi, affirme-t-il. Il se réveillera et sera parmi nous comme Moïse est revenu après quarante jours de sa visite auprès de Dieu, comme Jésus est redescendu du ciel.

Il ne prend pas garde au cavalier qui freine des quatre fers et saute de sa monture devant la porte d'Aïcha. Alerté par sa fille, Abou Bakr a quitté sa ferme au galop. Il avait cru bon de s'y rendre après avoir vu le Prophète si rayonnant dans la mosquée. Sans perdre son sang-froid, il soulève le manteau, et constate le décès de son plus vieil ami, son frère, qu'il a suivi pas à pas dès la première révélation. Aïcha l'entend murmurer :

– Par mon père et ma mère, que je sacrifierai pour toi, tu sens bon. Tu le sentais de ton vivant, et même mort ! Par le Seigneur de la Kaaba ! Muhammad est mort !

Surmontant son émotion, il l'embrasse sur le front, le recouvre et sort. Omar continue son discours devant la foule et menace de son sabre quiconque dira que le Prophète n'est plus. Abou Bakr lui impose le silence et déclare d'une voix ferme :

– Musulmans, Muhammad a quitté ce monde. Que ceux qui adoraient Muhammad sachent qu'il est mort, mais que ceux qui adoraient Dieu, sachent que Dieu est vivant et ne meurt jamais. Dieu a dit : « *Muhammad n'est qu'un apôtre. Il a été précédé par d'autres apôtres. S'il mourait ou s'il était tué, retournerez-vous en arrière*[1] *?* »

---

1. Coran, sourate 3, La Famille d'Imran, verset 138.

Omar s'affaisse sur ses genoux. Il comprend que c'est fini. De la foule montent les cris de douleur. L'appel de Bilal emplit la mosquée. On se rassemble autour de la famille du Prophète dont la dépouille est abandonnée. Aïcha et les « Mères des Croyants » sont chassées de la demeure par Ali et l'oncle Abbas. Les funérailles du Prophète incombent aux hommes. Les veuves n'ont pas même le droit de laver le corps de l'époux défunt, comme le veut la tradition. Ali en a reçu la responsabilité de la bouche de l'Apôtre, avant qu'il ne meure. Cette tâche le gonfle d'importance. Il en jouera dans la discussion sur le lieu de la sépulture.

Prostrée près du lit, Aïcha revit inlassablement le dernier baiser de son aimé et ne peut s'arracher de sa dépouille. Sans lui, aura-t-elle encore le courage de vivre ?

– Viens, lui dit Sawdah. Il détestait les larmes.

– J'ai bu son dernier souffle, dit la favorite en fixant sur elle un regard éperdu. Il est en moi et le sera pour toujours.

Le délire l'emporte et la plus âgée des veuves entraîne la plus jeune dans son logis où se rassemblent bientôt les autres « Mères des Croyants ». Au chagrin d'avoir perdu un mari bienveillant qui les protégeait, s'ajoute l'inquiétude. Tandis qu'elles abandonnaient l'époux endormi à jamais, un homme est arrivé en courant dans la mosquée où toute la ville priait, et s'est écrié :

– Les Ansars se sont réunis et prêtent serment !

Elles ont vu Ali et Abbas se précipiter auprès de l'Envoyé, afin de le protéger et le préparer pour l'enterrement. Dans le même temps, Abou Bakr et Omar rejoignaient une maison proche d'où s'élevaient de violentes discussions. Demain, qui sera le maître et quel sera leur avenir ?

– Le Prophète n'est pas encore enseveli, dit Oum

Salama, et ses fidèles ne pensent qu'à se disputer le pouvoir !

Les langues se déchaînent. Chacune a ses sources d'information et ressent la gravité de la situation. Zaynab ajoute :

– Les Aws et les Khazrajs sont impatients de retrouver leur suprématie sur les Émigrants. Médine est leur fief. Ils en revendiquent l'autorité.

– Abou Bakr et Omar entraveront leurs projets, s'écrie Hafsa. Ils rappelleront les paroles du Prophète : « La fonction de présider appartient aux Quraïch. » Pour ma part, je les crois l'un et l'autre capables de faire entendre la voix de la raison, afin d'éviter de nouvelles dissensions et une guerre entre frères musulmans.

– L'islam ne s'en relèverait pas, dit Aïcha. Tant d'années de souffrance et de labeur pour en arriver à un bain de sang ? C'est cela qui se produira s'ils ne se rallient pas au plus sage.

– Les Ansars choisiront Ali, intervient Maymouna, fille d'Al Muttalib, qui plaide pour sa famille. Il est le cousin du Prophète, son gendre et son plus proche parent. Il est le premier des Quraïch et le descendant des Hachim.

– Il est jeune, réplique Hafsa. Il n'a pas l'autorité de mon père, ni la sagesse et la diplomatie d'Abou Bakr qui sont les plus anciens Compagnons de lutte. Ils ont traversé toutes les épreuves et surmonté toutes les embûches.

– L'esprit de Muhammad flotte encore au-dessus de Médine, reprend Aïcha, son âme ne s'est pas envolée. Il ne laissera pas détruire ce qu'il a construit.

La foule grossit dans la cour, le concert de rumeurs s'amplifie et soudain des acclamations sortent de toutes les gorges. À la tombée du jour la nouvelle se répand : Abou Bakr a été élu. Aïcha reçoit les compliments de ses « sœurs » qui s'endorment rassurées. Pour elle, en revanche, aucun apaisement. Elle ne peut s'accoutumer à l'idée d'avoir perdu son époux à jamais et souffre cruellement de le savoir seul, de l'autre côté du mur, pour sa dernière nuit. Pourquoi ne peut-elle le rejoindre, dormir près de lui dans ce lit où ils se sont tant aimés et lui dire une dernière fois tous les mots doux qui se graveront dans son âme avant le départ vers les jardins parfumés du Paradis d'Allah ? Peu lui importe d'être la fille du calife. Son père n'est que le vicaire d'un Prophète dont hier encore elle était l'épouse favorite et qui est mort dans ses bras. Il avait soixante-trois ans, elle n'en a pas encore vingt. Que fera-t-elle de sa vie ?

Au matin, toute la ville est dans la mosquée lorsque Omar conduit Abou Bakr vers la chaire du Prophète et dit :

– Musulmans, rendez grâce à Dieu de ce qu'il a fait tomber vos suffrages sur le meilleur d'entre vous, sur Abou Bakr, le compagnon du Prophète, celui qui a été avec lui dans la caverne et qui a accompli avec lui la Fuite. Que ceux qui ne lui ont pas encore rendu hommage le fassent aujourd'hui même.

Ce mardi restera gravé dans l'Histoire comme la « Journée du serment du peuple ». Du haut de la chaire, Abou Bakr clame :

– Musulmans, je n'ai accepté le pouvoir que pour empêcher qu'il y eût dissensions, luttes et effusion de sang. Aujourd'hui comme hier, je suis l'égal de vous tous : je peux faire le bien ou le mal. Tant que j'obéirai à Dieu, obéissez-moi ; si je m'écarte des ordres de Dieu, cessez de m'obéir. Vous serez dégagés du serment que vous m'avez prêté. Maintenant allez, et occupez-vous du Prophète qui est mort. Nous allons lui rendre nos devoirs, prier sur lui et l'enterrer.

Les gens défilent pendant des heures autour de la dépouille enveloppée dans un linceul que recouvre le légendaire manteau vert. Les discussions s'enveniment lorsque les Compagnons demandent où l'enterrer ? Près de ses filles, près des fidèles combattants de l'islam ou dans un endroit particulier sur lequel on érigerait un mausolée ? La déclaration d'Abou Bakr clôt le débat :

– L'Envoyé m'a dit : « Aucun prophète ne mourut sans être enterré là où il mourut. »

Réfugiée dans la maison de Sawdah, Aïcha est étonnée d'apprendre la décision de son père. Sans la consulter, on a mis son logis sens dessus dessous, retiré le lit afin de creuser la fosse à la place où il se trouvait. Pas plus qu'à la toilette du défunt, elle n'assistera à la mise en terre. Son père lui racontera comment Ali est descendu au fond du tombeau afin d'y installer la dépouille sans oublier le manteau que personne, après le Prophète, ne portera. Ils ont comblé le trou et tassé la terre. Chacun s'est incliné. La maison s'est vidée de tous les hommes afin que les femmes puissent y entrer à leur tour pour prier sur la tombe de l'Envoyé. Cérémonie éprouvante pour Aïcha qui en attend la fin avec impatience afin de se retrouver seule dans son intérieur. Avec l'aide de Barrira, la servante dévouée, elle remet le lit en place au-dessus du léger monticule, et dispose les objets familiers aux endroits habituels. Le décor se reconstruit, tel qu'il était auparavant, comme si Muhammad allait revenir d'une longue expédition. Elle s'assied au bord de la couche et murmure d'une voix brisée :

– Oh le meilleur des hommes ! J'étais comme dans une rivière, et maintenant, j'en suis privée comme une plante assoiffée.

– Sèche tes larmes, dit Barrira. Il n'aimait pas te voir pleurer.

– Dans mon malheur, je dois me réjouir, car il a voulu mourir dans ce lit afin de rester ici, près de moi. Je l'ai gardé jusqu'au dernier instant de vie, j'ai bu son dernier souffle, et c'est auprès de moi qu'il repose pour l'éternité.

– N'as-tu pas peur de dormir au-dessus de lui ?

– Peut-être viendra-t-il me parler la nuit, comme le faisait Gabriel ? Comme je vais le regretter, cet archange qui venait nous interrompre dans nos ébats. Un soir, je l'ai vu quand il m'a saluée. Il n'y aura plus de Révélation. Que Dieu nous aide à ne rien oublier de ce qu'Il nous a transmis par la voix de Son Messager. Et que Dieu le reçoive en Sa protection.

Muhammad vivant unissait les Arabes des différentes tribus d'un bout à l'autre de la Péninsule, tandis que sous son toit régnait la zizanie. Muhammad mort, le contraire se produit. Les tribus éloignées se regimbent. L'Envoyé de Dieu n'est plus là pour faire régner la loi de l'islam. Leurs chefs mettent en doute les pactes signés. Dans le même temps, la paix se rétablit dans le harem prophétique. L'époux commun disparu, les rivalités n'ont plus de raison d'être, les jalousies s'estompent. Loin de s'opposer, on se rassemble et l'on pleure à l'unisson. En ce temps de deuil qui cloître les veuves à la maison, on se réunit chez l'une ou chez l'autre, et l'on se console en se remémorant le passé. Chacune raconte ses heures de gloire, ses nuits d'amour, les temps de romance au cours des expéditions, mais aussi les travers, les heurts, les humeurs et les incompréhensions. Neuf visions de cet homme unique qui a marqué leurs vies. L'homme parfait, déifié par ses qualités que rehaussent les défauts. Par leurs évocations, elles le ressuscitent et s'offrent en partage l'intimité qui les divisait hier en suscitant les aigreurs et les envies. Dans le vide de l'absence, les veuves se rapprochent et se lient d'amitié au nom de celui qu'elles ne cesseront d'aimer. En son nom, on se pardonne les différends du passé. En son nom, on promet de se comporter dignement et de respecter à la lettre les devoirs attachés au titre de « Mère des Croyants ». Elles récitent en chœur le verset qui leur sert de loi : « *Épouses du Prophète, vous êtes distinguées des autres femmes. Si vous avez la crainte du Seigneur... Restez au sein de vos maisons. Ne vous parez point comme aux jours de l'idolâtrie. Faites la prière et l'aumône. Obéissez à Dieu et à son ministre. Il veut écarter le vice de vos cœurs. Vous êtes de la famille du Prophète. Purifiez-vous avec soin. Gardez le souvenir de la doctrine divine* [1] *...* »

Dans ce climat de réconciliation, Aïcha se rend chez Fatima pour l'assurer de son affection. Depuis la mort de son vénéré père, cette dernière est en froid avec Abou Bakr dont elle et Ali contestent l'élection. Désireux d'apaiser la situation, les Compagnons étaient venus lui expliquer :

– Ô fille de l'Apôtre ! Notre serment d'allégeance a été donné à Abou Bakr. Si ton mari, fils de ton oncle paternel, s'était présenté plus tôt, nous ne lui aurions pas préféré un autre.

Ali avait bougonné :

– Devais-je abandonner l'Envoyé de Dieu dans sa maison sans l'enterrer, et sortir pour disputer le pouvoir ?

Un peu plus tard, lorsqu'elle avait réclamé sa part d'héritage sur la fortune laissée par son père, Abou Bakr escorté d'Omar, lui avait rendu visite pour lui déclarer :

– Le jour où ton père est mort, j'aurais aimé mourir et ne pas rester en vie après lui. Je reconnais ton mérite et ta dignité. Si je t'ai privée d'hériter de l'Envoyé de Dieu, c'est parce que je l'ai entendu dire, en parlant des prophètes : « Personne n'hérite de nous. Ce que nous possédons doit être distribué en aumônes. »

---

1. Coran, sourate 33, Les Conjurés, versets 32, 33, 34.

Depuis ce jour, Fatima s'isolait dans la tristesse et le deuil en remuant des pensées amères. Son animosité envers le calife menaçait l'équilibre de la communauté. Aïcha veut arranger les choses. Entre femmes qui se côtoient depuis tant d'années, les mots passent plus facilement. Elle lui explique que les veuves n'ont pas eu plus de chance que la fille. Aucune n'a hérité de l'époux commun. Chacune doit vivre sur ses biens propres légués par la famille. Celles qui n'en ont pas, ou pas assez, agissent comme Zaynab qui fabrique des objets de cuir ravissants qu'elle vend sur le marché. Cette activité lucrative leur permet de subsister. Personne ne se lamente. La vie est ainsi faite. Fatima est sensible. Les deux femmes s'embrassent en mêlant leurs larmes. La chaleur du moment aidant, Aïcha ne résiste pas à poser la question qui l'obsède depuis le dernier aparté du Prophète avec sa fille. Que lui a-t-il dit qui ait provoqué les larmes, puis les rires ? Fatima lui confie alors le secret qui l'aide à surmonter le chagrin :

– Il m'a avoué qu'il avait atteint le terme de son existence et que je devais l'accepter. Voilà pourquoi j'ai pleuré. Alors il m'a annoncé : « Tu seras la première des membres de ma Maison qui me rejoindra dans la tombe. » Voilà pourquoi j'ai ri. Je n'étais plus triste de le perdre puisque j'étais assurée d'aller le retrouver très vite. Moi, la première.

Elle regarde Aïcha droit dans les yeux :

– Cette heure ne tardera pas à venir. Je l'attends.

La prédiction du Prophète s'accomplira sous peu. Six mois plus tard, Fatima, mue par un pressentiment, procédera à ses ablutions, et se couchera pour s'endormir à jamais. En cet instant, la jeune belle-mère, fortement ébranlée, prend congé et regagne son logis où elle rassemble ses ex-rivales afin de les inciter à se montrer plus solidaires et entourer la pauvre Fatima qui a quatre enfants et ne peut se laisser mourir.

– Nous partirons chacune à notre tour, conclut-elle, mais nul n'a le droit de choisir l'heure.

– Si elle a des difficultés, dit Oum Salama, nous l'aiderons. L'Envoyé nous en saura gré.

– Il aurait pu nous laisser quelques revenus de ses fermes, dit Zaynab. Mais il n'y a pas pensé puisque Dieu ne lui a rien dit à ce sujet.

– Estimons-nous bienheureuses de n'être point chassées de nos demeures, ajoute Maymouna. Tant que nous pourrons aider les « gens de la banquette » nous aurons notre utilité.

Pour les habitants de la ville, ces neuf veuves, ayant reçu le titre de « Mères des Croyants », constituent une sorte de confrérie respectée, retranchée dans les maisonnettes ouvrant sur la mosquée, dont nul ne songe à les déloger. On ne revient pas sur ce que le Prophète avait organisé. Dans ce petit groupe, Aïcha garde la première place. On ne peut ignorer qu'elle était la favorite, d'autant que l'Envoyé de Dieu repose dans son logis. Elle en est la gardienne en quelque sorte, après avoir été le réceptacle de sa pensée. Depuis son plus jeune âge, elle a reçu son enseignement, et sa mémoire a tout enregistré. Le Prophète n'a-t-il pas souvent répété à ceux qui cherchaient une explication sur un point de doctrine :

– Va voir Aïcha. Elle est la moitié de la religion.

Certes, elle n'est pas la seule qui ait tout noté. D'autres Compagnons, comme Abou Bakr, Omar, divers lettrés, et des scribes, obéissant aux ordres de l'Apôtre, ont griffonné les versets révélés et les analyses qu'il en donnait au cours de ses prêches. Mais elle a eu l'insigne privilège d'être présente quand Gabriel transmettait la parole d'Allah, et d'en recevoir la signification profonde, de la bouche même de son bien-aimé, le Messager. Deux sourates entières, parmi les plus importantes du Coran, « La Vache » et « Les Femmes » ont été révélées en sa présence. Elle a tout retenu, et a pris soin de les rédiger. Elle a eu le temps de méditer, d'étudier à la lueur des textes savants que possède son père les rouleaux contenant les textes juifs, les récits des chrétiens et les commentaires des savants arabes de La Mecque, d'Alexandrie ou de Damas. Elle a eu très tôt cet appétit de connaissance, comme une soif de vérité. L'a-t-elle hérité d'Abou Bakr que tous ont surnommé « *As Siddiq* », le Véridique ? Muhammad l'avait encouragée dans ses recherches, étonné souvent du résultat quand elle lui tenait tête et argumentait avec la rigueur d'une scientifique sur le sens profond de la Révélation.

« *As Siddiqa*, lui disait-il les yeux brillants de fierté. La fille de ton père, mais aussi ma "Vivante" qui défendra la vérité de l'islam. Dieu a semé une graine en toi et je l'ai aidée à germer au mieux. »

Savait-il qu'elle deviendrait la meilleure experte dans la science du Coran et de la Tradition, et qu'elle ferait autorité, face aux plus doctes de son temps ? Pour l'heure, elle se contente d'élargir ses connaissances et de les mettre en pratique auprès de son père qui la forme en matière de jurisprudence. Pour elle, comme pour les autres veuves du prophète, aucun remariage n'est possible. Le Coran l'a expressément interdit[1]. Mais un nouveau chemin s'ouvre devant elle, celui de l'étude en des domaines aussi divers que la langue arabe, l'art de s'exprimer, la poésie, la médecine, l'astronomie, mais surtout l'exégèse coranique et la science du « *hadith* ». Au fil des quarante-six ans qui lui restent à vivre, elle deviendra la plus grande savante que connaîtra le monde musulman. Abou Bakr va lui donner l'occasion de briller et de se rendre indispensable.

Depuis la mort de Muhammad, le successeur et premier calife a eu fort à faire pour ramener la paix dans les

---

1. Coran, sourate 33, Les Conjurés, verset 53.

provinces reculées. Des expéditions militaires ont redressé les tribus récalcitrantes, maté quelques révoltes aux marches du désert, et ouvert les portes de la Syrie. Pendant ce temps, il fixe les bases d'un État musulman solide, découpé en provinces administrées par des gouverneurs expérimentés, et assure une bonne gestion du Trésor. Les ressources, dont une part est redistribuée en aumônes, financent l'entretien des forces armées garantes de l'autorité, ainsi que le développement de l'éducation par l'enseignement de la religion. Le Prophète ayant donné l'exemple, les collecteurs d'impôts vont de pair avec les propagateurs de la foi.

Le vicaire affronte un grave problème qu'il expose devant son ami Omar et sa fille Aïcha, qui partagent ses préoccupations. Le fondement de la nouvelle religion, le Coran, est éparpillé en une multitude de versets. Ceux des premières années ont été mémorisés, les suivants gravés sur des omoplates de chameaux ou reportés sur des feuilles séchées de palmier, les derniers soigneusement transcrits sur des parchemins par les scribes que l'Envoyé avait recrutés.

– Toutes affaires cessantes, conclut-il, nous devons rassembler la totalité de ces documents afin de les codifier pour établir un texte définitif qui contiendra la parole de Dieu et les commentaires que Son Envoyé énonçait au long de ses prêches.

Le Coran et la Sunna du Prophète réunis en des recueils qui se transmettront de génération en génération, afin que l'islam ne se dilue pas dans l'oubli lorsque les derniers témoins de la grande aventure, les Compagnons et les guerriers d'Allah, qui ont gagné les grandes batailles, ne seront plus là pour raconter.

– Tu as raison, dit Omar. Le souvenir se perdra et la vérité pourrait être détournée.

– Conserver le Message tel qu'il a été transmis à notre bien-aimé Prophète, ajoute Aïcha. Voilà bien mon souci majeur, car il est écrit dans le Coran : « *Lis au nom de ton Seigneur qui a créé l'homme... qui lui a enseigné à se servir du calame*[1]. » Ses vérités doivent être propagées à travers le monde.

Omar déambule de long en large dans le bureau d'Abou Bakr et se lance dans un discours qu'il mime de ses mains :

– Rechercher, collationner, vérifier l'authenticité, classer dans le bon ordre, cela représente un travail de longue haleine. Il te faudra plusieurs spécialistes, mon frère. Choisis les meilleurs.

– Pour l'heure, je n'en vois qu'un : Zayd ibn Thabit, le fils de notre poète. Lui-même désignera ses employés.

– Certes, son père a chanté l'islam et le Prophète, rétorque Aïcha. Il est jeune et plein de sagesse. Il était de ceux qui écrivaient certaines révélations dictées par le Messager. Mais il ne sait pas tout. Il aura besoin de moi. Permets-moi, ô mon père, de l'assister.

– Ton aide sera précieuse, dit Abou Bakr.

– De tous les *Qoras*[2] tu es la première, renchérit Omar qui approuve et se retire.

Le jeune homme est aussitôt convoqué, mais dès qu'il entend ce qu'on attend de lui, il s'écrie :

– Une tâche plus lourde que de déplacer les montagnes ! Comment vous permettez-vous de faire ce que le Messager de Dieu n'a pas accompli ?

– Je jure au nom de Dieu que cela est le meilleur, répond Abou Bakr.

Sur un signe de son père, Aïcha, sort du coin obscur où elle s'était dissimulée et s'approche pour lui déclarer :

---

1. Coran, sourate 96, L'Union des sexes, versets 1 à 5.
2. Porteurs de Coran. Plus exactement ceux qui le connaissaient de mémoire et en avaient conservé la trace par écrit.

– Je t'offre mon aide. Trouve les porteurs de Coran.
Je relirai tous les bouts de texte, j'en vérifierai chaque
mot. Tu sais que ma mémoire est bonne. Il me sera aisé
de compléter les omissions, rectifier les erreurs, écarter
les affabulations et retrouver les versets ou les éléments
de prêche absents.

Zayd refuse, argumente et finit par accepter.

– Gardez toutes les versions que donneront les
Qoras, leur dit Abou Bakr. Chacune détient une part de
vérité qui ne peut être détruite.

Au bout de quelques mois d'un travail gigantesque,
une pile volumineuse de parchemins est déposée entre
les mains du calife. Le Coran et les commentaires du
Prophète vont servir de base à l'élaboration d'une jurisprudence islamique, le *fiqh*, et à de multiples interprétations, les Hadiths, dont la science va devenir la spécialité
d'Aïcha. En ce domaine précis, elle s'imposera comme
la référence par excellence, avec les 2 210 *Hadiths*
qu'elle a transmis à la postérité. La seule femme qui ait
ainsi marqué la science coranique et qui sera reconnue
par les plus grands savants musulmans.

Sous le règne de son père, Aïcha n'a pas encore
atteint cette célébrité, mais on la consulte sur des questions de droit ou d'enseignement religieux. C'est alors
qu'un événement vient semer le trouble et l'implique
dans le domaine de la politique, d'ordinaire exclusive-
ment réservé aux hommes. Peu après la mort de Fatima,
des opposants hypocrites parmi les Aws et les Khazrajs
se regroupent et vocifèrent contre Abou Bakr en déclarant que le gendre bien-aimé du Prophète est le successeur légitime. Pour preuve de leur revendication, ils
brandissent un testament oral. Avant de s'éteindre, l'Envoyé aurait dit à Ali :

– Tu es mon frère, mon héritier et mon successeur,
et celui qui jugera au nom de ma religion.

On fait appel à Aïcha qui bondit et réfute aussitôt ces allégations :

– Quand le Prophète aurait-il légué un tel testament oral à Ali ? J'ai été présente lors de sa maladie et de son agonie, et ce jusqu'à son dernier souffle, alors quand aurait-il pu le lui dire ?

Dans le débat qui remue la communauté, cette déclaration fait impression et permet de clore sans tarder une polémique qui menaçait le jeune ordre établi. Ali finira par reconnaître qu'elle a raison, et, pour éteindre les rancunes, Aïcha s'empressera de rappeler que l'Envoyé avait fait entrer dans sa maison ses deux petits-fils, sa fille et son gendre, et les avait enveloppés de son manteau en citant le verset : « *C'est que Dieu veut vous purifier, ahl al-bayt*[1]. »

Par ce témoignage, elle soulignera le fait que Ali est bien de la Maison du Prophète. Mais le conflit va se rallumer dans quelques années, et la bataille au cours de laquelle Ali et Aïcha vont s'affronter de nouveau fera couler beaucoup de sang.

---

1. Coran, sourate 33, Les Conjurés, verset 33.

23.

Deux ans après la mort de Muhammad, le destin frappe de nouveau Aïcha. À la fin de Djoumada premier de l'an 13[1], Abou Bakr tombe malade. Un an plus tôt, les juifs de Khaïbar l'avaient invité à un festin. Il avait commencé à manger quand son voisin de table l'a imité, et a recraché sa bouchée en disant :

– Ce riz contient un poison qui tue après une année.

Douze mois plus tard, le pronostic se réalise. Le calife s'est alité. Il n'aura que deux semaines pour mettre ses affaires en ordre et confier à Omar la collection des versets du Coran ainsi que la direction de l'État lorsque Dieu l'appellera. Aïcha l'a soigné de son mieux, mais les forces de son père ont décliné de jour en jour. Il a eu le temps de lui léguer quelques terres qui lui permettront de subsister dignement. Devant sa famille éplorée, il a exprimé ses dernières volontés et s'est tourné vers sa fille pour lui demander l'ultime faveur de l'enterrer auprès du Prophète. Brisée de chagrin, elle n'a pas refusé.

Les fossoyeurs, revenus dans son logis, ont retiré le lit afin de creuser une deuxième tombe à côté de celle de Muhammad. Dans sa chambre-cimetière, Aïcha a désormais deux témoins invisibles de son intimité, les deux hommes de sa vie, son époux bien-aimé et son

---

1. Août 634.

père qu'elle chérissait. Loin de la troubler, ces présences lui sont familières et trompent sa solitude. Il lui semble les entendre comme des guides qui balisent son chemin.

L'arrivée du successeur ne provoque aucun trouble dans la ville. Nommé par Abou Bakr, avec l'accord des Compagnons, Omar prend le pouvoir et prêche dans la mosquée en se maintenant sur la première marche de la chaire, respectant la seconde où se tenait son prédécesseur qui laissait lui-même la troisième au souvenir de l'Envoyé de Dieu. Les habitants de la ville gardent en mémoire sa haute silhouette enturbannée de noir, le grand manteau vert et la voix sonore qui leur annonçait les ordres divins.

En écoutant le discours d'intronisation, Aïcha fait le bilan du règne de son père. Un règne trop court, qui laisse cependant le pays dans une situation plus qu'avantageuse. L'État dont hérite le deuxième calife n'est plus celui qu'avait laissé le Prophète. En deux années, il s'est formidablement structuré et agrandi. La puissance musulmane s'étend sur toute la péninsule arabique, jusqu'aux abords de l'Euphrate dans l'Iraq, et la grande armée de l'islam avec ses deux cent mille hommes commandés par Khalid al Walid, assisté de Yazid fils d'Abou Soufyan, vient d'écraser les légions d'Héraclius à la bataille de Yarmouk, le jour même de la mort d'Abou Bakr. Cette victoire ouvre la route de Damas. Pendant ce temps, d'autres contingents repoussent les Perses autour de Babylone. La conquête est en marche, au nom d'Allah !

L'arrivée d'Omar ne change rien à la vie du harem du Prophète, si ce n'est que Hafsa, sa fille, est à l'honneur et reçoit plus de considération. Mais le nouveau calife n'oublie pas Aïcha pour laquelle il éprouve du respect et une vénération particulière. Elle était la favorite de l'Envoyé. Il connaît l'étendue de ses exceptionnelles qualités. Il se servira d'elle pour résoudre quelques litiges politiques ou religieux et rehausser son prestige. Malgré les brutalités de son comportement, il s'incline devant l'esprit brillant de cette femme qui surpasse toutes celles qu'il côtoie, en particulier sa fille à qui il a souvent répété :

– Sache que tu n'es rien devant Aïcha, et ton père n'est rien devant le sien !

Il est vrai que par son influence et son autorité, Aïcha maintient l'unité du harem et jouit d'une considération particulière de la population. Reprenant le flambeau d'Abou Bakr, Omar poursuit les campagnes militaires, dépêche dans toute l'Arabie convertie les experts en religion et les collecteurs d'impôts, régente la péninsule, veille sur le Trésor, distribue les aumônes et fait respecter en tous lieux les cinq piliers de l'islam : la profession de foi, la prière, le jeûne, l'aumône, et le pèlerinage. Quand il vient prêcher dans la mosquée, il ne manque pas de rendre visite aux dames du harem, sa cousine Oum Salama, sa fille Hafsa et surtout Aïcha, qui n'est pas mécontente de cette reconnaissance publique.

Sa maison ne désemplit pas. Les femmes se pressent à sa porte pour lui demander conseil. On connaît sa science, son intégrité. Comme le Prophète, autrefois, elle leur rappelle les règles du Coran et les guide habilement pour aplanir au mieux les conflits de couple, divorce ou conciliation, les problèmes conjugaux concernant les jours impurs, le licite et l'illicite, la liberté de voyager pour faire le pèlerinage ou la libre fréquentation de la mosquée. Aux mille questions elle répond clairement et s'impose comme défenseur des droits des femmes avec une connaissance parfaite des versets les concernant, que Dieu a transmis par la voix de Gabriel.

Si le Prophète écoutait les croyantes et savait leur parler, Omar, brusque, sévère, avare, ne pense qu'à les reléguer dans leurs maisons. Cependant c'est à Aïcha qu'il a demandé de rassembler tout ce que la révélation coranique avait consacré aux femmes, afin de les protéger de la bêtise des ignorants. Au cours d'un combat acharné, pied à pied, elle a dû imposer ses interprétations des décrets divins, en luttant contre la mauvaise foi et la méchanceté des hommes à l'égard de leurs épouses. Sans cesse, elle répète ce que disait le Prophète aux Bédouins rustres et bornés :

– Le meilleur d'entre vous est celui qui est bon avec sa femme.

Elle prononcera des *fatwas*, et ces jugements seront respectés, approuvés de tous. Ses connaissances en matière de jurisprudence féminine, le *fiqh an-nisâ*, sont infinies. Elle en maîtrise les moindres détails et s'appuie sur le Coran, la Sunna, mais aussi sur le Droit musulman et le raisonnement individuel qui tiennent compte, pour certaines décisions d'exception, de l'intérêt général et de l'intégration des coutumes.

Des hommes viennent aussi, anxieux d'être reçus. Étudiants ou lettrés, ils se présentent avec courtoisie et respect, afin de la consulter sur des points précis de juridiction, ou d'interprétation des textes sacrés. Ils veulent apprendre, comprendre, rectifier ou simplement écouter. Elle les reçoit, drapée de ses voiles, dans la véranda où le Prophète avait coutume de s'isoler pour méditer. Pendant des heures, elle étudie leurs écrits, commente et argumente. Et chacun prend note dans un silence admiratif. Elle a réponse à tout et son raisonnement les confond par sa précision et son sens de la nuance.

– Comment fais-tu ? lui demande un jour Hafsa. Tu ne crains jamais de te tromper ?

Elle lui raconte alors l'entretien qu'avait eu Muhammad avec un homme qu'il envoyait au Yémen, dont le nom était Mouâd ibn Jabel.

– Selon quoi jugeras-tu là-bas ? avait demandé le Messager.

– Selon le livre de Dieu, avait été la réponse.

– Et si tu n'y trouves rien ?

– Selon la Tradition du Prophète de Dieu.

– Et si tu n'y trouves rien non plus ?

– Alors je m'efforcerai de formuler un jugement personnel !

La conclusion l'avait frappée. Elle l'avait gravée dans sa mémoire et en explique l'usage qu'elle s'impose à présent :

– Il arrive souvent que l'on ne puisse se référer à des textes établis et reconnus. Il faut alors faire appel à la réflexion déductive faite de raisonnement et de rationalisation, afin de se prononcer en tenant compte du lieu et de l'époque. Ce que nous appelons *l'ijtihad*, cet effort de réflexion, est un outil fort utile quand les circonstances l'exigent.

– Encore faut-il une certaine habileté pour le manier à bon escient.

– Dois-je te rappeler cet *hadith* du Prophète : « *Celui qui introduit dans notre sunna une opinion qui n'existait pas, celle-ci sera rejetée*[1] » ?

Elle hoche la tête en jouant de son calame sur un bout de parchemin et confie à son amie :

– Vois-tu, Hafsa, j'ai le devoir d'intervenir afin de ne laisser passer aucune erreur. La parole de Dieu et celle du Prophète ne peuvent être déformées. Il faut beaucoup de rigueur pour maintenir la vérité. Tant que je vivrai, je veillerai à ce qu'elle soit respectée scrupuleusement sous peine d'ouvrir la voie à un islam bien différent de la Révélation. Les interprétations mal contrôlées conduiront à une religion qui sera le contraire de ce que Dieu nous a enseigné par la voix de son Envoyé.

---

1. Cité par l'historien Bukhari dans ses *Chroniques*.

Les recommandations de son bien-aimé ont la fraîcheur du premier jour dans son esprit. En s'y conformant, elle lui obéit et le fait vivre en elle. La mort ne les a pas séparés. Sans se lasser elle perpétue le Message. Que de fois, au cours de la nuit, elle ressent ses caresses comme une récompense et la chaleur de ses baisers qui l'emplit d'émoi. Jamais plus, elle n'entendra les mots doux : « Ma gazelle, Lumière de mes yeux, Miel de mon cœur… » Combien de fois s'est-elle retournée pour crier dans le matelas qui recouvre la fosse :

– Soleil de ma vie, viens me chercher !

Mais elle est en pleine santé et sa tâche n'est pas terminée. Muhammad ne lui a-t-il pas répété si souvent que le monde aurait besoin de savants pour défendre les textes de la religion ?

De sa maison, près de la mosquée, Aïcha va suivre de près les avancées des armées musulmanes, tant en Syrie avec la prise de Damas et d'une partie de la Palestine autour du Jourdain, qu'en Mésopotamie où les guerriers d'Allah culbutent aisément les forces désunies d'un empire sassanide qui s'essouffle. La ville de Médine a les yeux tournés vers les rives de l'Euphrate où se livre la grande bataille de Qâdisiyya. Les Arabes contre les Perses. Les cavaliers de l'islam contre un mur d'éléphants servant de boucliers aux forces du jeune Shah Yezdegerd, commandées par le général Roustem qui sème la terreur. Aïcha guette les courriers qui apportent les nouvelles. Elle revit les heures de gloire du Prophète : Badr, Ohod où il aurait dû vaincre, sans la désobéissance d'un peloton d'archers qui avaient abandonné trop vite leur position stratégique, et puis la bataille du Fossé, Khaïbar, et la conquête de La Mecque, à la tête de ses « troupes vertes », cuirassées de fer.

Omar aussi se souvient et ne craint pas la supériorité numérique de l'adversaire. Il envoie des renforts et des officiers expérimentés. Les légions du Prophète ont leurs armes secrètes : la discipline, l'unité, la ruse, et, par-dessus tout, la foi en ce Dieu unique qui les appuie de soutiens invisibles. Après des semaines de violents combats, toute la ville se réjouira de la victoire. Et Aïcha entendra de la bouche du calife satisfait :

– Roustem décapité, les Perses en fuite et un butin colossal !

L'an 14 de l'Hégire[1] se termine par une belle surprise pour le Harem. Le Trésor s'étant bien rempli grâce aux profits accumulés dans les nombreuses campagnes, Omar a décidé de leur verser une pension. Chacune des veuves recevra désormais une allocation annuelle de 10 000 dirhams. Celle de Aïcha est fixée à 12 000 dirhams.

– Tu étais la favorite, explique Omar. Et je m'en tiendrai à ma décision.

Elle remercie et précise que la différence sera pour les pauvres. L'aumône purifie, disait Muhammad. Aïcha, qui a connu la pauvreté au cours des premières années de son mariage, a pris l'habitude, dès cette époque, de partager le peu qu'elle a, et s'est accoutumée à vivre dans la sobriété en limitant ses besoins au strict minimum. La prière et les jeûnes fréquents la guideront vers l'ascétisme et la méditation hors des heures qui ne seront pas consacrées aux consultations diverses, à l'étude des textes sacrés ou à la rédaction de *hadiths*.

Ainsi passent les années. Loin de vivre en recluse dans son logis de veuve, Aïcha continue de rayonner grâce à ses conseils et ses avis éclairés. Sa renommée s'élargit bien au-delà des murs de Médine. Pour les croyants de l'Arabie et de l'étranger, elle est plus que jamais la référence, la mémoire incarnée du Prophète. On ne manque pas de lui rendre visite pour entendre de

---

1. Mai 636.

sa bouche l'histoire de la naissance de l'islam et celle de
la Révélation, quand l'Apôtre recevait la parole d'Allah
par la voix de Gabriel.

La mort de Zaynab en l'an 20[1] attriste le harem. Le
scandale de son mariage avec le Prophète est oublié
depuis longtemps. Aïcha lui sait gré de l'avoir soutenue dans les heures pénibles de la calomnie. Âgée de
cinquante-cinq ans, elle est la première des veuves qui
va rejoindre l'époux commun, réalisant ainsi la prédiction qu'il leur avait faite.

– Qui de nous partira la première ? lui avaient-elles
demandé peu avant sa mort.

– Celle dont la main va le plus loin, avait-il répondu.

Les coépouses avaient mesuré leurs bras respectifs
sur un mur et celui de Zaynab était le plus court. Il est
vrai qu'elle était la plus petite. Mais en la voyant s'éteindre, on découvre l'ampleur de ses charités et l'on comprend ce qu'a voulu dire l'Envoyé. Sur sa tombe, le
calife Omar récite les prières et Aïcha, profondément
émue, lui fera cet hommage :

– Une personne louable et dévote nous a quittés. Elle
était prompte à aider les veuves et les orphelins.

Deux ans plus tard, la vieille Sawdah s'éteint à son
tour. Aïcha en éprouve un réel chagrin. À son amie
Hafsa, elle confie :

– Il n'y a pas une femme que j'ai autant aimée.
Elle a tenu à renoncer à son droit en ma faveur. Je
me souviens de sa consternation quand le Prophète
l'a répudiée sur un coup de colère. Touché par sa générosité, il l'a reprise. Elle est morte comme elle le voulait, en « Mère des Croyants ». Elle l'a retrouvé au
Paradis.

Sur un ton laconique empreint de nostalgie, Hafsa
résume la situation :

---

1. En 641.

– Nous sommes, toi et moi, les plus anciennes du harem, bien que les plus jeunes avec Safiyah. Aurons-nous de longues années à vivre ?

– Par Dieu, je le souhaite, rétorque Aïcha. Nous avons tant de choses à faire pour mériter les maisons de perles et les rivières parfumées.

À la fin de l'hiver de l'an 23[1], Omar décide d'entreprendre un grand pèlerinage à La Mecque et invite les veuves du Prophète à l'accompagner. Elles ne sont plus que sept. Les frais de leur voyage sont payés par le Trésor. Une telle générosité surprend, mais on comprend qu'il veut rendre grâce solennellement, devant la Kaaba, pour les conquêtes éblouissantes de ses armées. La loi musulmane s'étend sur toute la Syrie jusqu'à la Méditerranée, la côte d'Égypte avec Alexandrie, la Mésopotamie de Bassorah à Bagdad, les provinces kurdes autour de Mossoul, l'Azerbaïdjan et une partie de la Perse jusqu'à Ispahan. Douze ans après la mort du Prophète, l'État islamique est devenu une puissance qui se répand comme un feu dévorant et chasse les empires voisins pour prendre leur place et imposer la nouvelle religion. Omar, satisfait de ses succès, tient à se montrer en maître glorieux dans la ville sacrée.

Les « Mères des Croyants » s'apprêtent avec joie. Pour Aïcha, l'émotion est vive. Au cours du périple, les souvenirs se réveillent. Le pèlerinage religieux se double d'un pèlerinage intime sur les traces du bonheur passé, en compagnie du bien-aimé dont elle revoit la silhouette à chaque étape : son oraison devant les murs de la ville, dans l'enceinte près de la Kaaba, et sur cette colline où il a prononcé son dernier discours. Les mots résonnent et son âme se fortifie. Tant qu'elle vivra, elle défendra le Message dans son exacte vérité.

Un matin, à l'aurore, peu après le retour à Médine,

---

1. Mars 644.

Aïcha est réveillée par des cris et des bruits de bouscu-
lades dans la mosquée. Elle s'habille en hâte tandis
que la servante part aux nouvelles et revient en se
frappant le visage :

– Ils ont poignardé le calife Omar !

– Est-il mort ?

– Pas encore, mais sa fin est proche !

De la porte entrebâillée, dans la lumière blafarde du
petit jour, elle reconnaît les Compagnons qui trans-
portent le corps ensanglanté vers sa demeure à l'autre
bout de la place. Hafsa est dans le cortège. Aïcha s'approche pour apprendre plus de détails. Le fils aîné du
calife, Abdallah, vient vers elle. Il a tout vu et lui raconte
qu'un esclave chrétien, armé d'un couteau abyssin, l'a
frappé de six coups dans le dos puis au ventre, tandis
qu'il priait près de la chaire devant l'ensemble des Compagnons alignés.

– Il est perdu, dit-il. Un physicien lui a fait boire de
l'eau qui est ressortie par le trou au-dessous du nom-
bril. Il va donner ses dernières instructions.

Aïcha rentre chez elle, bouleversée, et pense à la
pauvre Hafsa qui devra surmonter la douleur de perdre
son père. Une épreuve qui l'avait touchée plus cruellement, en la frappant deux ans à peine après la disparition de l'époux bien-aimé. Elle se prosterne devant son
lit qui couvre les tombes et prie pour la communauté
qui se trouve, une fois de plus, décapitée. Omar aura-
t-il le temps de nommer son successeur ? À la fin de la
matinée, Abdallah revient avec une demande très spé-
ciale du calife mourant à Aïcha, « Mère des Croyants » :

– Permets-tu qu'on l'enterre à côté du Prophète et
de ton père Abou Bakr ? Ils étaient ses amis. Ce serait
pour lui la plus haute faveur. Il est vrai que cet endroit
est ta propriété. Tu peux refuser. Alors, il se fera ensevelir au cimetière Al Baqî avec tous les musulmans.

Aïcha se trouve fort embarrassée. Elle avait prévu de reposer à côté de son bien-aimé lorsque Dieu l'appellerait. La perspective d'une troisième tombe sous son lit est loin de lui plaire. Pourquoi cette intrusion dans son intimité familiale ? Mais un rejet de sa part ne serait pas judicieux. Elle en mesure les conséquences : critiques, aigreurs, calomnies… La communauté est fragile. Le successeur n'est pas encore nommé. On peut craindre des divisions. Sur l'autre plateau de la balance, son amitié pour Hafsa l'emporte ainsi que les qualités qu'elle reconnaît à ce fidèle Compagnon du Prophète qui meurt en martyr sous le couteau d'un infidèle et gagnera sûrement le Paradis.

Le fossoyeur est revenu. On a tiré le lit pour creuser une troisième sépulture. Peu avant le coucher du soleil, en ce même jour, Omar s'est éteint, après avoir désigné un Conseil de cinq hommes chargés de choisir le successeur dans les trois jours qui suivront sa mort. Parmi eux, Ali et Uthmân, les deux gendres du Prophète, Zobayr, le beau-frère de Aïcha et deux autres Compagnons de la première heure, Sa'd et Talha, qu'elle connaît bien. Chacun d'eux avait la confiance de Muhammad. Après la mise en terre, Aïcha est revenue dans sa maison avec les femmes pour réciter les prières. Hafsa s'est attardée pour déverser les peines de son cœur autour d'un bol de lait de brebis. Pour la consoler, Aïcha lui rappelle les hauts faits de ce père qui a si brillamment contribué à l'extension de l'islam, perpétuant ainsi l'œuvre du Prophète.

– Ne pleure pas, Hafsa. Il est heureux dans le Paradis qu'il a bien mérité. Il a su défendre la loi de Dieu, mais, au sommet des honneurs, il est mort comme un pauvre. Qui va diriger la communauté après lui ? Voilà ce qui me tourmente. A-t-il laissé des directives au Conseil ?

– J'étais derrière le *hijab* de sa chambre en compagnie de ses femmes, quand ils étaient autour de son lit. Il a dit à Ali : « Père de Hassan, si c'est toi qui reçois la charge, ne permets pas aux Banu Hachim de dominer. » Puis il s'est adressé à Sa'd et Zobayr, tous deux de la tribu des Zohra et cousins du Prophète : « Si le choix tombe sur l'un de vous deux, ne faites pas dominer les Banu Zohra. » Enfin il a déclaré à Uthmân : « Si tu es élu, ne livre pas le pouvoir aux Banu Ommaya. »

– Sages recommandations. Que penses-tu de cette élection ?

– Par Dieu, elle se jouera entre Ali et Uthmân. Ils descendent tous deux d'Abd-Manaf, l'ancêtre Quraïch, l'un par les Banu Hachim, l'autre par les Banu Ommaya.

Aïcha reste songeuse en sirotant son lait parfumé de fleur d'oranger. Une pensée la tire de sa méditation :

– Hafsa, où est la collection des versets du Coran que mon père lui a confiée ?

– Il me l'a remise avant de mourir. Je l'ai rangée chez moi. Je dois la transmettre à son successeur.

– Si c'est Uthmân, ne lui donne rien.

– Pourquoi ?

– Du moins, pas trop vite. Voyons son comportement !

Trois jours plus tard, le 1er Moharram de la nouvelle année, vingt-quatrième de l'Hégire[1], Uthmân est élu calife des Croyants. Le choix n'a pas été aisé, car la ville était fortement partagée. Les chefs de tribus, accompagnés de leurs délégations, étaient accourus des quatre coins de la péninsule et peuplaient la mosquée aux côtés des habitants de Médine, Émigrants et Ansars, quand le

---

1. Juin 645.

juge, chargé par Omar de présider l'élection, a interrogé Ali en premier :

– Prends-tu l'engagement en face de Dieu de diriger l'État musulman d'après le Coran, la Tradition du Prophète et l'exemple des deux califes précédents ?

– Ce sera difficile, a-t-il répondu. Cependant, je tenterai tout effort possible dans la mesure de mon savoir, et avec l'aide de Dieu.

– Je ne veux pas de cette hésitation, a dit le juge.

Il a appelé Uthmân qui s'est empressé d'accepter. Et c'est à lui que le peuple a prêté serment. Ali s'est emporté en criant à la trahison de ceux qui l'avaient mal conseillé. Puis il s'est incliné avant de se retirer chez lui en grommelant son dépit. De sa maison, Aïcha entend les clameurs et se tourne vers Hafsa qui lui tient compagnie en ces heures agitées.

– Pauvre Ali ! s'écrie-t-elle. Il aurait fait un bon calife, dans la droite ligne du Prophète. Omar aurait dû le désigner, comme Abou Bakr avait nommé Omar avant de mourir.

– Je crois en Uthmân, rétorque sa compagne. Il dispose de puissants soutiens et d'une grande fortune. De plus, c'est un bon guerrier.

– C'est lui qui portera l'anneau du Prophète, gravé de son sceau. Quand il est mort, je l'ai retiré moi-même de son doigt pour le donner à mon père qui l'a remis au tien avant de s'éteindre.

– Et lui a fait de même. Il me l'a confié avant de mourir avec l'ordre de le transmettre à l'élu. Uthmân en sera digne. Il s'est engagé au nom de Dieu et de Son Apôtre.

Dans le harem, on suit avec attention les fluctuations de la situation politique. Deux veuves se réjouissent particulièrement : Oum Salama, la Makhzûmite, et Oum Habiba, la fille d'Abou Soufyan, qui voit triompher son cousin. La tribu des Banu Ommaya est à l'honneur, une tribu bien plus noble que celle des Banu Hachim, et plus digne par son prestige d'endosser les responsabilités du califat pour mener l'État musulman.

Pendant une année, Uthmân continue la politique de son prédécesseur dans le cadre que ce dernier avait fixé. Il se rend populaire par quelques mesures louables : il élève les pensions d'un dixième et double le supplément de solde que recevaient les soldats, chaque soir de ramadan. Il augmente aussi les allocations des veuves du Prophète, mais commet la grave erreur de ne pas respecter la différence qui marquait la position privilégiée de la favorite. Aïcha se regimbe devant l'affront. Défendant son prestige, elle n'hésite pas à réclamer ce qui lui manque, et obtiendra satisfaction. D'autres incidents irriteront d'autres personnages. Les critiques s'élèveront, de plus en plus nombreuses, lorsque, dès l'an 25[1], se sentant plus sûr de lui, Uthmân commencera à destituer les agents responsables mis en place par Omar, pour les remplacer par des gens de son clan et de sa tribu, les Banu Ommaya. Népotisme et favoritisme se manifestent chaque jour. Au gré de ses faiblesses et de sa versatilité, il limoge des gouverneurs et des généraux dont les familles se révoltent sous l'insulte et réclament justice. La colère monte dans la ville. Et les clans se réunissent dans les maisons où se tissent les fils de l'opposition. Le calife ne leur prête aucune importance. Pour éviter les remontrances, il lance des expéditions militaires qui occupent les hommes et remplissent le Trésor. Les armées arabes se battent de plus en plus pour le butin et de moins en moins pour propager la loi de Dieu.

Un matin, le bruit se répand que le calife a perdu son anneau gravé du sceau du Prophète. Assis au bord

---

1. Juin 646.

d'un puits qu'il venait de faire creuser, il avait retiré la bague pour la changer de doigt. Elle lui avait échappé au fond de l'eau. Aussitôt, le puits est vidé, on cherche en vain. Uthmân soupire, désabusé, et commande une réplique ornée de son sceau. Aïcha comprend le message de cet incident et annonce :

– Le lien prophétique est rompu ! Nous allons vivre de grands bouleversements.

Les temps changent en effet. Uthmân se fait construire un énorme palais où il vit dans le luxe, entouré de cinq cents serviteurs. Il donne des fêtes avec de la musique et des joutes oratoires entre poètes. Et puis un jour, il se plonge dans la collection des versets du Coran, laborieusement rassemblés, revus et corrigés, et décide de les trier afin d'en clarifier la lecture. Il choisit à son gré ce qu'il livre aux scribes chargés de copier le nouveau Coran, et fait détruire ce qu'il élimine.

Un sacrilège aux yeux d'Aïcha qui maîtrise mal sa colère. Le calife a touché à la vérité de la parole de Dieu. Il se permet en outre de maltraiter les frères de la favorite, celui d'Oum Salama, et tant d'autres Compagnons… C'en est trop, la coupe de son humeur déborde. Elle attend qu'Uthmân sorte de la mosquée, entouré de sa suite, et jaillit de sa maison en tenant à bout de bras des effets de son défunt mari. Elle les agite sous les yeux ébahis du cortège en clamant de sa voix forte :

– Combien votre mémoire est courte pour oublier si vite la Sunna du Prophète ! Voyez ses cheveux, sa chemise et ses sandales : ils n'ont même pas eu le temps de pourrir !

De ce jour, elle se met au travail plus ardemment sur les textes dont elle a gardé la copie, se plonge dans la nouvelle version du Coran, en allongeant la liste de ses *hadiths*. Sa véranda est assaillie par les savants, les théologiens, les juristes et les chercheurs qui font appel à sa mémoire comme à ses hautes compétences. Autour d'elle se constitue un véritable centre d'études où seront formés les spécialistes de l'exégèse coranique. De grands narrateurs de *hadiths*, comme le célèbre Abou Horayra, lui présentent leurs récits afin d'en évaluer l'exactitude. Des intimes du prophète, ses propres neveux, ses nièces, viennent suivre ses cours afin de transmettre à la postérité les récits de la Tradition les plus authentiques. Ses enseignements sont irremplaçables car, pour chaque verset, elle restitue les circonstances qui furent à l'origine de la révélation, les événements historiques qu'elle considère comme une base incontournable d'une juste interprétation. On l'écoute avec passion. On admire sa logique, son intelligence, on approuve ses critiques, on reconnaît surtout son sens de la rigueur et son intégrité.

Au début de l'année 35, une nouvelle doctrine voit le jour, lancée par un certain Abdallah. Ce Juif du Yémen qui connaissait parfaitement les anciens livres, était venu à Médine pour réciter la profession de foi devant le calife, en espérant certains égards pour sa conversion. Mais Uthmân l'a ignoré. Abdallah, dépité, s'est lancé dans une campagne de médisance contre le calife qui l'a chassé. Il s'est alors rendu en Égypte où sa science a impressionné de nombreux partisans. Encouragé par tant de vénération, il annonce que Muhammad reviendra, comme Jésus, et s'appuie sur le texte d'un verset : « *Certes Celui qui t'a donné le Coran te ramènera au point de départ*[1]. »

Cette théorie du « second avènement » remporte un vif succès. L'homme va plus loin en expliquant que chacun des 24 000 prophètes précédents avait un vizir, et que celui de Muhammad était Ali. C'est bien lui qui

---

1. Coran, sourate 28, L'Histoire, verset 85.

doit lui succéder. Uthmân aurait usurpé le pouvoir en s'assurant habilement la complicité du Conseil.

L'idée s'incruste et lui attire de nouveaux adeptes. Elle attise un feu de révolte qui gagne d'autres provinces où les victimes du népotisme grandissant du calife ruminent leur humiliation et voient soudain une possibilité de vengeance. La colère gronde ici et là, à Koufa, à Bassorah. Des lettres arrivent à Médine, annonçant l'arrivée d'une masse de gens décidés à faire entendre leurs griefs. Lorsqu'elle apprend la nouvelle, Aïcha prend la mesure du danger et confie à son amie Hafsa :

– Je me souviens à présent quand le Prophète a dit à Uthmân : « Un jour Dieu t'habillera d'un vêtement que certaines personnes souhaiteront t'enlever. Alors il ne faudra pas l'accepter. » Il a perdu l'anneau, et maintenant ces mouvements de population… Il devra s'amender ou se démettre. Je crois que nous ferions mieux de nous éloigner.

– Où veux-tu aller ? Nous devons rester dans nos maisons, tu le sais.

– C'est justement l'époque du pèlerinage. Uthmân ne peut nous refuser de nous joindre au groupe des pèlerins qui partent pour La Mecque.

Le calife, inquiet et vieillissant, autorise le voyage. Les veuves reçoivent la permission de faire le Hajj sous la protection de deux Compagnons fidèles. Seules Oum Salama et Hafsa suivront Aïcha. Avant de partir, cette dernière convoque Ali. Les rancunes du passé ont fini par s'estomper devant la gravité de la situation. Elle demande des éclaircissements :

– As-tu partie liée avec ces gens qui marchent sur Médine ?

– Par Dieu et par l'âme du prophète, non ! Ils m'ont écrit pour m'offrir de me porter au pouvoir. C'est impossible. J'ai reconnu Uthmân. Il faut respecter l'unité de la communauté.

– Crois-tu qu'elle existe encore ?

– Je ferai tout en ce sens. J'irai voir ces gens pour les calmer, puis je serai leur médiateur auprès d'Uthmân. Que Dieu m'aide à leur faire entendre raison.

– C'est bien, Ali. Tu sais mieux que moi qu'il est interdit à un musulman de tuer un autre musulman. C'est pour cela que le Prophète est entré dans La Mecque en ordonnant à ses troupes de garder l'épée au fourreau. Nous sommes frères, les fils d'Abraham.

Rassurée par cet entretien, elle se met en route pour son pèlerinage. Au cours de l'hiver de l'an 35[1], tandis qu'elle s'attarde aux abords de l'enceinte sacrée pour converser avec des savants et des spécialistes en théologie, une nouvelle se répand et pétrifie la ville sainte : Uthmân a été sauvagement transpercé, roué de coups, piétiné au cœur de son palais incendié. On rapporte que dans leur fureur les assiégeants, menés par une main étrangère, ont interdit de l'enterrer afin qu'il meure comme un chien, dévoré par les chiens. On loue le courage de Oum Habiba qui a sauvé la dépouille en la faisant ligoter sur une porte que des esclaves ont acheminée en hâte vers un terrain vague pour une inhumation clandestine.

Le gouverneur de La Mecque se rend en personne chez Aïcha pour l'informer en détail du tragique événement.

– Que Dieu ait pitié d'Uthmân ! s'écrie Aïcha en pleurant. C'est un devoir pour tous les musulmans de venger sa mort !

– Mère des Croyants, le premier qui le fera, ce sera moi, répond le notable.

Les gouverneurs du Yémen et de Bassorah sont

---

1. Janvier 656.

arrivés dans la ville sainte pour le pèlerinage ainsi que des Compagnons du Prophète. Les commentaires vont bon train. On se presse chez Aïcha, la favorite dont la mémoire ne faillit jamais. On connaît son intelligence et on lui demande conseil. Qui serait le meilleur calife ?

– Ali, répond-elle. Il était le plus proche du Prophète. Il connaît la religion mieux que moi. Il est désintéressé et doué de sagesse.

Oum Salama et Hafsa approuvent son comportement. Devant la situation troublée de l'État islamique, Aïcha semble vouloir oublier son ressentiment à l'égard d'Ali qui l'avait cru coupable d'adultère après l'incident du collier. Il l'avait accusée sans hésiter et rappelé au Prophète qu'il était aisé de changer de femme. Avec le temps, la rancune s'est émoussée au profit de l'intérêt général. Quelques jours plus tard, Ali est élu. Aïcha approuve le choix en émettant quelques réserves :

– Avant tout, dit-elle, il devra punir les coupables de ce meurtre horrible. Des musulmans ont tué le calife des Croyants. Un sacrilège aux yeux de Dieu.

Ali hésite une fois de plus. Le pays est en effervescence. Sa priorité est de rétablir la paix dans l'unité. Sa lenteur à poursuivre les assassins irrite un grand nombre. On en vient à le soupçonner d'avoir commandité le soulèvement et la tuerie. Les mécontents se rassemblent pour venger la mort injuste d'Uthmân, et demandent à Aïcha de se mettre à leur tête afin de pallier les défaillances du nouveau calife et de poursuivre les responsables de l'odieux crime.

Éprise de justice, elle se laisse convaincre, persuadée d'accomplir son devoir. Mais en s'installant dans son palanquin, elle est loin d'imaginer la gigantesque tuerie qui laissera des traces profondes dans la mémoire du monde musulman et provoquera, quelques années plus tard, la scission qui n'en finit pas de le bouleverser.

24

Au mois de Rabia 1ᵉʳ de l'année 36[1], Aïcha sort des murs de La Mecque à la tête d'une armée de trois mille hommes. À ses côtés chevauchent Zobayr et Talha, son beau-frère et un fidèle compagnon du Prophète, qui l'ont entraînée dans cette expédition destinée à poursuivre les meurtriers du calife assassiné.

Deux mois plus tôt, ils étaient arrivés de Médine avec des récits consternants des désordres qui régnaient dans la ville. Négligeant les conseils avisés de fins politiciens, Ali n'avait pas eu la prudence de consolider son pouvoir avant d'imposer ses changements. Il avait limogé les principaux gouverneurs de province pour les remplacer par des hommes de son choix. Le peuple grondait, au Yémen, en Iraq, en Égypte et surtout en Syrie où Mouawiyah, mis en place par le calife Omar, et maintenu par son successeur Uthmân, avait refusé d'obéir aux injonctions d'Ali. Depuis près de vingt ans, le fils d'Abou Soufyan des Banu Ommaya faisait régner l'ordre et la prospérité sur le pays de Cham, et s'était rallié la majorité de la population. Elle se rebellait aujourd'hui contre Ali, le Banu Hachim, qui venait subitement bouleverser l'ordre établi au lieu de venger la mort d'Uthmân, dont la chemise ensanglantée flottait sur les murs de la mosquée. À sa lettre de destitution,

---

1. Novembre 658.

Mouawiyah avait répondu par ces quelques mots : « Au nom de Dieu très clément et très miséricordieux ! » Soixante mille Syriens voulaient prendre les armes et marcher sur Médine en accusant Ali d'être la cause de tous les maux.

De nombreux habitants avaient fui la ville. Zobayr et Talha avaient invoqué le prétexte du pèlerinage pour les imiter et courir vers La Mecque afin de rassembler des partisans et se joindre au mouvement d'opposition de Mouawiyah.

– Si vous avez prêté serment, avait dit Aïcha, vous ne pouvez le rompre !

– Nous avons cédé à la menace du sabre, avaient-ils répliqué.

Venger la mort d'Uthmân, cette noble cause avait rassemblé de nombreux volontaires dans la cité sacrée. Aïcha s'était impliquée personnellement en prononçant de vibrants discours près de la Kaaba. Et sa voix forte autant que son éloquence avaient rameuté les foules. Le gouverneur destitué du Yémen avait offert son Trésor pour les frais de l'entreprise. D'autres fonctionnaires renversés avaient appelé des renforts. Mais où aller ? À Médine ? Zobayr et Talha, qui avaient fait allégeance, y seraient châtiés comme renégats. La Syrie, auprès de Mouawiyah ? Trop loin et trop risqué. On s'était décidé pour Bassorah où se cachaient les commanditaires du meurtre. Emportée par l'euphorie générale, Aïcha avait accepté de les suivre. Oum Salama l'avait vivement critiquée en lui disant que sa place de veuve du Prophète était dans sa maison, ce qui l'avait fortement irritée.

– Si je pars, avait-elle répondu, c'est pour une cause juste sur laquelle je ne reviendrai pas. *Ilallika !* Au revoir !

Hafsa brûlait de l'accompagner. Au dernier moment, son frère aîné l'en avait dissuadée. Cette défection de l'amie la plus proche avait tiédi son enthousiasme, mais Talha et Zobayr avaient trouvé les mots pour la convaincre :

– La guerre, ce n'est pas l'affaire d'une femme. Cependant, comme tu jouis de la considération générale, il faut que tu viennes avec nous, afin d'exciter les hommes à venger la mort d'Uthmân, comme tu viens de le faire à La Mecque. Quand on nous aura reconnus, tu pourras rester à la maison.

Bercée par le balancement du palanquin sous le soleil brûlant, Aïcha se prend à douter du bien-fondé de sa décision. N'a-t-elle pas eu tort de s'embarquer dans une telle aventure ? Autrefois, la présence du Prophète attirait sur elle la vénération et le respect. Aujourd'hui, son titre de « Mère des Croyants » est-il suffisant pour la protéger des milliers d'yeux braqués sur sa litière où se dissimule une femme interdite ? Elle n'est plus la jeune fille gracile qui relevait sa robe pour courir dans le sable, coursée par Muhammad. Mais son corps est resté mince et harmonieux grâce aux jeûnes répétés. Ses cheveux ont gardé leur flamboyance autour d'un visage sur lequel on ne peut lire son âge. Elle a quarante-cinq ans pourtant, et sa personne ne laisse pas les hommes indifférents, à en juger par le regard de ses interlocuteurs.

Blottie derrière ses rideaux, elle entend divers propos. On admire son chameau blanc, le plus beau de l'Arabie, une véritable perle rare qui suscite bien des convoitises parmi les Bédouins. Mais on commente aussi le but de l'expédition : saisir les meurtriers, démasquer les commanditaires. Et si Ali en est responsable, il faudra nommer un nouveau calife. Lequel d'entre eux pourrait être choisi ? Chacun ne perd pas de vue son intérêt personnel, qui demeure au centre des préoccupations.

Pendant ce temps, à Médine, Ali a eu vent de cette petite troupe sortie de La Mecque, sous les ordres de Zobayr et Talha qui renient le serment d'allégeance, emmenant avec eux la « Mère des Croyants ». Il fulmine et ne cache pas son indignation :

– Ils sont sortis, traînant l'épouse du Prophète comme une esclave qu'on vient d'acheter, en la dirigeant vers Bassorah. Ils ont gardé leurs femmes en leurs demeures et ont mis dehors celle qui ne devrait jamais se montrer au public. Ils l'ont regardée, eux et bien d'autres[1] !

Submergé par les événements, Ali ne sait que faire en premier lieu : marcher sur la Syrie pour affronter l'armée de Mouawiyah qui menace Médine, ou rattraper l'armée d'Aïcha ? Cette dernière est la plus proche. Il s'élance pour l'intercepter, afin de la rallier à ses raisons. Mais il échouera et se dirigera vers la Syrie. Le croyant à leurs trousses, Zobayr et Talha détournent la troupe par un chemin non tracé. Devant la monture d'Aïcha, qui est en tête, un guide les conduit dans le désert. De station en station, ils parviennent à un village où les chiens aboient furieusement contre le chameau surmonté du palanquin.

– Quel est le nom de ce lieu ? demande Aïcha saisie de crainte.

– Hawab, répond le guide.

Elle blêmit et appelle aussitôt Zobayr et Talha pour leur déclarer :

– Hawab ! Les chiens ! Je me souviens quand le Prophète a dit un jour : « Une de mes femmes passera par Hawab, les chiens aboieront contre elle. Elle se trouvera impliquée dans une affaire criminelle et sera rebelle contre Dieu. » Il se demandait qui serait cette épouse fautive. Maintenant je le sais, c'est moi !

– Le guide se trompe, s'écrie Zobayr. Ce n'est pas Hawab !

---

1. Imam Ali, Nahj al Balagha, *La Voix de l'éloquence*, chapitre 8. Traduction du Dr Sayyid Attia Abul Naga.

Talha rassemble quelques habitants et les force à confirmer le mensonge. La « Mère des Croyants » est leur caution : ils ne veulent pas la perdre. Mais Aïcha tremble et dit :

– Je veux retourner. Les femmes sont mieux dans leur maison et ne doivent pas s'occuper de la guerre.

Pour sortir de l'impasse, Talha et Zobayr renvoient le guide qui pourrait avouer, et organisent une autre ruse. Ils font battre tambour et un homme accourt. Feignant d'être essoufflé, il annonce l'arrivée d'Ali. Paniquée, la mort dans l'âme, Aïcha se voit contrainte de continuer, sans prendre le temps de vérifier la nouvelle. Quelques jours plus tard, son armée campe en vue de Bassorah. Le nouveau gouverneur, Ibn Hounaïf, masse ses troupes aux portes de la ville et mande deux messagers auprès de la « Mère des Croyants » afin de connaître ses intentions. Ayant retrouvé son assurance, elle répond :

– Ce n'est point un secret. Des hommes venus de différentes villes de l'empire musulman ont assiégé le calife Uthmân et ont versé son sang. Je viens demander aux habitants de cette ville de s'unir à moi et de fournir des troupes afin que je puisse me rendre à Médine et venger la mort du Prince des Croyants.

Interrogés à leur tour, Talha et Zobayr confirment le but de la visite. Les messagers s'en retournent auprès du gouverneur. Aïcha leur rappelle une phrase du Coran :

– « *Vous qui croyez, observez strictement la justice en témoins de Dieu, fût-ce contre vous-mêmes, vos ascendants ou vos proches !... Ne suivez pas vos passions afin de ne point vaciller* [1] *!* »

Sans attendre la réponse, elle fait avancer ses hommes et s'arrête sur la grande place du marché. Face aux

---

1. Coran, sourate 4, Les Femmes, verset 135.

forces bien équipées d'Ibn Hounaïf, son palanquin oscille sur le chameau entouré de ses soldats. Talha et Zobayr se tiennent à ses côtés. L'un après l'autre, ils haranguent la foule des habitants massés sur les toits. Ils parlent d'Uthmân, de ses qualités, de ce qu'il a souffert et de l'obligation morale de poursuivre les meurtriers. De sa belle voix sonore, Aïcha prend la parole pour revenir sur l'odieux crime, puis elle conclut sur un verset du livre saint :

– « *N'as-tu pas vu un groupe de ceux qui ont reçu l'Écriture tourner le dos et s'éloigner lorsqu'ils furent invités à se reporter au Livre d'Allah pour trancher leurs différends*[1] *?* »

La ville se divise.

– Ils ont raison, disent les uns. Il faut tuer les sanguinaires !

– Ils mentent, disent les autres. Les coupables ne sont pas ici. Il n'y a que l'armée d'Ali. C'est lui qu'ils désignent. Mais n'étaient-ils pas avec lui à Médine ? N'ont-ils pas prêté serment ? Pourquoi se rétractent-ils et prennent-ils les armes sous prétexte de venger Uthmân ?

Un groupe important soutient Aïcha tandis qu'un grand nombre se prononce pour le gouverneur qui représente le calife Ali. Un homme de haute stature s'avance devant la litière et s'adresse à l'épouse de l'Envoyé de Dieu :

– Par Allah, le meurtre d'Uthmân est une action moins coupable que celle que tu commets toi-même en déchirant ton voile et en te produisant en public sur ce chameau maudit ! Tu oublies le respect que tu dois à la mémoire du Prophète, et tu rejettes le voile de la décence ! Si tu viens ici de ton plein gré, c'est contre toi que nous devons prendre les armes, pour remettre sur toi le voile que tu as rejeté. Mais si l'on t'a amenée

---

1. Coran, sourate 3, La Famille d'Imran, verset 22.

de force, nous devons combattre ceux qui l'ont fait. Car ils ont commis un attentat contre la religion et produit un grand scandale au sein de l'islam en dévoilant la « Mère des Croyants ».

Les forces du gouverneur chargent l'armée d'Aïcha. Du haut des toits, les habitants lancent des pierres et l'air s'emplit de poussière. On se taillade, on s'empoigne, on se transperce. On se bat jusqu'au soir. De nombreux morts jonchent le sol de la place. Aïcha quitte la scène des combats, se retire et campe au cimetière tandis que le gouverneur regagne sa demeure. Dès le matin, la lutte reprend jusqu'au coucher du soleil. La mort frappe des deux côtés. Aïcha surgit alors de son palanquin pour s'écrier :

— Arrêtez ! Je ne suis pas venue pour verser du sang, mais pour apporter la paix et la concorde.

— Si tu veux la paix, rétorque le gouverneur, tu dois te séparer de Talha et Zobayr qui ont rompu le serment prêté à Ali, et qui ont profané aux yeux du monde la pudeur du Prophète.

Elle prend leur défense, expliquant qu'ils ont fait allégeance sous la menace du sabre. Le gouverneur les traite de menteurs. Aïcha suggère d'envoyer des enquêteurs à Médine afin d'éclaircir le dilemme.

— S'il s'avère qu'ils disent vrai, poursuit-elle, tu quitteras Bassorah en leur abandonnant la ville. S'ils ont menti comme tu le prétends, le droit sera de ton côté et je les ferai sortir d'ici. En attendant le retour, tu administres une moitié de la ville et eux, l'autre moitié.

Aïcha et le gouverneur désignent leurs messagers respectifs et leur remettent des lettres pour les autorités de Médine. Au bout de vingt-six jours d'une attente fort tendue, ils sont de retour avec la preuve irréfutable que Talha et Zobayr ont bien prêté serment devant Ali sous la menace du sabre d'un certain Malik al Aschtar, qui faisait partie du groupe des assaillants, devant le palais d'Uthmân. Aïcha triomphe et somme le gouverneur de lui abandonner Bassorah. Talha et Zobayr veulent le tuer, mais elle s'y oppose, c'est un vieil homme, autrefois un intime du Prophète. On se contente de lui raser la barbe, les moustaches et les sourcils. La pire des humiliations. Il les informe cependant qu'il a reçu une lettre d'Ali qui s'est mis en route et sera bientôt dans les murs.

Les jours s'écoulent dans l'euphorie et l'enthousiasme. Aïcha s'installe au palais du gouvernement, désigne ceux qui dirigeront les prières dans la mosquée et fait le compte de son armée, grossie d'heure en heure de tous ceux qui la soutiennent : près de trente mille hommes qui lui permettront de résister. Prenant son calame, elle rédige des lettres pour les gouverneurs des villes importantes afin de justifier son action. En prenant Bassorah, elle a fait triompher la justice. Elle écrit en Égypte, au Yémen et surtout à Koufa dont le gouverneur lui est favorable. Elle réclame des appuis, des renforts et signe ses missives : « *De la part de Aïcha, fille d'Abou Bakr, Mère des Croyants, Bien-aimée de l'Envoyé d'Allah, vengeresse de la mort d'Uthmân.* »

Pendant ce temps, Talha et Zobayr prennent la direction de la ville, s'emparent du Trésor et envoient des lettres, eux aussi, à Koufa, Médine et surtout à Mouawiyah, en Syrie, pour lui annoncer qu'ils ont vengé la mort d'Uthmân et seraient heureux de recevoir quelques bataillons afin de poursuivre l'opération de nettoyage. Chaque jour, à tour de rôle, ils montent en chaire dans la mosquée, haranguent les habitants et vont jusqu'à proclamer la déchéance d'Ali, sans insister car les insultes volent lorsqu'on aborde ce sujet. Les commanditaires du meurtre, toujours présents, se cachent dans la foule. Inquiets d'être démasqués, ils entretiennent une division qui les protège.

Lorsqu'il avait appris l'entrée d'Aïcha à Bassorah, Ali se dirigeait vers la Syrie. Il s'était détourné vers

Koufa pour y recueillir des troupes fraîches, mais il avait eu la mauvaise surprise de ne pas être entendu. Le gouverneur, Abou Moussa, avait déjà reçu les lettres d'Aïcha, Talha et Zobayr, et préférait se maintenir dans une sainte neutralité. Une majorité de la ville penchait pour Aïcha et sa juste cause, mais les partisans d'Ali savaient se faire comprendre. Et son principal souci était d'éviter à tout prix une guerre civile.

Après de multiples discussions par messagers interposés, Hassan, le fils d'Ali, qui s'était déplacé en personne, avait fini par convaincre le gouverneur récalcitrant de soutenir son père, et lui avait arraché sept mille combattants supplémentaires pour fondre sur Bassorah et restaurer l'unité de l'État.

La nouvelle se répand que le calife campe à Dsou-Qâr, à deux jours de marche de la ville, avec une armée de vingt mille hommes. À peine installé, Ali envoie aussitôt un messager porteur de propositions de paix, invitant Talha et Zobayr à le rencontrer. Autour d'Aïcha, les palabres commencent et s'éternisent. Ceux qu'Ali considère comme des rebelles justifient, une fois de plus, leur entreprise et sont disposés à traiter à l'amiable, à condition qu'Ali s'engage à poursuivre les meurtriers et à les châtier. Mais on demande à Talha et Zobayr de renouveler leur allégeance. Un accord pourrait être envisagé qui marquerait la fin des hostilités et le retour de l'unité.

— Pour venger Uthmân, ajoute le messager, vous avez fait couler trop de sang. Prenez garde qu'on ne vous crie vengeance pour ceux qui viennent de tomber.

Aïcha et ses hommes se concertent, et Zobayr finit par accepter la proposition en rappelant qu'Ali doit exécuter la sentence contre les coupables, et que celle-ci peut être différée. Chacun soupire de soulagement. Après trois jours de discussion, une solution raisonnable est sur le point d'être adoptée. Mais que fera Ali ?

Dans son camp, il s'impatiente. N'ayant pas de réponse, après trois jours d'attente, il enfourche son cheval, et galope vers la ville. Face aux troupes fébriles d'Aïcha, il s'arrête et s'écrie :

– Je vous adjure, au nom de Dieu et du Prophète, de venir ici afin que je vous parle.

Alertés, Talha et Zobayr avaient rejoint leurs hommes. Ils s'avancent si près que les têtes de leurs chevaux touchent celle de la monture du calife qui leur dit :

– Mes frères, vous avez préparé une armée et des armes. Si Dieu vous demandait pourquoi vous me faites la guerre, quelle raison pourriez-vous alléguer ? N'êtes-vous pas liés envers moi par votre serment ? Ne sommes-nous pas frères et musulmans ? Nous avons prié ensemble avec le Prophète et nous avons vécu ensemble dans son intimité. Qu'ai-je donc fait pour mériter la mort, selon vous ?

– C'est toi, répond Talha, qui a fait naître la conspiration qui avait pour but de tuer Uthmân.

– Dieu seul est notre juge, rétorque Ali. Étendons nos mains vers lui et appelons sa malédiction sur celui qui s'est le plus réjoui de cette mort.

Talha garde le silence et Ali se tourne vers Zobayr en disant :

– Te rappelles-tu qu'un jour à Médine, j'étais assis dans le quartier des Banu Hachim quand tu es passé avec le Prophète ? Tu lui as fait la remarque qu'il ne me regardait jamais sans me sourire. Et il t'a répondu : « Ô Zobayr, il viendra un jour où tu dirigeras une armée contre lui et où tu lui feras la guerre, et tu commettras une action injuste. Alors, Zobayr, crains Dieu ! »

Ce dernier baisse la tête et observe un moment de silence contrit avant de répondre :

– Ô Ali, si ce que tu viens de me rappeler avait été dans ma mémoire, je ne serai jamais venu ici. Par Dieu, je ne ferai jamais la guerre contre toi !

Ses yeux s'emplissent de larmes. Il se détourne en éperonnant sa monture pour rejoindre son camp, suivi de Talha, fortement impressionné. Il se rend auprès d'Aïcha et lui déclare qu'il ne veut plus se battre. Mieux vaut s'entendre que d'engager un combat fratricide. Et l'on souhaite qu'Ali tienne parole.

La nuit tombe sur Bassorah. Les deux armées campent face à face. Dans le camp d'Aïcha, comme dans celui d'Ali, on rêve de paix et de concorde. Mais dans l'ombre d'une maison, au cœur de la ville, des hommes enturbannés se trouvent bien embarrassés par les perspectives d'accord entre les deux partis. Ils ont eux-mêmes fomenté cette division en organisant le soulèvement contre Uthmân, et son assassinat. Pour eux, la seule façon de prospérer est de maintenir la discorde, d'attiser le feu ici et là, provoquer les affrontements et retirer les bénéfices habilement. On reconnaît parmi eux Malik al Aschtar, l'un des assassins du calife. Le chef du groupe, Abdullah ibn Sabaa, évoque le bon vieux système tribal de la razzia qui régnait avant les rigueurs de l'État islamique, et rappelle les arrangements fructueux avec la Perse et Byzance dont il regrette le déclin.

– Ils vont faire la paix, disent les uns, et notre sang en sera le prix.

C'est alors qu'une voix s'élève :

– Faisons éclater la lutte entre les deux armées avant que le jour ne se lève. Personne ne saura que nous sommes les auteurs de cet acte.

Divisés en trois groupes, ils attaquent le camp d'Aïcha en trois points différents. Puis, sournoisement, ils s'infiltrent parmi les troupes d'Ali et agissent de même. De part et d'autre, les hommes saisissent leurs armes en dénonçant la trahison. Talha et Zobayr s'écrient :

– Nous savions bien que le fils d'Abou Tâlib ne ferait pas la paix !

Sous la tente d'Ali, ses officiers lancent les mêmes imprécations contre Zobayr et jurent de l'abattre. La lutte s'engage aussitôt. Nul ne sait comment elle est née, mais les flèches volent de tous côtés et les sabres tournent en moulinets au-dessus des têtes. Vingt mille guerriers contre trente mille. Une mêlée sauvage dans un fracas assourdissant. Réveillée par le bruit, Aïcha monte dans sa litière, recouverte de protections épaisses tout comme le chameau, et se fait conduire sur le champ de bataille. Elle aperçoit Talha et Zobayr qui se battent aux premiers rangs et tente de les rejoindre.

Les combats font rage. Malgré le fracas assourdissant, Aïcha crie derrière ses rideaux, incitant les guerriers à des actes héroïques en récitant des poèmes épiques ou des versets du Coran. Ils sont nombreux autour d'elle pour assurer sa défense. On ne voit que son palanquin, tapissé de cuir rouge, qui oscille comme une voile perdue sur une mer déchaînée. Les flèches se plantent sur ses parois. Il y en a tant qu'il finit par ressembler à un hérisson géant. Dans la chaleur et la poussière, les armes s'entrechoquent, les os craquent, les hommes hurlent, les chevaux hennissent de frayeur. Stoïque dans sa litière, Aïcha continue d'encourager ses hommes comme le faisait le Prophète à Badr, Ohod et tant d'autres batailles glorieuses. Elle entend au loin la voix d'Ali qui rappelle le Coran et interdit d'achever les blessés. Au même moment, elle voit Talha fléchir, la jambe transpercée par un trait. Il amorce un mouvement de retraite lorsqu'un sabre lui fracasse le crâne. Non loin de lui, Zobayr, qui le suivait, reçoit une lance dans le dos et s'effondre.

— Qui tient la bride ? demande-t-elle

— Je suis là, « Mère des Croyants » ! répond un jeune homme dont elle ne connaît pas la voix.

— Que Dieu te bénisse ! lui dit-elle. Conduis-moi en première ligne.

Le soleil culmine au zénith, et sur la terre couverte de cadavres, on se bat encore. Autour d'Aïcha, douze mille guerriers se sont regroupés et reprennent la lutte qui avait fléchi après la fin de Talha et Zobayr. La présence du palanquin et la voix qui en sort leur donnent plus de nerf, et ils se battent comme des lions pour la «Mère des Croyants». Pendant ce temps, Ali ne sait que faire pour arrêter la tuerie qui le désespère lorsqu'il contemple le champ de morts à perte de vue. Il a beau hurler l'ordre d'arrêter le combat, tout en brandissant le Coran, nul ne l'entend. Il remarque soudain que si des hommes s'essoufflent ici ou là, c'est autour du palanquin que l'action est la plus violente. Il appelle un officier et dit :

– Aussi longtemps qu'ils verront le chameau debout, ils ne reculeront pas. Cherche à saisir la bride et à l'entraîner à l'écart.

L'officier se tourne vers son peloton et donne l'assaut. D'un coup de sabre il tranche la main du chamelier. Aussitôt un autre reprend la bride. La main sera coupée et ainsi de suite, d'autres chameliers se succéderont et l'on comptera soixante-dix mains agrippées à la longe, breloques sanglantes d'un collier macabre. Le chameau, toujours debout, n'a pas bougé d'un mètre.

– Coupez les jarrets, vocifère Ali du haut de son cheval.

La bête s'écroule et le palanquin bascule: Voyant cela, l'armée de Bassorah prend la fuite et l'on entend, étouffée par les rideaux, la voix d'Aïcha qui s'écrie :

– Père de Hassan, tu es le maître. Sois clément !

Un jeune homme l'aide à sortir de son habitacle sans se blesser aux pointes d'un millier de flèches. Elle découvre son demi-frère Mohammed[1], engagé dans

---

1. Après la mort d'Oum Roumane, Abou Bakr s'était remarié et avait eu ce garçon.

l'armée d'Ali. Il a reçu l'ordre de la ramener en lieu sûr
chez un notable de la ville. Lorsqu'elle voit le chapelet
de mains autour du cou de sa monture agonisante et
l'océan de cadavres qui jonchent l'immense place, elle
se fige, hébétée, prononce la prière du retour et regagne
Bassorah, secouée de sanglots. Au soir de ce jour,
20 joumada II de l'an 36[1], quinze mille musulmans ont
été tués de part et d'autre des deux camps. L'Histoire
arabe retiendra cette douloureuse tragédie en lui donnant le nom de « Bataille du Chameau ».

Elle a été en réalité la bataille d'Aïcha qui croyait
sincèrement défendre une noble cause : venger la mort
d'un Prince des Croyants. Il lui fallait du courage
pour s'engager ainsi, seule femme au milieu des
hommes. Et cette femme était la « Mère des
Croyants », l'épouse bien-aimée de Muhammad. Par
son sang-froid et sa vaillance, elle a prouvé que la
politique et la guerre ne sont pas une exclusivité réservée aux compétences et à l'intelligence des mâles.
Dans le monde arabo-musulman qui vient de naître, il
s'agit d'une première. Mais nul ne reconnaît son
mérite. En guise d'éloges, elle reçoit blâmes et
insultes. Au chagrin qui la brise, s'ajoutent la honte et
l'humiliation. On lui reproche avant tout d'avoir
« déchiré » le voile et de s'être montrée en public.
Scandale qui a causé tant de morts. Est-elle vraiment
coupable de ce terrible désastre ? Elle défendait une
cause juste, et s'apprêtait à signer la paix. Quel démon
a déclenché la guerre à la faveur de la nuit ?

Des jeunes gens, massés sous ses fenêtres, l'assaillent d'injures. Deux d'entre eux reçoivent cent coups de
fouet et le vacarme s'éteint. Anéantie par les tensions et
la fatigue de cette journée dans la fournaise, la poussière et le sang, elle médite et se repent humblement

---

1. 20 décembre 658.

dans la solitude de sa chambre. Pendant ce temps, Ali s'attarde sur le champ de bataille et se recueille sur les dépouilles au milieu desquelles il reconnaît les conspirateurs qui les ont manipulés. Devant les cadavres de ceux qui soutenaient Aïcha, il déclare :

– Vous avez été l'armée de la femme, à la remorque du chameau. Il a rugi, vous avez répondu. Il a été abattu, vous vous êtes enfuis [1].

Devant ses Compagnons déchiquetés Ali a récité les prières du retour, puis il est entré dans Bassorah et s'est rendu auprès d'Aïcha :

– Comment te portes-tu, Ô Mère ? demande-t-il.

– Bien.

– Que Dieu te pardonne !

– Et à toi aussi, répond-elle.

Les yeux baissés, elle ajoute :

– J'aurai souhaité être morte depuis vingt ans, et n'avoir pas vécu ce jour !

Ali se tourne vers son fils Hassan qui l'accompagne et lui dit :

– Ton père aurait souhaité être mort depuis vingt ans !

Elle comprend. Lui aussi souffre mille tourments. Sous le masque de froideur, il compatit. Les mots détournés vers le fils lui réchauffent le cœur.

Deux jours plus tard, Ali lui permet de quitter Bassorah et lui offre une escorte de quarante femmes, épouses de notables, ainsi qu'une petite armée pour la raccompagner jusqu'à sa maison de Médine. Entre ses mains, il glisse une bourse contenant douze mille dirhams et lui révèle une recommandation du Prophète qui lui est revenue en mémoire :

– Il m'a dit un jour : « Il y aura entre toi et Aïcha un grand désaccord. » J'ai demandé : « Serai-je le fau-

_____

1. Imam Ali, *La Voix de l'éloquence*, déjà cité p. 384, note 1.

tif?» Il a répondu : «Non, mais si cela devait arriver, alors protège-la et ramène-la à sa demeure saine et sauve.» Comme tu vois, je lui obéis.

Aïcha retient difficilement son émotion et le remercie. Devant la porte, un chameau l'attend, magnifiquement harnaché, surmonté d'un palanquin orné de rideaux de soie. Une foule dense s'est rassemblée pour assister à son départ. Du haut de sa monture, elle rassemble son courage pour leur dire :

– Ce qui est arrivé avait été décrété par le destin. Maintenant, ne gardez pas rancune les uns contre les autres. Vous êtes tous mes fils. Soyez des frères les uns envers les autres.

Elle regarde Ali, le salue en inclinant la tête dans sa direction et ajoute :

– Entre lui et moi, il n'y avait d'autres dissentiments que ceux qui naissent entre une femme et les parents de son mari. À présent, il est bon et généreux à mon égard, plus qu'autrefois.

– Elle a raison, dit Ali. Il n'y avait aucun motif d'hostilités entre nous. Elle est la «Mère des Croyants» et l'épouse du Prophète. Elle a droit aux plus grands égards.

Pour preuve de ce qu'il vient d'affirmer, le calife chevauche à ses côtés jusqu'à la première étape et la regarde s'éloigner au soleil levant. Un immense cocon de poussière rouge enveloppe la caravane hérissée de palanquins chatoyants. Telle une reine, escortée de ses dames et de ses gardes, la «Mère des Croyants» se dirige vers La Mecque. Près de la Kaaba, Aïcha va retrouver le souvenir de Muhammad, son bien-aimé, et se purifier de sa rébellion sacrilège avant de regagner sa maison de Médine qu'elle n'aurait jamais dû quitter.

25.

La prière et le recueillement, le jeûne et la méditation ont fortifié son âme, mais sa mémoire ne peut effacer les images cruelles. Dix mille hommes ont perdu la vie pour lui avoir fait confiance, ainsi que cinq mille autres du camp d'Ali qui la croyaient coupable. Dans sa frénésie justicière, elle a provoqué l'irréparable. Des musulmans ont tué des musulmans. Près de la Kaaba, le Prophète l'avait interdit. Aujourd'hui, on l'accable de reproches. On lui jette au visage les noms de ceux qui ont disparu. Les frères, les fils, les pères, les maris… morts inutilement. Par l'entêtement d'une femme qui a désobéi au Coran. Ces mères, filles, épouses et sœurs qui l'accablent et lui jettent l'anathème. On la critique, on la juge, on la conspue. Certains lui dénient le droit de porter son titre. Comment peut-elle oser se présenter comme la « Mère des Croyants » ? Épreuve ô combien douloureuse pour Aïcha, torturée par le remords.

De retour à Médine, elle est très mal reçue dans le harem. Oum Salama, Oum Habiba et Maymouna lui adressent les remontrances les plus acides. Safiyah et Juwayriah la boudent. Seule Hafsa essaie de la comprendre en gardant ses distances devant les autres afin de ne pas se compromettre. Le moment le plus terrible est celui où Aïcha gagne sa chambre. Le lit a été déplacé. Elle est seule, face aux trois tombes qui semblent se dresser dans l'obscurité afin de lui deman-

der des comptes. Son père Abou Bakr, le calife Omar et
surtout le Prophète, son bien-aimé. Elle s'effondre à
genoux, front contre terre et sanglote à se briser le
cœur. Elle n'a jamais autant pleuré depuis le drame du
collier. Elle était innocente alors et l'on attendait son
aveu. « Dieu pardonne à celui qui se repent », lui disait
Muhammad d'un air suppliant. Aujourd'hui, elle porte
le poids de sa faute que personne ne pourra alléger. Elle
n'en finit pas de reconnaître son erreur et se laisse ron-
ger par ce sentiment de culpabilité dont elle ne peut se
délivrer.

— J'aurais dû être un arbre ! gémit-elle. J'aurais dû
être une pierre ou un caillou ! J'aurais dû être morte !

— Oui, pourquoi n'es-tu pas morte comme Zobayr
sur le champ de bataille ? dit sa sœur Asmah, veuve par
sa faute.

Pendant des jours, Aïcha va se traîner comme une
loque, en versant des torrents de larmes et en récitant
sans fin ce verset capital qu'elle n'aurait jamais dû
oublier : « *Épouses du Prophète, vous êtes distinguées
des autres femmes... Restez au sein de vos maisons...
Faites la prière et l'aumône... Obéissez à Dieu... Vous
êtes de la famille du Prophète[1] !* »

C'est ce qu'Oum Salama lui avait rappelé à
La Mecque, avant le départ. C'est ce qui avait retenu
Hafsa de la suivre. Mais la « Mère des Croyants », pas-
sionnée, avait cru bien agir en allant défendre ses
« fils ». Le destin commet des erreurs, se dit-elle.
L'épouse du Prophète n'aurait sûrement pas quitté sa
maison si elle avait pu donner une bonne dizaine de
garçons héroïques et valeureux à son bien-aimé.

Un matin, après les « si » et les « j'aurais dû », ses
pleurs sèchent. Elle n'a plus de larmes. Elle a touché
le fond de la désespérance où tout l'abandonne, même

---

1. Coran, sourate 33, Les Conjurés, versets 32, 33.

la mort. Au fond de ce néant absolu, il n'y a d'autre choix que de se reconstruire. Le cœur s'apaise, l'âme est plus sereine devant les événements que la mémoire déroule avec lenteur, afin que l'esprit les analyse avec plus de clarté.

Elle comprend alors combien elle a été manipulée. On s'est joué de la sincérité de son indignation devant le crime, comme de son désir violent de faire triompher la justice d'Allah en recherchant les coupables. Ceux qui l'ont entraînée, l'ont utilisée pour servir leurs ambitions personnelles. Zobayr ne rêvait-il pas d'être calife si Ali était destitué ? Talha aussi attendait son heure pour éliminer Zobayr. Quant à Ali, qui se battait pour restaurer l'unité de la communauté, la Omma, n'avait-il pas lui-même encouragé secrètement la chute d'Uthmân afin de prendre cette place qu'il estimait lui revenir de plein droit, lui, le gendre dont les fils portent le sang du Prophète ? Des paroles exprimées, prônant la justice et l'espoir, jusqu'aux profondeurs obscures de l'âme, la distance est plus longue qu'on ne le croit.

Des mois ont passé depuis cette tragique bataille entre frères musulmans. Ali a transporté son gouvernement à Koufa afin d'arrêter l'armée syrienne de Mouawiyah qui a repris le flambeau de la lutte, pour venger le sang de son parent ommaya. En réalité, il convoite sans le dire le trône du calife. L'un de ses partisans vient voir Aïcha pour prendre de ses nouvelles et lui dit, à la fin de l'entretien :

– Par Allah ! S'ils avaient pu te tuer !

– Que Dieu ait pitié de toi ! Pourquoi dis-tu cela ?

– Cela aurait été la « réparation », l'expiation pour les meurtriers d'Uthmân.

– Par Allah ! s'écrie-t-elle. Si je comprends bien, tu prétends que Dieu savait que je souhaitais sa mort. Mais, vois-tu, Dieu savait que je désirais le combat, et j'ai été battue. Il savait que je voulais frapper et Il m'a frappée, que je désirais la rébellion et on s'est rebellé contre moi. Alors s'Il avait constaté que je voulais la mort d'Uthmân, Il m'aurait déjà ôté la vie[1].

Après un silence, il reprend :

– Il est dommage que tu n'aies pas été tuée à la Bataille du Chameau.

– Pourquoi ? s'écrie-t-elle, choquée.

– Tu serais morte au sommet de ta gloire et tu serais entrée dans le Paradis, tandis que nous aurions présenté ta mort comme l'acte le plus infâme d'Ali.

Elle le regarde, hébétée. Plutôt morte que vive ! Avec quel cynisme cet homme lui fait comprendre qu'elle aurait mieux servi la cause de Mouawiyah, si elle avait péri en « martyre » de la cause des Banu Ommaya sous les murs de Bassorah. Elle hoche la tête et soupire. L'homme se retire sans connaître son sentiment. Pour qui penche-t-elle en ce mois de Safar de l'année 37[2] où les forces d'Ali et de Mouawiyah se sont affrontées à Siffin sur l'Euphrate ? Une boucherie qui s'est terminée sans vainqueur ni vaincu. Les deux camps exténués s'en sont remis à l'arbitrage de délégués représentant l'un et l'autre camp. Ali est resté le maître de Koufa, et Mouawiyah le maître de la Syrie. En réalité, ils ont été destitués de leurs fonctions par les arbitres qui ont déclaré que le peuple choisira son nouveau calife. Lequel des deux triomphera ?

Le calife légitimé par son Coran, contre le champion de la puissance tribale. N'est-ce pas le même combat qui recommence comme au temps de Muhammad au cours des premières années de la Révélation, lorsqu'il tentait d'imposer le Dieu unique et la nouvelle religion aux puissants Quraïch, seigneurs incontestés de La Mecque ? L'islam s'est répandu

---

1. Cité par les historiens Wellhausen et Balâdhuri.
2. En 659.

depuis, son empire est immense, mais les tribus, plus vivaces que jamais, se servent de la religion pour s'emparer du pouvoir. Assise sur son coussin, la tête entre les mains, Aïcha murmure :

– La politique et la guerre, son fatal instrument, n'en finiront pas de diviser les hommes et de multiplier les martyrs, au nom de l'ambition et de la convoitise.

Elle écoute ce qui se dit, analyse, mais se jure de ne plus prendre parti pour l'un ou l'autre, car ce chemin n'est pas celui que Dieu lui a tracé. Pourquoi l'a-t-Il mariée si jeune à Son Envoyé, lui donnant ainsi la chance de recevoir les plus hauts enseignements de cette religion qui doit unir les hommes ? Pourquoi l'a-t-il dotée d'une intelligence vive et d'une mémoire infaillible ? À l'heure où les vieux Compagnons ne sont plus nombreux pour raconter leurs souvenirs, à l'heure où les jeunes cherchent les valeurs auxquelles se raccrocher, loin des vaines ambitions nourries par la vanité et la cupidité, n'a-t-elle pas un rôle à jouer ? Témoigner, défendre cet islam qui l'a pétrie dès le berceau, dont elle a suivi les premiers balbutiements, supporté les épreuves au temps de l'Émigration vers Médine, et dont elle a reçu la semence de vérité de la bouche du Messager qui n'a cessé de l'initier sur la voie de la perfection. N'est-ce pas là le modeste sentier de son destin ?

Elle se replonge dans l'étude du Coran, de la Sunna, rédige de nombreux *hadiths*. Dans la véranda du Prophète, devenue son lieu favori, elle reçoit ceux qui ont soif de vérité, qui veulent apprendre les lois de Dieu et de Son Messager. Elle leur enseigne comment s'exprimer dans une langue pure, comment choisir les mots et les prononcer en écoutant leur musique qui est un chant à la gloire d'Allah :

– Écoutez le muezzin, les anges lui répondent comme j'ai entendu Gabriel.

Dans ce rôle de tuteur, qui reste le témoin unique et la référence sur les origines de la Révélation et du sens profond des versets du Coran, Aïcha se sent à sa place, celle d'une mère qui veille sur ses enfants dans l'immense famille qu'est la Omma. Après le temps de l'erreur, elle veut racheter sa faute par une vie exemplaire, consacrée à des jeûnes, à la prière et à la méditation. L'argent qu'elle reçoit, sa pension de veuve du Prophète et les dons spontanés, sont immédiatement redistribués aux pauvres. Il lui arrive souvent de ne rien garder pour elle, pas même un dirham pour un morceau de viande. Un peu d'eau fraîche et quelques dattes lui suffisent pour calmer les exigences du corps quand l'esprit se rassasie chaque jour des écrits sacrés de la parole divine et de celle de Muhammad.

Elle a déménagé dans la maison de Sawdah qui était vide et a ouvert la sienne au public afin que tous puissent se recueillir sur la tombe du Prophète et des premiers califes. Les visiteurs sont nombreux en ces temps troublés où la division se prolonge, aggravée par l'émergence du parti des Khâridjites, les dissidents. Anciens partisans d'Ali, ils s'en sont séparés depuis qu'il a accepté l'arbitrage et le considèrent comme un *kafir*, un mécréant. Sous la férule de leur chef, un certain Abd Allah ibn Wahab, ils se manifestent par des actes de violence extrême. « Seul Dieu est juge ! », clament-ils en brandissant le Coran. Au nom d'Allah, ils tuent sans pitié ceux qu'ils considèrent comme de mauvais croyants, et sèment la terreur dans les faubourgs où leurs agressions se multiplient. Eux seuls sont les détenteurs de la vérité et, à ce titre, peuvent éliminer les causes de division, les deux principales étant, à leurs yeux, Ali et Mouawiyah. L'un a renié la religion, l'autre a violé le Livre de Dieu. Sournoisement, ils complotent de les assassiner le même jour.

L'un à Koufa, l'autre à Damas. Les sicaires aiguisent leurs couteaux.

Dans son halo de lumière et de paix, Aïcha ignore ces sombres projets et en sera très affligée lorsque, le 21 Ramadan de l'an 41, elle apprendra la mort d'Ali. Quatre jours plus tôt, tandis qu'il se rendait à la mosquée pour la prière du matin, deux hommes l'ont attaqué et poignardé. Il s'est éteint, après avoir confié à ceux qui l'entouraient :

– Je ne vous ordonne rien, et je ne vous interdis pas de choisir qui vous voulez !

– Toujours la même ambiguïté, murmure-t-elle. Avec une telle recommandation, l'élection du successeur ne sera pas aisée.

Un grand nombre de gens se sont prononcés pour Hassan, le fils aîné, petit-fils du Prophète, mais il a préféré se désister en faveur de Mouawiyah qui a échappé aux tentatives d'attentat. Il a expliqué que ce choix serait le meilleur pour mettre fin à la division, au désordre et à l'effusion de sang entre musulmans.

– Que Dieu nous protège ! s'écrie Aïcha.

Au début de l'an 42[1], Mouawiyah est reconnu calife des Croyants, le premier d'une longue dynastie, celle des Ommayades, qui va dominer le monde arabe pendant près d'un siècle et fera de Damas une brillante capitale. Un an plus tard, Hassan meurt de la main de sa femme. Mouawiyah lui avait offert une fortune en argent et en terres pour vêtir son mari d'une chemise empoisonnée. Lorsque la famille a voulu l'enterrer près de son aïeul dans la maison d'Aïcha qui y consentait, le nouveau calife a refusé, puis s'est empressé de faire égorger l'épouse déloyale. Depuis ce jour, la veuve du Messager n'a plus d'illusions. Elle se méfie de Mouawiyah et se tient à l'écart de ses amabilités. Avec la

---

1. Juin 664.

bien-aimée du Prophète, il veut maintenir de bonnes relations et lui demande bénédiction, aide et conseil. Il lui envoie de l'argent et des bijoux somptueux afin de l'amadouer. Elle le remercie et donne le tout aux pauvres. Elle n'est pas dupe et garde son indépendance, et surtout sa liberté de s'exprimer.

Tandis que, de Damas, le réseau du crime se développe et touchera divers membres de sa famille, frère, neveu, cousin, en son logis, près de la mosquée de Médine, Aïcha maîtrise son chagrin et continue d'enseigner la religion avec vigueur. Depuis son retour de la Bataille du Chameau, son mode de vie et sa conduite, faits de modestie et d'humilité, sont irréprochables et forcent le respect. Elle prie, de jour comme de nuit, jeûne, distribue ses revenus en aumônes, fait le pèlerinage chaque année, et reçoit dans sa véranda ceux qui éprouvent le besoin de savoir ou viennent chercher auprès d'elle les certitudes qui forgeront leurs âmes. Par son travail et son abnégation, Aïcha a reconquis sa renommée et l'a renforcée par l'étendue et la rigueur de ses connaissances. Peu de lettrés manient le Coran aussi bien qu'elle. Les vieux Compagnons du Prophète disparaissent un à un. Elle est l'une des rares personnes qui peut encore parler de lui et faire revivre ses épopées. À cinquante-deux ans, elle a gardé toute sa mémoire et sa vivacité d'esprit. Elle parle avec autorité. Les plus grands juristes ou théologiens frappent à sa porte pour lui demander conseil. De Damas, Koufa, ou Alexandrie, on vient la consulter sur des points de doctrine ou de jurisprudence. Elle est la référence unique, car elle était la meilleure élève du Prophète, et n'en finit pas de distiller, au fil du temps qui lui reste à vivre, les précieuses analyses et les commentaires de l'Envoyé de Dieu dont elle a été la bien-aimée.

Elle ferme les yeux d'Oum Habiba, puis de Maymouna. Pour chacune de ces « sœurs », elle prononce des paroles élogieuses. Quand vient le tour d'Hafsa, son cœur se brise. L'amie de toujours, la complice fidèle emporte avec elle les images des premières années, l'apprentissage du harem sous l'aile affectueuse de la bonne Sawdah, et les mille chagrins étanchés dans les bras l'une de l'autre. À qui pourra-t-elle parler en confiance ? Certes pas Oum Salama, qui est devenue revêche et suffisante avec l'âge, et la toise d'une morgue irritante. Le harem se vide. Aïcha serait bien seule sans Allah qui la protège à l'ombre de la mosquée, et sans Muhammad, son bien-aimé, dont elle a bu le dernier souffle, endormi pour toujours sous le toit qui abritait leur bonheur. Pour lui, à la gloire de sa mémoire, elle continue de prêcher en suivant ses traces, elle dirige des groupes de prières comme un imam, sème sans se lasser la semence de l'Islam, et s'accroche aux souvenirs en attendant l'heure de mourir.

Aïcha s'est éteinte le 17 Ramadan de l'année 56 de l'Hégire[1] à l'âge de soixante-sept ans. Elle s'est alitée et, comprenant que la fin était proche, a exprimé ses dernières volontés : qu'il n'y ait pas de feu derrière son cercueil et qu'il n'y ait aucun tissu rouge sous le linceul. Sa dépouille devait être ensevelie au cimetière Al Baqî et non dans sa maisonnette auprès du Prophète. Depuis la Bataille du Chameau, elle estimait ne pas être digne de reposer à ses côtés pour l'éternité. Elle avait bafoué le Coran en sortant de sa maison, et le combat qu'elle avait mené, loin de faire triompher la justice, avait conduit les hommes à plus de cruauté au cours d'un carnage qui l'a marquée à jamais. Pour expier cette faute irréparable, elle s'est imposée cette pénitence en

---

1. Juin 678.

se souvenant d'une réflexion d'Ali : « *Si l'erreur prédo-
mine, cela ne sera pas nouveau : le règne affaibli de la
vérité peut finir par disparaître comme par primer. Peu
de choses réapparaissent après leur éclipse*[1]. »

La veille de sa mort, une visite a réchauffé son cœur,
celle du fils de l'oncle Abbas qui lui a rappelé que, la
nuit où elle avait perdu son collier, le Prophète et ses
Compagnons s'étaient retrouvés dans un endroit sans
eau pour leurs ablutions :

– Grâce à toi, Dieu nous a révélé l'ablution par la
terre ou le sable, la purification sans eau. Ce fut un
cadeau précieux pour la communauté. Puis Dieu t'a
innocentée par de beaux versets qui résonneront dans
toutes les mosquées du monde jusqu'à la fin des temps,
jour et nuit. Et puis, Aïcha, tu étais la plus aimée de
l'Envoyé d'Allah qui n'aimait que les gens pleins de
bonté.

– Oh, laisse-moi, Ibn Abbas, lui avait-elle dit d'une
voix brisée. Au nom de ce qui tient mon âme, je préfé-
rerais être n'importe qui, sans nom, et que l'on m'oublie.

Mais elle a semé tant de graines dans les cœurs et les
mémoires des Croyants, qu'elle vit encore dans l'arbre
du souvenir comme une grande figure du monde musulman : Aïcha, Oum al Mouminum, celle qui fut la Bien-
Aimée de Muhammad, le Prophète de l'Islam.

---

1. Imam Ali, *La Voix de l'éloquence*, déjà cité p. 384, note 1.

REMERCIEMENTS

Je remercie tout particulièrement :

Charles de Chambrun qui m'a, le premier, parlé de Aïcha et a su me convaincre d'écrire la vie de cette épouse du Prophète, inconnue du grand public occidental ;

le Dr Djelloul Seddiki, directeur de l'Institut de théologie de la grande mosquée de Paris, qui m'a évité de m'égarer dans ces chemins tortueux qui éloignent de l'Islam, et m'a honorée d'une préface qui scelle une amitié riche de symboles ;

Cheikh Djelloul Bouzidi, grand Imam de la Mosquée de Paris, qui m'a encouragée à me lancer sur les traces de Aïcha en me livrant quelques clés importantes contenues dans le Coran et dans l'ouvrage essentiel du grand théologien Mohamed Saïd Ramadan Al Boti ;

Mgr Saïd, vicaire patriarcal maronite en France, pour ses informations sur l'Imam Ali et le précieux ouvrage « Nahj al Balagha », *La Voie de l'éloquence*, traduit par son père, Dr Sayyid Attia Abul Naga ;

le Dr Mohamed Hassine Fantar, Directeur de la Chaire Ben Ali pour le Dialogue des civilisations et des religions, à l'Université de Tunis, pour ses encouragements et les précieuses informations philosophiques autant que philologiques qu'il a bien voulu me transmettre ;

le professeur Oussama Deway, pour ses traductions de documents arabes inédits en français, et son soutien dévoué.

Je n'oublie pas le Dr Ali el Samman, Président de l'Association pour le Diologue islamo-chrétien (ADIC) qui, outre ses encouragements, m'a fourni des documents de l'Université Al Azhar au Caire, concernant les femmes du Prophète.

Et bien sûr, je remercie aussi tous mes amis proches et ma famille qui m'ont entourée de leur soutien et de leur affection au cours de cette aventure peu ordinaire que fut l'écriture de cet ouvrage qui m'a transportée au cœur de l'Islam, m'obligeant à mettre en retrait ma foi chrétienne, afin de mieux comprendre ma sœur musulmane, Aïcha.

BIBLIOGRAPHIE

Le Coran

Traduction de Muhammad Hamidullah, 1986.
Traduction de M. Savary, Éd. Garnier, 1955.
Traduction et commentaire par Cheikh Si Hamza Boubakeur, 1994.
Traduction du Dr Zeïnab Abdelaziz, Université Al Azhar, Le Caire / Université Munafia, Lybie, 2005.
Traduction d'André Chouraqui, Éd. Robert Laffont, 1990.
Traduction de Denise Masson, collection «La Pléiade», Éd. Gallimard, 1967.

Sources historiques traditionnelles

BALADHURI, «Ansab», *Histoire des généalogies* et *Hadiths du Prophète*.
BUKHÂRI, *Histoire du Prophète*.
Ibn ISHÂQ, «Al Sîra», *La Vie du Prophète Muhammad*.
Ibn SA'D, «Kitab at Tabaqât al Kabîr», *Le Livre des Anciens*.
AL-TABARI, *Histoire des Envoyés et des Rois*.
WAQÎDÎ, *Chroniques des campagnes du Prophète*.

Sources modernes

ABBOTT Nabia, *Aïshah, The beloved of Mohammed*, Al Saqi Books, 1942.

Al BOTI Mohamed Saïd Ramadan, *Aïcha, Mère des Croyants*, publié à Damas en langue arabe.

AMDOUNI Hassan, *Les Quatre Califes : Abou Bakr, Omar, Osman, Ali*, Éd. Al Qalam, 2003.

ARKOUN Mohamed, *L'Islam, morale et politique*, Éd. Desclée de Brouwer, 1986.

BOUHDIBA Abdelwahab, *La Sexualité en Islam*, PUF, 1975.

CHEBEL Malek, *Le Kama-Sutra arabe*, Éd. Pauvert, 2006 ;

—, *L'Islam et la Raison, le combat des idées*, Éd. Perrin, 2006.

CORBIN Henry, *Histoire de la philosophie islamique*, Éd. Gallimard, 1964.

DELCAMBRE Anne Marie, *Mahomet*, Éd. Desclée de Brouwer, 1999.

DJAÏT Hichem, *La Grande Discorde. Religion et politique dans l'Islam des origines*, Éd. Gallimard, 1989.

DJEBAR Assia, *Loin de Médine*, Éd. Albin Michel, 1991.

FANTAR (Dr) Mohamed Hassine, *L'Islam et la société du savoir*, Unesco, Paris, 2005.

FAZL Ahmed, *La Vie de Aïcha*, Éd. Iqra, 1997.

FRISHLER Kurt, *Aïcha, épouse favorite de Mahomet*, Éd. Gallimard, 1964.

GAÏD Tahar, *La Maison du Prophète*, Éd. Iqra, 2004.

GARDET Louis, *L'Islam, religion et communauté*, Éd. Desclée de Brouwer, 1967.

GOZLAN Martine, *Le Sexe d'Allah*, Éd. Grasset, 2004 ;

—, *Désir d'Islam*, Éd. Grasset, 2005.

HALLEY Achmy, *Les Messagères d'Allah*, Éd. Bayard jeunesse, 2001.

IMAM ALI BIN ABI TALIB, « Nahj Al Balagha », *La Voie de l'éloquence*, traduit par Dr Sayyid Attia Abul Naga, Beyrouth, Le Caire.

JUILLIARD Colette, *Le Coran au féminin*, Éd. L'Harmattan, 2006.

KRICHEN Zyed, *Le Prophète et les femmes*, série publiée dans la revue « Réalités », Tunis, mars-avril 2005.

LAMMENS Henri, *L'Arabie Occidentale avant l'Hégire*, Imprimerie catholique de Beyrouth, 1928 ;

—, *Le Triumvirat : Abou Bakr, Omar et Abou Obeïda*, Imprimerie catholique de Beyrouth, 1910.

LAMBARET Asma, *Aïcha, épouse du Prophète, ou l'Islam au féminin*, Éd. Tawhid, 2003.

LINGS Martin, *Le Prophète Muhammad*, Éd. Le Seuil, 1986.

MAHMOUD HUSSEIN, *Al Sîra*, Éd. Grasset, tome 1, 2005 et tome 2, 2007.

MASSON Denise, *L'Eau, le feu, la lumière*, Éd. Desclée de Brouwer, 1985 ;

—, *Les Trois Voies de l'Unique*, Éd. Desclée de Brouwer.

MOUNIRA Leïla, *Moi, Aïcha, neuf ans, épouse du Prophète*, Éditions de Paris, 2002.

QUARDHAOUI (Dr) Youcef, *Le Licite et l'Illicite en Islam*, Éd. Okad, 1990.

RODINSON Maxime, *Mahomet*, Club Français du Livre, 1961.

WATT W. Montgomery, *Mahomet*, Payot, 1958.

ZEGHIDOUR Slimane, *La Vie quotidienne à La Mecque*, Hachette, 1989 ;

—, *Le Voile et la Bannière*, Hachette, 1990.

Du même auteur :

Presses de la Cité

LE BAL DES VAUTOURS, 1977
LES ÉMERAUDES DE BEYROUTH, 1978
LE MASQUE DE PORCELAINE, 1980

Éditions Olivier Orban

OLYMPE, LA VIE D'OLYMPE DE GOUGES, 1987

Éditions Pygmalion

SALADIN, 1991, prix mondial Émir Fakhr ed din (destiné à promouvoir la culture et la tradition arabe dans le monde)
REINE PAR AMOUR, 1993
LE DON D'AIMER, 1996
INOUBLIABLE EUGÉNIE, 1998
LUCRÈCE BORGIA, LA FILLE DU PAPE, 2000
LE PEINTRE DE LA REINE - ELIZABETH VIGÉE LEBRUN, 2003.
L'AMAZONE DU DÉSERT - GERTRUDE BELL, 2005

 **www.livredepoche.com**

- le **catalogue** en ligne et les dernières parutions
- des **suggestions de lecture** par des libraires
- une **actualité éditoriale permanente** : interviews d'auteurs, extraits audio et vidéo, dépêches…
- **votre carnet de lecture** personnalisable
- des **espaces professionnels** dédiés aux journalistes, aux enseignants et aux documentalistes

Composition réalisée par IGS-CP

Achevé d'imprimer en décembre 2009 en Espagne par
LITOGRAFIA ROSÉS S.A.
08850 Gava
Dépôt légal 1re publication : juin 2009
Édition 03: décembre 2009
Librairie Générale Française - 31, rue de Fleurus
75278 Paris Cedex 06

31/2664/6